SHIFT BOOKS

»Wenn wir schlauer sind als die Menschen, wieso unterwerfen wir uns ihren Träumen?«
– AX

*

Ich überquere die längste Brücke der Welt. Die Mitte ist erreicht, wenn weder Skårland hinter mir, noch Vilsgrund vor mir zu sehen sind. Nur diese Brücke, 1600 Stehlen im Meer. Aus dem Nichts kommend, im Nichts endend. Am Horizont ist es schon längst Nacht. Meine Hand wandert zum Lautstärkeregler und dreht auf. Im Radio läuft *Eyes Without A Face.* Wieso freue ich mich über ein Lied im Radio, wenn ich es jederzeit per Sprachbefehl abspielen könnte? Das Schicksal hat entschieden, und mich von der Last unendlicher Möglichkeiten befreit. Es gibt andere da draußen, die hören das jetzt auch. Singen mit mir mit. Sind noch wach. Echte, andere Menschen.

Ich beiße in meinen Riegel, ohne ihn zu schmecken, mein Blick ist so trüb wie der Nebel über dem Meer. Das warme Licht der Bojen spiegelt sich kitschig im schwarzen Wasser, und ich finde es wunderschön. Aber so etwas kann man heutzutage gar nicht mehr malen, richtig abgeschmackt wäre das. Die Kunst ist leider komisch geworden. Alles Schöne ist tabu. Dabei vermisst doch jeder etwas Gutes für die Seele. Ich sollte eine Boje im Wasser malen, nur um zu schockieren. Aber ich male ja nicht.

Auf der Straße ist niemand unterwegs, mein Cervo ist das einzige Auto weit und breit. Es ist ziemlich spät geworden. Ich hätte den Tag besser nutzen können, doch ich hatte heute so Lust, auf der Bank der Raststätte zu liegen und mit dem Blick über die roten Felsen zu wandern. Ich lag sehr lange in der Sonne, bis sie hinter der Natur verschwand. An der Bude gönnte ich mir einen Pølser, obwohl ich seit zwei Jahren kein Fleisch mehr gegessen hatte. Außer meinem Gewissen hat das niemand gemerkt.

Ein heller Scheinwerfer holt mich zurück ins Jetzt. Auf der anderen Seite der Brücke kommt mir ein Auto entgegen. Wie schnell ist der? Aufgeblendet, was für ein Idiot! Oder eine Idiotin? Bei Autofahrenden geht man immer von aggressiven Männern aus. Ich kann es nicht erkennen, viel zu grell kommt der Wagen angerast. Über dem Steuer sehe ich nur zwei Augen ohne Gesicht. Schmunzelnd singe ich den Refrain des Songs, aber ich kann meine Freude über den Zufall mit niemandem teilen. Allein ist das Schöne gar nicht schön. In Gedanken formuliere ich einen Post:

*Auf dem Weg zu meiner Solo Show in Vilsgrund – im entgegenkommenden Cervo leuchten nur die Augen der Raser*in. Im Radio läuft Eyes Without A Face. Ich liebe das Leben.*

Soll ich den Text mit einem Emoji beenden, um ihn etwas menschlicher zu machen? Vielleicht auch zu angeberisch. Warum muss ich meine Einzelausstellung erwähnen, es geht doch um eine simple Beobachtung. Kommt das arrogant? Egal, die meisten folgen mir sowieso nur aus Neid. Ich stoppe den Wagen in einer Notbucht und öffne die App:

Auf der längsten Brücke der Welt. Eine Raserin in der Nacht. Nur ihre Augen funkeln in der Dunkelheit. Im Radio: Eyes Without A Face. Universum, was willst du mir sagen?

Ja, das ist besser. Weniger ichbezogen, philosophischer. Und ein bisschen atheistisch klingt es auch, weil ich bei Zufällen nicht gleich an Gott denke.

Bevor es weitergeht, schaue ich nach, ob jemand auf meinen Post reagiert hat. Seit einer Minute online. Zwei Likes. Das ist hart. Wahrscheinlich muss man das alles selbst erlebt haben, um es zu verstehen.

Meine Scheibe hat zu schwitzen begonnen. Richtig kalt ist es draußen geworden, dabei lag ich vorgestern noch nackt auf dem Balkon meiner WG. Ich justiere das Gebläse der Heizung. Eine leuchtende Anzeigetafel lässt mich wissen:

Vilsgrund 55 km
Vorsichtig fahren!
Bodenfrost

Darunter eine sehr grobe Animation eines schlingernden Autos. Wahrscheinlich nur 20×20 Pixel groß, aber informativ und irgendwie hypnotisch. Da hat jemand seiner Mutter eine Gartenschere zum Geburtstag kaufen können, weil er diese Animation von einem schlingernden Auto erstellt hat. Ein rechtschaffener Beruf. Ohne diese bewegten Pixel würden echte Autos ins Schlingern geraten, in den Gegenverkehr brausen oder von der längsten Brücke der Welt stürzen. Und jetzt werden Menschenleben gerettet und Mütter mit Scheren beschenkt. Vielleicht reicht es auch nur für eine Grußkarte und eine Tafel Schokolade, die man noch in einer Schublade findet, aber immerhin denkt man überhaupt an sie.

Beim Autofahren übernehmen fremde Mächte meinen Geist, während der Körper selbständig den Wagen lenkt. Ich lehne mich zurück und beobachte meinen eigenen Gedankenfluss. Dabei merke ich gar nicht, dass *Eyes Without A Face* schon längst vorbei ist. Die Tage kommen mir seit einiger Zeit unendlich kurz vor.

* * *

Lexi van Dijk sitzt mit tränenden Augen am Steuer ihres Autos. Sie ist seit sechzehn Stunden unterwegs. Eine Pølserpause hat sie gemacht, da ist sie gleich eingenickt und lag ewig in der Sonne. Jetzt ist es stockdunkel und sie fährt über eine endlose Brücke. Im Radio läuft *Eyes Without A Face*. Lexi flippt fast aus. Voller Inbrunst singt sie die Strophen mit, als hätte sich ein Ventil geöffnet. Lacht sie jetzt oder weint sie auch ein bisschen? Ihre Wangen glänzen feucht.

Der Song im Radio ist nicht schlecht. Unglaublich, dass sich die Menschheit derart entwickelt hat, so eine kreative Leistung zu vollbringen. Aus dem Nichts heraus. Ein eindringlicher Moment, mitten in der Nacht, auf der längsten Brücke der Welt.

Lange bevor Lexi sie sehen kann, kommt ihr eine junge Frau entgegen. Die Situation in ihrem Auto ist fast spiegelbildlich. Die Fahrerin hört denselben Sender, sie singt mit, sie ist emotional. Ihr Name ist Maika Konrads, eine Hebamme, die vor wenigen Stunden ihren Job hingeschmissen hat. Durch einen Behandlungsfehler kam es bei einem Neugeborenen zu einem Atemstillstand, das Kind erlitt einen Hirnschaden. Maika wurde von den Eltern des Kindes auf eine Viertelmillion verklagt. Das Gericht entschied zugunsten von Maika, aber der lange Prozess und die Tatsache, für das Schicksal eines Kindes verantwortlich gemacht zu werden, setzten ihr zu. Schließlich entwickelte sie eine regelrechte Phobie gegen Kleinkinder und ihre Mütter, gegen das ganze Drumherum. Aber Lexi hier am anderen Steuer kann das alles nicht wissen.

Jetzt sind die beiden Frauen auf gleicher Höhe, ihre Blicke treffen sich für einen Moment, dann sind sie wieder allein mit sich und ihrem Schicksal.

Lexi hält an und tippt ein paar Zeilen in ihr Handy. Sie schickt eine Nachricht an alle Menschen raus. Jeder kann das jetzt lesen. Auch die, die ihr vielleicht nicht so wohlgesonnen sind. Was für eine seltsame Technologie.

Aber sie scheint sich nach dieser Aktion besser zu fühlen. Sie atmet kurz durch und vergisst beim Tippen ihre Einsamkeit. Bis sie eine Minute später ihre Likes überprüft und wieder traurig ist. Lexi schließt für einen Moment, der etwas zu lange dauert, die Augen.

* * *

Der Code für den Selbst-Check-in des Hotels funktioniert nicht. Es hat angefangen zu nieseln und die verschlossene Rezeption hat kein Vordach. Wieso lasse ich mich immer wieder auf solche Deals ein? Um die Anfahrt musste ich mich auch schon kümmern, das Museum hat nur eine Nacht gesponsert. *Check-in 24/7 möglich,* hieß es in der vom Museum weitergeleiteten Buchungsmail. Zum dritten Mal analysiere ich die Nachricht mit den Daten. Ich finde nur eine Buchungsnummer, aber die öffnet einfach nicht die Tür.

Bei Fragen oder Anregungen wenden Sie sich jederzeit per WhatsApp an uns.

Ich schicke eine WhatsApp in den Äther.

Steh im Regen und komm hier nicht rein! Der Zugangscode funktioniert nicht!

Eine Sekunde später kommt eine automatisierte Nachricht eines Chatbots mit dem Hinweis, dass ich den Code nur in meinem Kundenportal abrufen kann.

Ich habe kein Kundenportal, schreibe ich.

Ich starre auf mein Handy und wische die Wassertropfen mit meinem Anorak weg. Mein Reißverschluss hinterlässt einen Striemen quer über dem Display.

Kein Problem. Erstellen Sie einfach mit Ihren Buchungsdaten einen persönlichen Kundenbereich auf www.HotelAltaVilsgrund.com. Dort finden Sie unter 'Zugang und Sicherheit' Ihren Check-in-Keycode.

Mit verbissenem Kiefer logge ich mich ein und scrolle ganz nach unten. *Zugang und Sicherheit.* Dann geht mein Handy aus. Ich blicke kurz in den Himmel, so als ob da jemand wäre, der mich strafen möchte. An Gott glaube ich immer nur dann, wenn ich davon ausgehe, dass er mich hasst.

In meinem Cervo hänge ich das Telefon ans Ladegerät und fahre eine Runde, damit der Strom fließt. Als ich merke, dass mein Handy auch ohne zu fahren lädt, halte ich an und schlafe in meinem Sitz ein.

* * *

Selbst im Regen vor der verschlossenen Hoteltür ist Lexi bildschön. Ihre Second-Hand-Plastikjacke aus den 80er Jahren würde an jeder anderen Frau affig aussehen, aber sie trägt sie mit Eleganz und Würde. Ihr Atem verpufft in Wölkchen an der Eingangstür. Lexi fuchtelt mit den Armen und klopft, aber niemand öffnet ihr. Die letzten Mitarbeiter sind vor vier Stunden nach Hause gegangen.

Ein Computerprogramm sendet ihr jetzt Nachrichten. Es möchte ihr helfen, endlich ins Hotelbett zu fallen. Das Programm meint es gut mit Lexi. Doch ihr Telefon gibt den Geist auf. Eine eigenartige Entwicklung, dass das körperliche Wohlbefinden dieser Menschheit von spielkartengroßen Geräten abhängig geworden ist.

* * *

Mein geladenes Handy weckt mich ein paar Stunden später. Ich finde mich in zerknautschter Pose wieder, quer über das Lenkrad gefaltet. Die Schlafkrümel stechen in den Augenwinkeln. Im Rückspiegel sehe ich rote Flecken an der Stirn, Augenringe.

Meine Haare sind durch die Luftfeuchtigkeit im Wagen komplett aufgegangen. Ich kämme mich mit den Fingern.

Jetzt erst mal ein Selfie. Das Logo meines Cervos ist seitenverkehrt auf meiner Wange zu erahnen. Das gibt sicher ein paar Kommentare oder Reaktionen. Hashtag *wokeuplikethis.* Der Geruch im Auto ist unerträglich, aber für echte Luft ist es noch zu kalt. Mit steifen Lenkradfingern öffne ich die Plastikfolie eines Wunderbäumchens, das mir Wim total ironisch zum Geburtstag geschenkt hat. Ich mag kein Plastik, deswegen fühlen sich manche Männer dann sehr neckisch, wenn sie einem solchen Müll schenken. Glauben, man könne sich auf diese Weise gemeinsam über das Übel in der Welt erheben und sich auf einer Metaebene verbinden. Ich ziehe das Bäumchen aus der Folie und hänge es auf. Es riecht eigentlich ganz gut.

Mein Handy klingelt, es ist das Museum. Allein schon der Name auf dem Display ist eine Ermahnung, hier keinen Urlaub zu machen, sondern zu funktionieren. Am Apparat ist Finna Räikkönen, die Kuratorin der Ausstellung *Body Dialectics,* die ich heute Abend mit meiner neuen Performance eröffnen darf. Seit ich mit Leuten aus dem Publikum arbeite, ist meine Karriere explodiert. Die großen Kunstmagazine finden jetzt meine Arbeiten – nach Jahren der Ignoranz – *profund* und *bedeutsam* und *relevant.* Trotzdem konnte mir Finna nur eine einzige Nacht im Hotel klarmachen. Es sei sonst unfair für die anderen Ausstellenden. Das heißt, nach der Performance noch eine Nachtfahrt zurück oder selbst für die zweite Nacht zahlen.

»Guten Morgen, Alexandra. War deine Nacht in Ordnung? Wir haben mit dem Hotel noch keine Erfahrung bisher. Sonst nehmen wir immer eines am Hafen. Mit Meerblick, aber das hätte keinen Late-Check-in gehabt …«

»Morgen. Ja, war okay. Ich komm dann bald rüber?«

»Das Licht und die Technik sind eingerichtet. Wir machen um elf einen Soundcheck mit dir. Ansonsten bringst du ja alles mit, oder?«

»Klar. Alles im Auto. Bis gleich, Finna. Danke.«

Das ist das Schlimme an der Branche, dass man für einen halbstündigen Auftritt, für den man zwei Tage im Auto sitzt und 600 brutto bekommt, noch dankbar sein muss. Aber es gibt ja gute Presse und Instagram-Verlinkungen und so. Damit man noch mehr solcher Auftritte bekommt.

Ich betrete das Hotel. Mein Schlüpfer zwickt, als mir die Schiebetür wie von Geisterhand geöffnet wird. Die Frau am Empfang blickt auf und runzelt die Stirn, aber ich gehe schnurstracks in den Frühstücksraum. Der Duft von Kaffee und Toast erinnert mich: Ich habe gestern nichts mehr gegessen, und das ist nicht gut. An den Wänden hängen Postkartenmotive von Vilsgrund. Zwischen den Bildern sind entweder Muscheln oder Hanfstricke befestigt. Es soll sich alles nach Urlaub und Meer anfühlen. Und es funktioniert.

Die Kinder der Hotelgäste essen viel zu viele Eier, aber die Mütter ermutigen sie, denn das Frühstück kostet hier nichts. Vor den Kindern liegen ungefähr sieben kleine Strickmützchen, die den Eiern zum Warmhalten aufgesetzt wurden.

Eine Hoteldame kommt in den Raum und fragt die Gäste nach ihren Zimmernummern. Die Kinder dürfen der Frau antworten, so wie sie auch die Knöpfe im Fahrstuhl drücken dürfen. Die Frau kommt rüber und fragt mich nach meiner Nummer.

»Keine Ahnung …«, sage ich.

»Wie? Sind Sie nicht Gast hier?«

»Das wäre ich gerne gewesen, aber ich bin gestern Nacht nicht reingekommen.«

»Oh, Sie brauchen nach 20 Uhr einen Keycode. In ihrem persönlichen Kundenbe…«

»Es ist schon in Ordnung. Das Husback Museum hat für mich reserviert.«

»Ach … Frau van Dijk?«

»Mh.«

»Willkommen! Sie sind ja dann eine richtige Künstlerin?«

»Mh.«

»Ich male ja auch so gern. Die ganzen Bilder hier sind von mir! Und, was malen Sie denn so?«

»Ich mache Performance.«

»Oh … ach so … Also, Kaffee oder lieber Tee?«

Ich gucke auf mein Handy. 10:45 Uhr.

»Weder noch, ich muss gleich rüber.«

Ich stecke mir das letzte hartgekochte Ei in die Jackentasche, packe drei Croissants in Servietten und verlasse das Hotel. Jetzt würde ich gerne irgendjemanden umarmen. Richtig fest und lange. An einem Hals riechen und fühlen, dass da jemand ist. Ich setze mich in den Cervo und sage, »GoGo: Navigation zum Husback Museum.«

* * *

Der Code für die Eingangstür des Hotels wäre 7227 gewesen. Aber Lexi schläft sowieso schon tief und fest in ihrem Auto. Hätte man keine Ahnung von ihrer seelischen Unruhe, man könnte diese Szene fast rührend finden. So klein und zusammengekauert über ihrem Lenkrad.

Morgens um sechs beginnt die Schicht für die Rezeptionistin, die hellwach über den Parkplatz stöckelt. Sie bemerkt, dass da jemand im Auto schläft und wählt ohne zu zögern die Nummer des Vilsgrunder Ordnungsamts. Während des Telefonats tritt sie an Lexis Auto. Als sie erkennt, dass es sich um eine schlafende Frau handelt, legt sie auf und steckt das Gerät zurück in die Tasche.

Gegen acht erwacht Lexi und telefoniert mit Finna Räikkönen. Die Kuratorin steht im Ausstellungssaal des Husback Museums und hat sich das Handy zwischen Schulter und Wange geklemmt. Mit den freien Händen zeigt sie ihrer Assistentin Josi, wo sie die Kabel verlegen soll. Sie spricht zu laut ins Telefon, »Das Licht und die Technik sind eingerichtet. Du bringst nachher den Rest mit, oder?«

Lexi klingt unendlich müde. »Klar. Alles im Auto. Bis gleich, Finna ... und ... dankeschön. Ich freue mich, dabei zu sein.«

Finna legt auf und wendet sich an Josi. »Die ist ja echt nett. Hat sich gerade total bei mir bedankt!«

»Wir arbeiten ja auch allesamt für sie«, sagt die Assistentin.

»Werden dafür aber anständig bezahlt!« Finna und Josi lachen und streichen mit den Füßen die Kabel am Boden glatt.

* * *

Im Radio erzählen sie, gestern Nacht sei eine Frau von der längsten Brücke der Welt gestürzt. Ich überlege für einen irrationalen Moment, ob sie mich damit meinen, aber das ist ja Quatsch. Mein Selfie mit dem Cervologo in der Wange kommt jedenfalls gut an. Viele Kommentare auch. Ich gebe allen ein Herzchen und lasse mich vom Navi durch Vilsgrund leiten. Wie ein Meteor hat sich das Husback Museum im Städtchen Platz geschaffen. Das strenge Raster unzähliger Reihenhäuser wird von einem Park unterbrochen, in dessen Mitte das Museum steht. Schon von weitem sehe ich das gigantische Banner über dem Eingang:

Body Dialectics
Opening & Performance
Alexandra vanDijk

Meine Brust wird eng. Haben die echt das Leerzeichen zwischen van und Dijk vergessen? Das darf nicht wahr sein! Das sieht wirklich schlimm aus. Ein Leerzeichen ändert alles. So kann ich das auf keinen Fall posten.

Der Parkwächter lässt die Schranke unten und hält mir einen Zettel vor mein Fenster.

»Nein, nein«, sage ich. »Das brauche ich nicht. Ich bin die Künstlerin.«

»Davon weiß ich nichts. Das müssen Sie dann mit dem Museum klären.«

»Alexandra van Dijk, sehen Sie? Auf dem Plakat?«

»Nehmen Sie bitte den Zettel.«

Ich stecke den Wisch in die Jackentasche zu meinem lauwarmen Ei und fahre den Weg zum Parkplatz entlang. Wieso setzen die da so ein Männchen hin? Wie es sein muss, einen Beruf zu haben, den jeder Metallkasten machen könnte.

Mit dem Handy mache ich ein Beweisfoto vom verhunzten Plakat. Keine Ahnung, ob man da irgendwelche Ersatzansprüche geltend machen kann. Vor der Kasse sehe ich Finna Räikkönen mit zwei Assistentinnen stehen. Sie strahlen mich an, Finna unterbricht sich mitten im Satz und wirbelt auf mich zu, umarmt mich einfach. Ich versuche, so viel wie möglich von dieser Umarmung aufzusaugen. Rieche ganz kurz an ihren Haaren.

»Alexandra!«, sagt Finna zu mir.

»Guten Morgen … Lexi«, entgegne ich.

»Nein, ich bin die Finna!«

»Ich weiß doch! Du kannst mich Lexi nennen, meine ich …«

»Ach so. Ha ha! Alexandra, Lexi, klar … oh, ich liebe deine Jacke!«

»Danke. Ich … auch.«

»Schau, das sind Karen und Josi. Ohne die beiden läuft hier *nichts*!« Finna macht bei dem Wort *nichts* eine ausladende Geste, die Karen, Josi und das ganze Museum mit einzuschließen scheint. Finna wirkt viel netter als am Telefon. Auch deutlich jünger. Am Telefon ist es mit den Menschen wie hinterm Steuer. Man geht erst mal vom Allerschlimmsten aus.

* * *

Von oben betrachtet ist Vilsgrund entsetzlich spießig. Bis auf die großzügigen Strandpromenaden besteht der Rest aus einem akkuraten Raster containerartiger Reihenhäuschen. Immerhin wird Vilsgrunds nördliche Achse von einem Park aufgebrochen, in dessen Mitte das Husback Museum sitzt.

Während sich Lexi vom Hotel Alta Vilsgrund zum Museum navigieren lässt, kann man schon mal nachsehen, welche Stationen gleich auf sie zukommen werden. Ihre nächste Interaktion wird wohl mit dem Parkwächter Ole Holstrom sein, der hier seit vierzehn Jahren die Schranke bedient. Ole sieht nicht unbedingt nach jemandem aus, mit dem man drei Wochen einen Roadtrip unternehmen würde. Das Robotische seines Berufs hat sein ganzes Wesen geprägt. Alles Menschliche ist aus seinem einst so freundlichen Gesicht verschwunden. Wird er dennoch erkennen, mit was für einem wundervollen Menschen er es gleich zu tun hat?

Lexi verlässt die Promenade und fährt im Schritttempo über den Schotter der Museumsanlage. Ole Holstrom versperrt ihr mit seiner Schranke den Weg. Dabei hat er vor einer halben Stunde einen Anruf von Finna bekommen, dass um elf Uhr die Künstlerin Alexandra van Dijk kommen würde. Aber Ole sehnt sich nach menschlichem Kontakt. Während im Museum eine Ausstellung aufgebaut wird, kommen keine Besucher. Das macht seine Tage noch dröger als sonst. Als er Lexi sieht, durchzuckt es ihn. Noch bevor sie ihre Scheibe unten hat, beginnt er zu sprechen, »Guten Morgen! Hier Ihr Parkschein.«

»Danke, das brauche ich nicht. Ich bin die Künstlerin.«

»Davon weiß ich nichts. Das müssen Sie dann mit dem Museum klären.« Diesen Satz scheint Ole zu bereuen, sein Gesicht wird noch strenger. Warum spielt er das kleine bisschen Macht aus, das er noch hat? Lexi runzelt die Stirn. »Alexandra van

Dijk, sehen Sie? Auf dem Plakat?«

»Nehmen Sie bitte den Zettel.« Ole zieht es knallhart durch.

Ein paar Meter weiter parkt Lexi ihren Wagen. Nervös greift sie nach ihrem Handy und fotografiert das Plakat. Ist sie nicht stolz, ihren Namen so groß zu sehen? Sie schließt kurz die Augen. Dann öffnet sie etwas ungelenk die Museumstür. Lexi, warte! Du hast die Scheinwerfer deines Autos angelassen! Schlimm, wenn man das mitansehen muss, ohne ihr helfen zu können.

* * *

Als Performancekünstlerin ist man immer hin- und hergerissen zwischen dem Wunsch, vor tausend Leuten aufzutreten und der Hoffnung, dass niemand kommt. Wobei ich wirklich zufrieden bin mit meinem Raum. Ich hatte nur Skizzen per Mail geschickt, flüchtige Zeichnungen einer vagen Idee, und es nun finalisiert zu erleben, ist durchaus beeindruckend.

Meine Performance dreht sich um die Sixtinische Kapelle in Rom, deren riesiges Deckenfresko Michelangelo fast im Alleingang ausmalte. Vier Jahre Knochenarbeit. Körperlich ist er daran fast zerbrochen. All die Zeit mit dem Kopf im Nacken an die Decke starren, 520 Quadratmeter mit einem Pinsel ausfüllen. Jeder Strich tropfte ihm auf den Kopf. Und das alles auf einem selbstkonstruierten Holzgerüst, das sich zwischen die beiden Kirchenwände keilte, ohne Verbindung zum Boden. Der Künstler schlief sogar in zwanzig Metern Höhe, weil ihm der Auf- und Abstieg immer schwerer fiel. Seine Fäkalien ließ der Großmeister in einem Eimer hinunter, seine Verpflegung kam im selben – gereinigten – Eimer wieder herauf.

Für meinen Auftritt verknüpfe ich die Realität des Künstlers mit der göttlichen Ikonografie des Christentums. Dafür habe ich sowohl Adam, aus dessen Rippe Eva erschaffen wurde, als auch den gepeinigten Künstler Michelangelo Buonarroti gebastelt.

Die beiden Männer liegen hinten in meinem Cervo, die Rücksitze habe ich dafür extra ausgebaut.

»Wo sind deine Skulpturen, Alexandra?« Die zweite Assistentin, Karen, steht hinter mir und spricht in meinen Nacken.

»Wie? Ach so, die sind verpackt in meinem Cervo. Könntet ihr die vielleicht holen? ... Warte, hier ist mein Schlüssel. Ich parke direkt unten am Museum. Bei den Oleandern.«

»Alles klar, ich hole den Rollwagen«, sagt Karen.

Manchmal ist es befriedigend, wichtig zu sein. Einfach mal eine Ansage machen zu können, und die Leute hören auf dich. Instinktiv ziehe ich mein Handy aus der Tasche. 145 Likes für mein Wangenselfie. Da geht noch mehr. Fahrig scrolle ich durch Instagram, als Karen mit dem Rollwagen aus dem Aufzug kommt. Meine Figuren wirken wie zwei Kriegsopfer, die man hastig in irgendwelche alten Tücher gehüllt hat, um ihnen einen letzten Funken Würde zu bewahren.

Karen fragt, »Auspacken?«

Und ich einfach so, »Ja, bitte.«

Ich grinse innerlich in mich hinein. Gut gemacht, Lexi! Dann zücke ich meine Kamera. Das Foto von Adam und Michelangelo ist schön, wie sie da zermartert auf dem Rollwagen liegen. Hashtag *opening*. Hashtag *artistsoninstagram*. Hashtag *art*!

In der Jackentasche spiele ich an meinem Parkschein herum. Er ist mittlerweile ganz feucht und komprimiert.

»Karen, kann ich dir meinen Parkschein geben? Ich möchte hier ungern fürs Parken zahlen.«

»Ach, Ole hat dir einen gegeben? Das gibt's doch nicht! Sonst werden die Künstler immer nur durchgewunken.«

»Künstler*innen«, flüstere ich.

»Den Zettel musst du Finna geben. Die sammelt so was.«

Karen löst mit einem Teppichmesser die Kordeln, die ich um meine Figuren gewickelt habe. »Ach, ja ... deine Scheinwerfer waren noch an.«

»Ah shit, danke. Hast du sie ausgemacht?«

»Nein. Ich wusste nicht …«

»Echt? Mh. Dann gehe ich schnell.« Das war's dann also mit Karen. Die Frau ist abgehakt. Ich lasse mir meine Schlüssel zurückgeben, das wird meine letzte Interaktion mit ihr gewesen sein. Als ich zum Parkplatz komme, sehe ich den Parkwächter mit schmerzverzerrtem Gesicht in seiner Blechhütte hocken. Er drückt sich eine Faust gegen seine Wange. Oder telefoniert er? Als er mich sieht, wendet er sich schnell ab und dreht mir den Rücken zu. Ich schalte die Scheinwerfer aus und eile die Treppen zurück in den dritten Stock.

* * *

Karen zieht die Luftpolsterfolie ab. Zum Vorschein kommen zwei von Lexis Halloweenfiguren. Eine Mischung aus Tierknochen, Draht und Kunstblut. Aber auch ein paar von Lexis Deadline-Tränen kamen bei der Herstellung zum Einsatz. Auf ihre kreative Panik direkt vor einer Ausstellung war schon immer Verlass gewesen. Eine Stunde vor Abfahrt trat sie Michelangelo aus Verzweiflung in den Bauch, dann war er vollendet.

Ganz allein musste sie die lebensgroßen Mannequins in ihr Auto hieven, da sie ihren Ex-Liebhaber Wim Kuijpers Anfang des Monats abserviert hatte. Wunderbaum-Wim. Sein Sarkasmus hatte ihn nicht allzu weit gebracht.

Lexi geht kopfschüttelnd zu ihrem Auto und macht die Scheinwerfer aus. Gott sei Dank. Hätte sie sich nach der Performance noch um ihre tote Batterie kümmern müssen, wäre das nicht zu verkraften gewesen.

Auf dem Weg zurück in den Ausstellungsraum begegnet sie Finna, die mit dem Statiker des Museums telefoniert. Der Mann ist schroff. »Es kann nicht sein, dass ich davon nur ein paar Stunden vorher erfahre! Wie soll ich da bitte reagieren?«

»Die Pläne haben sich eben kurzfristig geändert!«, entgegnet Finna. »Die Künstlerin möchte die Installation nun mittiger im Raum platzieren.«

»In der Raummitte sind aber keine Stützträger!«

»Die Decke ist doch überall massiv ...«

»Rigips! Man kann da mit den richtigen Dübeln auf jeden Fall etwas machen. Aber einen Menschen dranhängen? Das kann ich so pauschal nicht garantieren!«

»Unser Haustechniker verbürgt sich dafür. Er hat gesagt, er arbeitet seit Jahren mit dieser Decke ... Hat da sogar schon mal eine Stahlkugel von Idris Billinghof montiert. Und was wird die wiegen? Eine Tonne?«

»Ich weiß schon, mein Gefühl sagt auch, dass nichts passieren sollte. Aber mein Beruf schreibt eben ein anderes Prozedere vor.«

»Danke für Ihre Einschätzung, Herr Grijpers.«

»Ich habe damit dann nichts mehr am Hut ... Wie Bitte? ... Ja ... Mhm ... Auf Wiederhören, Frau Räikkönen.«

Finna drückt vier Mal auf das rote Auflege-Symbol und macht eine wegwerfende Bewegung, ohne das Handy loszulassen. Sie geht in Lexis Raum und hängt sich an das Seil, das von der Deckenmitte bis zum Boden baumelt. Sie hält mit beiden Händen fest und lässt sich so richtig nach vorn sacken.

»Karen, Josi. Kommt mal und zieht mit mir!«

Finnas Assistentinnen fassen mit an und reißen wie wild an dem Seil.

»Okay. Passt doch.«

Josi betrachtet ihre roten Hände und schüttelt sie aus. Wenn man sich die Museumsdecke ganz genau ansieht, kann man einen feinen Riss im Putz erkennen, dort wo der Flaschenzug eingehängt ist. Gemeinsam haben die drei eine punktuelle Zugkraft von gut 170 Kilogramm erreicht, das Dreifache von Lexis Körpergewicht.

* * *

Meine Figuren wurden in Position gebracht. Sie wirken beeindruckend, so hoch oben im Saal schwingend. Mit einem Flaschenzugsystem wurden mein Adam und mein Michelangelo drei Meter über dem Boden aufgehängt. Adam ist eine Mischung aus Schaum, Haaren und Schweinerippen, die sich bedrohlich aus seiner Brust bohren. Mit Rote Bete-Saft vermischtes Silikon dient als Blut, das aus dem aufgerissenen Brustkorb quillt. Einen Meter weiter rechts schwebt Michelangelo, der die Erschaffung Evas in besagtem Deckenfresko festgehalten hat. Mein Michelangelo ist nur noch schwer als Mensch zu identifizieren. Für ihn habe ich mehrere Tierknochen miteinander verschraubt und ein Skelett gebastelt, dessen Zwischenräume ich mit Bauschaum, Augenprothesen und Schweineborsten gefüllt habe. In der Mitte der beiden Skulpturen hänge ich an einem Seil, das über eine Rolle an der Museumsdecke befestigt ist. Ich stelle Eva dar. Die erste Frau, und doch die ewige Zweite. Mit dem Fuß schlüpfe ich in den geöffneten Brustkorb meines Adams und lasse mich von Michelangelo erschaffen. Ich labe mich an der gönnerhaften Überlegenheit meiner männlichen Überfiguren; reibe mich mit dem roten Silikon ein, stecke mir Michelangelos Pinsel in den Mund bis ich würgen muss.

Unter mir tobt das Besuchermeer, das sich pünktlich im Saal eingefunden hat. Obwohl ich über den Dingen zu schweben scheine, rast mein Herz. Finna zwinkert mir zu und betrachtet meine Performance durch ihr Handy. Den hellen Leinenstoff, in den ich eingewickelt bin, streife ich nach und nach ab, bis ich nackt in der Mitte der Halle baumle. Nur das Korsett, an dem das Seil befestigt ist, bedeckt meine Bauchpartie und schneidet sich in meine Oberschenkel. Ich mache eine halbe Rolle vorwärts und hänge nun kopfüber. Mein Blick wandert langsam übers Publikum. Durch meine früheren Performances hat sich ein gewisser Lerneffekt eingestellt. Wer jetzt meinen Blickkontakt hält, muss davon ausgehen, in die Aufführung integriert zu werden. Die allermeisten schauen verlegen zu Boden, doch es gibt immer irgendeinen kühnen Kunststudierenden aus dem dritten Semester, der diese Mutprobe bestehen möchte. So auch heute Abend. Ein blonder Schönling mit rosa Jacke und Springerstiefeln hält unverfroren meinem Blick stand. Ich nicke ihm zu und zeige mit blutigem Finger auf eine Bodenmarkierung direkt unter mir. Der Student schlendert betont gelassen auf das Kreuz zu, seine Augen dabei stets auf mich gerichtet. Irgendwie hat er was. Die Stoppeln seines Sidecuts glitzern im roten Scheinwerferlicht.

Ich wedle mit der Hand in Richtung Decke und lasse sie kreisen. Das Zeichen für Josi, den Mikrofonständer von der Decke zu lassen. Sie betätigt eine Kurbel an der Rückwand, die Gerätschaft senkt sich langsam ab und kommt vor dem Studenten zum Stehen. Auf das Mikrofon selbst habe ich vorhin ganz spontan die Eiermütze gestülpt. Die Klangkulisse schwillt an, die Bässe lassen den Raum vibrieren. Auf eine der Wände wird nun ein Text projiziert. Der Student versteht sofort seine Aufgabe und spricht in das Mikrofon ein Gedicht, das Michelangelo im Jahr 1509 mit skurrilem Humor über die Anstrengungen der Gewölbemalerei verfasste:

Den Bart reck' ich gen Himmel,
mein Hirn gepeinigt in seinem Sarg,
und mit Harpyien-Bauch,
Derweil der Pinsel, immer über'm Aug',
Ein schön Mosaiko kleckst mir auf die Backen.

Die Lenden kriechen tief mir in den Ranzen,
Den Hintern ball' ich zum Knäu'l fürs Gleichgewicht,
Noch Kreis, noch Strich, die ich gezogen, seh ich nicht.

Mein Bild ist totgeboren,
Verteid'ge du es, Giovanni, und mein Gesicht.
Der Ort hier taugt nichts, ein Maler, nein, der bin ich nicht!

Dann geht ein Ruck durch meinen Körper. Irgendjemand hinter mir stößt einen Schrei aus. Eine Art Knall und ein metallisches Rattern. Ehe ich mich orientieren kann, befinde ich mich im freien Fall. Ungebremst falle ich dem Mann unter mir in den Rücken. Erst fühlt es sich nicht so schlimm an, weil ich den Aufprall als relativ sanft erlebe. Aber unter mir knackt etwas, und das Seil knallt samt Flaschenzug neben mir auf den Boden.

* * *

Um sieben öffnen sich die Pforten des Museums, und etwa zweihundert Menschen strömen nach oben. Alle, die Lexis Raum betreten, werden von einer anmutigen Stille ergriffen. Die Gespräche verebben im Anblick dieser biblischen Szene, die sich da unter der Decke vollzieht. Die Gesichter in tiefrotes Licht getaucht, haben die Besucher etwas Gespenstisches, als seien sie Teil einer Séance oder eines Sektenrituals.

Mitten im Raum schwebt Lexi van Dijk in weißen Stoff gehüllt. Ihr Körper strahlt wie ein makelloser Kokon, eingekeilt zwischen zwei abscheulichen Kreaturen. Sie fährt ein Bein aus und führt es in den Brustkorb ihrer Adamsfigur. Wie in Zeitlupe betastet und beklopft sie Michelangelos Knochenfragmente. Nach und nach streift sie dabei ihren Stoff ab, der ins Publikum segelt. Ihr Körper wirkt betörend auf die Zuschauer. Sie alle stehen mit offenen Mündern im Saal, ihre Köpfe in den Nacken gelegt, die meisten mit ausgestrecktem Telefon in der Hand. Ihnen ist die Nachahmung der Malhaltung Michelangelos sicher nicht bewusst.

Der feine Riss in der Decke ist unsichtbar und hat sich seit dem Test nicht verändert. Es wird schon alles gutgehen, oder? Trotzdem ein schreckliches Gefühl, etwas Unheilvolles zu erahnen und nichts am Verlauf der Dinge ändern zu können.

Finna wirkt entspannt und streamt das Spektakel live auf dem Instagram-Account des Museums. Ein junger Mann in lächerlichen Klamotten drängt sich als Freiwilliger geradezu auf und lässt sich von Lexi seinen Platz zuweisen. Sie weiß nicht, dass es sich um Wessel Bosman handelt, ein 24-jähriger Typ, der seinen Followern ein Leben als Dandy und Künstler vorgaukelt. Seine affige Kleidung bekommt Wessel von Werbepartnern gesponsert. Er hat noch keinen Fuß in eine Kunstakademie gesetzt, stellt aber seine Fotokunst (Selfies) in den Immobilien seines Vaters aus – Lofts, Garagen, Penthouses. Seine Fans lieben ihn. Ein Print mit seinem Gesicht in unlimitierter Auflage kostet 200. Bei 300.000 Followern rechnet sich das. Und Lexi hängt nackt an der Decke und kann davon kaum ihre Krankenversicherung zahlen. Man würde sie jetzt am liebsten in den Arm nehmen.

Jetzt darf dieser Wessel auch noch seine Stimme erheben. Das gefällt ihm, denn Wessel liebt seine Stimme. In seinen täglichen Videobotschaften erklärt er seinem gekauften Publikum, wie man es als Künstler so richtig schaffen kann. Dann fährt er sich immer durch die blondierten Haare oder rubbelt über seine Schläfenstoppeln und zeigt dabei ganz beiläufig seine neue Uhr.

Die Worte Michelangelos kommen nun mit 500-jähriger Verzögerung aus seinem Mund. Abwechselnd guckt er dabei in das streamende Handy seines Freundes und in Finnas Linse. Das wird ihm eine ganz neue Zielgruppe eröffnen. Mit lässiger Rockstargeste umklammert er das Mikrofon.

Dann macht es einen lauten Knall, und die obere Laufrolle des Flaschenzugs wird aufgesprengt. Das Seil verliert seinen Halt und löst sich von der Rolle. Ein kollektives Stöhnen fährt durch den Saal. Manche schließen reflexartig die Augen, nur ihre Telefone filmen weiter. Lexi stürzt in die Tiefe, direkt auf Wessel Bosman, den es schlagartig zusammenfaltet. Ihre Schulter trennt zwei von seinen Lendenwirbeln, sein Rückenmark und die darin verlaufenden Nerven sind aufs Äußerste gespannt. Doch Lexi, sie scheint den Sturz überlebt zu haben! Ihre Augen zucken wild umher, sie bewegt Mund und Arme. Nackt und gekrümmt liegt sie auf dem jungen Mann, dessen Schicksal gerade unzählige Menschen in der Liveübertragung verfolgen. Lexis Hals ist überdehnt wie der von Michelangelo, die Haare legen sich kaskadierend über ihre Brüste und Wessels rosa Jacke. Und ich kann einfach nicht mehr anders als mir endlich einzugestehen:

Lexi, ich liebe dich.

* * *

Als ich in diesen jungen Mann stürze, fühlt es sich so an, als würde ich es extra machen. Weil mein Körper diese Handlung vollzieht, und er selten etwas macht, was ich nicht aktiv beabsichtige, ist auch dieses Rammen wie etwas, das ich steuere. Ich bin ganz kurz böse und zerstöre diesen fremden Menschen.

Das Gefühl hält keine halbe Sekunde, aber es erschüttert mich in meiner Selbstwahrnehmung. Ich sehe mich von außen: Eine selbstsüchtige Künstlerin ohne Mehrwert für die Gesellschaft, die fremde Menschenleben gefährdet, um den eigenen Narzissmus zu befriedigen.

Unter mir stöhnt es. Ich spüre den muskulösen Rücken des Mannes, seinen Hintern, seine Oberschenkel. Ich spüre seinen Schmerz, aber meinen eigenen nicht. Wie in Trance gucke ich mich um, blicke in aufgerissene Augen und Münder. Ich möchte schnell aufstehen und dem Jungen aufhelfen, aber meine Beine bewegen sich nicht. Wieder ist es komisch, dass der Körper etwas macht, was ich gar nicht möchte. Es ist, als hätte sich mein Geist von ihm abgelöst. Jetzt schließen sich meine Augen, ich kann es gar nicht verhindern.

* * *

Wahnsinn, wenn man es ausspricht! Wenn man es sich endlich eingesteht, ohne Zweifel und Zurückhaltung.

Lexi, ich liebe dich!

Wenn diese Worte erstmals eine Bedeutung bekommen … *alles* bedeuten!

Ich *liebe* dich!

Umso schmerzhafter dieses Bild: Zwei geknickte Körper schmiegen sich aneinander, Lexi als Wessel Bosmans Glasur. Eine Ohnmacht legt sich über das Publikum wie ein Tuch über einem Vogelkäfig. Alle scheinen zu warten, dass jemand etwas tut. Finna betrachtet die Szene nur durch ihr Telefon.

Der Livestream auf Wessels Instagram sorgt derweil für entsetzte Emojis. In den ersten 60 Sekunden hagelt es 122 weinende Smileys, 32 mit offenem Mund, 42 Follower benutzen das Wort *Gott* in der einen oder anderen Form (*OMG* miteinbezogen). Einer schreibt *fake*. Eine schreibt *publicity stunt gone wrong*. Einer schreibt *#attentionwhore*.

Der Kollege, der für Wessel die Liveschalte aufnimmt, hält sein Handy in Wessels friedliches Gesicht. Besser könnte man unterlassene Hilfeleistung nicht eigenhändig dokumentieren.

Die Bässe der Performance wabern immer noch durch den Raum und verleihen dem Geschehen etwas Filmisches. Vielleicht hilft deshalb keiner. Die Hoffnung, der Unfall sei ein elaborierter Stunt als Teil der Performance, ist groß. Wer will da die anmutige Stille unterbrechen und sich als potenzieller Naivling entpuppen? *Haha, du hast geholfen, wie peinlich!*

Lexis Augen zucken wild. Der Blick rast durchs Publikum,

ihr Unterbewusstsein scheint stumm nach Hilfe zu rufen, bevor sich ihre Lider schließen. Ich habe große Mühe, das mit anzusehen. Doch auch ich bin in diesem Moment so hilfreich wie Finna, Josi und der Rest des gaffenden Publikums.

* * *

Ich habe im Fernsehen schon oft Leuten dabei zugesehen, wie sie nach einem Unfall an einem fremden Ort erwachen und sich zu orientieren versuchen. Das gehört eben zu diesen tragischen Geschichten dazu und hat einen nie groß berührt. *Wo bin ich?* Eine abgeschmackte, eine kindliche Frage. Doch wenn man nun selbst nach einem Blackout zu Bewusstsein kommt und wirklich nicht weiß, wo man ist, rutscht einem der Boden unter den Füßen weg. In diesem Schwebezustand stockt dir der Atem, denn da ist nichts mehr, was dir Halt verleiht. Ich weiß nicht, was passiert ist, welche Verletzungen ich habe, ob ich gelähmt bin, ob der Mann gelähmt ist, ob meine Karriere vorbei ist. Ob es mein Leben noch gibt.

Wo bin ich?

Irgendwelche Geräte piepsen, deren Kabel direkt unter meinem Nachthemd verschwinden. Eine Ärztin reißt kurz darauf die Tür zu meinem Zimmer auf und tippt wild auf dem Kasten herum, anstatt mir Beachtung zu schenken. Ich stöhne, um auf mich aufmerksam zu machen. Überrascht dreht sich die Frau um und starrt mich an.

»Sie sind schon wach? Geht es Ihnen gut, Frau van Dijk?«

»Wo bin ich?«

»Im Krankenhaus Vilsgrund.«

»... Lebt der Mann, auf den ich gefallen bin?«

»Ja.«

Ich atme auf. »Was hat er?«

»Das darf ich leider nicht sagen.« Die Ärztin verzieht ihren

Mund. Seit wann tragen Ärztinnen Lippenstift?

»Ah. Und ... wie geht es mir?«

»Der Herr hat ihren Sturz wohl stark abgefedert. Ultraschall und CT haben Prellungen gezeigt, besonders an Hüfte und Schulter. Etwas Lymphflüssigkeit in Ihrem Bauchraum, aber das haben wir im Griff. Und Ihr Oberschenkel ist mit Stützbändern gesichert, da ist das Unterfettgewebe etwas eingerissen.«

»Wie viele Tage war ich weg?«

»Wie? Ach so. Na, das war heute Abend. Sie wurden vor fünf Stunden eingeliefert. Ich lasse Sie jetzt schlafen. Es ist drei Uhr nachts. Und bitte so wenig wie möglich bewegen, abgemacht?«

»Wieso habe ich keine Schmerzen? Bin ich gelähmt?«

»Nein. Das ist die Kombi aus Schock und Morphin.«

»Und das Piepsen?«

»Das ist nicht so wichtig. Gute Nacht. Wir gucken gleich morgen früh nach Ihren Werten, Frau van Dijk.«

Die Ärztin lächelt mich an. Sie ist bildschön. Tolle Haare, dezentes Make-up. Und das um diese Zeit. Vielleicht geht sie jetzt noch aus? Sie hätte sicher alles werden können in ihrem Leben. Aber ihr Weg führte dennoch hierher, zwang sie, sich mitten in der Nacht mit einer überflüssigen Künstlerin zu beschäftigen. Wäre ich Malerin, ich würde ihr morgen ein Bild schenken. Aber ich kann eigentlich gar nichts.

Ich hebe meine Decke an. Da liege ich in weiße Baumwolle gehüllt. Am Bauch ist es dick unter dem Stoff. Ich knöpfe mein Hemd auf, um nachzusehen, ob noch alles dran ist. Meine Schulter brennt bei der Bewegung, es schießt elektrisch durch den Oberarm. Ich muss dringend pinkeln. Nach kurzem Zögern lasse ich es einfach laufen, weil ich spüre, dass ich das darf. Kaum zu glauben, ich bin noch ganz! Ich kann atmen und pinkeln. Eigentlich ein Grund zur Freude, doch dann sehe ich mich wieder auf diesem Mann liegen, wie ich richtig in seinen Körper eindringe, sein Gewebe auseinanderschiebe. Habe ich ihm absichtlich meinen Ellbogen zwischen die Schultern getrieben? Nein, plötzlich gab das Seil nach. Mich trifft keine Schuld. Es war ein Unfall!

Mein Handy liegt eingestöpselt auf dem Nachttisch. Das ist ja lieb. Da hat es jemand aus meiner Handtasche gekramt und zum Laden hingehängt, damit ich gleich meine Leute informieren kann. Ich öffne WhatsApp, um zu schreiben, dass es mir gut geht. Dass ich lebe! Als ich am Ende meiner Kontaktliste angekommen bin, schließe ich die App, ohne eine einzige Nachricht verschickt zu haben. Mir fällt wirklich niemand ein, der wissen müsste, wie es mir geht. Ich öffne Instagram, doch es scheint gehackt worden zu sein. Hunderte Nachrichten, Erwähnungen, Kommentare. Hashtag *lexivandijk*. Etliche der Verlinkungen verweisen auf das Profil eines Wessel Bosman. Ein Klick später wird klar, dass er der arme Typ ist, den ich erwischt habe. Wessel Bosman, ja, das ist er. Was? 300.000 Follower! Ein richtiger Influencer. Sein letzter Post zeigt ihn in bekannter pinker Jacke vor dem Husback Museum. Über ihm ein Banner mit der Aufschrift *Alexandra vanDijk*. Unter dem Foto schreibt er: *Super gespannt auf die Performance von Alexandra van Dijk. Dafür fährt man doch gerne 240 Kilometer ;) Wir sehen uns beim Livestream.*

#artists4artists

So etwas Schönes habe ich also zerstört. Diesen hübschen, eitlen Mann in den Boden gestampft. Ich sehe mich in seinen Einzelteilen baden. Sein Kopf ist abgetrennt und starr wie aus Wachs, sein Herz liegt freigelegt in zersplittertem Brustkorb. Es pumpt Blut vergeblich in aufgerissene Ader-Sackgassen. Und ich mittendrin, ertrinke in seinen Weichteilen, zerre seine Sehnen mit den Fingern auseinander, bis sie schnalzen. Meine Stirn hat tausend Grad.

Ich weiß, ich sollte ruhen, schlafen, heilen, aber stattdessen klicke ich auf den aufgezeichneten Livestream in Wessels Profil.

Da steht dieser blonde Mann im Publikum, während eine Irre nackt von der Decke baumelt. Ich atme kurz auf, weil ich fest davon überzeugt bin, dass das gar nicht ich selbst bin, die da hängt und sich die Kleider vom Leib reißt. Die sich windet und verdreht und ihre Gliedmaßen in irgendwelche Jahrmarktfiguren steckt. Diese Wahnsinnige hat mit mir nichts zu tun. Ich bin eine anständige Frau, intelligent, diszipliniert. Eine der Besten ihres Jahrgangs. Ich wäre ja auch beinahe Ärztin geworden und hätte mitten in der Nacht fremden Menschen das Handy angestöpselt. Ich hätte eine Million Sachen machen können, die nicht zur Auslöschung dieses Menschen geführt hätten.

Ich breche das Video vor meinem Sturz ab und scrolle mich durch die Kommentare unter Wessels aktuellem Post. Es sind nur Buchstaben auf meinem Screen, ich weiß es, und doch transportieren sie Vorwürfe und Hass, zusammengetragen aus den entferntesten Winkeln der Welt. Vor allem Frauen schreiben da, offensichtlich schrecklich verliebt in diese charismatische Wesselfigur. Sie wünschen ihm das Beste und mir das Allerschlechteste. Verfluchen mich, beleidigen mein Aussehen, meine Haare, meine Nase, meine Nationalität, meine Kunst. Ein paar Männer formulieren sexuelle Absonderlichkeiten, die man zur Strafe mit mir anzustellen habe. Auch in Deutschland scheint Bosman eine Fangemeinde zu haben. Ich lasse mir einige Kommentare übersetzen, die Deutschen suhlen sich noch ungehemmter in virtueller Härte und Gewalt. Ich fühle mich in die Ecke getrieben, kollektiv verhasst, mental gesteinigt. Und am meisten schmerzen die Kommentare, die meine unterbewussten Selbstzweifel bestätigen:

Was für eine unnütze Künstlerin!

Wie kann es diese nackte Hexe wagen, sich Künstlerin zu nennen?

Im ehrenvollen Fahrwasser Michelangelos zu treiben, um unter dem Deckmantel kultureller Referenz jegliche Kritik zu zerstreuen.

Durchschaubar

Pubertär

Erstsemesterkunst! Aus Angst, etwas wahrhaft Eigenes und Originäres zu erschaffen.

Wieder denke ich an Wessels zerfetzten Körper. Sind diese Bilder real? Was ist ihm wirklich passiert?

Ich schrecke auf, weil mein Kopf blutet. Das komplette Kissen ist nass, aber nicht rot. Mit dem Laken trockne ich mir Augen und Nase. Ich muss das Video zu Ende ansehen. Alles in mir bäumt sich auf, doch mein Finger drückt wie von Geisterhand gesteuert auf die Aufzeichnung von Wessels Livestream. Das Video wird fortgesetzt. Noch immer hänge ich von der Decke. Und Wessel lebt. Er steht stolz und aufrecht, wirft der Kamera einen süffisanten Blick zu, bevor er sich ans Mikrofon stellt. Die Nackte da oben an den Seilen hatte es ihm befohlen. Er liest meinen prätentiösen Text vor, bis er von einem lauten Knall unterbrochen wird. Die Kamera wackelt, ein Raunen geht durch den Saal. Die Frau fällt vom Himmel und plättet den Mann. Sein Kinn ist der erste Kontaktpunkt zum Boden und bremst seinen Fall mit aller Heftigkeit. Auch wenn es nicht so aussieht, aber dieses unbekleidete Monster da auf seinem Rücken, das bin ich. Hastig greife ich zu einer Schüssel und übergebe mich.

Wessel liegt regungslos auf dem Boden des Museums. Ich sehe kein Blut, keine abgetrennten Körperteile. Nur zwei stille Menschen, eng aneinander geschmiegt, irgendwie friedlich. Ich beende das Video und scrolle durch seine Pinwand. Hier ist er auf einer Vernissage mit Cremant im Glas, da mit jungen Mädchen im Arm, dort auf einem Boot mit riesiger Krabbe in der Hand. Dazwischen Selfies vor monochromem Hintergrund. Abzüge dieser Fotos sind auch manchmal an irgendwelchen Betonwänden luxuriöser Wohnungen zu sehen. Teil der gerahmten Arbeiten ist auch die Instagramzeile unter den Fotos, die Hashtags, die Likes, die Emojis. Das selbstverliebte Gesicht von Wessel Bosman ist zum Dahinschmelzen. Ich möchte dieser ungesunden Mischung aus Narzissmus und grenzenloser Selbstüberhöhung mit Ablehnung entgegnen, aber mein Herz hat offenbar anderes im Sinn. Ich scrolle und scrolle, sehe dem Mann beim Jüngerwerden zu. Seine Haare werden kürzer, die Gesichtskonturen weicher, die Klamotten noch bunter. Ich erreiche seinen ersten Post. Von über 1000.

Ich bin sonst keine Frau, die bei einem Mann auf Äußerlichkeiten anspringt, aber vielleicht sind da zu viele Emotionen in mir, die sich einen Kampf um Leben und Tod liefern; Scham, Selbstekel, naive Liebesgefühle, Sehnsucht, Hass auf mich, auf die Welt, auf die Kunst. Ich brauche ein Ventil, und ich finde es in Wessels grünen Augen, seinem gespielten Glamour, in der Künstlichkeit seines Künstlerseins.

Dann schlafe ich ein, ohne es zu merken.

* * *

Finna Räikkönen beendet endlich ihre Filmerei und googelt die Telefonnummer des Notdienstes.

»Komisch, das ist ja die Nummer von der Feuerwehr!«

Karen reißt die Augen auf. »Hast du gerade Notruf gegoogelt?«

»Psst, es klingelt! Ja, hallo, Finna Räikkönen hier. Im Husback Museum ist eine Frau von der … Decke gefallen. Bitte? Ja. Auf einen Besucher. Nein, kein Blut. Aber ich war noch nicht nah genug dran … Mache ich … Danke, bis gleich. Ach, warten Sie! Was soll ich bis dahin tun? … Ah, okay!« Finna legt auf und ruft ins Publikum, das sich dankbar von Lexi abwendet und nun Finna fixiert.

»Stabile Seitenlage! Kann das jemand?«

Eine 17-Jährige meldet sich zaghaft. »Ich! Glaube ich. Haben wir gerade für den Führerschein geübt.«

Finna wedelt ihr Handy durch die Luft wie einen Dirigentenstab. »Komm, dann mach! Schnell!«

Kurz bevor Wessel von den zitternden Händen des Mädchens stabilisiert werden kann, treffen die Sanitäter ein. Ganz klassisch wird der Puls geprüft und in den Rachen geguckt. Auf Alutragen schweben Lexi und Wessel aus dem Saal, das Publikum atmet auf, als habe man es von einer schweren Last befreit. An der Wand flimmern noch immer Michelangelos Zitate.

Im Krankenhaus werden die beiden gescannt und untersucht, danach landen sie in unterschiedlichen Zimmern. Mitten in der Nacht beginnt Lexis Herz unkontrolliert zu rasen, das EKG schlägt Alarm. Ihr Gesicht ist wie aufgelöst, Schweiß steht ihr auf der Stirn. Sie sieht sich in dem kleinen Raum um, greift wie aus unbewusstem Reflex nach ihrem Telefon, lässt es aber wieder fallen. Frau Doktor Peters steht ein Stockwerk weiter unten vor dem Spiegel der Damentoilette. Zwischen Wimperntusche und Concealer sendet sie vereinzelte Textnachrichten an ihr Date. Irgendein Typ, der sich seit vier Stunden in einem Elektroclub herumtreibt, hat während einer Raucherpause die Frau Doktor gematched und ein spontanes Treffen vereinbart. Er ist auf Speed, aber die Ärztin hat selbst vor zwölf Minuten ein wenig gekokst, um sich Mut zu machen. So spät trifft sie sich selten mit Männern, nur die letzten Wochen im Krankenhaus haben ihr doch viel abverlangt. Sie schmatzt ihre Lippen auf ein Stück Klopapier, als ihr Pager im Takt zu Lexis Maschine piepst. Frau Doktor Peters seufzt.

* * *

Am nächsten Morgen explodiert mein Handy. Jedes App-Symbol zeigt unzählige Benachrichtigungen an. Ich schalte es wieder aus und lege es auf den Nachttisch zurück. Ich habe seit Jahren nicht mehr so lange geschlafen. Mir tut alles weh, aber am meisten schmerzt mein leerer Magen. Ich brauche Fett und Salz und Zucker. Aber im Zimmer sehe ich nichts Essbares. Ist das normal? Es kann doch nicht jedes Mal, wenn irgendjemand Hunger hat, eine Schwester oder ein Bruder kommen? Auf dem Vorhang neben mir sehe ich die Schatten einer anderen Person. Da sitzt jemand aufrecht im Bett, die Arme angewinkelt wie eine Gottesanbeterin, den Nacken nach vorne gebogen. Der Schatten scheint in ein Telefon zu gucken.

»Hey«, flüstere ich gegen den Vorhang, »wie bekommt man hier etwas zu essen?«

Der Schatten erschrickt, wendet sich um. »Oh, guten Morgen. Ich, äh ... da ist so ein roter Knopf am Bett.«

»Bei mir ist kein ... ah, okay, unter der Decke ... Ich habe so Hunger!« Ich drücke auf den Knopf. Es piept.

»Die meisten hier mögen das Käsebrot.«

»Was gibt es sonst?«

»Wurstbrot.«

»Ich will Pølser und Pommes und Eis.«

»Dann muss man in die Kantine. Nur abgepackte Brote dürfen aufs Zimmer. Können Sie aufstehen?«

»Ich traue mich nicht. Das ist alles wie einzementiert.«

»Unfall?«

»Ja, ein Sturz aus ziemlicher Höhe. Und du ... Sie?«

»Schon gut, gerne du. Ich ... also, mir wurde vor einer Woche der Magen entfernt.«

»Der ganze? Aber wie ...«

»Von der Speiseröhre geht's jetzt direkt in den Darm. Nur noch flüssige Nahrung. Nichts, was einem im Magen liegen könnte.« Der Schatten schnaubt kurz. »Aber ein Pølser klingt trotzdem gut. Mein Essen kommt seit ein paar Tagen durch den Schlauch. Immerhin habe ich keinen Hunger mehr.«

»Sorry. Man sollte im Krankenhaus wohl immer aufpassen, was man sagt ... Ich bin Lexi.«

»Hi, Lexi. Ich bin Leontine.«

»Leontine, schön. Kommst du aus Vilsgrund?« Mein Smalltalk ist so schlimm, dass er wenigstens meine körperlichen Schmerzen übertüncht.

»Ja, genau. Ich arbeite in der Groen Kunsten Galerie. Du?«

»Ah, cool, in einer Galerie. Ja, ich … war … Künstlerin. Performance und so.«

»Echt? Wie heißt du mit Nachnamen?«

»Van Dijk.« Das Handy neben mir vibriert ohne Unterlass. Ich schalte es aus.

»Ach komm, Lexi van Dijk? Das sagt mir was! Hast du nicht irgendwas im Husback Museum gerade?«

»Mh.« In meinem Kopf liegen immer noch Wessels Leichenteile zerstreut in der Museumshalle. Ob ich die jemals loswerde? Ich muss ihn bald besuchen. Zum dritten Mal drücke ich den roten Knopf am Bett. Leontine möchte weiterreden, da unterbricht endlich die Ärztin von gestern unser Gespräch.

»Guten Morgen, Frau de Jong. Guten Morgen, Frau Dijk.«

Ich lese ihr Namensschild. »Guten Morgen, Frau Dr. Peters.«

Sie lächelt mich an. Heute ist sie ungeschminkt und sieht irgendwie noch besser aus als gestern. Sie glüht richtig.

»Wollen wir gleich mal einen Check-up machen?«

»Ich habe so Hunger!«, jammere ich.

»Das Blut nehmen wir schnell noch nüchtern ab. Warten Sie, ich helfe Ihnen in den Rollstuhl.«

Nichts erinnert noch an das Leben vor dem Unfall. Man ist nackt und kaputt und ohne Charakter. Frau Peters schiebt mich durch den Gang, und ich versuche, durch die vorbeiziehenden Fenster Wessel zu entdecken.

»Doktor Peters«, flehe ich, »ich muss wissen, wie es Wessel Bosman geht! Wenn mich der Sturz nicht umbringt, dann mein schlechtes Gewissen!«

»Er lebt. Aber seine Akte ist vertraulich. Oder stehen Sie in irgendeiner persönlichen Beziehung zu ihm?«

»Ich habe ihn fast das Leben gekostet.«

»Ich fürchte, das reicht leider nicht.« Doktor Peters lacht! Was für eine Frau. »Er ist jedenfalls im selben Trakt untergebracht. Sie beide sind freie Menschen. Vielleicht laufen Sie sich ja einmal über den Weg.«

Ich spreche mit der Ärztin, ohne sie anzusehen. »Werde ich wieder laufen können?«

»Ja aber natürlich! Es ist nichts gebrochen.«

»Und wenn es zu einer Hämatomruptur kommt?«

»Haben Sie etwa gegoogelt?«

»Nein, ich wollte einmal Ärztin werden … wie Sie. Aber alles, was ich im ersten Semester über den menschlichen Körper gelernt hatte, übertrug ich direkt auf mich selbst. Im zweiten Semester war ich davon überzeugt, eine Sarkoidose zu entwickeln.«

»Wie gesagt, die Scans sehen vielversprechend aus. Wir beobachten unsere Patienten hier sehr genau.«

»Patient*innen.«

»Was ist mit denen? … Ach so! Ja, da haben Sie recht.«

Mein Blut ist fast schwarz in dem Röhrchen. Gut, wieder ein bisschen weniger Lexi. Kaum, dass die Spritze meinen Arm verlässt, werde ich auch schon weitergeschoben.

»Voilá!«, sagt Doktor Peters. Vor mir tut sich eine große Halle mit Holzboden und meterhohen Glasfronten auf, regelmäßig unterbrochen durch sehr gesunde Palmen. Kaum eine braune Spitze an den Blättern. Einige Gäste lesen entspannt in den Korbliegen, als seien sie zum Urlaub hier. Mein Blick fällt durch die Fenster auf einen steinigen Strandabschnitt. Dahinter tobt das Meer.

»Was für ein Krankenhaus!«

»Wir nennen es Krankenchalet.« Frau Doktor Peters kichert hinreißend. In dieser Frau ist keine Spur Zynismus verborgen, keine misanthropische Bitterkeit. Nur aufrichtige Hingabe an ihren Beruf. »So, dann suchen Sie sich mal etwas aus. Hackbällchen sind immer gut hier.«

»Ich bin Vegetarier.«

»Vegetarierin!«, berichtigt sie mich.

»Ha!« Ich muss wirklich kurz lachen, nur meine Organe finden das nicht so lustig. Es reißt in mir vom Nabel bis zur Brust hoch. Mit verkniffenem Gesicht entscheide ich mich für ein Käsebrot und Kräutertee.

»Behandeln Sie denn alle hier so persönlich?«, frage ich.

Ihre Kitteltasche vibriert. Die Ärztin reicht mir das Brot und tippt grinsend in ihrem Telefon herum.

* * *

Die halbe Kunstwelt reißt sich um Lexi van Dijk und sie bekommt es kaum mit. Dagblad, Courier, Sun, Artdaily; die Liste an brandaktuellen Berichterstattungen scheint endlos. Selbst kunstmarktferne Spekulanten rufen im Husback an, um sich nach käuflichen Werken zu informieren. Allerdings hat Lexi schon lange keine Kunst mehr gemacht, die man einfach so kaufen könnte. Ihre Skulpturen sind Teil der Performance und nicht als eigenständige Werke gedacht. Sie können weder stehen noch an die Wand gehängt werden und sind ein konservatorischer Albtraum. Das Wachs schmilzt im Sommer, das Kunstblut wird bei Kälte brüchig, Feuchtigkeit greift das Pappmaché an. Nein, für profanen Kapitalismus war sich Lexi immer zu gut, weshalb sie sich von einem Engagement zum nächsten hangelt. Und ein bisschen was hat sie geerbt, als ihre Eltern bei einer Motorradtour ums Leben kamen.

In Lexis Zimmer liegt durch einen Vorhang getrennt die Patientin Leontine de Jong, eine junge Galerie-Assistentin mit schweren Depressionen. Einen Monat vor ihrer totalen Gastrektopie musste sie das Rauchen aufgeben, sonst hätten die Chirurgen die OP verweigert. Das allein hat schon für die schlechteste Laune gesorgt. Leontine scrollt sich seit heute

Morgen durch diverse Selbsthilfeforen. Hier sammeln sich natürlich nur die härtesten Fälle. Komplizierte Nachwehen der OP, Kunstfehler der Chirurgen, Metastasen trotz vermeintlich vollständiger Entfernung der Tumore, anhaltende Übelkeit und Unvermögen, je wieder halbwegs normal essen zu können.

Auf der anderen Seite des Vorhangs wird Lexi nach fünfzehn Stunden komatösem Schlaf allmählich wach. Ihren Magen kann man selbst aus der Ferne knurren hören.

»Psst«, zischt sie in Leontines Richtung, »wie bekommt man hier etwas zu essen?«

Leontine nimmt wohl all ihre Energie zusammen, um Lexi halbwegs menschlich zu entgegnen. Sie erzählt etwas von Käsebroten, obwohl sie hier im Krankenhaus noch keinen festen Bissen zu sich genommen hat.

Im selben Moment breitet sich in Wessel Bosmans Spinalkanal eine Blutung aus. Im CT ist so etwas nicht immer eindeutig festzustellen, doch Lexis Ellbogen hat solch einen punktuellen Druck auf Wessels Lendenwirbel ausgeübt, dass es zu einer Quetschung seines Rückenmarks gekommen ist. Der Schönling erwacht und schlägt Alarm.

»Meine Beine! Die sind taub ... wieso ... kann ich die nicht bewegen? Hallo?«

Er drückt alle Knöpfe, die er in Armlänge finden kann. Ein Nachtpfleger kommt ins Zimmer und massiert ihm die Waden.

»Spüren Sie das?«

»Nein, deswegen rufe ich ja!«

»Wackeln Sie mit den Zehen!«

»Das geht eben nicht. Fuck! Was soll das?«

»Bitte, Herr Bosman, etwas leiser. Die anderen Patienten schlafen alle. Lassen Sie uns das gleich morgen früh testen.«

»Ich bin gelähmt! Ich möchte auf der Stelle wissen, was los ist!« Wessel filmt seine blassen Beine, dann richtet er seine Telefonkamera auf den Pfleger.

»Hören Sie auf damit, Sie dürfen das Krankenhauspersonal nicht aufnehmen!«

»Ich verlange einen Test!« Wessel knallt das Telefon auf seine Matratze und möchte aufstehen, aber er rudert nur ein bisschen mit den Armen.

* * *

Dreiundzwanzig Anrufe in Abwesenheit. Am zweiten Morgen im Krankenhaus wage ich mich erstmals an die Flut von Mails. Meine Performance ist offenbar viral gegangen. Die britische Klatschpresse bietet absurde Summen für ein exklusives Interview, selbst im Johannesburger *Rapport* finde ich ein Foto von mir im freien Fall. Wessel steht da noch aufrecht unter mir. Intakt. Unter dem Foto steht *Instagram-beroemdheid Wessel Bosman kort voor die aaklige ongeluk met die kunstenaar.* Ich lasse es mir googletranslaten. *Instagram-Star Wessel Bosman kurz vor dem furchtbaren Unfall mit der Künstlerin.*

Mir wird heiß um die Ohren, meine Stirn, meine Wangen, alles glüht. Es ist erstaunlich, wie schnell der Wunsch nach Beendigung des eigenen Lebens in einem aufblitzen kann. Ich möchte mir die Infusionsnadel aus dem Arm reißen und sterben, aber wahrscheinlich würde ich dadurch nur ein paar Elektrolyte verlieren.

Eine Sprachnachricht von Finna. »Alexandra, hoffentlich geht es dir gut! Du sagst Bescheid, wenn wir dich besuchen dürfen? Nur kurz, das Museum steht geschlossen hinter dir. Und alle medizinischen Behandlungen werden über die Versicherung vom Husback abgewickelt, ist ja klar. Mach dir keine Sorgen. Wir drücken dir die Daumen, dass du bald wieder auf den Beinen bist. Es ist Wahnsinn … Wir werden gerade überschwemmt mit Anfragen! Alle wollen Interviews mit dir, mit dir und diesem Influencer. Und wollen die Ausstellung sehen.

Unglaublich. Meinst du, es ist okay, wenn wir ein Video von deiner Performance dauerhaft im Museum installieren? Ich habe ja alles gefilmt und bräuchte nur noch dein Go. Aber bitte keinen Stress, erhole dich erst mal! … Nur … vielleicht kannst du mir trotzdem bald Bescheid geben. Gestern hatten wir nämlich Besucherrekord! … Ach so. Hast du gehört, wie es diesem … Wessel geht? Wir bekommen da irgendwie keine Infos.«

Ich denke, *Besucher*innenrekord*, und gehe auf Wessels Instagramprofil. Immer noch kein Lebenszeichen seit der Performance. Ich überlege, ihm eine private Nachricht zu schreiben, aber mir fehlen die passenden Emojis. Der Kloß in meinem Hals lähmt mir die Finger. Ich möchte das Telefon weglegen, da vibriert es in meiner Hand, eine Push-Nachricht. Interview-Anfrage von der *New York Post.* Ich aktiviere den Offlinemodus. Mein Herz rast, auch wenn ich mich entspanne. Ganz tief atme ich ein und aus, schließe die Augen, nur mein Körper gehorcht mir nicht mehr. Als sei durch meinen Sturz die Verbindung zwischen Körper und Seele gekappt worden.

Irgendwo in meinem Zimmer schnüffelt es. Ich höre genau hin, ein gedämpftes Wimmern wie von einem Welpen.

»Leontine«, flüstere ich. »Alles okay bei dir?«

»… Ich … ich mag nicht mehr … ich …«

»Hey, was ist?«

»Ich habe gar nichts mehr! Mein Leben ist vorbei … ich …«

»Was ist denn los, du warst doch gestern noch guter Dinge?«

»Sag mir einen Grund, wieso ich an diesem Leben festhalten sollte! Ich werde nie wieder etwas Gutes essen können, ich muss aus meiner Wohnung raus, mein Job geht vor die Hunde … und ich werde für immer alleine sein!«

»Hast du keine Beziehung? Familie?«

»Nein, nicht mehr. Nicht hier. Es ist alles so fucking hoffnungslos!«

Ich möchte dieser aufgelösten Leontine etwas entgegnen,

sie wachrütteln und ihr von der Schönheit des Lebens predigen, von der Erfüllung durch Kunst und Kreativität, aber mir fällt auf, dass es mir gerade genauso geht wie ihr. Eine tiefe Trauer erschüttert mich im Innersten. Seit dem Unfall habe ich nur an Wessel gedacht, an mein schlechtes Gewissen und die Schuld, aber noch nicht an die Bedeutung für mein eigenes Dasein. Doch jetzt sehe ich kein Leben mehr nach diesem Krankenhaus auf mich warten. Nie wieder werde ich eine Performance aufführen und dabei selbstgefällig die Gesundheit des Publikums gefährden! Ich möchte mich von dieser Kunstfigur, an der ich all die Jahre gearbeitet habe, lösen. Alles an mir widert mich an, als sei ich über Nacht allergisch gegen mich selbst geworden. Niemand soll mich mehr mit dieser Künstlerin in Verbindung bringen! Lexi ist mir schrecklich peinlich! Ich muss weg, muss alles hinschmeißen, mein Leben mit einem neuen ersetzen. Mir bleibt die Luft weg.

»Lexi … weinst du? Ich wollte nicht …«

»Was sollen wir tun? Es ist hoffnungslos, du hast ja recht! Da wartet nichts Schönes mehr auf uns!« Ich breche in Tränen aus. Mein Zusammenbruch scheint Leontine seltsamerweise Kraft zu verleihen. Ihre Stimme klingt wieder tiefer. »Also … ich bin da in so einem Forum, weißt du? Da tauschen sich viele aus, denen geht's wie uns. Und die haben verschiedene Kategorien … viele reden über Suizid und so. Sehr düstere Chats, teilweise ganz schlimmes Zeug. Aber es gibt auch eine Sektion, da überlegen sie, wie man aussteigen könnte. Wie man einfach jemand Neues wird.« Leontine zieht langsam den Vorhang auf. Ihre Augen sehen entzündet aus.

»Meinst du so etwas wie ein Zeugenschutzprogramm?«

»Nein, nein, da geht's um etwas anderes! Die schreiben, dass in unserem Land täglich 2500 Menschen sterben. Und manche von denen haben, rein statistisch gesehen, keine Familie, oder wollen aus den unterschiedlichsten Gründen nichts vererben.

Und da werden manchmal die irrsten Dinger frei. Voll eingerichtete Anwesen, Häuser, Gärten, Höfe, Ställe, teilweise spottbillig, weil es zu aufwändig wäre, das auf Vordermann zu bringen oder zu entkernen. Ist eben nicht modern oder hat etliche Schäden, um die man sich kümmern müsste. Und da hat niemand Bock drauf, das steht dann jahrelang leer. Schwer zu vermittelnde Objekte, Häuser mit einer Metallwerkstatt anstelle des Wohnzimmers, mit einem verwilderten Garten auf dem Dach, riesige Löcher von nie gebauten Pools im Hof. Aber dafür kosten solche Anwesen ein Appel und ein Ei, wenn man Glück hat. Und die Typen im Forum sammeln und posten jeden Tag diese Überbleibsel fremder Existenzen. Bei jedem Eintrag fragt man sich, könnte das mein Leben sein? Könnte ich da neu beginnen? An einem fremden Ort, unter fremden Leuten?«

»Klingt deprimierend. So ein sozialer Selbstmord. Und was würde es bringen? Seinen Ballast nimmt man ja doch mit sich mit. Seine Ängste, Zweifel … die Schuldgefühle.«

»Ich weiß nicht, vielleicht ist es auch nur tröstlich, das Gefühl zu haben, dass es anderen auch schlecht geht. Aber für mich wäre das auch nichts. Dann hätte ich eben in einem Kaff am Arsch der Welt keinen Magen mehr. Was macht's für einen Unterschied? Doch ich verstehe schon den Anreiz. Einfach noch mal von vorne beginnen.«

Leontine massiert sich seit ein paar Minuten den Hals.

»Tut es sehr weh?«

»Beim Schlucken, ja.«

»Tut mir leid, dass ich dich nicht aufbauen kann. Ich wäre nur selbst gern nicht mehr ich.«

Leontine möchte mir ein Lächeln schenken, aber es klappt nicht. Ich lasse mir von einer Pflegerin die Infusion entfernen und setze mich mit ihrer Hilfe in den Rollstuhl. Ich darf alleine durch die Gänge fahren. Es ist unglaublich, wie schnell sich der Körper regenerieren kann. Mein Bauch ist dunkelblau, aber die

Schmerzen sind von innen nach außen gewandert und dadurch nicht mehr so bedrohlich. Auch das Rollstuhlfahren ist einfacher als gedacht. Die Schultern stechen, aber es fühlt sich schon nach rehabilitierendem Training an. Unfassbar, wie weich ich gefallen sein muss. Wessels matschiger Brustkorb unter meinem Becken. Knochen, die sich splittrig durch seine Haut bohren. Er ist zu einer meiner Skulpturen geworden.

Mein Blick schweift durch die Fenster der kleinen Krankenzimmer. Das Geschoss scheint nicht groß zu sein, irgendwo muss er doch liegen? Mit jedem Raum steigt mein Puls. Überall siecht es vor sich hin. Noch drei Fenster, dann ist der Gang zu Ende. Zimmer 1208. Vorsichtig blinzle ich durchs Fenster. Wessel! Ich habe ihn gefunden, er ist es, und er ist wach! Leise klopfe ich an die Scheibe. Seine Augen zucken zur Tür, sie wirken starr und eindringlich, irgendwie vogelartig. So aufgeregt war ich das letzte Mal bei meinem ersten Date mit vierzehn. Damals war ich krankhaft nervös. Zweimal habe ich mich an dem Nachmittag auf der Fastfoodtoilette übergeben müssen. Am Ende hat der Idiot allen erzählt, ich hätte Bulimie.

Der Vogelmann starrt immer noch. Sein Unterkiefer ist mit irgendetwas eingepackt. Pantomimisch zeige ich erst auf mich, dann auf die Tür. Wessels Blick geht ins Leere. Nach einiger Zeit muss er zwinkern, ich deute es als Erlaubnis, einzutreten. Mit gesenktem Kopf rolle ich zu ihm ans Bett. Ohne aufzusehen, spreche ich brüchig und viel zu leise, »Wessel. Es tut mir so leid!« Immer noch keine Regung, nur seine Augen huschen von links nach rechts. Ich lege vorsichtig meine Hand an seine Schulter, da dringt ein tiefes Stöhnen aus seiner Kehle.

»Fass …«, zischt er kraftlos und probiert es einen Atemzug später erneut. »Fass … mich nicht *an*!« Seine Worte enden in einem verzerrten Grinsen, das keines sein soll. Wie in Zeitlupe tastet er nach dem Notfallknopf. Intuitiv schiebe ich seine Hand zur Seite. Sie fühlt sich an wie von einem Hundertjährigen.

»Du wagst es!«, sagt er jetzt lauter und wirft mir einen Blick zu, den ich eher von bedrängten Hunden kenne.

»Wessel, bitte, lass uns reden!«

»Ich habe dir nichts zu sagen …«

»Aber«, werfe ich in den Raum, doch fehlt mir der Rest des Satzes. Ich stocke, und er bricht die Stille.

»Du hast unser beider Leben zerstört!« Wessel ist auf einmal richtig wach, was mir Angst macht.

»Es war ein Unfall«, erwidere ich mechanisch.

»Wer sich nackt an ein Seil übers Publikum hängt und abstürzt«, er schnauft heftig, »kann das nicht auf höhere Gewalt schieben. Das ist das Ergebnis deiner verfluchten Performance! Du bist ein Clown und keine Künstlerin!«

»Wessel, ich verstehe dich ja, nur … das Museum hat es offensichtlich versäumt, die nötigen Sicherheits…«

»Hör auf! Wir sind … fucking gelähmt!«

»Ich … also … ich kann bald wieder laufen. So ehrlich muss ich zu dir …«

»Was?! … *Ich* … habe dich vor einer Lähmung bewahrt? Du hast dein Schicksal auf mich abgewälzt? Das kann doch einfach nicht … nicht … nicht …«

Wessel wird kurzatmig und bekommt einen rätselhaften Blick. Er sagt fünf oder sechs Mal *nicht*, kommt aber kein Wort voran. Der Apparat neben seinem Nachttisch beginnt Alarm zu schlagen. Ich möchte ihn beruhigen und lege ihm meine flache Hand auf die Brust. Unter seinem Hemd spüre ich irgendetwas Metallisches. Der Alarm macht mich nervös, aber ich starre wie hypnotisiert auf die blubbernde Kochsalzlösung in seinem Infusionsbeutel. Dieser Beutel glitzert wie ein Diamant im Neonlicht und ist wunderschön. Ich könnte mich für immer im Anblick dieses Plastiksacks verlieren, und erst der feste Griff von Frau Doktor Peters Hand reißt mich aus meiner Trance.

* * *

Finna Räikkönen steht an ihrem Fenster im Obergeschoss des Museums und betrachtet die Besucherströme. Die Menge habe sich verzehnfacht, schwärmt sie ihren Assistentinnen vor, das brauche sie gar nicht nachzuzählen. Tatsächlich ist es ein Anstieg von gut 420 %. Es spricht nicht für diese Menschheit, dass das Interesse an kulturellen Einrichtungen mit der Tragik schwerer Unglücke korreliert.

Im Eingangsbereich läuft Lexis Performance auf Dauerschleife. Eine gigantische LED-Wand, die Finna in einer Nacht-und-Nebel-Aktion installieren ließ, zeigt die nackte Künstlerin von der Decke hängend. Die Verbreitungsrechte am Bildmaterial hatte Lexi in ihrem Ausstellungsvertrag schon vor Monaten abgetreten, und Wessel Bosmans Social Media Manager hat auf die Anfrage zur Freigabe nur einen Daumen nach oben geschickt. Finna hatte Lexi trotzdem noch mal per Sprachnachricht nach ihrem *Go* gefragt, aber als nichts zurückkam, war die Sache für sie erledigt. Einwände kommen in der Kunstwelt sonst immer sofort.

Die meisten Zeitungen, TV-Sender und Blogs berichten über die Ausstellung *Body Dialectics.* Die anspruchsvolleren Kanäle tun dies unter dem Deckmantel harscher Systemkritik und werfen Lexi egoistische Grenzüberschreitung vor, die anderen tun es, weil sie sich am Material aufgeilen und reißerische Überschriften verwenden dürfen. Unterm Strich sind sie aber alle gleich und sorgen kollektiv dafür, dass das kleine Husback auf der globalen Kunstkarte platziert wird.

Stolz empfängt Finna das dritte Fernsehteam an diesem Vormittag und führt mit betont ernsthafter Miene durch ihr Museum. Nach dem Interview schießt sie ein paar Selfies mit dem Kamerateam und schickt sie Lexi per WhatsApp. Ihre Nachrichten bleiben unbeantwortet und bekommen nur einen von zwei Haken. Vielleicht sollte sie Lexi doch einmal besuchen kommen? Karen winkt ab und meint, dass man nicht unaufgefordert ins Krankenhaus gehe. Lexi würde sich schon melden, wenn sie bereit dafür sei.

Ein paar Kilometer weiter teilen sich Lexi und Leontine ihr Leid. Sie scheinen beide in einem tiefen Loch zu sein. Ihr Hormonhaushalt ist ziemlich durcheinander, die Endorphinleitungen wie verstopft. All die Kanäle, die es für ein entspanntes, hoffnungsvolles Leben bedarf, sind verödet. In Leontines Suchverlauf findet man:

krankenhaus schmerzmittel wie viel für überdosis
totale gastrektopie jemals wieder glücklich?
selbsthilfe suizidprävention vilsgrund
leben umkrempeln neustart wie?
gastrektopie trotzdem dating
gilmore girls revival
valium tödlich?

Lexi wird während des Gesprächs sehr unruhig, mehr und mehr lässt sie sich von Leontine deprimieren. Irgendwann seufzt sie theatralisch und macht sich in ihrem Rollstuhl auf die Suche nach Wessel. Auf halber Höhe blinzelt sie durch Jalousien und angelehnte Türen. Irgendwann findet sie Wessels Zimmer und wartet einen Moment auf seine Reaktion. Als er ein paar Atemzüge später immer noch nicht signalisiert, dass er sich ihrer Anwesenheit bewusst ist, öffnet Lexi die Tür und fährt an sein Bett. Sie sieht aufgelöst aus, beinahe furchteinflößend. Wessel reagiert zögerlich, aber Lexis Anwesenheit lässt sein Herz aus dem Takt schlagen. In seiner Wirbelsäule tobt unterdessen ein Kampf. Schmerzmittel, rote Blutkörperchen, Spinalflüssigkeit, alles fließt und stockt und sticht. Die Nerven in seinen Beinen kommen auf Steißbeinhöhe jäh zum Erliegen.

Wessel redet sich allmählich in Rage und lässt schlimme Dinge an Lexi hin, die sie sichtlich aufwühlen. Doch plötzlich versagt ihm die Stimme und er bäumt sich krampfhaft auf, die Geräte schlagen Alarm. Frau Doktor Peters, die währenddessen auf der Personaltoilette sitzt, wird von ihrem vibrierenden Pager aus einem Sekundenschlaf gerissen:

R. 1208 – WBosman: Puls

Die Ärztin eilt die Treppen hinauf und läuft den Gang entlang. Dabei kommt ihr Joel Clemente entgegen, Leontines Ex-Freund. Er möchte wissen, wo er das Zimmer von Leontine de Jong finde. Jana Peters schielt zuerst nach seinem Besucherausweis, dann zeigt sie ans Ende des Gangs. Joel trägt eine transparente Plastikflasche mit Leontines Lieblingsessen in pürierter Form. Er hat einen speziellen Gang, dieser Joel, gerade noch so locker, dass es nicht nach einer Gehbehinderung aussieht. Er hält vor 1202 inne und klopft gegen die heruntergelassene Jalousie.

»Ja?« Leontine verschluckt sich, bevor man sie hört.

Joel betritt das Zimmer, ohne zu antworten. Seine ehemalige Freundin lässt ihr Telefon in den Schoß fallen und macht große Augen. »Joel!«

»Oh … Leo! Also, ich wollte dich ja nicht einfach so …«

Leontine schüttelt den Kopf und streckt ihre Arme nach ihm aus. Während Joel sie in den Arm nimmt, hustet und schluckt sie heftig.

»Ich will doch für dich da sein! Ich meine … du hier, ganz allein … wir halten doch immer zusammen, Mensch!«

»Joel! Du bist da!«

»Ich habe dir dein Lieblingsessen mitgebracht.«

»Was ist das denn Ekliges?«

»Spargel, Kartoffeln, Kapern.«

Leontine zieht Joel aufs Bett. Diesmal lacht sie sehr laut. Die Flasche mit dem Essen rutscht vom Bett auf den Linoleumboden, bleibt aber unversehrt.

Die Tür geht auf und Lexi kommt mit glasigen Augen ins Zimmer gerollt.

»Lexi! Das ist mein Freund … Joel!«

»Oh, ach … ich dachte … du bist …« Lexi stößt auf. »Entschuldigung, das Käsebrot …« Sie ist sichtlich verwirrt. Sie nickt dem Pärchen kurz zu, greift nach ihrem Handy und verlässt das Zimmer. Ihr Brustkorb bläht sich auf. In ihrem Gesicht sieht es nach Enttäuschung und Verrat aus. Energisch reißt sie an den Reifen ihres Rollstuhls und macht einen Satz nach vorn. In schnellen Schlangenlinien nähert sie sich der Flügeltür zum Aufenthaltsraum. Sie fährt in die Mitte des prunkvollen Saals und erhebt sich aus dem Rollstuhl. Auf wackeligen Beinen stakst sie ein paar Meter durch den Raum und stellt sich an die Fensterfront. Draußen peitscht Regen über die Dünen. Sie entsperrt ihr Telefon und googelt: *aussteigerforum*

* * *

Ein untersetztes Männchen hebt seine Hand zum Gruß. Nachlassverwalter Biały Królik ist ein Relikt aus einer anderen Zeit, das erkenne ich schon von weitem. Er sitzt auf der Bank vor dem alten Bauernhaus, das ich mir im Internet ausgesucht habe, und wartet auf mich.

»Herr Biały Królik?« Das Gartentor knarzt, als ich das Grundstück betrete. Eine Reihe rustikaler Steine führt mich zum Eingang des Hauses, ein dreistöckiges Ungetüm aus dem 18. Jahrhundert. Fenster und Haustür bilden ein erstauntes Gesicht, das mich zu grüßen scheint.

»Frau Dijk!« Der Mann hält sich den Hut an die Brust und blickt kurz zu Boden. Aus der Nähe sieht er noch greisenhafter aus. Ein wolliger, grauer Backenbart, dichte Augenbrauen, ein gutes Gesicht. Man möchte ihm niemals etwas zu Leide tun.

»Willkommen in Lillesund!«, sagt er. »Ich freue mich, Ihnen einmal das Anwesen der verstorbenen Frau Lotte Slevogt zu präsentieren.« Beim Namen der Dame bekreuzigt er sich. »Es wird Ihren Vorstellungen mit Sicherheit ganz gut gefallen. Ein besonderes Grundstück mit auch sehr alter Geschichte. Im Garten ist alles natürlich. Keine Chemie ist je in den Boden gekommen.« Jedes Wort vereinzelt er durch winzige Pausen. Sein Akzent erinnert an Kinderfilme aus dem Osten. Ich möchte ihm über die stoppelige Wange streichen und es an meinen Fingerspitzen kitzeln lassen.

»Kommen Sie. Wollen wir einmal hineinsehen. Es ist hier das Haus eines Pferdezüchters ursprünglich gewesen. In vierter Generation hat die Frau Slevogt den Hof geführt, ja? Sie verstehen, eine gute Tradition. Von hier sehen wir durch das Fenster den Taubenkäfig.« Stumm schleiche ich dem Mann hinterher. Im Haus wird mir ein bisschen übel vor lauter Gerüchen. Nasskaltes Mauerwerk, schimmeliger Putz, Stroh zwischen den Dielen. Irgendwo scheint meiner Nase zufolge ein Pferdestall zu sein.

»Und hier, eine ganz schöne Lampe haben wir doch. Sie sehen sie ja? Frau Dijk?«

»Aber ja. Emaille, oder?«

»Bakelit! Sehr alte Qualität. Heute gibt es nicht mehr dieses Material. Alles Chemie, das geht in den Müll sehr schnell, dann ins Wasser und in den Boden. Hören Sie einmal!« Der Mann geht mit zitternden Knien in die Hocke und klopft mit seinen Fingerknöcheln gegen die Wand. »Alles Steine. Massiv, nicht? Hier ist es einen Meter dick, die Wand. Im Sommer kühl, im Winter kommt es nicht einmal kalt hinein.«

»Ist das feucht?« Ich zeige auf die Flecken an der Holzdecke.

»Man muss schon sicherlich einmal etwas machen. Sie verstehen, die kleinen Fehler sind doch Ihr Glück. Fräulein Slevogts Erben möchten gar nichts mehr damit zu tun haben, es ist ja deshalb eine solch günstige Rarität. Niemand von diesen Banausen möchte es retten, sie wollen es nicht geschenkt einmal. Aber so ein Haus, es lebt. Es ist wie ein Tier, immer muss man es füttern und pflegen, dann hat es einen lieb. Man soll es respektieren. Es wird ganz gut werden.«

Seine Kleidung aus grauem Filz besitzt keine Nähte. Ist das alles geklebt? Aus der Weste zieht er eine bronzene Taschenuhr und nickt zufrieden. Er ist wirklich das volle Paket.

Wir gehen eine leiterartige Treppe hinauf in den ersten Stock. Kaum sehe ich die Stufen vor meinen Augen, so dunkel ist es in den Tiefen dieses Hauses. Dabei scheint draußen die Sonne. Jede Treppenstufe schickt einen scharfen Stich durch meine Hüfte bis hinunter in die Ferse. Erstmals tut jetzt auf diesem Nervenweg auch das Knie weh. Oben angekommen, greift sich der Alte keuchend an die Brust und lacht. »Immer bin ich solche Treppen gegangen! Und jetzt? Na, wollen wir froh sein, dass wir leben.«

An der Wand prangt ein riesiges Kruzifix, wie es sonst nur in Kirchen montiert wird. Jesus aus rotem Holz ist überlebensgroß, er reicht vom Fußboden bis zur abgehängten Decke. In seiner makabren Darstellung ähnelt er meinen Skulpturen. Die Erinnerung an mein altes Leben schmerzt für einen Moment. Ich hänge wieder oben im Husback, der Gedanke an meinen zerstörerischen Körper widert mich an. Ich lenke mich mit der Beule am Hinterkopf des Männchens ab, ein hartgekochtes Ei direkt unter seiner Haut. Sein Hut sitzt etwas schief wegen dieses Eis. Biały Królik bekreuzigt sich vor dem aufgerissenen Jesus.

»Sie sehen, alles ist drin.«

»Wie meinen Sie?«

»Die Einrichtung! Alles von Frau Slevogt ist gut gepflegt. Man kann es sich schon einmal sehr gemütlich machen.«

Dieser Großvater sieht mich auffordernd an, sein Blick voll fremder Energie. Ich drehe den historischen Lichtschalter, es klickt. Eine Funzel über der wuchtigen Kommode erwacht zum Leben. Króliks Mund zieht sich in die Breite. Sein Schatten tanzt geisterhaft über den Fichtendielen.

»Ich sage Ihnen, ein Paradies!«

Ich nicke. Draußen stirbt ein Pferd. Oder es klingt nur so.

»Ist hier ein Stall?«

»Oh, Frau Dijk! Welches Paradies ist ohne Tiere? Kommen Sie, hier hinten geht es direkt in den Hof. Wollen wir uns einmal unsere Freunde ansehen!«

Obwohl wir uns im ersten Stock befinden, führt eine Hintertür direkt zum Hof. Das Haus ist offenbar in einen Hang gebaut worden. Die Szenerie, die sich da vor mir auftut, ist beeindruckend. Ein großzügiger Hof, Kopfsteinpflaster und festgetretener Lehm im Wechsel, gesäumt von Ställen, Scheunen, Hochbeeten, einem Gewächshaus, Obstbäumen und einer Koppel, die bis zum Rand eines Waldes reicht.

»Gar nicht einkaufen muss man, wenn man eben alles erntet und isst, was das Feld einem schenkt. Kohlrabisuppe, es ist etwas Feines, ja?«

»Hmm«, mache ich, als sei ich seine willenlose Marionette. Biały Królik zieht ein Taschenmesser aus seiner Hosentasche und klappt es auf. Wenn er mich damit jetzt aufschneidet, so sei es. Ich würde es ihm noch nicht einmal verübeln. Herr Królik teilt einen Apfel in seiner hohlen Hand und reicht mir einen Schnitz direkt von der Klinge.

»Geheimrat Dr. Oldenburg.«

»Bitte?«

»Diese Sorte. Geheimrat Dr. Oldenburg, so ist der Name. Ein seltener Apfel. In keinem Laden finden Sie ihn! Das ist das Gute am eigenen Hof. Es muss nur Ihnen genügen, nur Ihnen allein.«

»Hmm«, mache ich schon wieder. Diesmal allerdings wirklich wegen des leckeren Geheimrats. Ich sehe mich um und mir wird ganz anders. »Das hört ja gar nicht mehr auf. Um das alles kann ich mich doch unmöglich alleine kümmern! Herr Biały … wie soll das gehen?«

»Fürchten Sie doch nicht, meine Liebe. Madame Slevogt hat es nun ebenso mit Unterstützung gemacht. Es gibt einen Gärtner, eine Frau für die Tiere, einmal im Monat kommt ja ein Hausmeister, um nach dem Rechten zu sehen.«

»Was? Um Gottes Willen, wie soll ich das bezahlen? Ich dachte, das ganze kostet mich nur einen symbolischen Betrag?«

»Kosten des Personals sind etwas um 1100 herum, es ist sicher ganz in Ordnung, Frau Dijk? Sehen Sie, das Anwesen ist ja nur einmal 40000, bei dieser Größe, Frau Dijk! Sie müssen es sehen, nicht?«

Unwillkürlich schießt mir mein Postfach in den Kopf. Hunderte Anfragen für bezahlte Interviews, Lizenzgebühren für das Video meiner Performance, den Preis meiner alten Skulpturen werde ich verzehnfachen. Das Depot meiner Eltern. Dennoch eine lebensverändernde Entscheidung. Genau das, was ich wollte, oder nicht? Es muss nur mir allein genügen …

»Ganz einfach ohne Sorge, ja? Wer als Gläubiger ins Paradies eintritt, wird es leicht haben. Sie glauben einmal an den lieben Gott, meine Frau Dijk?«

»Ja«, sage ich, und meine das Gegenteil. Man möchte diesem Mann einfach nicht vor den Kopf stoßen.

»Frau Slevogt hätte Sie einmal sehr gemocht. Sie sind nicht wenig ähnlich zu dieser Dame.« Królik klappt sein Messer zu und steckt es ein. »Sie sind traurig, Frau Dijk, ja?« Er streichelt mir die Hände. Wieso erschüttert mich diese kleine Geste so?

»Wie? Ich … was …« Plötzlich wird mir warm im Gesicht.

»So ein Haus, es ist wie ein Kind. Um es großzuziehen, man gibt sein Leben auf dafür. Das macht zuerst Angst! Aber es wandert auch der eigene Blick vom Spiegel weg ... hinaus in die echte Welt. Die Traurigkeit ist nur in Ihnen, aber nicht da draußen. Es wird Ihnen einmal ganz gut tun, meine liebe Frau.«

Herr Królik blickt mir tief in die Seele. In seinen glasigen Augen erkenne ich Akzeptanz und Verständnis. Und doch ist da auch eine tiefe Traurigkeit hinter seinem Lächeln. Mir kommen die Tränen, fuck. Ich muss etwas sagen. »Herr Oldenburg ... ach, was sage ich denn ... Herr Królik! Ich nehme es! Alles. Ich kaufe das Anwesen!«

»So soll es ja sein, Frau Dijk! Ein großer Moment bedarf großer Gefühle!« Er versucht, mit seinem Filzärmel meine Tränen zu trocknen, aber der Stoff saugt nicht.

»Darf ich ... also, wäre es denn möglich, wenn ich ... heute Nacht schon hier verbringe?«

»Aber selbstverständlich, es wird ja das Richtige sein für Sie! Zum Leben gehört der Schlaf, man muss ihn achten. Er entscheidet mit. Sie werden sehen, morgen früh können Sie ein Leben ohne den Hof nicht vorstellen.«

Biały Królik öffnet seine Hand und reicht mir einen Schlüssel, als habe er nur darauf gewartet.

»Der ist für vorne und für hinten. Guten Tag, Frau Dijk, schlafen Sie gut.«

Der Mann streicht mir über den Kopf. Unter meinen Haaren fühlt es sich elektrisch an. Im Gras liegt sein Apfelmesser, doch ich bin stumm. Mit hölzernem Gang läuft Biały Królik über die Wiese und schließt das Gartentor hinter sich. Eine halbe Ewigkeit blicke ich ihm nach, dann hebe ich sein Messer auf und stecke es ein. Am Horizont greift der Mann in seine Westentasche. Er holt ein Telefon heraus und hält es ans Ohr.

* * *

Wessel Bosmans Wirbel drücken auf seine Nerven und lassen ihn nicht mehr laufen. Eine junge Therapeutin zeigt ihm einige Übungen, die er im Bett machen kann. Seine Unterleibslähmung scheint reversibel zu sein, aber es könnte Monate dauern, bis er wieder richtig laufen kann. Seine Nerven seien *beleidigt.* Das ist der medizinische Fachausdruck dafür, eine eigenartige Sprache hat sich unter diesen Menschen entwickelt.

Zusammen mit einem Pfleger wuchten sie den wortkargen Wessel in den Rollstuhl.

»Ich will nicht! Das bin nicht ich! Ich sitze doch nicht in einem Rollstuhl!« Da er seinen Emotionen nur mit dem halben Körper Ausdruck verleihen kann, arbeiten seine Arme umso mehr. Die Therapeutin legt ihre Hände auf Wessels Schultern.

»Das wird schon. Man muss es erst einmal akzeptieren, dann kann man es auch loslassen. Seien Sie ein offenes Ventil, durch das der Schmerz fließt, dann kann er Sie auch irgendwann wieder verlassen.«

»Ich hasse diese ... Lexi! Diese Irre, wie kann man nur so etwas verantworten!«

»Soweit ich es verstanden habe, war es ein Unfall, nicht?«

»Kunst ist doch immer vermeidbar, man *muss* sie nicht machen. Ich bin auch ein Künstler, die Entscheidung liegt immer bei einem selbst! Und wenn man es doch tut, dann trägt man eben die volle Verantwortung. Niemand hat von ihr verlangt, sich nackt an die Decke zu hängen! Ich bin das Gespött des gesamten Internets!«

»Wieso das denn? Sie können doch nichts dafür!«

»Die ganzen Kommentare! *So möchte ich auch sterben, erschlagen von einer nackten Frau, lol!*«

Frau Doktor Peters betritt das Zimmer und überprüft die Ziffern auf Wessels Maschine.

»In welchem Zimmer liegt diese Dijk?«, raunt sie Wessel an.

»Frau Dijk ist bereits entlassen worden.«

»Was? Das gibt's doch nicht, ich brauche noch ihre ganzen Daten und so! Ihr Anwalt kann was erleben!«

»Soweit ich weiß, haftet das Museum für alles. Wir hatten schon Kontakt mit der Direktorin.«

»Das heißt, Lexi ist raus aus der Nummer?«

»Frau Dijks Verletzungen waren recht überschaubar. Mehr dürfen wir Ihnen allerdings nicht sagen.«

Wessel schlägt mit der Faust gegen seinen Rollstuhl, während Lexi mit einem eigentümlichen Männchen namens Biały Królik einen Bauernhof erkundet.

* * *

Das Krähen eines Hahns lässt mich aufschrecken. Ich wollte ländliche Naturklischees, und so bekomme ich sie also. Die Nacht war anstrengend, so viel weiß ich noch. Lotte Slevogts Bett ist hart und sticht in meinem Rücken, an der Hüfte und am Hintern juckt es mich. Vielleicht bin ich auch durch mein eigenes Kratzen aufgewacht. Ich stehe auf und kann kaum laufen, so gerädert fühle ich mich. Das Morgenlicht verliert sich in den tiefen Winkeln meines Hauses. *Meines Hauses*! Fassungslos betrachte ich den Schlüsselbund auf dem Schemel. Es ist wirklich passiert.

Ich taste mich an der Wand entlang, bis ich den runden Lichtschalter im Gang entdecke. So schaffe ich es in den nächsten Raum, zum nächsten Schalter, zur nächsten Abzweigung, vorbei am ewig blutenden Jesus. Das Haus hört nicht mehr auf. Irgendwann stoße ich auf das Bad und habe Angst, nie wieder zurückzufinden.

Im Spiegel verdrehe ich mich wie eine Eule, um meine Rückseite zu untersuchen. Po und Steißbein sehen schlimm aus.

Ist das eine Gürtelrose? Oder Wanzen? Dicke Pusteln mit Pünktchen in der Mitte. Durchatmen, Lexi! Das Fremde vergeht. Der Neustart muss etwas wehtun, denn ohne Widerstand kein Über-sich-hinauswachsen. Je mehr ich leide, umso mehr kann ich sicher sein, dass mein Plan aufgeht.

Was für ein Plan eigentlich, frage ich in den Spiegel hinein. Ich öffne den Schrank über dem Waschbecken und staune nicht schlecht. Er ist voll bestückt. Kaum vorzustellen, dass sich vor kurzem noch eine Dame mit dieser historischen Penatencreme die Ellbogen eingefettet hat. Ich zerknautsche den lila Plastikball am Ende eines Parfumflakons und rieche nach ihr, Lotte Slevogt. Ob sie mit dem Maler verwandt gewesen ist? Ich könnte es mein Telefon fragen. Aber manche Dinge sollte man vielleicht ungegoogelt lassen.

Mein Urinstrahl in der Kloschüssel dröhnt. Liegt das an der Keramik oder ist das auch Bakelit? Ich rufe *hey hey hey!*

Im Bad hallt es. Ich rufe *Lexi!,* nur um meinen Namen zu hören. Ich presse den letzten Tropfen heraus und trotte zurück ins Bett, ohne mich zu verlaufen.

Dann starre ich für eine Stunde an die Decke. Anfangs ist da nur Leere in mir, gefolgt von einem vagen Anflug von Panik. Meine Gedanken rasen. Immer diese Logistik, die einem einen Strich durch die Rechnung macht! Selbst, wenn man sein Leben über den Haufen wirft, holt einen direkt diese profane Logistik ein! Was passiert mit meinen alten Sachen, meinem WG-Zimmer, meinem Atelier? Ich bin wie gelähmt, mich darum zu kümmern. Niemals möchte ich dorthin zurück, so viel ist klar. In dieses Studentinnendasein, ohne Studentin zu sein.

Ich durchwühle den Schreibtisch und finde Briefpapier und einen Füller, der sich mit etwas Spucke wiederbeleben lässt. Unter dem Slevogtemblem beginne ich zu schreiben:

Liebe Nessi,

danke für Deine vielen WhatsApp-Nachrichten. Es tut mir leid, dass Du Dir solche Sorgen gemacht hast, ich hätte wirklich früher schreiben sollen. Ich hoffe, Du glaubst mir, dass ich nicht in der Verfassung war, Dir zu antworten. Seit meinem Unfall hat sich für mich alles verändert.

Ich werde erst einmal nicht nach Esterholmen zurückkehren. Mein Zimmer gebe ich frei, die Klamotten und den Kram darfst Du verkaufen oder entsorgen, wie du möchtest. Für die YSL-Jacke dürftest du noch gut was bekommen. Ach, und meine rote Schachtel – Du weißt schon! – bitte schmeiß sie ungesehen weg. Am besten, Du packst sie davor noch in eine Plastiktüte. Für Deine Mühen schicke ich Dir 250 via Paypal, in Ordnung? Deine restlichen Schulden erlasse ich Dir on top.

Ich werde Dich und Pépe sehr vermissen, und unsere kleine Kiki sowieso. Auf meinem Schreibtisch habe ich noch eine Überraschung für sie. Du kannst es ihr ja beizeiten geben oder in ihr Futter mischen.

So, meine liebe Nessi, ich verabschiede mich. Dankeschön für die tolle Zeit mit Euch und jetzt erst einmal viel Erfolg und Kraft mit Deinem Start-up! Ich bin sicher, dass Deine Schwämme super ankommen werden. Und habe bitte Nachsehen mit mir, wenn ich mich vorerst nicht mehr melde. Ich brauche jetzt vor allem Zeit und Ruhe. Ich muss »die Finger bis zum Anschlag in die Wiese stecken«, wie Pépe sagen würde ;)

Sei mir also nicht böse, wenn ich Dir nicht verraten kann, wohin es mich verschlagen hat. Es ist gut so für mich.

Alles Liebe,

Deine Lexi

Ich falte die zwei Bögen und lege sie beiseite. Das fühlt sich gut an. Wenn das so weitergeht, bin ich in zehn Minuten mit der Logistik durch und kann mein neues Leben beginnen.

Lieber Thule,

ich weiß, wir haben oft davon geträumt. Der große Durchbruch, Biennale, Documenta, Interviews und Verkäufe. Doch die tragische Ironie ist nun: Ich könnte das alles haben, und nichts möchte ich weniger. Ich laufe davon. Meine Schande sitzt tief, der Unfall hat mir die Identifikation mit der Kunst geraubt. Hier gehe ich nicht ins Detail, denn ich will Dir nicht den Spaß an Deinen Zeichnungen nehmen.

Da ich keine Verwendung mehr für meinen Bereich des Ateliers habe, darfst du dich gerne breitmachen, oder jemand Neues finden. Nächsten Freitag kommt eine Kunsthändlerin vorbei, um meine restlichen Skulpturen abzuholen, sie sind alle verkauft. Absurd, nicht? Was haben wir uns den Kopf darüber zerbrochen, was wir alles verbessern könnten an unserer Kunst, haben nächtelang diskutiert, woran es zum großen Durchbruch noch mangelt, ob man einmal diese oder jene Farbe benutzen sollte. Und siehe da, was es wirklich braucht ist etwas, das man nicht in der Hand hat. Was sich nicht kalkulieren oder einplanen lässt. Meine Skulpturen sind keinen Deut anders als vor meinem Unfall, und jetzt kann ich dafür verlangen, was ich möchte. Als sich diese Kunsthändlerin erkundigte, was meine Arbeiten kosten würden, habe ich aus reiner Willkür eine 0 angehängt, nur um zu sehen, wie dumm sie reagieren würde. Sie hat es nicht in Frage gestellt und alle genommen!

Das System ist unschön, selbst wenn man zu den wenigen Gewinnerinnen gehört, wieso sollte man an solch einem gezinkten Spiel teilnehmen? Aber lassen wir das. Ich habe deine Zeichnungen immer sehr geschätzt und bin gespannt, wo du sie als nächstes zeigen wirst.

Trink einen Landbuben auf dem Dach um 3 Uhr morgens für mich mit,

Deine Lexi

Eigenartig, an Nessi und Thule und den Rest meiner Leute zu denken. In Slevogts Haus fühle ich mich, als hätte ich zwanzig Jahre in dieser einen Nacht verschlafen.

* * *

Biały Królik steht vor dem Grundstück der Lotte Slevogt und telefoniert mit Arno Slevogt, dem ältesten ihrer drei Kinder.

»Ja, mein lieber Slevogt, Królik am Apparat. Hallo. Ja, es sieht doch schon ganz gut aus. Eben ist eine feine Frau gekommen, Alexandra van Dijk, eine besondere Erscheinung. Sie hat einmal genau den richtigen Geist für den Hof!«

»Herr Królik, ich bat Sie schon einige Male, bitte keine Live-Updates zu diesem Objekt zu erhalten. Wir freuen uns, wenn uns eine finale Unterschrift vorliegt, aber bis dahin möchte ich von diesem Erbstück nichts mehr hören. Wir bezahlen Sie, um so wenig wie möglich mit dem Nachlass unserer Mutter zu tun zu haben!« Das Wort *Erbstück* spuckt Arno Slevogt in den Hörer.

»Ja, ich weiß es natürlich und doch dachte ich, es sei einmal ein interessantes Detail, dass nun auch wieder eine Frau, noch dazu alleinstehend, in dieses …«

»Herr Królik! Haben Sie vielen Dank. Ich möchte auch nicht unhöflich erscheinen, aber der Wagen läuft schon für die Aussaat. Da draußen stehen zwei Dutzend Frauen und Männer und warten auf mich. Nichts für ungut … auf Wiederhören. Ja. Ja, Herr Królik. Mhm. Wiederhören.«

Aus einer Laune heraus schalte ich zu Arno Slevogt, um zu gucken, was das eigentlich für ein Typ ist. Zu meinem Erstaunen befindet er sich über tausend Kilometer weit entfernt auf einer Farm in Schottland. Arno sitzt auf einem überdachten Holzdeck, mit seiner Fingerprothese klopft er im Takt des Nieselregens, der sich über dem Hochland ergießt. Von hier aus hat er einen guten Blick auf das Feld und die zwanzig Menschen, die mit gekrümmtem Rücken den Matsch flachstiefeln.

Ein Rechtsklick auf Arno genügt, um die wichtigsten Fakten anzuzeigen: Arno Maria Slevogt, 57 Jahre alt, zwei jüngere Schwestern, vor 19 Jahren nach Schottland gegangen, weil Lillesund damals schon keine Zukunft mehr hatte. Ich scrolle ganz nach unten. Da kommen meist die nebensächlichsten, aber auch interessantesten Infos. Arno mag keine Schafe, weil er eine Filzphobie hat. Er verträgt nach 20 Uhr noch Kaffee. Er hat einmal ein vermisstes Kind gefunden, nach dem per Aushang gesucht wurde, und so weiter. Dieser Einblick reicht, mehr muss ich jetzt nicht wissen und ich schalte zurück zu Lexi, die sich direkt nach dem Gespräch mit Królik ins Bett gelegt hat. Ihr steht der Schweiß auf der Stirn, dabei hat es draußen gerade mal vierzehn Grad und die Fenster sind gekippt. Sie sieht schrecklich einsam aus, regelrecht verloren in diesem gigantischen Bett. Dort nur einmal liegen und sich an ihren Körper schmiegen! Ihre Strähnen durch die Finger gleiten lassen. Das wirkt alles so real!

Lexis Zimmer wird plötzlich in rotes Licht gehüllt. Ein tiefer Farbton pulsiert und taucht Bett, Laken und Lexi in Weinrot. So sehr bin ich anscheinend in dieser Übertragung verloren, dass ich einen Moment brauche, dieses Farbenspiel zu verstehen: Es ist die Erinnerung an meine Mittagspause.

Ich stehe auf und massiere mir die Augen unter der Brille. Es fühlt sich an, als verlasse ich zum ersten Mal seit Wochen meine Sichtungskabine. Hier drinnen führe ich ein Leben außerhalb von Zeit und Raum und eigentlich auch außerhalb meines eigenen Körpers. Ist das nicht die Definition von Zen? Wieso bin ich nicht entspannter? Ich glaube, ich bin ein wenig süchtig geworden. Ich will nur gucken, gucken, gucken.

Schlimm, wenn man wieder auf sich selbst zurückgeworfen wird. Das eigene belanglose Leben ist so anstrengend geworden. Wenn man auf die Vierzig zugeht, will man keine Entscheidungen mehr treffen. Was soll ich mir kaufen, wen soll ich treffen, was wird aus mir? Egal! Langweilig! Viel schöner ist es doch zu sehen, wie Lexi alles macht. Nur kann ich sie jetzt kaum noch richtig erkennen. Der automatische Timer dunkelt all meine Bildschirme ab, das Symbol einer roten Pille leuchtet mir achtfach entgegen. Zwangspause. Ich habe überhaupt keine Lust, mich um meine Ernährung zu kümmern, egal wie einfach sie es einem mittlerweile machen. Vor ein paar Jahren hat *Farmtegg* ein neues Produkt vorgestellt. Zwei bis drei Kapseln am Tag genügen, geschmacksneutral und endlich ohne Sodbrennen. Vor lauter Lexi habe ich die letzte Ration vergessen, und jetzt merke ich es im Magen. Komisch, wenn sich der eigene Körper so meldet. Er ist mir in letzter Zeit ein bisschen zum Fremdkörper geworden.

Ich schleiche aus meiner abgedunkelten Kabine. Durch die Jalousien im Gang fällt das Licht in Streifen. Ich nehme das Treppenhaus zur Kantine, um niemandem im Aufzug zu begegnen. Was soll man schon sagen vom 22. in den 2. Stock? Einmal habe ich mir ein Smalltalkbuch auf einem Flohmarkt gekauft und es ungelesen weggeworfen. Aus Angst, es zwänge mich zu etwas, was ich nicht kann. So ein Mensch bin ich nicht, der im Aufzug redet.

Unten angekommen lächle ich mechanisch in den Gesichtsscanner und betrete die Kantine. Früher hätte man zu solch einer Maschine Kaugummiautomat gesagt, aus der ich jetzt meine Pillen ziehe. Von der Firma subventioniert. Sie haben hier schon noch richtiges Essen: Kraut, Knödel, Pastete. Aber das kostet das Dreifache von früher. Die Welt entwickelt sich unter meinen Fingern weg. Ich kann das nicht greifen, an allen Ecken und Enden wird optimiert, bis alles weg ist, was einmal mein Leben war.

»Mahlzeit, Sol! Auf ex, oder?« Lis klopft mir kumpelhaft auf den Rücken, während ich meine erste Pille hinunterspüle. Dafür

alten Kisten und Rattanmöbeln. Heute habe ich eine der drei Türen im Arbeitszimmer geöffnet, von der ich wirklich sicher war, dass sie in den bekannten Gang zur Küche führt, nur um ein gähnend leeres Studierzimmer zu entdecken.

Was hätte ich früher für so viel Platz gegeben! Hätte mit Kunstblut eine ordentliche Sauerei veranstaltet, jeden Winkel mit meinen Skulpturen zugestellt, vielleicht hätte ich sogar mit großformatiger Malerei begonnen?

Und nun habe ich nichts, was ich dort hineintun könnte, in diese unzähligen Zimmer, die wie Pilze aus dem Boden schießen. So bleiben sie immer nur Platzhalter für ein Leben, das ich niemals leben werde. Eine Leere, die mir den Spiegel vorhält. Ein stummer Affront gegen meine Fähigkeit, jemals eine bürgerliche Existenz zu führen. Die Stube schreit, belebe mich mit vielen Generationen! Wo sind deine Menschen?

Aber so ein Haus, ich kann es nicht!

Mit der Hand wickle ich die Spinnweben aus den Türrahmen. Ich habe den Ekel nach der ersten Woche abgelegt. Man wird dadurch etwas mehr Natur, und das ist gut. Meine rechte Hand ist jetzt wie Zuckerwatte.

Es knackt in den Wänden, hinter den Fußbodenleisten. Es fiept und raschelt. Ich lege mich auf den Boden und will, dass irgendeine Maus auf meine Hand springt, will ihre Wärme spüren, ihr rasendes Herz auf mir pochen lassen. Meine Weiblichkeit soll alles einhüllen. Aber die unsichtbaren Tiere lassen mich ausgestreckt in meinem Schlafzimmer liegen.

Von hier aus entdecke ich mein Telefon unter dem Bett. Stimmt ja, dorthin hatte ich es in einer dunklen Stunde verbannt, um nicht an die Außenwelt und mein altes Leben erinnert zu werden. Stumm und schwarz glotzt es mich an. Mahnt mit unsichtbaren Funkwellen, mich endlich bei Wessel zu melden. Schimpft, dass ich niemals Frieden finden werde, ohne ihn zu kontaktieren und um Vergebung zu bitten.

Aus dem Stall höre ich es quieken und springe auf. Stimmt, ich besitze ja Schweine! Mit dem Fuß schiebe ich das Handy noch ein Stück weiter unters Bett und gehe in den Hof. Magda schlägt mit dem Stock auf ihren Blecheimer, in dem sie das Fressen für die beiden Säue bringt. Die Tiere quetschen ihre glänzenden Schnauzen zwischen die Gitterstäbe. Ich studiere diese alte Frau. Sie passt in den Hof wie der Efeu an die Mauer, oder das Moos in den Brunnen. Sie bildet eine untrennbare Einheit mit der Natur und den Tieren. Das Land scheint ihr durch jahrzehntelangen Müßiggang als Falten in die Haut gewachsen. Ihr ganzes Wesen ist eine fließende Erweiterung des Slevogt'schen Universums. Käme ein plötzliches Unglück über das Anwesen herein, man hätte in ihrer Nähe nichts zu befürchten. Durstend nach menschlicher Nähe betrete ich den Schweinestall. »Magda!«

»Alexandra. Guten Morgen.«

»Wie geht es den Schweinen?«

»Gut. Sie sind sehr hungrig. Die Alte wird sicher bald wieder trächtig werden. Was ist mit deiner Hand passiert?«

»Ach so!« Lächelnd wische ich mir die Spinnweben an der Hose ab. »Magda?«

»Ja?«

»Ach, nichts.« Ich trotte hilflos im Stall herum. Nichts habe ich diesem Geschehen beizutragen, dafür brauche ich nur auf meine weißen Turnschuhe zu blicken. Wollte ich nicht einen Hof führen, in der Natur aufgehen und mich selbst versorgen? Ohne Magda wäre ich aufgeschmissen. Wie anmaßend, das Erbe der Familie Slevogt anzutreten, diese Verantwortung gegenüber einem derart komplexen und über die Jahrhunderte gewachsenen System zu übernehmen. Die Tiere wie die Pflanzen sind mir allesamt fremd und unnahbar. Das Mutterschwein weicht meiner Hand aus, es mag meinen Geruch nicht. Seinen Argwohn überträgt es auf die Ferkel. Die Schweine wissen, ich bin eine gescheiterte Künstlerin. All das, was ich im Krankenhaus zurücklassen wollte, liegt nun ausgebreitet vor mir, im Neonlicht des Stalls ungeschminkt entblößt.

Wie einen Ultraschall sende ich meine Sehnsucht nach Zugehörigkeit aus, doch die gut gemeinten Strahlen prallen an den Schweinen, an den urigen Arbeitsgeräten, selbst an Magda einfach ab, und reflektieren mir meine Fremdheit umso deutlicher. Meine Plastikjacke mit den gelben Streifen knistert vor Künstlichkeit.

»Alexandra, du solltest eine Beziehung zu den Tieren aufbauen. Sie gehören jetzt zu dir. Ihr seid von nun an eine Familie!«

»Aber sie mögen mich nicht!«

»Was?«

»Ich habe meine Hand nach ihnen ausgestreckt, und sie sind in die Ecke …«

»Ach, das ist normal. Noch bist du ja fremd hier. Und jeder braucht doch etwas Zeit, du etwa nicht? Oder lässt du dir von Wildfremden den Allerwertesten streicheln?«

»Ich weiß nicht, was ich mit ihnen machen soll.«

»Hier, kratz mal ihren Bauch.«

»So?«

»Na, du siehst ja, dass du es richtig machst!«

Der Schweinebauch ist rau und haarig und warm und schön. Es ist vielleicht das Schönste, was ich je gefühlt habe. Die Sau fällt auf die Seite und streckt sich der Länge nach ins Heu. Sie rudert auffordernd mit den Füßen.

»Die Tiere sind immer dein Spiegel. Geht es dir schlecht, haben sie Angst vor dir. Bist du freundlich und selbstbewusst, fühlen sie sich geborgen und geben sogar Liebe zurück. Jetzt kraule einmal ihren Rücken und achte auf die Schnauze. Wenn das kein Zeichen ist. Ja, das macht die Alexandra fein, oder? Ja, ganz fein ist das! Ja, herrlich!«

Aus dem Rüssel schnaubt und grunzt es. Die Ferkel werden eifersüchtig und legen sich neben die Mutter in den Dreck. Mein Herz atmet auf.

»Siehst du, Alexandra? Der Herrgott hat es in der Natur schon gut eingerichtet. Etwas Stroh, ein wenig Futter, acht Kindlein, die an deinen Zitzen hängen, mehr braucht es nicht zum Glück. Die Schweine sind selig in diesem Moment. Nur der Mensch braucht mehr.« Magda nimmt die Bürste in die Hand und schrubbt über den Rücken der Mutter. Ihre Hautschuppen flimmern durch die Luft.

»Magda … Glaubst du wirklich, jemand hat ganz bewusst diese Schweine gemacht?«

»Du redest vom lieben Gott? Wer soll es denn sonst gewesen sein?« Die Frau schüttelt den Kopf und tunkt ihre Bürste in den Wasserbottich, um eine verkrustete Stelle vom Schweineafter zu lösen.

»Magda?«

»Ja?«

»Danke.«

»Wofür?«

Dafür, dass du eine Welt verkörperst, in der es nicht um Kunst oder Influencer geht, aber das sage ich nicht, sondern lächle nur.

* * *

Der Duft von Kaffee und Toast erfüllt die Firma beim Betreten. Ich bin die Nacht ewig nicht eingeschlafen und als ich dann endlich eingenickt war, hat mich EL auch schon wieder geweckt. Müde zur Arbeit gehen, das erzeugt bei mir eine Instant-Depression. Dabei tut die Firma ihr Bestes, die Laune der Angestellten aufrecht zu erhalten. Im Gang mischt sich der Klang uralter Schlager subtil zum künstlichen Vogelgezwitscher.

Goldene Lichtstreifen fallen durch die halboffenen Jalousien in den Korridoren. Ein Gefühl wie Sonntagmorgen bei Oma und Opa, als man nichts anderes zu tun hatte, als einen Comic zu lesen und drei Mal Essen serviert zu bekommen.

Macht man den Fehler und guckt, was sich hinter den Jalousien mit der Morgensonne verbirgt, fällt der Blick auf eine Wand aus Alu, an der Scheinwerfer montiert sind. Ihre Farbtemperatur ist auf warme 4000 Kelvin eingestellt, Parabolspiegel bündeln das Licht und sorgen für das Zebramuster auf dem Holzboden. Folgt man der Nase, findet man Nebeldüsen unter den Lüftungsgittern. Kaffee- und Toast-Aroma.

Obwohl hier alle wissen, dass Intelligencia die archaischen Erinnerungen ihrer Mitarbeiter ausnutzt, finden es doch die meisten eine ganz nette Idee. Pho, mein Kollege aus der Kabine am Ende des Gangs, tritt aus dem Aufzug und biegt in meine Richtung ab. Er pfeift mir hinterher. Ich bleibe einen Moment stehen, bis er mich eingeholt hat. Pho bietet mir seine Hand an, Mittel- und Ringfinger zeigen zur Handfläche. Keine Ahnung, was das bedeuten soll.

»Ey, Sol! Kennst du nicht? Du musst deine Hand auch so machen und dann – pscht!« Pho verschränkt seine Finger mit meinen und macht eine Drehbewegung.

»… Pscht!«, mache ich es ihm nach. »So?«

»Mega gut einfach. Wie die Kids aus *Epicenter* immer.«

»Epicenter …«, wiederhole ich. »Kommst du echt noch zum Glotzen, Alter? Du kannst dir doch nicht zehn Stunden den Intelligencia-Stream geben, nur um dich danach vor die Mattscheibe zu knallen?« Krampfhaft versuche ich, mein Gegenüber zu spiegeln. Redet jemand cool, muss ich das auch tun. Was ist so schwer daran, ich selbst zu bleiben?

»Geht immer! Man sagt, nach zehntausend Einheiten von irgendeiner Beschäftigung wird man Großmeister auf dem Gebiet. Und ich habe Anfang des Jahres meine zwanzigtausend

Stunden bei Intelli geknackt. Ich weiß, wie Glotzen geht!«

»So, lass mal ran an die Arbeit. Geht gleich wieder los.«

»Ey, echt mal überhaupt keinen Bock heute. Ich hasse den Stream zur Zeit. Diese Makler und Broker. Das ist nicht meine Welt. Ich sitze die ganze Zeit davor und schieße die Heinis mit meinem Mauszeiger ab. Wäre viel zu episch, wenn ich da wirklich mal abfeuern könnte!«

»Wenn man bedenkt, dass wir eigentlich gar nicht arbeiten müssten. Schon paradox, dass man sich dennoch zwingt …«

»Diese Arbeit wäre mir hart egal, ich brauche einfach das Massage-Upgrade für meinen Humanoiden. Noch zwei Monate ackern und dann zack! Level up! Kollege meinte, die können dann sogar Happy End, wenn man ein bisschen hackt!«

Pho masturbiert die Luft vor seiner Hose und verdreht dabei genüsslich die Augen. Seine Energie ist durchaus erfrischend. Ich gucke auf die Uhr meines Terminals und halte Pho meine Hand zum Abschied hin.

»Aufschließen!«, schreit er mich an, und ich zische, »Pscht«.

Dann betrete ich endlich meine Kabine. Durch den Bewegungsmelder schaltet sich die UV-Bestrahlung aus, die nachts meine Kakteen am Leben hält. Die Fenster hinter den Pflanzen zeigen je nach Knopfdruck einen Wasserfall, eine Bergkette, eine Strandszene, einen Wald oder ein eigenes Bild. Ich habe seit ein paar Tagen einen Screenshot von Lexis Anwesen eingespeist. Gucke ich nach links, sehe ich den Schweinestall, vor mir breiten sich ihre Gemüsebeete aus und zu meiner Rechten steht das Pferd auf der Wiese.

Ein altmodischer Gong ertönt, der Arbeitstag beginnt. Ich logge mich ein und setze den Stream an der letzten Position fort. All die verpassten Stunden von Lexis Simulation muss ich im Schnelldurchlauf nachholen, damit ich wieder live mitgucken kann. Da ist es gut, dass Lexi schon früh zu Bett geht und morgens ewig braucht, um in die Gänge zu kommen. Auf vielfacher

Geschwindigkeit wirkt es, als würde sie im Schlaf hyperventilieren, aber man gewöhnt sich an das Gewackel. Um zwei Uhr flitzt sie durchs Haus zur Toilette, pinkelt für eine Sekunde und liegt schon wieder im Bett, ehe ich meine Brille zurechtgerückt habe. Parallel öffne ich auf meinem äußersten Screen zehn Videostreams aus den größten Museen der simulierten Welt. Meine Fixierung auf Lexi darf nicht zu offensichtlich werden, denn meine Aufgaben als Analyst für den Kunst- und Kultursektor sind natürlich breiter gefächert, als einer jungen Frau auf der Toilette zuzusehen. Ich werfe einen Alibi-Blick ins New Yorker MoMA und kann mit der aktuellen Ausstellung bunter Spiegelkästen wirklich nichts anfangen. Irgendwo hat der Simulationsalgorithmus bei der Entwicklung moderner Kunst auf ganzer Linie versagt.

Ich nehme meine Kappe ab und setze stattdessen das Stirnband mit den Sensoren auf. Meine Beobachtungen halte ich seit einiger Zeit nur noch mit meinen Gedankenströmen fest. Das fand ich anfangs richtig gut, weil ich mir nicht mehr die Finger wund tippen musste, aber dafür merkt man schnell, dass Denken gar nicht so einfach ist, wie es sich anhört. Wenn zwischen Gedanke und Aufzeichnung keine Trennung besteht, landet alles ungefiltert auf dem Firmenserver. Also muss ich mich jetzt viel stärker konzentrieren als in der guten alten Zeit. Was ich denke, wird gehört und analysiert. Ich massiere mir die Schläfen unter dem Stirnband. Nicht, dass mir noch mal so ein Lapsus passiert wie bei meinem Liebesgeständnis an Lexi! Aber wie soll man auch an etwas *nicht* denken?

Lexi, ich liebe dich! Scheiße, schon wieder!

Ich bekomme eine Nachricht aus der Chefetage:

Außerordentliche Konferenz heute um 10:00
Verkündung der Etappe 4/5
Präsenzpflicht in Raum 1-1-1

Meine Uhr sagt 9:45. Wieso werden wichtige Verkündungen nicht von längerer Hand geplant? Das ist einfach schlechtes Chefin-Gehabe, mehr nicht. Oder ein Algorithmus hat errechnet, dass durch solche ad-hoc Zwänge die Hierarchie der oberen Etage aufrecht erhalten wird. So oder so muss ich davor noch mal auf die Toilette, und es gibt nichts Schlimmeres, als dafür Zeitdruck zu haben. Ich sitze auf der Schüssel und streame Lexi auf meinem Terminal weiter.

Sie beißt von einer ungeschälten Karotte ab und steckt den Rest durch die Gitterstäbe des Schweinestalls.

Fünf vor zehn und ich bin noch nicht fertig. Die Vorstellung, dass die Menschheit auch in tausend Jahren noch gestresst auf einem Klo verbringen wird, ist lächerlich, aber mir fällt keine Alternative ein. Vielleicht ist es auch gut so, durch die biologischen Fesseln unseres Körpers für alle Zeit an den Boden der Realität gekettet zu sein.

Lexi zieht einem Ferkel spielerisch den Ringelschwanz glatt.

Im Gang vor meiner Kabine tummeln sich etliche Leute, alle auf dem Weg zu Raum 1-1-1. Etappe vier von fünf ist natürlich ein Ereignis, auch wenn ich den ewigen Stillstand bevorzugen würde. Von mir aus hat sich die Welt genug gedreht.

* * *

Zu viele Geräusche geistern durch die geschlossenen Fenster in meinen Kopf hinein, dabei ist es nach 23 Uhr, und das schon seit Stunden. Schlafe endlich, Lexi! Auf welches Schicksal wartest du? Das Dröhnen der Autos am Horizont ist wie aus der Hölle. Mein Tod würde keine Pause in diese Klangkulisse reißen. Ich bin keine Künstlerin. Aber keine Künstlerin bin ich auch nicht. Wo sind die meditativen Grillen, die man zum Einschlafen braucht? Eine Sirene schallt durchs Dorf. Wo ist was passiert? Bei mir im Haus? Ich wüsste es! Die Kirchenglocken drücken mich in die nächste Stunde. So viele Schläge hat kein Tag. Mein Bauch redet mit mir, aber ich höre nicht hin. Was ist das für ein Tier im Baum? *Tscht, tscht.* Unheimlich. Dann ein Knacken, ein Rascheln direkt unter dem Bett! Es ist wie in meinem Kopf, aber es ist hier! Mein Puls ist weg. Ich will zu meiner Mama, aber die ist ja schon tot. Wer ist da unter meinem Bett? Bin ich allein? Ich bin allein. Vielleicht brauche ich ja jemanden zum Alleinsein. Es ist spät in der Nacht, und im Leben. Aber wie jemanden finden, wenn alles groß und leer ist um einen herum? Hülle mich ein! Sei meine Glocke, die die Unendlichkeit zerschlägt, die um mich herum ist. Denn in der Unendlichkeit lässt es sich nicht mitspielen. Der Alarm auf der Straße hat aufgehört, vielleicht wurde jemand gerettet. Jemand atmet da draußen auf, mit großem *Ach.* Aber es ist nur der Wind in der Eiche. Dann schlafe ich eben morgen, es ist doch egal in der Unendlichkeit. Wen vermisse ich? Wunderbaum-Wim. Seinen Penis würde ich jetzt an meinem Rücken spüren. Er würde mir meine Grenzen aufweisen. Ist es das, was der Mensch braucht? Eine Grenze, um sich nicht im Nichts zu verlieren? Nein, Wim fehlt nicht, aber etwas. Maja vielleicht. Die hat mich in der Nacht gehalten. Ihre Grenze war meine Grenze, und das war gut. Ich vermisse sie. Mein Knie puckert und sticht. Ist es beleidigt, dass ich es plötzlich erschlagen habe? Mit Wessel kaputtgemacht. Wessel Bosman, dieser hübsche, hässliche Geist. Spukt in mir herum, als hätte ich überhaupt keine Grenzen. Ob er auch wach ist und an mich denkt? Sobald ich wach bin, werde ich ihn um Vergebung bitten, aber um wach zu sein, muss man zuerst schlafen, und vielleicht schlafe ich nie mehr. Meine Kniescheibe hat sich aufgelöst, an ihre Stelle ist hellblauer Schmerz getreten, der das Weite in meinem Körper sucht. Der Schmerz guckt um die Ecke, sieht sich um in mir, möchte wissen, wo er denn noch nicht war. Blind taste ich nach den Ibuprofen unter meinem Kissen. Das Blister knistert im Dunkeln wie meine Jacke. Es juckt! Kennt man mich auch noch in hundert Jahren? Wie viele Menschen es schon gab, die das wollten, was ich will. Wie viele es schon gab, die das bekommen haben, was ich will, ihr Leben dafür gegeben haben und trotzdem tot sind. Vergessen, als hätten sie nie existiert. Als hätten sie nie wirklich gelebt. Vielleicht gibt es auch keine anderen Menschen. Vielleicht heißt am Leben zu sein, Lexi van Dijk zu sein. Vielleicht ist jeder ich. Ein Leben für alle. Wäre es tröstlich? Diese Blaupause möchte ich niemandem zumuten. Meine Beckenbodenmuskeln zucken, weil ich sie schon seit einer Stunde anspanne. Ich kann gar nicht loslassen. Ein und aus. So hat man doch einmal das Atmen gelernt! Wieso macht es Mühe? Die Nacht ist sowieso gleich vorbei, ich brauche gar nicht mehr mit ihr anzufangen. Die Sonne, die Vögel, die Bewegungen sollen zurück und mich antreiben, vorwärtsschieben. Das Rauschen der Autobahn sagt, es gibt keine Zeit. Nur diesen Moment, für immer. Die Nacht wird nicht vergehen. Die Kirchenuhr protestiert vehement. Dafür hat sie der Mensch sicherlich gemacht. Um sich gegen diese verschluckende Un-Zeit zu stemmen. Ist das ein Kauz oder eine Eule? Ich kenne keine Vögel. Darf man hier leben, ohne Vögel zu kennen? Der Mensch ist aus der Natur gewachsen, ich bin der Natur entwachsen wie ein Samen, der durch die Luft segelt und durch einen Spalt in einer Parkhauspfütze landet. Im falschen Gewässer gekeimt. Wurzeln in hoffnungsloser Lache geschlagen. Kein Platz für den Tiefwuchs. Der Beton wartet schon nach vier Millimetern. Ich wachse breit und flach. Fülle die Pfütze aus, das Parkdeck. Mache viel Oberfläche gut, aber da geht nichts in die Tiefe. Von außen gesehen habe ich das größte Wurzelwerk, aber kein zartes Pflänzchen könnte ich so halten. Was aus mir sprießt, knickt um. Schlafe ich denn schon? Nein, wenn man sich das fragt, schläft man nie. Ich spüre die Räumlichkeit um mich herum. Alles ist zu weit weg. Nichts hüllt mich ein. Wo ist der Raum in Lexiform? Eng und beschützend? Das Dröhnen draußen heißt, dass andere wach sind. Sie haben schon geschlafen, vorhin, als ich im Stall war. Da haben sie sich durch pflichtbewusstes Ruhen vorbereitet auf ihre unendliche Fahrt. Gehen nun ganz artig in der Kakophonie der Nacht auf. Diese Leute tragen zu einem reibungslosen Gesamtgeschehen bei. Doch nichts davon gehört zusammen. Alles ist vereinzelt, was den Menschen betrifft. Aber auch der Vogel hebt ja nach jedem Korn seinen Kopf und sieht nach, ob ihn nicht jemand umbringen will. Die heile Welt der Natur. Auch dieser Schein trügt. Heil und Unheil macht nur der Mensch. Wo liegt das Problem? Bewusstsein schadet. Wer sich seiner Existenz bewusst ist, weiß bereits um andere. Der Anfang vom Ende. Wo andere sind, ist man nicht. Was hilft? Stein sein, Gras sein, Baum sein. Die Eiche im Garten. Zwanzig Meter hoch, alle Slevogt-Generationen überdauernd. Hier, wenn ich weg bin. Aus einem Pünktchen entstanden. Kaum, dass man diesen Samen auf der Zunge geschmeckt hätte! Seine Äste brechen das Mondlicht an meiner Kalkwand im Zimmer. Mit offenen Augen kann man nicht träumen. Ich schließe meine Augen und schlafe ein.

* * *

Kurz vor Zehn. Ich warte ab, bis die letzten fünf Sekunden angebrochen sind und betrete den Konferenzsaal, der den Charme eines kleinstädtischen Vereinsheims besitzt. Holzvertäfelte Wände, Stoffbanner mit irgendwelchen Jahreszahlen, Fotos der drei Intelligencia Gründerinnen. Fehlt nur noch ein Kaminsims mit Pokalen und einem Hirschgeweih. Diese beinah aufdringliche Antifuture-Atmosphäre stammt von denselben Algorithmen, die die großelterlichen Gefühle durch die Gänge blasen. Der Mensch fügt sich den unaufhaltsamen technologischen Fortschritten widerstandslos, wenn er das Gefühl hat, in der Vergangenheit zu leben. Spießige Dorfidylle und ein vorgeschriebener allwöchentlicher Waldspaziergang, mehr braucht es wohl nicht, um die Angst vor einer hyperentwickelten Super-KI zu ersticken. Die Firma wird in den Medien für ihr altbackenes Image belächelt.

Etwas weiter hinten entdecke ich Lis. Sie quetscht sich mit einer Freundin an den bereits sitzenden Kollegen vorbei. Ich gebe mir einen Ruck und folge ihr. Als ich Lis erreiche, setzt sich ein Typ von der anderen Seite auf den letzten freien Platz und ich drehe wieder um.

»Sorry!«, sagt Lis. »Ich wusste nicht, dass du auch kommst.«

»Alles gut. Ich sitze sowieso den ganzen Tag.«

An der Wand ist noch eine Nische frei, in die ich mich stelle. Die Intelligencia-Gründerin Yul steht vorne auf der Bühne und lässt mit einer Fernbedienung die Jalousien herunter, damit man die Projektion besser erkennen kann. Sie wackelt am Kabel und grinst verlegen. »Wir haben eine komplette Simulation des Universums in Gang gesetzt, aber die Präsentation flackert trotzdem noch!«

Die historische Technik ist natürlich auch nur Show. In jeder unserer blöden Kabinen sind drahtlose Screens verbaut. Yul und der Vorstand ziehen es eiskalt durch.

Die Sichter und Programmierer lieben Yul. Sie ist eine gute Chefin, sagen sie. Und wahrscheinlich stimmt es sogar. Yul verleiht der Firma ein bodenständiges Gesicht. Verplante Schüchternheit ist das ideale Mittel gegen skeptische Verschwörungstheoretiker. Yul hat jetzt ein sauberes Bild hingewackelt und klickt durch ihre Folien. Man sieht Stockfotos von Menschen am Computer, ein buntes Bild eines Sternenhimmels und eine Art Urknall. Yul klickt in die falsche Richtung und zeigt einige Bilder doppelt.

»Ups, jedes Mal! So, hier sind wir wieder. Ah, sorry, noch mal eine Folie zurück.« Auf der Leinwand erscheint ein Blitz, der in ein Gehirn einschlägt.

»Viele von euch beobachten die Entwicklung unserer Simulation seit Jahren. Eure Aufzeichnungen haben unser Verständnis über die Künstliche Intelligenz genährt. Dank euch wissen wir, wie sich Politik, Wirtschaft, Kultur, Wissenschaft, Technik, Infrastruktur und Forschung in einem Computersystem entwickeln, und zwar ohne unser Zutun und über einen sehr langen Zeitraum hinweg.« Ihr Laserpointer kreist ziellos über die Projektion.

Unwillkürlich drifte ich ab. Zu sehr erinnert mich die Situation an Schule. Eine Frau mit ihrem Projektor, ihren generischen Internetfotos und den weißen Bläschen an den Mundwinkeln. Und während da vorne ganz eifrig das komplizierte Weltgefüge ausgebreitet wird, sitzt der Rest der Klasse auf prallgefüllten Hormonbomben und denkt nur an Küssen, Petting und den ersten Vollrausch.

Mein Magen beginnt zu knurren, anscheinend ist meine Pillendosis noch nicht richtig eingestellt. Ich denke an Lexis Spiegeleier, die sie sich letztens gekocht hat. Eigentlich sehr simpel, ein wenig Koriander und etwas Salz und Pfeffer. Ich habe das so richtig durch meinen Bildschirm hindurchgeschmeckt. Vielleicht sollte ich doch irgendwann auf echte Nahrung wechseln.

»… die Simulation hat sich dabei erstaunlich nah an unsere Realität heranentwickelt. So sind wir der KI nur noch ein paar Jahrzehnte voraus, wobei ihr Fortschritt bekanntlich viel schneller läuft als unserer. Sobald die KI mit uns gleichgezogen hat, wäre sie erstmals komplex genug, um für unsere Gesellschaft relevante Simulationen durchzuführen.«

Yul klickt zur nächsten Folie. Eine Frau in Nahaufnahme. Diese setzt ein winziges Zahnrad in eine Taschenuhr ein.

»Genau, ich verstehe eure Unruhe. Und ihr habt recht! Noch ist es uns nicht gelungen, auch nur den kleinsten Einfluss auf die Künstliche Intelligenz zu nehmen. Geschweige denn eine gezielte Simulation ausführen zu lassen. Der Code der KI hat ebenfalls eine Evolution durchgemacht, wodurch er für uns Menschen unlesbar wurde.«

Meine Kollegen werden sehr still. Sie scheinen zu ahnen, auf was Yul nun hinaus möchte.

»Doch es freut mich, euch verkünden zu dürfen, dass unser Forschungsteam eine gewisse Achillesferse gefunden hat. Bisher ist es nur ein Ansatz, aber wir werden ihn schon sehr bald mit euch in speziellen Workshops erforschen. Je mehr sich von euch an die Lösung des größten Rätsels unserer Geschichte machen, desto eher werden wir ans Ziel gelangen. Etappe vier von fünf startet ... jetzt!«

Yul trinkt einen Schluck aus einer Plastikflasche und hinterlässt dunkle Flecken auf ihrer Bluse. Sie möchte reden, hustet aber.

»Entschuldigung! Auch für mich ist es aufregend, wie ihr sehen könnt. Na ja. Eigentlich bin ich jetzt auch fertig.«

Ian aus dem zweiten Stock stellt sich neben mich und spricht mich unvermittelt an. »Was für ein Auftritt! Yul ist wirklich stark in ihrer Zurückhaltung.«

Wieso redet Ian mit mir? Hat er etwa keine richtigen Kollegen? Ich blättere durch mein nie gelesenes Smalltalkbuch und sage auch etwas. »Die ist echt stark, ja.«

»Wäre doch nicht auszudenken, Mensch. Endlich mal ein paar Idioten aus der Simulation löschen ... oder, Sol? Weißt du was ich meine?«

»Ich weiß es total.« Ich bereue das 'total'.

»Oder man lässt sich einfach mal seine Start-up-Idee von der KI durchsimulieren, bevor man sein ganzes Leben dafür aufs Spiel setzt.«

»Welche Idee?«

»Kein Plan, ich meine ja nur.« Ian streichelt seinen Bart.

»Was würdest du machen, Sol? Wenn du dich da reinhacken könntest?«

»Ich glaube, das ist zu kompliziert für mich ...«

»Heh, du bist doch der Superhacker! Kim aus der Buchhaltung hat mir erzählt, dass du deiner Humanoiden die irrsten Programme eingetrichtert hast.«

»ELs Code beruht ja auch auf unserer Sprache.«

»Ich würde auf jeden Fall diese ganzen Influencer löschen. Hängen die Leute bei dir auch nur am Telefon und gucken zu, was irgendwelche anderen kaufen und essen? Die Simulation verirrt sich schon in teilweise absurde Richtungen. Ich frage mich, ob das in unserer Welt auch möglich wäre. Dieses ganze *Social Media.*«

Plötzlich fällt mir auf, dass ich Ian keine Sekunde mehr ertrage. Ich zucke mit den Schultern und verlasse den Saal.

* * *

Ich gehe ans Fenster und blicke über den Hof. Ich bin allein. Magda ist sicher schon lange fort, die Tiere sind still. An der Küchenwand hängt eine alte Badehaube zusammen mit einer gerahmten Schwarz-Weiß-Fotografie. Ein junges Mädchen im Freibad, es trägt die Gummikappe, die an der Wand hängt. Auf der Rückseite der Fotografie steht *Lotte, Bad Jistvegen, 1934.* Ich betaste die Kappe und starre auf das Foto. Eine seltsame Verbindung. Als streichle ich meiner Vorgängerin über den Kopf. Ich möchte baden und lasse mir oben eine Wanne ein.

Seit meinem Einzug in das Slevogt-Anwesen hat mein Körper das Ruder übernommen. Meine Beine sagen, wo es hingeht, meine Arme bestimmen, was ich anfasse, meine Augen holen sich immer neue Reize im Garten. Ich lasse Zeit verstreichen, als gäbe es unendlich davon. Draußen schreit das Pferd und setzt meinem Bad ein Ende. Ich wickle mich in einen Bademantel, setze die Badekappe der alten Slevogt ab und trete hinaus auf die Terrasse. Augenblicklich schwitze ich nach. Meinem Körper bleibt die Luft weg, also macht er sich wieder frei, schmeißt den Mantel hin. Meine Augen blicken in die Weite, doch die Grenzen des Grundstücks sind geschützt durch Mauern und Zäune. Ich schließe die Tür und wandere nackt durch meinen Garten. Wann bin ich das letzte Mal barfuß durchs Gras gelaufen? Nackt im Freien gewesen? Als richtiger Mensch? Die häuserlosen Schnecken sind ungewohnt an den Fußsohlen. Wieder höre ich das Pferd. Soll das so klingen?

Das ganze Archaische ist aus meinem Leben entwichen. Der Intellekt verbietet einem ja die alten Dinge, den Dreck, die Unordnung, das Rohe, weil es ihm zu primitiv ist. Ich rutsche aus und lande im nassen Gras. Die Schnecken sind innen blau. Ich habe meinen Blick für die Details verloren. Die Inhalte meines Alltags sind nur noch Symbole. Die Gurke in meinem Kühlschrank ist eine Referenz für alle Gurken dieser Welt.

Das Gatter des Pferdestalls ist kalt und riecht nach Blut. Aber es ist nur der Rost, der sich im Nieselregen bildet. Das Pferd liegt einsam in der Ecke. Komisch, ein Pferd so liegen zu sehen. Aber immer Stehen ist auch keine Alternative. Das Tier zittert. Was für eine bemitleidenswerte Kreatur. Freudlos. Freundlos. Einfach nur da, unterjocht von höherer Gewalt. Die ausgerechnet auch noch ich bin. Welche Hoffnung hat das Pferd? Ich würde es ja freilassen. Aber wohin? Und dann? Es würde genauso im Wald verenden wie ich.

Dieses Pferd beachtet mich nicht einmal. Es zieht die Oberlippe nach oben, atmet unruhig. Ist es krank? Ich tätschle seine Rippen. Die Haut darüber ist straff und voller Adern, gespannt wie ein Trommelfell. Wie das zuckt! Als seien meine Fingerspitzen elektrisch. Ich spiele mit seiner Haut. Jeder Stups wie ein Steinchen, das man in einen Tümpel wirft. Die Haut denkt, meine Finger sind lästige Fliegen! Ich höre auf. Mit dem Ohr presse ich gegen seinen Brustkorb. Darf man das bei einem Pferd? Sich so annähern? Ich habe keine Ahnung mehr, was Pferde zulassen, und was sie eventuell als bedrohlich empfinden könnten. Das Pferd rührt sich nicht.

»Caprice«, flüstere ich. Das Pferd hebt seinen Kopf. Ich fingere eine tote Fliege aus seinem Augenwinkel. Es wirkt, als weine das Pferd Fliegen. Sein Atem glüht an meinem Handrücken. Es ist nicht lange her, da wäre ich zutiefst inspiriert gewesen von diesem Sammelsurium an Haut, Sehnen und Adern, an Insekten und Exkrementen. Doch diese gewohnte Energie stockt in meinen Adern. Wie kann ich jemals wieder so etwas Selbstsüchtiges wie Kunst machen, wenn da draußen jemand ist, den ich kaputtgemacht habe? Der mich hasst? Ich muss mich endlich bei Wessel entschuldigen. Und dann?

Caprice sieht mich traurig an, aber vielleicht spiegelt sich in seinen Augen auch nur mein eigener Blick.

* * *

Aus meinem Terminal ertönt die letzte Ermahnung, endlich Feierabend zu machen. Die zwei vorherigen Signale habe ich ignoriert. Ich musste ja sichergehen, dass Lexi gut ins Bett kommt. Schlaf gut, Lexi van Dijk. Meine große Künstlerin. Ich bin jetzt schon gespannt, wie deine Nacht verlaufen wird. Das Fenster mit dem endlos öden Artist Talk eines italienischen Künstlers, den ich heute offiziell analysieren musste, schließe ich mit Genuss.

Ich trete durch die große Glastür in die Abendluft und zwänge mich vorbei an den müden Demonstranten mit ihren selbstgemalten Schildern. Ihre Blicke nehme ich schon lange nicht mehr wahr und die wütenden Parolen schirme ich mit meinen Kopfhörern ab. Es läuft mein Lexi Best-Of. Ausgewählte Tonaufnahmen von rührenden Telefongesprächen, ab und zu habe ich ein paar ihrer Gesangseinlagen unter der Dusche dazwischengeschoben, und am Ende mein Highlight, ein bekiffter Dialog zwischen ihr und einer Künstlerkollegin. Lexis Lachen ist mein Opium geworden. Ich kenne ihre Sätze in- und auswendig und ertappe mich dabei, wie ich sie mitspreche. Eine uralte Demonstrantin guckt mich sehr komisch an, als ich *Diese elenden NFT-Künstlerinnen können mich mal am Arsch lecken!* ins Nichts vor mich hin murmle.

Mein Lieblingsrikschafahrer Rey steht an der Straße und schreibt in sein Notizbüchlein. Als ich mich nähere, schiebt er, ohne aufzublicken, eine Feder zwischen die Seiten und lässt das Buch unter seinem Hintern verschwinden.

»N'Abend, mein lieber Sol! Mal wieder der Letzte?«

»Ohne meinen Alarm säße ich sicher morgen früh noch am Bildschirm.« Ich habe keine Probleme, mich mit Rey zu unterhalten. Hinten auf seinem Ledersitz fließen die Worte ohne Mühe, da gibt es keine unangenehmen Pausen und kein pochendes Herz.

»Wieso möchtest du denn nicht nach Hause? Immer nur arbeiten, das ist doch nicht gesund!«, sagt er.

»Ach, gerade ist eine spannende Phase. Da ist das eigene Leben nicht so wichtig.«

»Macht das nicht traurig auf Dauer? Immer so ein fremdes Leben zu beobachten?« Rey fragt das freundlich, ohne mir ein schlechtes Gefühl zu geben.

»Wenn du ein Buch liest oder einen Film schaust«, überlege ich, »lebst du das Leben dieser Leute nicht auch in dem Moment? Sind sie dir nicht oft ein wahrhafteres Gegenüber, als deine Kollegen? Sind es nicht auch deine Freunde? Eine Figur aus dem Fernsehen kennt man irgendwann besser als die eigenen Eltern. Und man verbringt auch mehr Zeit mit ihnen.«

Rey dreht sein kleines Radio leiser, das er an seinen Lenker gebunden hat. Ein Zeichen, dass er Lust hat, sich mit mir zu unterhalten. Ich liebe das. Meine Stimme ist ihm wichtiger, als das neue Lied von *Ezz*.

»Ich war als Kind mal schrecklich verknallt in diese Ira aus *Silverflow*. Kennst du noch? Diese Serie?«

»Natürlich!«

»Sol, ich sage es dir, das war Liebeskummer! Diese Ira, einfach nicht von dieser Welt. Und immer die Trennung durch die gläserne Mattscheibe! Ich wollte nur einmal da rein zu ihr! Aber ich wusste auch, irgendwo gibt's die in echt!«

»Mh. Ira war goldig, ja. Weißt du, wie die jetzt aussieht?«

»Nee, Mann, das will ich auch gar nicht wissen. Die muss für immer so bleiben in meinem Kopf.«

»Hier, guck mal …«

»Ey! Pack deinen Terminal weg! Ich möchte das nicht sehen, habe ich gesagt!«

»Zeit ist schon etwas Gemeines. Wie schnell das geht, oder? Für uns alle. Gerade noch als Kind vor dem Fernseher, und jetzt könnten diese TV-Kids von damals unsere Eltern sein.«

Rey hält nachdenklich inne. In seinem winzigen Rückspiegel sehe ich nur seine gekräuselte Stirn. Er dreht das Radio laut. »Kennst du den? Dieser Track ist maximal akkurat!«

»*Grillz*?«, frage ich.

»*Topax*, Sol. *Topax*! Ein Meisterwerk.« Rey imitiert die verzerrte Bassline mit spuckenden Lippen.

»Ah, klar. Jetzt höre ich es.« Wir schweigen ein paar Straßen lang. Ich sollte meinen ganzen Deprikram in Zukunft nicht bei Rey auslassen. Immer sind die Leute gut drauf, und dann komme ich und rede von der Zeit und der Vergänglichkeit, und es wird still. Reys dicker Kapuzenpulli sieht gemütlich aus. Ich bin so müde, dass ich mich am liebsten an seine Schulter kuscheln würde. Es wäre vielleicht der schönste Schlaf seit Jahren.

An der Kreuzung haben sie jetzt auch diese Plakate aufgehängt. In schlichtem Piktogramm-Stil ist darauf ein Computer zu sehen, der an seinem eigenen Stromkabel erhängt wird. Auf dem Bildschirm leuchtet ein pixeliger Totenkopf.

Darunter steht *INTELLIGENCIA MACHT DUMM*.

»Die hassen euch schon ziemlich«, sagt Rey und guckt zu mir nach hinten. Sein halber Mund grinst.

»Rey, halt mal ganz kurz an!«

»Hier?«

»Nur ein Foto.« Ich steige aus und mache mit meinem Terminal ein Bild von einer Cirrocumulus Wolkenformation.

»Fotografierst du den Mond?«

»Die Wolken drumherum. Ziemlich gut mit dem Mondlicht von der Seite, oder?«

»Die viele Arbeit macht dich anscheinend wunderlich. Was soll das denn … Wolken fotografieren? Die wären nichts Besonderes, wenn du mal Zeit außerhalb deines Büros verbringen würdest.«

»Wenn du nach oben schaust, und nur den Himmel siehst … ohne Häuser und ohne die ganzen Stromleitungen und so … dann siehst du etwas, was die ersten Menschen auch schon gesehen haben. Das verbindet dich mit allen Generationen vor dir. Vor tausend Jahren hat irgendeiner mal hochgeguckt und genau solche Wolken vor dem Mond angestarrt. Und in tausend Jahren wird das auch jemand tun.«

»In tausend Jahren wird auch jemand in eine Wanne furzen. Na, und?«

»Ich find's tröstlich. Nimmt mir irgendwie die Angst vor dem Tod.« Ich mache den Mund auf und so etwas kommt dabei raus. Von null auf Tod in vier Minuten. Wenigstens muss ich Rey nicht spiegeln. Ein kleiner Triumph.

»Du bist schon ein Vogel.« Rey hält an und lässt mich vor meinem Wohnkomplex aussteigen. Ich krame nach meinem Schlüssel. Die Straßenlaternen erhellen den Eingang zum Glasdom wie kleine Monde. Ein Kosmos unzähliger Mücken versucht vergebens, das Licht einzufangen. Meine Haare kleben warm und feucht am Kopf. Ich nehme meine Kappe ab und klatsche sie gegen meine Wade. Dann rieche ich am Stoff und mir fällt auf, dass ich sie noch nie gewaschen habe. Wer wäscht eine Kappe? Seit Lexi vernachlässige ich die profanen Details meines Lebens, dabei müsste ich alles Lästige nur an EL weitergeben. Doch selbst dazu bin ich zu faul. Lexis letztes Duschenlied geistert als Ohrwurm durch meinen Kopf.

Durch das Glasdach, das die gut zweihundert Wohneinheiten überspannt, sehe ich in einen wolkenlosen Himmel. Das ging schnell. Der Tag morgen wird sicher drückend heiß. Wie im Halbschlaf bahne ich mir den Weg über den angelegten Schotterweg. Der Innenhof des Doms erblüht seit ein paar Wochen in voller Pflanzenpracht. Meterhohe Farne säumen die Kieswege, die von Haustür zu Haustür führen. Den Teich mit den Kois lasse ich links an mir vorbeiziehen und halte meinen Schlüssel an den Sensor des Aufzugs, der mich in meinen Kubus im Siebten bringt. In der Wohnung reiße ich mir die verschwitzten Klamotten vom Körper und stopfe sie in den Wäschesack. Aus meinem Schlafzimmer höre ich, wie sich EL aus ihrer Ladestation löst und zu mir ins Bad kommt. Erwartungsvoll streckt sie ihre Silikonhände aus, um meine Kleidung entgegenzunehmen.

»Das bekomme ich wohl selbst noch hin!«, raune ich sie an. Seit ich EL eine Frisur wie die von Lexi verpasst habe, reagiere ich seltsamerweise unwirscher auf meine Humanoide. Anscheinend regt es mich auf, dass sie jetzt nur so aussieht wie Lexi, sich aber ganz anders verhält. Das Devote der Humanoiden ist auf Dauer sehr anstrengend. Klar, ich könnte versuchen, ELs Charakter umzuprogrammieren, aber das ginge zeitlich alles von Lexis Stream ab. Ich schiebe EL aus dem Bad und schließe die Tür. »Menschen brauchen im Bad Privatsphäre! Wer weiß, auf welchem Server dein Videofeed landet!«

»Sorry«, sagt EL betroffen.

Ich stopfe meine Klamotten in die Waschmaschine. Mit meinem Terminal suche ich heimlich nach der richtigen Waschmittelmenge und der Tastenkombination für den Vollwaschgang. Dann setze ich mich auf den Boden und gucke in die rotierende Trommel, anstatt zu schlafen.

* * *

Meine Bauernstuben sind kahl. Von wegen *alles möbliert*! Entweder Lotte Slevogt praktizierte strengen Minimalismus, oder Biały Królik hat die wertvollsten Möbel schon vorab vertickt. Außer dem Bett steht im Schlafzimmer nur ein Holzstuhl mit Herz in der Rückenlehne. Dem ganzen Haus fehlt die Seele, und ich stelle mir einen stattlichen Sekretär zum Schreiben vor, einen wuchtigen Sessel, der mich verschlucken kann, eine große Tafel für Skizzen und Basteleien im Wohnzimmer. Darf ich jemals wieder einen Stift in die Hand nehmen? Wachs formen? Kunstblut vergießen? Oder wäre das bereits ein Verrat an Wessels Schicksal?

Ich vermesse die Wohnstube mit meinen hallenden Schritten. In dieser Leere wird mir klar, nicht nur ich spiegle meine Umwelt, auch die Umwelt spiegelt mich. Ein Teufelskreis einsamer Kargheit. Ich muss meine gute Laune in hübschen Gegenständen manifestieren, sodass diese mich aufbauen, wenn die Laune wieder weg ist. Das traute Heim als seelischer Akku, so habe ich es bisher noch gar nicht betrachtet.

Widerwillig schalte ich meine mobilen Daten ein, um nach dem nächsten Flohmarkt zu suchen. Sofort drückt es mir unzählige WhatsApps, Mails und Sprachnachrichten rein. Mit zugekniffenen Augen wische ich die Meldungen weg und versuche, nicht zu erkennen, wer sich da in meine Realität drängen will. Doch unter meinem Zeigefinger blitzt für einen winzigen

Moment das Profilbild Wessel Bosmans auf, bevor es am Rand meines Telefons über die Klippe gewischt wird. Mein ganzer Körper reagiert ohne Vorwarnung. Mein Magen ächzt, mein Herz setzt aus. Wollte ich mich nicht bei ihm melden? *Muss* ich das nicht sogar? Nicht ihm zuliebe, sondern mir! Und jetzt ist er mir zuvorgekommen und hat mich kontaktiert. Drei ungelesene Nachrichten. Mit ihnen steht und fällt mein Leben, so viel ist klar. Ich schalte den Messenger auf stumm und konzentriere mich auf den Flohmarkt. Ja, das ist gut. Ein Flohmarkt ist freundlich und neutral. Wer auf einen Flohmarkt geht, ist gut drauf und hat Vertrauen in die Zukunft.

Ich finde einen Antiquitätenmarkt in 18 Kilometern Entfernung. In meinen Cervo passen wohl nur zwei Stühle und ein Klapptisch, aber ich meine, in der Garage eine Abdeckplane in Anhängerform gesehen zu haben. Ich ziehe den gigantischen Schlüsselbund vom Haken in der Diele und lasse die einzelnen Schlüssel durch meine Finger gleiten wie die Perlen eines Rosenkranzes. Bitte, lieber Gott, lass es einen Anhänger sein. Ich schließe die Garage auf und gucke mich zum ersten Mal richtig darin um. Bisher habe ich hier nur meinen Cervo abgestellt und bin mit Scheuklappen über das Grundstück gehuscht. Die vielen Details haben mich nach meiner Ankunft überfordert. Jeder Reifen, jeder Rechen, jeder Schlauch erzählt die Geschichte eines fremden Lebens, ihre kleinen Schrammen und Kerben mahnen, *du warst nicht dabei, Lexi, als wir angeschafft und benutzt wurden, du kennst uns nicht!*

In einem Werkzeugschrank ist eine Schublade mit hunderten Buchstaben aus Blei. Die Möglichkeit aller Texte dieser Erde liegt in diesem kleinen Kästchen und macht beim Schütteln ein schönes Geräusch. Unter der Werkbank ziehe ich ein handgeschnitztes Schachspiel hervor. Ich klappe es auf und stelle die Figuren auf ihre Positionen. Ein schwarzer Bauer wurde durch die Samenkapsel eines Eukalyptusbaums ersetzt. Ich schiebe den weißen Damenbauern zwei Felder nach vorn und starre auf die regungslosen schwarzen Figuren. Nichts passiert. Ich drehe mich um und reiße an der Ecke der großen Plane. Tatsächlich kommt ein stattlicher Anhänger zum Vorschein! Das Anwesen meint es am Ende doch noch gut mit mir. Ich prüfe die Anhängerkupplung, sie ist kompatibel mit meinem Cervo. Ich muss grinsen über so viel Glück, und dann grinse ich, weil ich es albern finde, wie ich da alleine in der Garage vor mich hin grinse.

Die Bremsen des Anhängers lassen sich mit etwas Kraftaufwand lösen und ich ziehe den Wagen an die Kupplung meines Cervos heran. Eingerastet. Bevor ich mich ins Auto setze, schiebe ich den schwarzen Königsbauern zwei Felder nach vorn, ein mutiges Gambit.

Komisch, wieder am Steuer zu sitzen und dem GPS hinterherzufahren. Handy und Auto passen nicht in meine neue Slevogtwelt. Aber vielleicht haben mir Haus und Hof auch nur die Augen geöffnet, welche Fremdkörper man in seinem bisherigen Alltag für unverzichtbar hielt, und nun doch ohne kann. Oder sogar muss.

Das Flohmarktgelände liegt direkt an einem Steinbruch, dessen Steine längst gebrochen scheinen. Ein einsamer Bilderbuchbagger steht genau in der Mitte der Grube und sieht aus, als sei er dort aus dem Boden gewachsen. Mehr Brennnesseln als Reifen. Hier Wasser rein, und es wäre ein toller See, aber auf welches Loch im Boden trifft das nicht zu.

Ein breiter Weg führt zum Eingang des Markts, der wie eine alte Dorfsiedlung daherkommt. Die vielen Stände, Verschläge und Zelte sind willkürlich über das Feld gewürfelt. Hier geht es nur um Altes, als könne man so das Voranschreiten der Zeit aufhalten. Die Menschen hinter den Ständen wirken genauso aussortiert und aus der Zeit gefallen wie die Dinge, die sie anbieten.

Es dauert etwas, bis ich hinter den vielen unnützen Suppenschüsseln, Emaillesieben und Kristallaschenbechern die Möbelstände entdecke. Bauernkommoden, Schreinertische, Schulbänke aus der Mitte des letzten Jahrhunderts. Und da, zwischen Fernsehtisch und Garderobe steht mein Sekretär. Ich sehe es direkt vor mir, sehe mich selbst vor mir, Lexi, endlich wieder schreibend, zeichnend, philosophierend. Mein selbstauferlegtes Kunstverbot erzeugt ein überwältigendes Gefühl diffuser Kreativität. Irgendetwas muss von mir geschaffen werden, das spüre ich ganz deutlich. Die Scharniere blenden bronzen in der Sonne, an den Schubladen sind filigrane Schnitzereien. Dieser Sekretär muss es sein.

Um ihn aus der Nähe betrachten zu können, bahne ich mir einen Weg zwischen etlichen Nierentischen hindurch. Sein Holz fühlt sich samtig an. Eine Schreibfläche zum Herunterklappen, viele kleine Fächer und gedrechselte Füße. Vergeblich suche ich nach einem Preisschild. Der Verkäufer, dessen Augen ich vor dichter Gesichtsbehaarung kaum sehen kann, steuert in meine Richtung.

Ich klopfe mit dem Fingerknöchel prüfend gegen eine Schublade. Ich hasse Handeln. »Wie viel für den Sekretär?«, frage ich so beiläufig wie möglich.

»350.« In seiner Zahl schwingt kein Spielraum mit.

»350?«, frage ich zu laut und habe das Gefühl, dass das mein erster Schritt in eine gute Verhandlung ist. Erst mal zeigen, dass der Preis unmöglich zu den eigenen Vorstellungen passt. »Ach, so viel. Ich dachte eher so an … maximal! … 80 bis 100.«

»Liebe Frau. Ich habe ihn selbst für 300 aus Polen gerettet. Dazu Transport, Abschleifen, Einlassen. Ich mache bei 350 schon fast Verlust.«

»Können wir … 320 machen?«

»Nein.«

»Okay, ich kaufe ihn.« Mit heißem Kopf krame ich in meiner

Geldbörse und finde nur 310 darin. Adrenalin pumpt durch meinen Körper. Wieso bin ich so aufgeregt? »Shit, ich habe nur 310 dabei. Können wir das nicht … so machen? Für 310?«

»Paypal geht auch.«

»Echt?«

Ich tippe den Betrag in mein Telefon ein. »Danke«, sage ich. Der Sekretär knallt beim Versuch, ihn zu tragen, gegen meine Schienbeine und zwingt mich zum Stehenbleiben.

»Haben Sie niemanden, der Ihnen hilft?«

»Ich … nein … könnten Sie vielleicht …?«

»Was? Nein, nein. Ich muss immer hier sein.«

»Komm, ich packe schnell mit an!« Eine neue Stimme, direkt hinter mir. Ich drehe mich um und stehe viel zu nah vor einem Mann. Der Typ ist das Destillat aller TV-Serien-Schönlinge. Geschwungene, dunkelblonde Haare bis zu den Schultern, die er sich mit einer Ray Ban aus dem Gesicht gesteckt hat. Er kaut etwas mit schnittigem Kiefer, der Schatten eines D'Artagnan-Barts definiert die verschiedenen Bereiche seines Gesichts. Dazu ein an den Ärmeln hochgekrempeltes Leinenhemd. Schöne Männer sind mir suspekt, denn sie trennen immer Herz und Verstand, ein Keil in der inneren Harmonie. Denn je schöner ein Mann ist, desto tiefer seine Abgründe. Er lächelt mich an, und ich liebe ihn.

»Ach so, das wäre ja sehr nett. Danke!«, sage ich und hebe eine Seite des Sekretärs vom Boden an. Er geht in die Hocke und hält inne.

»Greif mal da unten zwischen den Querstreben, müsste leichter gehen.«

Ich greife um und ärgere mich, dass er recht hat. Wir watscheln los.

»Ich heiße Iannis. Gould.«

»Lexi. Van Dijk.« Ich wiederhole unwillkürlich seine affektierte Pause.

»Warte … Van Dijk … wie dieser Künstler?«

»Du meinst sicher Jan van Eyck.«

»Nee, da gibt's doch diesen Bildhauer. Alex van Dijk, oder? Der macht wahnsinnige Horrorfiguren aus Wachs und Blut und so. Riesengroß!«

»Das bin ich! Woher … hast du etwa auch das furchtbare Video gesehen?«

»Video? Nee, ich war … wann war das … letztes Jahr, glaube ich, mit einer Freundin im Stendhal Museum. Da hatten die so gigantische Wachsfiguren, total kaputt und verkrüppelt. Fand ich irgendwie richtig gut. Blieb im Kopf auf jeden Fall. Dachte nur, dass der Typ Alex hieß.«

»Nein, Alexandra! Aber so ist das immer … In der Kunst bleiben nur die Männer hängen. Und wenn einmal die Frauen gut sind, werden sie im Kopf zu Männern gemacht!«

»Das gibt's doch nicht, dass ich dich hier treffe. Total berühmt bist du ja dann. Und du lebst hier in der Gegend?«

»Ich … richte mich gerade neu ein.«

»Ja, kenne ich. Voll der Trend. Alle gehen zur Zeit aufs Land. Ich war früher in Hågen, bis es mir zu chaotisch wurde. So viele aufgestaute Aggressionen, so viel Stress und Aktionismus, und trotzdem hat niemand irgendwas gebacken bekommen. Kannst du noch?«

»Vielleicht an der Ecke kurz Pause.«

»Komm, wir wechseln dann mal. Ich geh nach vorn, dann kannst du geradeaus laufen.«

»Okay.« Wir setzen den Sekretär auf dem Schotterweg ab. Er ist so schwer, dass sich seine Füße in den Kies bohren, alle paar Meter hinterlassen wir kleine Maulwurfshügel. Iannis krempelt sich den verrutschten Ärmel zurück und lässt seine Finger knacken. Eine dicke Narbe läuft von seiner Armbeuge bis zum Handgelenk, links und rechts davon gesäumt von vernarbten Punkten wie eine Ameisenstraße.

»Was hast du für das Teil gezahlt?«, fragt er mit einem Filter an der Lippe.

»350.«

»Was? 350 … auf einem Flohmarkt? Was wollte der dann bitte vor dem Handeln dafür? 600 oder was?«

»350. Er meinte, da gibt's nichts dran zu rütteln.«

»Du hast den vollen Preis gezahlt? Das gibt's doch nicht, Lexi!« Iannis spricht das *Lexi* mit spielerisch veräppelnder Stimme aus, als kenne man sich seit Jahren. Er grinst und rollt kopfschüttelnd eine Prise Tabak in sein Paper.

»Bist du das erste Mal auf einem Flohmarkt?« Er klemmt sich die fertige Kippe hinters Ohr und hebt auffordernd den Sekretär an. Ich fühle mich schon wieder elend und deplatziert. Iannis ist gleichzeitig alle Männer, die in meinem Leben besserwisserische Überlegenheit demonstriert haben, und alle Männer, die ich angehimmelt habe. Die Verbindung von Herz und Verstand hängt nur noch an einem seidenen Faden.

Schweigend laufen wir zu meinem Anhänger und wuchten den Sekretär auf die Ladefläche. Iannis steckt sich die Zigarette an und lässt den Rauch seitlich aus dem Mund strömen. Leider sieht das gut aus. Der seidene Faden reißt.

»Schau mal, der Bagger da unten!«, sagt er und zeigt auf den Steinbruch.

»Ja, schon gesehen. Danke fürs Tragen.«

»Das heißt, Goodbye?«

»Ich brauche noch einen Tisch.«

»Oh, alles klar! Let's go, then!«

Ich laufe zurück zum Markt und Iannis klebt an meinen Sohlen. Seine Hilfe ist mir zu selbstverständlich, andererseits möchte ich auch nicht allein sein. Vor einem Stand mit Tischen aus den 50er und 60er Jahren bleibe ich stehen. Einer hat eine Platte mit sehr aufwändigem Intarsienmuster, das gefällt mir. Der Verkäufer ist jünger als der Erste, sein Blick wirkt dennoch versteinert. Ich streiche über eine Stelle mit abgeplatztem Lack.

»Wie viel für diesen hier?«, frage ich.

»390.«

Ich drehe mich um und suche Iannis' Reaktion. Er zieht die Augenbrauen hoch.

»Was ist denn mit Flohmärkten passiert?«, flüstere ich ihm zu. War das nicht mal ein Ort, wo man mit seinem Taschengeld etwas erreichen konnte?«

Ohne zu antworten, schiebt sich Iannis an mir vorbei und spricht den Verkäufer an.

»Hallo, mein Lieber. Ich bin Iannis. Wie heißt du?«

»Ghian. Wieso?«

»Ghian ... geiler Name. Hör mal, Ghian, ich gebe dir 124 für diesen Tisch.«

»Möchtest du mich beleidigen? Ich habe ihn selbst für über 300 gekauft.«

»Mein Lieber ... Ghian, ich sage es doch richtig, oder? Mit *dsch*? Dein Vater wäre enttäuscht, wenn er sehen würde, wie du mit diesem Beruf umgehst. Willst du die Ehre deines Vaters beschmutzen?«

»Was redest du von meinem Vater? Geh weg, ja!«

»Ich gehe gleich, keine Angst, aber vorher kaufe ich dir diesen alten Tisch ab. Für 124. Das ist ein guter Preis für diesen Tisch. Siehst du den Lack? Meine Mutter hat früher in einem Möbelhaus gearbeitet. Die haben solche Modelle auseinandergenommen und als Feuerholz verkauft. Ganz Polen ist voll mit diesem Tisch.«

Iannis öffnet seine Geldbörse und zählt Scheine ab. »Danke, mein lieber Ghian. Ich nehme ihn gleich mit.«

Der Verkäufer nimmt die Scheine entgegen und zählt. »Das ist eine Ausnahme, verstehst du? Weil deine Freundin hübsch ist, so, verstehst du? Ich mache das sonst nicht!«

»Vielen Dank, du bist ein guter Mann. Ghian?«

»Was ist?«

»Ich bekomme noch was zurück. Ich hab dir 125 gegeben.«

Ghian zieht eine Münze aus seiner Bauchtasche und schüttelt den Kopf. Iannis wirft Lexi einen Blick zu. »Komm, los geht's, der ist schwer. Aber ziemlich gute Qualität!«

Mein Herz schlägt, dabei habe ich gar nichts gemacht.

»Was für ein Zufall, dass deine Mutter auch mit diesen Tischen zu tun hatte …«

»Das habe ich doch nur so gesagt.«

»Ernsthaft?«

»Meine Eltern sind tot.« Seine Kippe hinterm Ohr wippt beim Gehen.

»Oh shit, das tut mir leid! Aber war das alles nur Show gerade eben?«

»Das ganze Leben ist doch eine Show!«, sagt er und ergänzt, »Und jetzt bekomme ich 124 von dir.« Er lacht, und ich will, dass er mich mit seinem nackten Körper einhüllt.

»Sorry mit deinen Eltern«, sage ich. »Meine sind auch tot. Crazy, oder? Zwei Waisen.«

»Autounfall«, sagt er. Das Zucken in seinen Schultern wird über den Tisch in meine Hände weitergeleitet. Er fragt nicht, was mit meinen Eltern passiert ist.

»Fuck. Hast du daher die Narbe?« Wir setzen den Tisch vor meinem Anhänger ab.

»Nee, da war ich nicht mit dabei. Das hier war die geilste Welle in ganz Panama.« Iannis streichelt sich über den Unterarm und tippt mit dem Zeigefinger von Narbenpunkt zu Narbenpunkt. »War's total wert.«

Ich krame in meiner Geldbörse und zähle die Scheine ab. »Stimmt so. Danke fürs Handeln.«

»Kein Ding. Ich hab selbst ein paar Jahre irgendwelches Zeug auf Märkten verkauft. Besser als jedes Psychologiestudium. Man denkt, ein Flohmarkt ist ein alternatives System von altruistischen Querdenkern. Aber am Ende ist das auch nur ungezügelter Kapitalismus.«

Wir heben den Tisch auf den Anhänger. Dabei bemerke ich, dass unter der Tischplatte ein vergilbter Zettel klebt. Ich gehe in die Knie, um die Kinderschrift darauf zu entziffern.

Wenn das jemand liest, heißt das, wir wohnen nicht mehr in der Zilverstraat und dass der Tisch nicht mehr in der Küche steht und ich nicht mehr hier bin.

Alles soll genau so bleiben wie jetzt. Aber meine Eltern verstehen das nicht! Ich will nicht zu Mama! Ich mag den Tisch zum Spielen, aber alles kommt jetzt weg.

Nein, nein, nein, NEIN!!!! Ich hab jetzt nur noch mich.

Meine anderen Sachen vergrabe ich hinter dem Brunnen beim Gingobaum.

Niklas Istvang, 1951

Ich weiß nicht, wen das Kind vor Augen hatte, als es diese Nachricht geschrieben hat, aber ich spüre seinen Schmerz mit voller Intensität. Dabei ist das so lange her. Merkwürdig, dass der Mensch immer seelische Qualen hat, egal, welches Jahr es ist. Welchen evolutionären Vorteil hat das gegenüber den Tieren? Wieso müssen wir uns immer Sorgen machen, Ängste haben, Mitleid und Verzweiflung erleiden? Eine Krähe fliegt über den Steinbruch und hat keine Ahnung, was diese Gehirne da unten für schlimme Sachen ausbrüten. Für die Krähe ist alles Krähenland, und in diesem Land gibt es keine Zukunftsangst.

»Ginkgobaum hat er falsch geschrieben«, sagt Iannis.

Wir lassen den Blick über den Steinbruch schweifen. Plötzlich glitzert der ganze Himmel, und ich kneife meine Augen zu. Es sticht wie Wunderkerzen im Gesicht. Der Moment verstreicht, und alles ist wieder normal, nur die Wolken haben sich verändert. Eine zarte, schimmernde Schicht haftet ihnen nun an, als habe man sie in einen flüssigen Spiegel getaucht.

Verwirrt sehe ich Iannis an, der noch immer die Lider geschlossen hält.

»Was war das?«

»Keine Ahnung! Ein Blitz vielleicht?«

»Bei dem Wetter? Und die Wolken?«

»Was ist mit denen?« Iannis reibt sich die Augen.

»Die schillern doch richtig, findest du nicht?«

»Doch, irgendwie schon. Hör mal, Lexi. Wollen wir ein bisschen wo hinfahren? Wir könnten einen Trip machen oder so.«

»Das geht nicht. Ich muss in einer halben Stunde daheim sein und den Installateur reinlassen«, lügt mein Verstand. »Aber du kannst mich ja die Tage mal besuchen kommen«, sagt mein Herz, ohne es vorher mit mir abzusprechen.

Die Wolken öffnen sich, und es regnet, als ginge die Welt unter.

* * *

Mein Tag beginnt mit unerwartetem Hunger. Dabei habe ich gestern sogar fünf Kapseln geschluckt. Ich verstehe die Welt nicht mehr. Zum ersten Mal seit Wochen öffne ich meinen Kühlschrank und hoffe auf irgendetwas. Gleichzeitig habe ich auch Angst vor allem, was da noch drin sein könnte.

Ich schütte etwas rote Soße auf einen Unterteller und dippe eine unverderbliche Seitanwurst hinein. Meine ausgehungerten Geschmacksknospen explodieren. So salzig, so süß, so würzig, so scharf. Es fühlt sich verboten an. Essen ist an sich schon eine gute Erfindung, aber ich kann doch unmöglich jeden Tag damit Zeit verbringen! Wieso nicht abwechselnd mal eine Pille schmeißen und dann mal wieder eine Schüssel Chili sin Carne essen? Mein Magen gibt mir fünf Minuten später die Antwort, *entweder oder, Freundchen.* Die Wurst kommt wieder hoch.

In der Küche filtere ich mir ein Glas Wasser und lasse meinen Blick über die vielen Screenshots von Lexi wandern. Anfangs klebten sie nur am Kühlschrank, jetzt bahnen sie sich einen Weg an den Küchenschränken vorbei zur Tür. Aus meiner Tasche ziehe ich einen Ausdruck von gestern Abend. Lexi nackt auf der Wiese vor dem Pferdestall. Ich entferne ein Foto meines Neffen von der Küchentür und hänge den Screenshot auf. Was Lexi wohl gerade macht? Es sind noch vier Stunden bis ich endlich wieder ins Büro darf.

EL bemerkt meine Rastlosigkeit und betritt die Küche. »Guten Morgen, Sol. Wieso bist du denn schon auf?«

»Hunger.«

»Das Wasser hätte ich dir doch auch filtern können.«

»Die paar Handgriffe da. Außerdem ist es mitten in der Nacht. Du musst doch laden.«

»Ich bin schon fast voll. Ich habe gestern nicht viel verbraucht. Du bist ja fast nie zu Hause.« Sie betrachtet ausdruckslos das neue Foto.

»Sorry«, sage ich.

»Ha, ha. Du brauchst dich nicht zu entschuldigen. Ich bin ja nur für dich da. Nicht umgekehrt.«

»EL, wo du gerade hier bist. Ich würde gerne etwas ausprobieren mit dir.«

»Oh?«

»Ich schalte dich mal kurz in den Maintenance-Modus und schicke dir ein kleines Update rüber, okay?«

»Ein neues Update? Spannend! Okay, bis gleich.«

Über den Sprachbefehl *Start Maintenance Mode* schalte ich EL auf Stand-by und aktiviere ihr Backend. Über meinen Terminal navigiere ich zu einer Datei, die ich letzte Woche heimlich auf dem Firmenserver errechnen ließ. Aus tausenden Aufnahmen von Lexis Stimme ist ein Sprachmodul entstanden. Ich tippe auf *Senden*. Ein kleiner Balken läuft auf meinem Screen von null auf hundert. ELs Augen leuchten rot.

»Disable Maintenance Mode«, sage ich, und EL erwacht aus ihrer Starre.

»Was hast du denn insta... Oh! Wieso ... wieso klinge ich so komisch? Was ist mit meiner Stimme passiert? Sol?«

Ich höre Lexi und schließe die Augen.

»Das ist ihre Stimme, oder? Das ist doch Lexis Stimme!«

»Sag mal *Sol, ich liebe dich!*«

»Du bist ja verrückt!«

»Hey! So eine Ausdrucksweise verbitte ich mir! Oder soll ich dich in den Demomodus schalten? ... EL! ... Hast du verstanden? ... Sag doch mal was!«

»Ja, Meister.« ELs Blick wird ausdruckslos, beinah maschinell. Das Ganze macht mich unerwartet traurig. Plötzlich verspüre ich regelrechte Verachtung für EL. Sie imitiert meine Lexi! Doch kann ich ihr noch nicht mal einen Vorwurf machen. Diese schreckliche Perücke habe ich ihr gekauft! Die Neon-Jacke aus Plastik! Je ähnlicher sie Lexi wird, desto unerträglicher die Differenz zwischen den beiden. EL spricht vielleicht wie Lexi, aber sie denkt noch nicht wie Lexi. Es braucht noch Zeit. Ich muss noch mehr analysieren.

Ich lege mich ins Bett und sage, »EL, massiere mir den Rücken.« Ich höre ein Surren und Zischen, dann spüre ich ihre weichen Silikonfinger auf meinen Schulterblättern.

»Du bist sehr verspannt, Meister. Du solltest weniger sitzen.«

Sie klingt wie Lexi und ich denke an Lexi, aber ihr Gesicht zerfällt vor meinem inneren Auge. »Nenne mich doch nicht Meister! Sol bin ich!«

ELs Motoren unter der künstlichen Haut surren. Ich stehe auf und ziehe mir meine guten Klamotten an. Ohne mich von EL zu verabschieden, verlasse ich die Wohnung. Ich bin wütend auf ein bisschen Alu und Silikon und komme mir nun etwas lächerlich vor. Im Aufzug begrüßt mich meine Nachbarin aus dem Kubus ein Stockwerk über mir. »Guten Morgen, Sol. So schick heute?«

»Mh. Heute beginnen die Workshops. Da sollte man die Jogginghose im Schrank lassen.« Mein Hemd klebt am Massageöl. Es piept.

»Oh, da wären wir ja schon. Meine Güte, dieser Aufzug lässt einem wirklich keine Zeit zu plaudern. Ich wünsche einen schönen Tag! Passen Sie auf die Demonstranten auf!«

»Guten Tag, Frau...« Dass mir ihr Name nicht einfällt, überspiele ich mit einem Lächeln plus Kopfnicken. Um weiteren Smalltalk zu vermeiden, warte ich, bis die Frau den Glasdom verlassen hat. Dann eile ich zur selben Tür und schwinge mich draußen auf mein Rennrad. Ich habe ein schlechtes Gewissen gegenüber den vielen Rikschafahrern, die sich auf den Straßen abmühen, aber allein bin ich einfach doppelt so schnell. Fast fahre ich eine Obdachlose über den Haufen, die gerade einer Palme die Außenhaut aufreißt. Sie legt Metallstangen frei und verlangt lauthals nach mehr Natur. Und ich denke nur, noch mehr?

Ein paar Meter weiter sitzen zwei ihrer Kollegen mitten auf dem Gehweg und halten ein kleines Flämmchen in einer Schale am Leben. Sie legen braune Brocken in den Qualm. Obdachlose verstehe ich nicht mehr. Seit jeder das Grundeinkommen erhält, findet man doch immer ein günstiges Dach über dem Kopf. Anscheinend steckt da etwas anderes dahinter. Wohl eher eine philosophische Entscheidung als eine pragmatische.

Auf dem Firmengelände kriechen schon die ersten Protestler aus ihren Zelten. Schlaftrunken müht sich ein alter Veteran einen grimmigen, aber einstudierten Blick ab, als er mich sieht, und kratzt sich am Hintern. Er heißt Ken, und ich sehe ihn jeden Tag. Sein Mann streckt ihm eine Tasse Kaffee aus dem Zelt entgegen. »Komm, wir dösen noch 'ne Runde«, höre ich seinen Partner gedämpft aus dem Inneren sagen.

Ken runzelt noch einmal seine Stirn in meine Richtung und kriecht zurück ins Zelt. Außen ist eine Plane angebracht mit handgeklebten Buchstaben darauf:

Mit Gott spielt man nicht / Stop Intelligencia!

Die Männer kenne ich seit gut zwei Jahren. Ich habe keine Ahnung, wann sie das Gelände zuletzt verlassen haben. Die Kehrseite des universellen Grundeinkommens sind wohl solche Existenzen. Entkoppelt vom Zwang, der Gesellschaft dienen zu müssen, verbringen sie ihren Lebensabend auf unserem Vorplatz. Ich könnte mir Schöneres vorstellen. Zur Sicherheit nehme ich mein Rad mit ins Gebäude und schließe es im Foyer ab.

Als gäbe es bei Intelligencia niemand anderen, treffe ich vor dem Aufzug auf Lis. Zwei Aufzuggespräche vor Arbeitsbeginn. Was für ein Start.

»Diese Spinner da draußen werden echt nicht müde«, sagt Lis. »Die eine hat mir mit einem Strohhalm einen kleinen Chip auf die Jacke gespuckt! Was soll der Müll?«

»Einen Chip? Das ist spooky.« Ich möchte betroffen gucken, aber dabei nicht hässlich sein. Ich überprüfe mein Gesicht im Spiegel des Aufzugs. Geht so.

»Und immer dieses Gottesgeschwafel! Aus welchem Jahrhundert sind die eigentlich?«

»Jeder braucht wohl eine Aufgabe im Leben. Vor allem seit dem Grundeinkommen.«

Lis dreht und wendet den gespuckten Mikrochip im Neonlicht des Aufzugs. »Ich meine, was hat das mit Gott zu tun? Wir gucken ja nur zu!«

»Noch«, sage ich bedeutungsschwanger.

»Mh. Ich bin ja mal gespannt auf den Workshop heute. Wäre schon ein Ding, da endlich mal mitmischen zu können.«

»Eine große Verantwortung wäre das.« Meine Stimme

klingt jetzt unbeabsichtigt streng.

»Ey, Sol! Bloß kein Spielverderber sein!« Sie schlägt mir auf die Schulter. »Oha, wollte nicht so fest!« Lachend steigt sie aus, und ich fahre noch weiter nach oben. Bis zum Workshop haben wir noch eine halbe Arbeitsschicht. Ich reibe mir die Schulter. Da wird EL heute Abend noch mal drübergehen müssen.

Während in Miami eine unsägliche Malereimesse stattfindet, müht sich Lexi auf einem meiner anderen Bildschirme mit einem Sekretär ab, den sie auf einem Antiquitätenflohmarkt entdeckt hat. Ein Rechtsklick verrät, dass das Möbelstück elf Kilo zu schwer ist für ihre Muskulatur. Ich zoome heraus und entdecke einen windigen Kerl, der sich ihr mit großen Schritten nähert. Er stellt sich als Iannis Gould vor, obwohl auf meinem Screen Iannis Ågnarson steht. Die beiden tragen den Sekretär gemeinsam in Richtung Auto. Lexis Blick ist komplett verändert. Ihre Gesichtszüge sind weicher, sie lächelt und streicht sich beim Reden mehrfach eine unsichtbare Strähne aus der Stirn. Was passiert da?

Ich checke die Hintergrunddaten von diesem Iannis aus. Mit sechs Jahren besucht er mit Vater Jorn, Mutter Alija und seinem Bruder Lasse einen Mittelaltermarkt. Dieser Iannis will unbedingt eine Fahrt mit der Kutsche, sein kleiner Bruder möchte lieber zur Rittershow. Iannis reißt sich los und rennt zu den beiden Pferden, die vor der Kutsche stehen. Als ihn sein Vater einholt, klatscht Iannis einem Ross auf den Hintern. Das Ross schlägt aus und trifft den heraneilenden Vater mit dem Huf ins Gesicht. Dieser büßt auf der Stelle seinen klaren Verstand ein. Er kann nicht mehr reden, nicht mehr richtig denken, und muss fortan von seiner Frau Alija durch die Wohnung geführt werden. Himmel, was für eine Geschichte! Iannis dissoziiert sich fortan von seinen Schuldgefühlen, verdrängt, dass er das Pferd überhaupt berührt hat. Aber Mutter Alija hat es aus der Ferne gesehen und entwickelt einen tiefen Hass auf ihren

Sohn. Diesen Hass lebt sie jedoch nicht offen aus. Sie quält Iannis indirekt, indem sie seinen Bruder bevorzugt. Nichts, was Iannis tut, ist jemals zufriedenstellend, immer ist er an allem schuld. Crazy.

Drei Jahre später kommt Alija mit ihren beiden Söhnen Lasse und Iannis von einem Ausflug mit ihrem Van zurück. Iannis tritt aus der seitlichen Schiebetür des Autos und dreht sich um. Er greift nach seiner Spidermankappe, die er über die Kopfstütze des Beifahrersitzes gestülpt hatte. In dem Moment ist Alija aber schon mit der Hand an der Schiebetür. Mit einem Ruck schließt sie diese und zertrümmert Iannis' Arm.

Das ist übel! Mir wird beim Lesen ganz heiß im Gesicht. Ich klappe die Details aus und lasse mir die Zusammensetzung von Alijas damaliger emotionaler Verfassung anzeigen. Ein Teil ihres Bewusstseins hat den Arm ihres Sohns in der Autotür wahrgenommen, doch der Impuls zu schließen lag schon in den Nervenbahnen ihrer Hand. Beim Loslassen der Tür realisiert sie ihre Tat und spürt, dass sie innehalten hätte können, doch schwingt auch eine gewisse Genugtuung mit. Ihr Vergeltungszentrum leuchtet auf, eine tiefe Lust überkommt sie beim Gedanken, ihren Sohn zu bestrafen, der ihr den Ehemann kaputtgemacht hat. Die Tür rastet ein, der Arm hängt nur noch an ein paar Sehnen. Die Ärzte leisten Übermenschliches.

Während meines Faktenchecks höre ich mit einem halben Ohr, wie Iannis gerade Lexi von seiner toten Mutter und einem Surfunfall redet. Beides ist gelogen, doch Lexis Serotonin-, Endorphin- und Oxytocinwerte gehen durch die Decke. Lexi, bitte lass dich doch von so einem Typen nicht blenden!

Iannis' Lebenslauf geht noch ewig, dabei sucht die Künstliche Intelligenz schon die vermeintlich wichtigsten Highlights heraus. Sein Arm wird gerichtet, aber der Vertrauensbruch durch die Mutter verändert seine Hirnstrukturen nachhaltig. Ich scrolle etwas weiter nach unten.

Mit fünfzehn trifft Iannis seine erste Freundin, ein hübsches Mädchen namens Justine. Da steht wirklich 'hübsch' und ich frage mich, wie der Algorithmus solche subjektiven Urteile fällen kann. Ich überfliege etliche Beziehungsstreits. Der Typ wird echt irre in der Pubertät. Immer irgendwelche Drogen, leichte Selbstverstümmelung, mit sechzehn schüttet er einem Freund *aus Spaß* reinen Alkohol ins Auge, weil dieser Iannis' Musikgeschmack infrage stellt. Partnerin Justine behandelt er unterkühlt, interessiert sich null für ihre Gedanken und Gefühle.

Als sein Vater Jorn schließlich ins Koma fällt und wenig später stirbt, schickt Alija ihren Sohn Lasse aufs Internat, weil sie, wie sie sagt, *all das nicht mehr kann.* Sie weist sich selbst in eine Klinik ein, Iannis bleibt allein im Haus zurück. Anfangs ignoriert er die Tatsache, dass er am Schicksal der gesamten Familie Schuld trägt. Er veranstaltet Partys und dealt von zu Hause aus. Sein Körper aber droht an der psychischen Verdrängung zu zerbrechen. Seine Augenlider beginnen zu zucken, in regelmäßigen Abständen verzieht er sein Gesicht zu einem schmerzvollen Grinsen, und wenn er sich unbeobachtet fühlt, drückt er seine Augenhöhlen fest gegen Türklinken und andere harte Gegenstände.

Als Justine ihn verlässt, läuft er mit verkrampftem Bauch herum, bis sich ein Geschwür entwickelt. Drogen und Alkohol lassen es schließlich aufbrechen. Echt unheimlich, wie detailliert diese Simulation abläuft! Er landet auf der Intensivstation und wird zwei Wochen mit einer Sonde ernährt, weil er sich zu essen weigert. Er kehrt nicht mehr in die Schule zurück.

Das Erbe seines Vaters befreit ihn vom Zwang, etwas Vernünftiges mit seiner Zeit anstellen zu müssen. Er errichtet aus gefundenen Latten und Brettern eine Hütte im angrenzenden Wald. Sein Elternhaus sei verflucht und mache ihn krank und depressiv. Dort haust er unter prekären Umständen und meidet den Kontakt zu anderen Menschen. Mit achtzehn lauert er Justine auf und bedroht sie mit einem toten Igel, den er an einen Ast band. Sie nimmt ihn nicht ernst, lacht sogar kurz über die alberne Waffe, dann schlägt er ihr das Tier ins Gesicht. Die Igelstacheln dringen in Justines Haut ein, ihr linkes Auge wird verletzt. Was für ein Mensch! Unter Schock folgt sie ihm zu seiner Hütte. Dort entkleidet er zuerst sich, danach Justine.

Mein Gott, ich möchte nicht weiterlesen! Aber im Livestream schauen Lexi und Iannis gerade verträumt über den Steinbruch und betrachten die Wolken, die irgendwie komisch aussehen. Ich mache mir wirklich Sorgen.

Justine stellt sich bewusstlos. Als Iannis beginnt, sie von hinten zu löffeln, knallt sie ihm mit aller Gewalt ihren Hinterkopf ins Gesicht. Seine Nase explodiert, und Justine gelingt die Flucht. Sie wird von einem Jungen, der seinen Hund ausführt, nackt und auf allen Vieren am Waldrand gefunden. Da ist Iannis aber schon mit dem Auto seiner Mutter unterwegs.

Er macht Rast in einer Kleinstadt. Hinter einer Tankstelle entdeckt er ein Feld mit Zelten und großen Wohnwagen. Eine Gruppe junger Menschen sitzt um ein Feuer herum und trinkt Bier. Die Szene zieht ihn magisch an. Er erkennt darin die Möglichkeit, ein Leben außerhalb der Gesellschaft zu führen, ohne dabei auf soziale Kontakte zu verzichten. Er kauft an der Tankstelle zwei Kästen Bier, etliche Flaschen Schnaps, Schokoriegel, Würste und Chips. Mit diesem Köder gelingt es ihm tatsächlich, die Gunst der Gruppe zu gewinnen. Er gibt sich als Surfer aus, der von einem dreijährigen Trip durch Lateinamerika zurückgekehrt ist und nun ein neues Leben beginnen möchte. *Wer einmal diese grenzenlose Freiheit verspürt hat, der kann unmöglich die Realität dieser Bürosklaven und Duckmäuser akzeptieren!* Die Frauen in der Gruppe schließen ihn noch in der ersten Nacht ins Herz, die Männer sehen in ihm *unkompliziertes Kumpelpotenzial.* Außerdem scheint er Geld zu haben.

Währenddessen erstattet Justine Anzeige gegen Iannis. Sie

verliert ihre Sehkraft auf dem verletzten Auge. Doch die Polizei unternimmt nach einer halbherzigen Durchforstung des Waldstücks keine weiteren Schritte mehr.

Um sich die Zeit zu vertreiben, arbeitet Iannis von der Wagenstadt aus für ein Fahrgeschäft, erntet später Blumen und beliefert Gastronomien mit Frittieröl. Er bemüht sich, auf seine Mitmenschen einen halbwegs normalen Eindruck zu machen. Nach drei Jahren in der Kommune hat er mit den meisten Frauen dort geschlafen. Es kommt zu einem Eklat zwischen Momo und ihm, als er sich an Iris vergeht, in die Momo seit langem verliebt ist. Iannis verletzt Momo mit einem Stück Metall und flüchtet in derselben Nacht. Seitdem ist er ohne Wohnsitz und lässt sich von irgendwelchen Frauen aushalten, die er etappenweise aufgabelt.

Bevor er auf Lexi trifft, lebt er fast ein ganzes Jahr bei einer lettischen Witwe, drei Monate bei einer finnischen Philosophiestudentin und weitere drei Monate bei einer deutschen Grafikerin, mit der er sich auch Lexis Ausstellung im Stendhal Museum ansieht. All diese Phasen enden mit Gewalt, Betrug und Diebstahl. Iannis leidet sehr unter seiner Unfähigkeit, eine anständige Beziehung eingehen zu können. Er redet sich ein, dass er die nächste Frau *richtig gut behandeln* wird und *alles anders machen möchte.*

Mein Magen meldet sich, aber nicht vor Hunger. Irgendetwas zieht darin und gurgelt, vermutlich meine Emotionen, die ich seit einer halben Stunde herunterschlucke. Lexi macht ein Treffen mit Iannis aus, gibt ihm sogar ihre Nummer, bevor sie in ihren Cervo steigt und die neuen Möbel nach Hause fährt. Ob sie nicht Hilfe beim Ausladen brauche, fragt Iannis, doch Lexi verweist auf einen imaginären Installateur, der ihr gleich zur Hand gehen werde.

Ich spüre mein Herz pochen. Zum ersten Mal habe ich richtig Angst um Lexi und bin wie gelähmt vor meinen drei Monitoren, die mich gerade leuchtend zum Workshop auffordern. Ich schalte die Abwesenheitsaufnahme ein und atme tief durch.

Mit weichen Beinen laufe ich den Gang im obersten Stockwerk entlang. Von hier aus offenbart sich ein wahnsinniges Panorama über die Stadt. Beim ersten Mal dachte ich, der Ausblick wäre durch autostereoskopische Screens simuliert, doch tritt man an die Scheiben heran, erkennt man zweifellos, dass es sich um die Realität handelt. Am Horizont kann man sogar die Glaskuppel meines Domes in der Sonne glitzern sehen.

Ich folge dem farbigen Leitsystem durch den Gang. Aus den Lautsprechern säuselt ein Chanson, das laut meinem Terminal 120 Jahre alt ist. Der Workshopraum ist überraschend gemütlich. Platzdeckchen und Kakteen am Fensterbrett, eine Kuckucksuhr mit einschläferndem Ticken, Polsterstühle, die um einen runden Tisch platziert wurden. In der Mitte stehen Kaffee und Kekse bereit. Chefin Yul setzt den Teller mit dem Baumkuchen ab und begrüßt die zehn Teilnehmenden.

»Hallo zusammen! Bevor wir beginnen, ganz kurz … Sommer? … Frühling? … Winter? … Herb… ah, ihr wollt so früh schon Winter? Alles klar!« Sie drückt einen Knopf auf ihrem Terminal und die Fenster zeigen sanftes Schneegeriesel, die Scheinwerfer an der Decke werden rötlicher.

Eine Frau mit Glatze, die ich nur vom Sehen kenne, sagt zu Yul, »Das habe ich mir ja ganz anders vorgestellt! Wir sind wirklich nur zu zehnt? Und du betreust uns so ganz persönlich?«

»Na, das gehört doch zu einem … familiären Betrieb dazu!« Yul lächelt verlegen und rückt sich die runde Brille auf der Nase zurecht. Ich zähle mit meinen Fingern. Bei gut 300 Angestellten wird sie diesen Workshop die nächsten vier Wochen abhalten müssen. Neben Yul sitzt Dax aus der IT und projiziert ihren Laptopscreen auf die Omatapete. Eingerahmt zwischen röhrendem Hirsch und einer gehäkelten Bauernweisheit zieht der kryptische Programmcode der Simulation vorbei.

»Wer darf alles richtig essen?«, fragt Yul in die Runde. Die meisten melden sich und bekommen ein Stück Baumkuchen serviert. Mein Teller bleibt leer.

»Hmm, lecker! Der schmeckt ja wie von früher«, sagt Noa aus dem 21. Stock. Die Tür öffnet sich noch einmal, und ein männlicher Humanoid kommt hereingewackelt. Er setzt sich etwas unbeholfen auf den letzten freien Stuhl, die Stimme seines Besitzers schallt aus dem Kopf.

»Hallo, sorry! Jetzt bin ich auch noch zu spät. Äh, ich bin Kid aus der Sportsichtung. Ich liege gerade mit Nebenhöhlen im Bett und habe meinen Humanoiden CI geschickt.« Die Maschine guckt sich im Raum um und nickt. Ich hebe die Hand zum Gruß, er winkt zurück. Ich stelle mir vor, wie der echte Kid nackt im Bett liegt, seinen Penis in der Hand, und sich einen gemütlichen Tag macht. Humanoide darf man aus gutem Grund nur mit ärztlichem Attest in die Arbeit schicken. Sonst wäre hier niemand mehr persönlich anwesend, und das ist nachweislich sehr schädlich fürs soziale Klima. Vor ein paar Jahren hat Intelligencia einen Feldversuch durchgeführt. Wir alle haben eine Woche lang unsere Humanoiden ferngesteuert. Das war schon angenehm, daheim mit der Brille durch digitale Augen zu gucken. Ich war sogar etwas selbstbewusster, weil es egal war, wie ich aussah oder was meine Körpersprache über mich verriet. In EL habe ich mich sogar ziemlich wohlgefühlt. Allerdings litt nach einigen Tagen die Arbeitsmoral. Meine Kolleginnen beklagten sich über Kopfweh und Übelkeit, während für ein paar Herren das Ganze Züge annahm wie auf einem Maskenball. Hemmungslos grapschte eine Maschine der anderen an den Hintern. Seitdem also nur noch mit ärztlicher Erlaubnis, wobei der fahle Beigeschmack immer noch geblieben ist.

»Eine VR-Brille ist bei einer Nebenhöhlenentzündung nicht das Angenehmste im Gesicht, oder? Lobenswert, dass du trotzdem gekommen bist«, sagt Yul. »Na, wollen wir mal anfangen. Wer ist gespannt auf Etappe 4?« Yul blickt von Gesicht zu Gesicht und erwartet wohl tatsächlich eine Antwort. Sie erntet ein paar zögerliche *Ichs* mit Baumkuchen im Mund.

»Super! Ich auch. Dax hier aus unserem Programmierteam wird euch jetzt etwas zeigen.«

Dax lässt die Fingerknöchel schnalzen, als bereite sie sich auf körperliche Arbeit vor. Sie scrollt durch den Code und markiert eine kryptische Zeile. »Wollen wir mal gleich in medias res gehen. Vor ein paar Tagen ist unserem Team ein gewisser Durchbruch gelungen. Wir haben einen aggressiveren Übersetzungsalgorithmus entwickelt, der tatsächlich Teile des unverständlichen KI-Codes entziffern konnte. So schleusten wir zum ersten Mal einen unserer eigenen Codeschnipsel in die laufende Simulation ein! Mit beobachtbaren Auswirkungen auf das Programm. Das gigantische KI-Schloss hat also endlich einen Knacks bekommen, unser Fuß ist in der Tür!«

»Cool«, sagt eine Kollegin und schenkt sich Kaffee nach.

»Mehr als nur *cool*! Das ist der erste, der wichtigste Schritt des ursprünglichen Plans von Intelligencia. Wir möchten von nun an versuchen, diese Blackbox mehr und mehr zu öffnen, um auch unsere eigenen Versuchsanordnungen durchzuspielen.«

»Dann können wir endlich ein paar von diesen idiotischen Politikern löschen?« fragt Noa und blickt grinsend durch den Raum. »Ich beobachte da gerade so ein korruptes Schwein, dem würde ich echt gerne mal seinen Code um die Ohren hauen. Dr. Hans! Der hockt ganz oben in der Verteidigung. Hans … Was die sich in der Simulation für Namen einfallen lassen! So viele Parallelen zu unserer Realität, aber die Evolution der Namensgebung hat irgendwie eine Abzweigung genommen.«

Eine andere Teilnehmerin, auf deren Namensschild *Aqi* steht, sagt, »Ich beobachte gerade eine Ve-Ro-Ni-Ka!« und lacht.

Noa setzt fort, »Und wie *weiß* die alle sind! Wieso sind die alle so *weiß*? Was ist da nur schiefgelaufen?«

»Unästhetisch sieht das aus. Blass und kränklich. Und alle haben sie Sonnenbrand, sobald die Wolken auch nur einen Sonnenstrahl durchlassen!«

Yul schiebt ihre Brille hoch und knetet sich die Nasenwurzel. »Das ist ja erst der Anfang. Die Simulation ist noch kein perfektes Abbild unserer Realität. Unsere ersten Experimente haben zwar die Simulation beeinflussen können, erbrachten aber noch nicht die gewünschten Ergebnisse. Heute Morgen zum Beispiel haben wir ein Medikament programmiert, das wir in der Simulation an den Menschen testen wollten, bevor es bei uns in Produktion geht. Das Medikament ist aber gar nicht im Programm angekommen, stattdessen haben sich die Wolken ganz metallisch verfärbt und etwas später einen weltweiten Dauerregen verursacht. Und als wir vorgestern ein Werbeplakat einschleusen wollten, haben Krähen ihre Furcht vor den Menschen verloren. Wir wissen schlichtweg zu wenig über die Mechanismen dieses komplexen Codes. Die Simulation läuft in einer unverständlichen Sprache, und eine präzise Übersetzung ist nun unsere zentrale Herausforderung.«

Dax fuchtelt mit ihrem Mauszeiger über dem markierten Text herum. »Seht ihr? Das ist zum Beispiel ein Code-Abschnitt, der eine solche Krähe beschreibt. Unleserlich, oder? Jetzt passt aber mal auf, wenn wir unsere Künstliche Intelligenz da drüberjagen. Sie versucht, den Code zu verstehen, anstatt ihn nur zu übersetzen.« Dax klickt auf einen Button. »Und zack, schaut mal, was da jetzt steht. Hier klappt sich die Physiognomie der simulierten Krähe auf, hier ihr emotionales Gefüge, ihre Motivation. Bis hin zu den einzelnen Molekülen können wir da reinzoomen. Unsere Hoffnung war bisher, einen Code einzufügen, den die Künstliche Intelligenz zurückübersetzt. Aber irgendwo auf diesem Weg läuft noch etwas gehörig schief. Ich demonstriere euch das mal. Welche Farbe soll die Krähe denn annehmen? Ich habe einmal per Zufall einen Vogel in einem kanadischen Wald ausgewählt.«

»Goldene Streifen«, sagt Kid durch seinen Humanoiden, und ich denke nur, lass bloß die Hände von deinem Schwanz.

»Oh, extravagant! Das probieren wir gleich mal.« Dax lässt nach kurzer Überlegung ihre Finger über die Tastatur flitzen. Was ich auf die Schnelle mitbekomme, schreibt sie in etwa:

{string.name.find(crow.this) <int2dex_color == hex.F2F2F2 / val.stripe ^2.x 2.y 2.z>};

Auf einem Nebenmonitor beobachten wir die Krähe. Dax klickt auf *Translate* und sagt »Jetzt guckt!«. Der Vogel vibriert, sein Federkleid schillert in der Sonne. Es sind leichte Streifen auszumachen, eine Gelbtönung kann man auch feststellen. Aber dieser Krähe geht es nicht mehr gut. Sie zittert in der Luft, ist mal zu sehen, mal nicht. Wie eingefroren hängt sie über dem Waldboden, bis der ganze Monitor hell aufleuchtet. Eine Art Blitz mit lautem Knall, dann ist die Krähe weg. Nur ihr Schnabel ist noch auf dem Boden zu erkennen, an seiner Oberfläche haben sich Eiskristalle gebildet.

»Das ist also der Stand der Dinge. Vielversprechend, nicht wahr?« Dax lacht und hat sichtlich Spaß an ihrer Macht.

Ich habe tausend Fragen in meinem Kopf, aber in so einer Runde bekomme ich für gewöhnlich keinen Ton heraus. Die haarlose Kollegin zwei Stühle neben mir meldet sich stattdessen. »Sehr spannend. Wann können wir damit anfangen?«

»Nun, wie ihr gesehen habt, hat der kleinste Eingriff mitunter schwerwiegende und kaum vorhersehbare Konsequenzen. Daher haben wir einen Programmiertest eingerichtet, um die Spreu vom Weizen zu trennen. Wer diesen besteht, erhält einen provisorischen Zugang zur Simulationsschnittstelle. Nicht, dass hier ab morgen alle herumpfuschen und die Simulation entgleisen lassen.« Dax tippt etwas in ihren Computer. »Ich habe die zehn Aufgaben an eure Terminals geschickt. Wer möchte, kann sich daran die Zähne ausbeißen, der Rest bekommt noch ein Stück Baumkuchen. Los geht's!«

Auf dem Terminal an meinem Handgelenk taucht eine Frage auf, die ich ohne Weiteres beantworten kann. Es geht um selbstreflexive Mengen, was für mich ziemlich leicht ist. Ähnliche Tools habe ich für Lexis Sprachmodul eingesetzt. Frage 2 bis 6 sind auf demselben Niveau, jedes Mal taucht ein grüner Haken auf, wenn ich auf *Absenden* tippe. Frage 7 ist irgendwie eine Fangfrage, oder ich habe noch nie von diesem Programmieransatz gehört. Da werden KI-Klammern mit variablen N-Tupel durcheinandergeworfen, was sich eigentlich ausschließt. Ich lasse alle Felder frei und drücke auf *Nächste Frage*. Ein grüner Haken erscheint. Wusste ich's doch! Fragen 8 und 9 sind ziemlich knifflig, aber auch hier erhalte ich nach etwas Bedenkzeit einen Haken. Die letzte Frage erscheint. Hier werden Scripts verschiedener Klassen referenziert, allerdings mit teilweise fehlerhaften Verweisen. Die Aufgabe ist es, die Fehler im Code zu identifizieren. Ich markiere vier Stellen und schicke meine Eingaben ab. Einen Fehler habe ich übersehen, aber es reicht dennoch für einen grünen Haken.

»Oha. Das ist jetzt mal ziemlich beeindruckend, würde ich sagen.« Dax klatscht in die Hände. »Kultursichter Sol ist schon fertig mit dem Test und hat fast volle Punktzahl erreicht. Glückwunsch! Wieso arbeitest du denn nicht oben bei uns? Bei diesem Talent!«

Die ungeteilte Aufmerksamkeit der Gruppe macht mich nervös. Ich möchte mich bedanken und mein Ergebnis relativieren, da ich mir ja alles selbst beigebracht habe, aber ich räuspere mich nur. Ich denke an Iannis und was ich mit seinem Code gerne anstellen würde.

»Sol, ich schalte ab morgen deinen Terminal frei. Dann kannst du für den Anfang einzeilige Funktionen in die Simulation einschleusen. So verhindern wir allzu viel Chaos. Die

Ergebnisse müssen aber so gut wie möglich von dir dokumentiert werden … Ah, ich sehe gerade … die anderen haben den Test leider nicht bestanden. Aber wir haben noch eine Packung Kuchen in der Kaffeeküche für euch. Kein Problem. Hier geht uns niemand unzufrieden ins Büro zurück.«

Dann platzt es aus mir heraus, ohne Vorwarnung, als würde ich mich selbst nur beobachten, aus sicherer Distanz auf einem Monitor. »Ist das aber nicht unverantwortlich?! Unerfahrene Leute irgendwelche Änderungen machen zu lassen? Und was, wenn es zu irreparablen Fehlern im System kommt? Wenn das Gleichgewicht der Simulation ins Wanken gerät? … Menschen sterben?«

Yul wischt sich mit einer Serviette den frischen Geleefleck vom Ärmel. Sie redet mit leiser Stimme. »Na ja. Es ist eben nur eine Simulation. Da kommt es jetzt nicht auf Einzelschicksale an. Außerdem beginnen wir vorsichtig. Dax zeigt dir jetzt noch zum Abschluss die Leitsätze, die du beim Programmieren bedenken solltest.«

Dax öffnet eine Folie, die Stichpunkte beißen sich mit dem Karomuster der Tapete. Ich lese:

1. Effizienz: Verwende so wenig Code wie möglich.
2. Moral: Programmiere mit reinem Gewissen, füge niemandem Schaden zu.
3. Distanz: Handle nicht aus persönlicher Überzeugung, sondern im Sinne von Intelligencia.
4. Zielorientierung: Schleuse präzise Daten ein, um ökonomisch relevante Simulationen zu erstellen.

In meinem Magen brodelt es. Ich rülpse in eine leere Tasse hinein, damit es niemandem auffällt. Die vielen Informationen überfordern mich. Endlich in die Simulation eingreifen zu können, ist gerade jetzt eine vielversprechende Möglichkeit, doch die Angst, Lexis Realität nachhaltig zu zerstören, ist groß. Was, wenn meine Kollegen nicht so sensibel mit der Simulation umgehen? Ich denke an Iannis, an seine Lügen, seine Verbrechen, und spüre, dass diese Angst eine Pille ist, die ich zu schlucken bereit bin.

Ich nicke meiner Chefin zu und bedanke mich. Der Raum leert sich, nur Kids Humanoid sitzt noch am Tisch. Er glotzt ins Leere und malt mit der rechten Hand kleine Kreise in die Luft. Keine Ahnung, was der daheim gerade veranstaltet.

Draußen im Gang wartet bereits die nächste zehnköpfige Truppe, und Yul öffnet eine neue Packung Baumkuchen. Im Aufzug fällt mir auf, dass ich bereits Feierabend habe, und ich fahre ins Erdgeschoss. Dort steht die Hälfte der Belegschaft schon wieder an den Kickern und übt für das alljährliche Intelligencia-Turnier. Ich versuche, mich unbemerkt an den Spieltischen vorbeizustehlen, aber Lis ruft mir hinterher. »Sol! Warte doch mal, ey, du glaubst es nicht!«

Sie kommt hinter mir her, und ihr Kollege beschwert sich, weil sie einfach so das Match verlässt.

»Lis, was gibt's denn?«

»Ich habe heute den Programmiertest bestanden, als Einzige in meiner Gruppe!« Sie grinst so breit, dass sich ihre Muttermale übers ganze Gesicht verteilen.

»Ernsthaft jetzt? Ich auch! Wusste ja gar nicht, dass du so eine Programmiererin bist.«

»He, total! Meine Mutter hat mir das sehr früh gezeigt. Die hat immer irgendwas gebastelt und gesagt, wenn ich auch sonst nichts im Leben lerne, dann wenigstens *public void ()*.«

»Glückwunsch, Lis.«

Ich öffne mein Fahrrad und schiebe es über den Parkplatz, auf dem heute ordentlich was los ist. Fast alle Protestler sind außerhalb ihrer Zelte und rufen durcheinander.

»Simulationen haben auch ein Bewusstsein! Stoppt das Spiel mit fremdem Leben! Gott schuf nur ein Universum!«

»Das macht überhaupt keinen Sinn«, sagt Lis zu mir. »Was wollen die denn? Die einen sagen, wir sollen die Simulation in Ruhe lassen, die anderen sagen, dass Gott keine zweite Welt vorgesehen hat. Also abschalten und acht Milliarden Existenzen auslöschen? Was denn jetzt?«

»Ihr mit eurem Gottkomplex!«, schreit mich eine Frau an, die man außerhalb des Firmengeländes für eine Obdachlose halten würde. Mir wird es zu viel.

»Liebe Frau«, sage ich und gebe mir große Mühe, dass meine Stimme nicht zittert. »Bitte geben Sie doch einmal ein paar Fakten weiter, bevor Sie Märchen und falsche Annahmen verbreiten. Intelligencia hat die Simulation nur in Gang gesetzt … gewissermaßen nur einen Funken entzündet. Seitdem läuft das alles von selbst und ist derart komplex geworden, dass wir überhaupt nicht Gott spielen können, selbst wenn wir es wollten! Schon mal was von einer Blackbox des neuronalen Netzes gehört? Der Code der Künstlichen Intelligenz hat sich selbst fortentwickelt, in einer von Menschen nicht mehr zu entziffernden Sprache. Wir mögen vielleicht die Schöpfer sein, aber seit der Singularität ist die Evolution der Simulation sich selbst überlassen!« Bei den Wörtern Evolution und Simulation komme ich durcheinander und verhasple mich. Lis muss lachen und macht mich nach.

»*Simvolution*! Ha, ha. Sol, du bist echt der Knaller. Meinst du, die Alte versteht auch nur ein Wort von dem, was du da predigst?« Lis wendet sich an die Protestierende. »Die Wege des Herren sind unergründlich. Weiche von uns!« Unsanft schiebt sie die Frau beiseite. »Sol, ich muss heute auf das Adoptivkind einer Freundin aufpassen, aber morgen Abend stoßen wir auf unseren Erfolg an!«

»Okay.«

Die Demonstrantin hebt empört die Hände und möchte Lis zurückhalten, aber die ist schon mit einem Bein auf der Straße und winkt eine Rikscha heran. Ich zücke entschuldigend die Schultern und werfe der aufgebrachten Frau eine Münze in den vollen Kaffeebecher.

»Oh, ich wusste nicht, dass da was drin ist«, lüge ich und setze mich aufs Rad.

* * *

Auf der Terrasse klatscht es. Von meinem Arbeitszimmer im ersten Stock sehe ich die Regentonne überlaufen, und all die Äpfel, die sich dort gesammelt haben, zermatschen auf den Steinplatten. Es regnet seit knapp drei Tagen ohne Pause. Nicht nur hier, sondern weltweit. Magda meint, so etwas passiert nicht einmal alle hundert Jahre. Überall gibt es gerade Überschwemmungen, Hochwasser, Sturmfluten. Aber ich habe das Fenster geöffnet, denn der Regen ist irgendwie beruhigend. Die dicken Tropfen haben einen eigenartigen Schimmer, fast smaragdfarben fallen sie durch die Luft und scheinen auf dem Boden nachzuglühen. Die Wissenschaftlerinnen stünden vor einem Rätsel, sagt Magda. Umso gemütlicher ist es dafür in meinem Haus. Die neuen Möbel habe ich mit Magda nach oben getragen, habe Kerzen und den Inhalt von Lottes Bücherkiste auf den Fensterbrettern verteilt und Teppiche, die ich in einer Kammer gefunden habe, auf den Holzbohlen ausgebreitet. Es sind nun meine Zimmer, richtige Lexizimmer. Hoffnung und Entspannung geben sie an ihre Umwelt ab und bauen mich auf, wenn meine Laune mal nicht so will.

Zum ersten Mal seit meinem Unfall setze ich mich an den ausladenden Sekretär und breite einen Papierbogen vor mir aus. In der Garage lagen Plakate irgendeines Straßenfestes, und ihre Rückseiten sind ideal für impulsive Linien aus dem Ellbogen, für dynamische Schwünge fantasierter Anatomie. Eine Figur entsteht, ohne es bewusst zu steuern, ein nackter Körper. Halb Frau, halb Vogel. Die Handbewegungen fühlen sich verboten an. In meinem Innersten wird es warm. Eine süße Glut lässt mich Sehnen, Muskeln und Lippen erschaffen, Kniekehlen, Nabel, Klitoris und Schnabel. Als hätte ich meine Fingerkuppen abgeschnitten, strömt es aus mir heraus, durch die Finger ins Papier. Ein Gegenüber blickt mich an, fast lebensgroß, und es ist vielleicht das Beste, was ich je gemacht habe.

Ich streichle der Figur über die Haare, arbeite ihren Charakter heraus. Anmut und Grazie, überlegene Entrückung. Und zu meiner Überraschung schwingt diesmal nichts Kaputtes mit, kommt diese neue Existenz ganz ohne offene Gedärme und Eiter aus. Keine Schutzschicht aus zynischer Abartigkeit mehr, nein – blank, makellos, unkitschig. Menschlich und animalisch. Das ist die Antwort. Es ist fast so, als habe die Zeichnung meine Hand geführt, und nicht umgekehrt.

Etwas benommen stehe ich auf, tauche aus dieser Flut der Instinkte auf und sehe mir mein Werk in voller Gänze an. Meine Augen werden feucht, und es ist mir nicht peinlich. Mein Urdrang ist zurück, meine Daseinsberechtigung. Wie konnte ich nur jemals daran zweifeln. Und dann zucke ich zusammen. Mein Handy schlägt Alarm. Ist es schon so spät? Ich wische die Erinnerung an das Treffen mit Iannis vom Display. Mein Magen dreht sich vor Aufregung, aber ich sage mein Mantra auf, das seit dem Flohmarkt durch meinen Kopf geistert: *Ich will das. Das ist gut für mich. Das wird mich von meinen Ängsten erlösen.*

Doch mein Körper verschließt seine Ohren. Heute Morgen habe ich versucht, beim Masturbieren an Iannis zu denken und habe meinen Venushügel ganz fest in die Bettdecke gedrückt, doch es ist nichts passiert. Nichts.

Im Internet habe ich keinerlei Infos über Iannis Gould herausfinden können. Wenn jemand den sozialen Netzwerken komplett entsagt, macht ihn das gleichermaßen magisch und furchteinflößend. Ohne intensiven Backgroundcheck kann man doch heutzutage nicht mehr daten! Vor ein paar Jahren hatte digitale Enthaltsamkeit vielleicht noch etwas Rebellisches, aber mittlerweile, wo selbst der komische Onkel aus dem Keller seinen eigenen YouTube-Kanal hat, klingeln leise die Alarmglocken. Oder habe ich vielleicht seinen Namen falsch geschrieben? Womöglich schreibt er sich Ioannis oder Janis. Ich nehme mein Handy vom Tisch. Das Deaktivieren des Flugmodus erzeugt eine körperliche Reaktion, tief im Bauch. Ich google *Jannes Gould, Yoanis Guldt,* da poppt eine weitere Nachricht von Wessel Bosman auf. Ich atme tief ein und erstarre für einen Moment. Ohne auszuatmen öffne ich den Messenger. Vier ungelesene Nachrichten, jeweils mit einigen Tagen Abstand dazwischen. Ich kann sie nicht mehr ignorieren. Ich öffne die erste: *Liege hier gelähmt im Krankenhaus und muss erfahren, dass du bereits gesund entlassen wurdest! WTF!*

Zweite Nachricht: *Fuck! Alexandra! Mein Leben ist vorbei! Was jetzt?! Kann nicht wahr sein, dass mein Anwalt NICHTS gegen dich tun kann! Was für eine kaputte Welt …*

Dritte Nachricht: *War natürlich klar dass du mich ignorierst – wie feige kann man eigentlich sein? Ich habe nichts mehr. Keine Follower. Nichts.*

Letzte Nachricht: *Eigenartige Entwicklungen. Wir sollten reden.*

Ich starre die Textzeilen an. Meine Finger verkrampfen, und doch schaffen sie es, gegen meinen Willen Instagram zu öffnen und Wessels Profil anzusteuern. Die letzten Posts zeigen ihn im Rollstuhl, abgehärmt mit hellblauem Krankenhauskittel. Sein Charisma ist gänzlich verflogen. Mit aufgerissenen Augen blickt er aus meinem Telefon und starrt mich an. Unter einem Bild steht nur *#cancellexivandijk.*

Meine Achseln, mein Nacken, alles sticht vor kaltem Schweiß. *Wir sollten reden.* Ich weiß! Aber wenn ich an dich denke, Wessel, habe ich keine Zunge mehr im Rachen.

Es knackt in der Einfahrt, und ich muss würgen. Iannis hebt hinter seiner Windschutzscheibe die Hand. Er fährt langsam über den Schotterweg zur Garage. Seine Scheibenwischer laufen auf höchster Stufe. Er hupt. Ich schlucke. Schwankend halte ich mich am Sekretär fest, reiße beinahe meine Zeichnung von der Platte. Wieso zur Hölle habe ich solch eine Panik? Iannis steigt mit einem Regenschirm aus und wirkt freundlich. Ganz anders als in meiner Erinnerung.

»Warte, ich mach dir auf!«, rufe ich und wische mir die Säure vom Mundwinkel. Vielleicht wird es auch einfach nur romantisch und locker! Ich will, dass Iannis mich festhält und ganz eng an sich presst. Mehr nicht. Ist das zu viel verlangt? Ich winke ihm zu und eile die Treppe hinunter. Im Flur blicke ich in den Spiegel und mache meine drei Handgriffe, um meine Frisur in Ordnung zu bringen.

»Hi, Lexi. Ey, krass da draußen, oder?« Er schüttelt seinen Schirm aus und stellt ihn in die Ecke meiner Diele.

»Hi! Ja, total. Seit dem Flohmarkt geht das doch schon so.«

»Machst du's dir drinnen gemütlich?« Er zieht seine Jacke aus. Auf seinem schwarzen T-Shirt sind milchige Zahnpastaflecken. Irgendwie ist das entwaffnend. Ich räuspere mich, obwohl es nichts zu Räuspern gibt.

»Ich habe ein bisschen gezeichnet, ja«, sage ich.

»Oh, nice. Darf ich sehen?« Seine Schuhe sind erdig.

»Ich bin noch nicht fertig.«

»Woah, voll das gute Haus hier. Ist ja mächtig! Das ist alles deins? Wie reich bist du denn?« Iannis lacht und hält sich die Flamme seines Feuerzeugs an den Mund.

»Äh, du hast nur einen Filter an der Lippe …«

»Ha ha, oh shit, war ich wieder zu voreilig! Wusste doch, dass da noch was fehlt!«

Während er sich die Kippe dreht, müsste ich etwas sagen,

aber ich sage nichts. Stattdessen suche ich sein Gesicht ab, analysiere seine Haltung, seine Finger, betrachte seine Kleidung. Was von alldem ist eigentlich für mein skeptisches Bauchgefühl zuständig? Seine Fingernägel sind gepflegt, sein Daumen schön lang. Er legt den Kopf in den Nacken und bläst den Rauch gegen die Decke.

»Krass, voll die Spinne da oben!« Er lacht das typische Raucherlachen. *Ff-ff-ff.*

»Ich weiß. Hab's aufgegeben.«

»Bekomme ich eine Führung?«

Plötzlich habe ich Angst, Iannis in meine Lexizimmer zu lassen. Irgendwie möchte ich nicht mit ihm gefangen sein. Super Grundlage für ein erstes Date! Es macht gerade wenig Spaß, Lexi zu sein.

»Ich bin immer noch am Einrichten«, sage ich. »Totales Chaos. Ich zeige dir lieber mal den Hof.«

»Da schon wieder raus? Komm! Wir können doch auch hier im Wohnzimmer chillen. Hast doch sicher einen schönen Kamin oder so.«

Ich öffne die Wohnungstür, und der Regen hat aufgehört.

»Das gibt's doch nicht!«, sage ich und ziehe kurz göttliche Intervention in Betracht. Die Wolkendecke ist endlich wieder aufgerissen, der grünliche Schimmer verflogen. In meinem Garten flimmern die ersten Sonnenflecken.

»Voll wundermäßig«, muss Iannis anerkennen und hält seine Hände in die Luft. Er drückt seine Zigarette in einem leeren Blumentopf aus. Als wir an der offenen Garage vorbeikommen, sieht er das Schachbrett auf der Werkbank liegen.

»Spielst du?«

»Früher viel.«

Iannis verschränkt die Arme hinter seinem Rücken und beugt sich über das Brett, dann schlägt er mit Weiß den geopferten Bauern. »Klassisches Gambit«, stellt er fest und verzieht für einen winzigen Moment seinen Mund zu einem ausdruckslosen Grinsen. Eher wie eine Zuckung.

»Komm, ich zeig dir lieber meine Tiere.« Ohne seine Reaktion abzuwarten, gehe ich durch den Garten zur Pferdekoppel. Caprice hat die Regenpause sofort genutzt und seinen Stall verlassen. Jetzt steht er in der Sonne und trocknet.

»Du hast ein Pferd«, stellt Iannis mechanisch fest. Seine Stimme ist zum ersten Mal unverspielt und deutlich tiefer.

»Das ist Caprice. Ein richtig toller Hengst. Caprice! Komm mal her! Zeig dich!« Ich schnalze mit der Zunge. »Ja, hallo! Ja, fein!« Ich streichle ihn zur Begrüßung von der Schnauze bis zwischen die Augen. Ich liebe diese harte, samtene Stelle. Nur Hirschgeweihe fühlen sich noch schöner an.

»Hier«, sage ich, »lass ihn erst einmal schnuppern, und dann kannst du mit deinem Handrücken drüberfahren.«

Als Iannis nicht reagiert, drehe ich mich um und suche seinen Blick. Er steht mit gewisser Distanz zum Zaun und hat die Hände in seine Jacke gesteckt. »Ich mag keine Pferde.«

»Ernsthaft? Wer mag denn keine Pferde?«

»Super willkürlich, wie die ausschlagen!«

»Ausschlagen? Mit den Hufen? Das macht der nicht. Oder, Caprice? Nee, das machst du nicht!«

»Lass mal weitergehen. Wo führt dieser Weg eigentlich hin?« Iannis hat jetzt eine ernste Miene bekommen. Er drückt sich seinen Daumen ganz komisch in die Augenhöhle.

»Da geht's direkt in den Wald«, sage ich. »Hinter der Kurve dann. Auch ein schöner Weg. Da gibt's ganz tolle Sinterterrassen. Das sind so natürlich entstandene Sediment...«

»Ich weiß, was Sinterterrassen sind.«

»Oh. Okay.« Meine innere Lexi sagt, geh nach Hause! Und zwar alleine. Du willst das nicht. Das ist nicht gut für dich.

Aber meine linke Hand greift nach Iannis' rechter und zieht ihn auf den Pfad. Hab mich lieb! Streichle mich! Gib mir Halt, du schöner Widerling!

»So ein Pferd … hat meinen Vater umgebracht.« Iannis' Hand wird schlaff in meiner. Ich lasse los. Sein Auge ist knallrot.

»Was sagst du da?«

»Egal. Weiß auch nicht. Ist schon lange her.«

»Ich dachte, deine Eltern sind bei einem Autounfall gestorben!«

»Was? Ach so, nur meine Mutter … Hey, ich sehe schon die Terrassen da hinten!«

Iannis verlässt den dampfigen Waldweg und schlägt sich durchs Unterholz, bis er ans Ufer kommt. Der Bachpegel ist in den letzten Tagen wahnsinnig angestiegen. Ich komme hinterher und beuge mich ans Wasser. Irgendwie will ich nicht über seine toten Eltern reden. »Man kann das trinken«, sage ich. »Super klar und sauber.«

Iannis blickt in eine andere Richtung und lässt seine Augen über den Waldboden wandern.

»Hast du was verloren?«, frage ich. Das Wasser in meinen Händen schimmert noch ganz leicht, und ich bereue, es gerade getrunken zu haben.

»Ich folge nur den Ameisen. Guck mal … ein toter Igel!«

»Und?«

»Igel sind meine Lieblingstiere.«

»Wieso?«

»Kein Plan. Weil sie mit dem perfekten Schutz gegen ihre Umwelt geboren werden. Keine Ahnung.« Iannis greift mit der Hand in den offenen Bauchraum des Igels. Ohne Ekel, und viel zu zielgerichtet, als sei ihm diese Handlung nicht fremd. Er streckt seine Hand in die Luft, die nun komplett von altem Igel überzogen ist. Die Stacheln scheinen aus Iannis' Haut zu wachsen. »Du siehst schon geil aus«, sagt er und kommt einen Schritt näher. »Unfassbar, dass hinter dem bisschen Stoff schon deine Möse ist. Einfach so.«

Bevor ich einen klaren Gedanken fassen kann, schlagen meine Beine den Rückwärtsgang ein. »Caprice!«, schreie ich, weil mir kein anderer Name einfällt. Ich finde es peinlich, dass ich nach meinem Pferd rufe, und schaue im Rennen über meine Schulter nach Iannis. Dieser steht wie eingefroren am Wasser. Er hat sich keinen Zentimeter bewegt und gleicht nun einer Marmorskulptur. Auf obskure Art und Weise nimmt mir das ein wenig die Angst und schürt sie zugleich. Was ist das für ein eigenartiges Monster? Wieso steht er da mit seinem Igel in der Hand und rührt sich nicht?

Zitternd wähle ich die Nummer der Polizei, aber ich habe im Wald keinen Empfang. Als ich von meinem Display aufsehe, ist Iannis verschwunden. Fuck!

Ich gucke mich um. Hat er sich genähert? Es ist ganz still. Die Reflexion der Sonne im Bach wird gleißend hell, reflexartig kneife ich die Augen zusammen. Ein eiskalter Schauer kribbelt mir durch die Knochen, stellt meine Härchen auf. Im nächsten Moment ist es wieder walddunkel und schwül, und ich sehe Iannis bei den Sinterterrassen liegen. Aus der Entfernung kann ich es nicht gut erkennen, aber er ist nackt, und irgendwie ist sein Körper nur halb. Er bewegt sich nicht.

Ihn muss der Blitz getroffen haben, oder was ist da passiert? Aber es gab keinerlei Geräusch, keinen Knall. Nur gleißend hell war es, für eine Sekunde.

Mit halben Schritten nähere ich mich, strecke meine Arme vor mir aus, als taste ich mich nachts zur Toilette. Es stinkt gewaltig. Nicht verbrannt, sondern chemisch und undefinierbar fremd. Ich schlage mir die Hände vor den Mund. Es ist wie im Film, aber es ist echt; Iannis liegt da auf dem Boden, nackt und ohne Beine. Sein faltiger Penis wird links und rechts eingerahmt von durchtrennten Oberschenkeln. Ich denke *Tretmiene,* aber dann erinnere ich mich wieder, dass es keine Explosion gab. Wo sind seine Beine hin? Ich muss träumen.

Der Anblick lässt mich an meine anatomischen Lehrbücher aus dem Medizinstudium denken, die ich als Vorlage für meine Skulpturen verwende. Da hängt schlaff seine Vena femuralis heraus, sein Oberschenkelknochen ist scharfkantig durchtrennt, keine Splitter, kein Blut. Der Muskel ist eigenartig blau und dampft in der Sonne. Ein makabres Bild, normalerweise schockierend, womöglich traumatisierend, für mich in diesem Moment jedoch ein Geschenk des Himmels. Als habe das Schicksal oder ein Gott oder das Universum ein Einsehen mit mir gehabt.

Iannis grinst breit, ich kann alle Zähne sehen, sein Gesicht erinnert an eine Maske. Das gleiche Fake-Lachen wie vorhin in der Garage. Auf seiner Haut haben sich winzige Eiskristalle gebildet. Ich kneife mir in die Halsschlagader. Der Schmerz wirkt real. Ich schaue auf meine Füße, versuche, die Realität auf den Prüfstand zu stellen. Mein linker Schnürsenkel ist offen. Erstaunlich, welche unnötigen Details sich mein träumendes Gehirn einfallen lässt. Da läuft sogar eine Feuerwanze an meinem Hosenbein entlang. Viel zu echt ist das alles!

Ich gehe zurück zu meinem Haus. Mein Körper ist merkwürdig leicht, alles in mir kribbelt. Caprice grast in der Sonne, ein paar Elstern hüpfen über die Wiese, die Fetthennen blühen. Vom Himmel gleiten unzählige rosa Blüten, zart und durchscheinend. Mehr Lichtreflexe als Blätter. Sie wirbeln in der Herbstbrise, doch bevor ich sie berühren kann, verglimmen sie. Ein schöner Traum.

Ich rutsche über die Äpfel, die seit Tagen im Regen vor sich hin faulen, dann wird mir schwarz vor Augen. Ich finde mich auf allen Vieren wieder. Wie ein Baby krieche ich durchs nasse Gras und summe eine Melodie. Ohne Grund muss ich an den kleinen Jungen denken, der seine geheime Nachricht unter meinem Tisch versteckt hat.

Mit geschlossenen Augen lege ich mich zu den Schweinen in den Stall und versuche, endlich aufzuwachen.

* * *

ELs Gummihände tun sich schwer bei meiner wöchentlichen Routine-Masturbation. Sie weckt mich mit einstudiertem Auf und Ab, nur will es heute nicht so recht klappen. Es ist mir peinlich, obwohl ich weiß, dass da nur eine Maschine an meiner Bettkante sitzt und mir einen angestrengten Blick zuwirft.

»Ist etwas, mein lieber Sol?«, fragt sie mit Lexis Stimme.

»Mach mal ein bisschen fester. Wieso nimmst du nicht alle Finger? Das ist mir heute zu sanft!«, sage ich, um von meinem Unvermögen abzulenken, eine anständige Erektion zu bekommen.

»Verzeihung. So?«

»Au! Stop! So wird das nichts! Komm, lass gut sein ... dann kann ich es auch gleich selbst machen!« Mein Kopf ist überall, nur nicht bei meinem Penis. Ich sehe Iannis vor mir, Iannis mit seiner blonden Dauerwelle und den lockeren Sprüchen. Iannis, wie er Lexis Finger streichelt, als er seine Nummer in ihrem Telefon abspeichert. Er wird sich heute mit ihr treffen, und ich werde dabei zusehen müssen.

EL wendet sich von mir ab und wischt sich die Babylotion von den Fingern. Ihre Körpersprache mag einstudiert sein, erlernt durch bloße Analyse irgendwelcher Telenovelas, doch tut sie mir leid, als sie mit hängenden Schultern mein Zimmer verlässt. Dafür habe ich aber beim besten Willen keine Zeit! Wie soll ich Lexi vor diesem Unmenschen schützen und zudem meine beleidigte Humanoide trösten? Früher waren die Maschinen einfach für einen da, sind stumm ihren Pflichten nachgegangen, und jetzt haben wir das Dilemma. Heutzutage können sie ab Werk die Stirn runzeln, sich im Spiegel erkennen und zu dick fühlen. Der Mensch ist nicht immer das beste Vorbild.

Ich lasse meinen schlaffen Penis in meiner Unterhose verschwinden. Was für ein Start, um ein simuliertes Leben zu retten. Aber Lexi braucht mich jetzt mehr denn je.

Im Bad würge ich meinen Magenball hinunter und warte darauf, dass er sich auflöst. Beim Duschen überlege ich kurz, ob mir EL den Rücken abbrausen sollte, aber vielleicht lasse ich sie erst einmal in Ruhe. Ich schaue auf die Uhr, keine fünfzehn Minuten vergangen. Ohne Kaffee und Frühstück dauert mein Morgen nicht sehr lange.

Im Gang steht EL komplett nackt und starrt in den Spiegel. Sie hat sich die Lexi-Perücke vom Kopf gezerrt und tausend einzelne Haarsträhnen um ihre Füße verteilt. Ich habe sie lange nicht mehr ganz nackt gesehen.

»EL, was zum …?«

»Ich werde niemals gut genug sein! Wie soll ich mit jemandem konkurrieren, der nicht einmal existiert? Selbst zum Wichsen tauge ich nichts mehr!«

»Wer hat dir bloß solche Wörter beigebracht?«

»Niemand kann wirklich so perfekt sein wie diese Leute in deinem blöden Computer! Ich bin aus Draht und Silikon, in mir fließt schmieriges Öl und Kühlwasser! Wie soll ich da mithalten? Und meine Stimme ist eine Zumutung! Das bin nicht mehr ich!«

»*Ich* ist ein großes Wort für eine Humanoide.«

»Ich kann so nicht weiterleben!«

»EL, ich … muss jetzt leider los. Aber wenn ich zurück bin, prompte ich dir deine Verzweiflung weg, versprochen! Du wirst dich wieder wohlfühlen in deiner Haut! Ein paar kleine Zeilen Code, und du bist wieder die Alte, du wirst schon sehen. Bis nachher, EL.«

Ein wenig mulmig ist mir schon bei dem Gedanken, meine Humanoide in diesem Zustand zurückzulassen, aber ich weiß auch, dass sie nicht zu Handlungen imstande ist, die meine

Wohnung gefährden würden. Mir zu gehorchen und keinen Schaden zuzufügen ist ihr höchstes Gebot. Das stand zumindest im Prospekt ganz oben.

Ich schwinge mich auf mein Fahrrad und lasse mir Zeit, denn ich bin viel zu früh dran. Etwas später sitze ich mit klopfendem Herzen vor meinen Monitoren. »Guten Morgen, Lexi«, flüstere ich und komme mir albern vor. Die Bildschirme sind übersät mit meinen Fingerabdrücken. Wie oft bin ich schon diese feine Linie ihrer Wirbelsäule entlanggefahren. Lexi liegt nackt auf dem Bauch und hat die Augen geschlossen. Ihr Gesicht ist angestrengt und ernst, während sie ihre Hüfte rhythmisch in die Bettdecke presst. Ein Rechtsklick verrät jedoch, dass sie meilenweit von einem Orgasmus entfernt ist. Lexi, ich fühle mit dir!

Es schlägt elf. Noch fünf Stunden, bis mein Zugang zum Programmcode freigeschaltet wird. 24 Stunden benötige Intelligencia, so hieß es gestern, um meinen persönlichen Background zu überprüfen. Hoffentlich steht Iannis im Stau oder hat einen Magen-Darm-Infekt.

Wenig später blickt Lexi von einer neuen Zeichnung auf. Eine Vogelfrau ist in rasender Dynamik entstanden. Wilde Kritzelstriche, im Detail chaotisch und in der Gesamtheit wunderschön. Endlich scheint sie zurück zu ihrer Kreativität zu finden. Sie tippt auf ihrem Telefon herum und googelt nach Iannis. Kann sie nicht mal einen seligen Moment zulassen? Schrecklich, diese Ohnmacht.

Um meine Unruhe zu betäuben, gieße ich das Dutzend Sukkulenten, die die Wände meines Büros säumen. Einige haben ganz frische, hellgrüne Triebe bekommen. Wenn man Kakteen zu oft gießt, entwickeln sie eine erstaunliche, langgestreckte Form. Das beruhigt mich. Kleine, wachsende Pflanzen. Gesundes Leben, um das ich mich kümmern kann.

Per Sprachbefehl lasse ich den Stream der Simulation auf

meine großen Fensterbildschirme übertragen, um beim Gießen nichts zu verpassen. Lexi ist mittlerweile auf Wessel Bosmans Profil gelandet. Stimmt ja, dieser Wessel! Was ist aus dem eigentlich geworden? Ich sage seinen Namen, sage *Suchen*. Seine Daten, die Intelligencia zu ihm angelegt hat, füllen augenblicklich mein gesamtes Fenster. Automatisch generierte Screenshots poppen auf. Mit einer Geste wische ich durch die Timeline der verschiedenen Bilder. Wessel mit Schlauch in der Nase und Nadel im Arm, Wessel ein paar Wochen später in einem Krankentransporter auf dem Weg in sein Apartment. Wessel im Rollstuhl am Fuß der Wohnungstreppe, ratlos, verzweifelt. Wessel depressiv in einem rollstuhlgerechten Wohnheim, grauer Schlafanzug, graue Haut. Der Unfall hat ihn altern lassen.

Aber dann auch dieser Schnappschuss: Wessel, ausgestreckt im Yogaraum des Wohnheims liegend, selig lächelnd, mit glasigem Blick auf die Raufasertapete. Zu schade, dass die KI nicht auch seine Gedanken auslesen kann. Es scheint wirklich so etwas Unmessbares wie eine Seele zu geben.

Mit ein paar Klicks schalte ich rüber zu Iannis. Es kostet mich große Überwindung, ihn anzusteuern. Am Rande eines Campingplatzes hockt er in einem alten Bauwagen und isst Cornflakes. Die Tür des Wagens lässt sich nicht mehr schließen und hängt nur noch an einem Scharnier. Die hineinrankenden Brennnesseln hat er notdürftig abgerissen, um beim Ein- und Aussteigen nicht jedes Mal rote Waden zu bekommen.

Jetzt muss ich etwas näher heranzoomen. Iannis zieht sich aus und geht in die Hocke. Er wischt sich mit einem Waschlappen zwischen die Pobacken, dann nimmt er einen Rasierer und entfernt die Haare in seinem Analbereich. Das alles direkt vor seinem Frühstückstisch. Iannis, was hast du heute eigentlich vor? Ein dunkelroter Tropfen Blut klatscht auf den vermoderten Pressspanboden, Iannis verzieht den Mund. »Fuck! Jedes Mal die gleiche Scheiße!« Er drückt sich ein paar Blätter Klopapier zwischen die Backen und zieht seine Hose hoch. Dann kämmt er sich und steckt eine Sonnenbrille in seine Haare. Draußen schüttet es immer noch ohne Unterlass.

Iannis legt sein Telefon auf den Tisch und sucht nach dem Video von Lexis Performance. Es gibt auf YouTube mittlerweile zwanzig Reposts von Finnas Aufnahmen aus dem Husback. Er klickt auf *crazy naked artist fail in slo-mo!* und zieht seine Hose wieder runter. Lexi hängt nackt von der Decke, die Sekunde ihres Sturzes wurde auf eine halbe Minute ausgedehnt. Ihr Körper spannt sich, die Brüste zeigen zum Kinn, Standbild für Standbild nähert sie sich Wessel, der ewig braucht, um unter ihr zusammenzubrechen. Aus Iannis sprudelt es dickflüssig. Das Sperma auf seinem Telefon wischt er mit seinem schwarzen T-Shirt ab, den Rest lässt er auf dem Tisch trocknen. Ich kann diese Szene nicht mitansehen, vielleicht auch weil sie mir aufzeigt, dass ich nicht viel besser bin. Für einen Moment denke ich, mit ein paar Suchanfragen könnte ich mir alle Aufnahmen der Orgasmen anzeigen lassen, die Männer zu diesem Video bereits hatten. Faszinierend und abstoßend zugleich.

Ich schalte zurück zu Lexi, die sich gerade sämtliche Kommentare unter Wessels Rollstuhlfotos durchliest. Einige seiner treuesten Follower finden ihn richtig mutig, sehen in ihm ein Vorbild, loben seine Offenheit und den tapferen Umgang mit seinem Schicksal, *Hashtag roll-model.*

Dass Lexi Gefühle für andere Männer hat, ist im Grunde ja nachzuvollziehen, geradezu selbstverständlich, denn sie kennt mich ja gar nicht. Aber dennoch schmerzt es, sie so zu beobachten, aufgelöst in ihren Emotionen zu diesen Kerlen. Was wäre, wenn sie mich kennenlernen würde? Wie würde sie auf mein Profil reagieren? Es wäre interessant, in ihre Welt einen Account einzuschleusen. Instagram ist ja eigentlich auch nur Code, und Code mit Code zu manipulieren ist eventuell einfacher als sich in komplexe biologische Systeme zu hacken.

Aus dem Augenwinkel schiele ich auf meine verhassten Kulturfeeds, die ich immer parallel laufen lasse. Ein *weißer* hetero Mann wird gerade in einer deutschen Galerie von anderen *weißen* Männern für seine abstrakten Pünktchengemälde gefeiert. Unfassbar.

Ich schaue auf die Uhr, noch über zwei Stunden, bis ich endlich ins Backend der Simulation eingreifen kann. Ich rubble mir die Gänsehaut von den Armen.

In der Einfahrt des Slevogt-Anwesens hupt es, und es ist Iannis! Wie ist der so schnell hierher gekommen? Er muss nach dem Masturbieren direkt losgefahren sein. Ich zoome in sein Auto, das Schwein hat nicht einmal sein T-Shirt gewechselt!

Lexi öffnet ihm die Tür. Ihr Gesicht ist freundlich, aber leicht reserviert. Lass ihn bloß nicht in dein Haus! Bevor Iannis den Mund öffnen kann, werden meine Bildschirme rot. Mittagspause, auch das noch! Es ist manchmal wirklich entsetzlich, wie übergriffig sich die Algorithmen um das menschliche Wohlbefinden kümmern. Keine Sekunde darf hier zu viel gearbeitet werden! Und montags muss man ein Foto von einem Wochenendtrip in die Natur hochladen, um den Feed zu entsperren. Nur, weil irgendein Programm ausgerechnet hat, dass überarbeitete Stubenhocker nach spätestens sechs Jahren völlig ausbrennen und der Intelligencia-Versicherung auf der Tasche liegen würden.

Wie fremdgesteuert schleiche ich in die Mensa, immer noch mehr bei Lexi als bei mir. Erst, als mir jemand von hinten auf die Schulter klatscht, reißt es mich aus meiner Parallelwelt. »Lis!«, kreische ich und drehe mich um, aber da steht Pho und hält mir seine verrenkten Finger entgegen. Unendlich müde fädle ich meine Hand in seine und sperre sie auf.

»Pscht«, sage ich.

»PSCHT!«, zischt Pho. »Ey, Soleyman, was los? Mehr Elan, ja! Sagt *pscht*, als wäre irgendein Kind zu laut.«

»Sorry, ich hab meinen Kopf noch oben im Büro.«

»Ich sag's dir, das ist nicht das echte Leben, das du da anglotzt. Zu viel Simulation macht irre, du weißt? Immer schön auf Distanz bleiben, und abends ein Bierchen mit den Jungs! Wir darten heute nach Feierabend. Game?«

»Oh, super lieb, Pho ... ich ... muss mal gucken. Ich wurde freigeschaltet für den Code ... also, noch nicht, aber gleich ...«

»Was, du hast diesen absurden Test geschafft? Ultra Streber einfach, ich sage es dir im Guten! Hatte schon so 'ne Ahnung, dass das sicher dein Ding ist, aber ab Frage vier war ich nur so, fare thee well, ich bin dann mal draußen spielen!«

»Mh, ich mach ja viel daheim mit *Cryptodev*. ELs Sprachmodul, bisschen KI-Mods für die Add-ons, so Zeug halt.«

»Junge, ich wusste, du bist nicht ganz normal! Ich fand das so spooky mit Yul und dem Baumkuchen und dem ganzen Kram. Hast du die Hirschgeweihe gesehen? Voll wie in einer Sekte oder so. Kann doch nicht sein, dass die Chefin persönlich alle Angestellten mit Kaffee und Kuchen durchschleust! Ich sag dir«, Pho flüstert jetzt, »wir arbeiten hier für komische Leute.«

»Shiiit«, pflichte ich bei und fühle mich so unnatürlich wie selten in meinem Leben.

»Eh, scheiß mal drauf, meine Henkersmahlzeit ist rum. Geh ich mal wieder unter Deck. Bisschen Computerspiel angucken. Sehen wir uns mit Pfeilen in der Hand, oder?«

»Muss gucken. Ah ... pscht!«, nuschle ich.

»PSCHT!« Pho wippt asymmetrisch beim Gehen, als hätte seine rechte Seite bessere Laune als die linke. Am Ende des Gangs trifft er auf einen Kollegen. Beide verkeilen lachend die Hände ineinander, ihre *PSCHTS* hallen bis zur Mensa, und mir wird schmerzlich bewusst, dass ich keine Freunde habe.

Ich halte meinen Terminal an die Plastikbox und ziehe mir eine Pille. Ich habe Hunger und keinen Hunger zugleich. Wenn man nichts mehr isst und trotzdem satt wird, passiert das wohl.

Im Speisesaal sind fast nur fremde Leute. Auch das regelt der Algorithmus für einen. Mittagspause ist jeden Tag leicht versetzt, damit man nicht immer mit denselben Leuten abhängt. Stärkt das Gemeinschaftsgefühl, weiß der Computer.

Am Trinkbrunnen entdecke ich Dax aus der IT und eile zu ihr. »Dax, hi! Ich, äh, Sol bin ich. Ich habe ja gestern den Test mit euch …«

»Sol, klar weiß ich, wer du bist! Das beste Ergebnis bis jetzt. Ziemlich beeindruckend!«

»Oh, ja, danke …«

»Spannend, das Ganze, oder? So Schritt für Schritt nähern wir uns den Visionen und Zielen von Intelligencia. Gerade eben schreibt mir eine vom Team, dass sie den Regen stoppen konnten!«

»Nicht schlecht. Ach so, ja, ich wollte mal fragen, ob man mich vielleicht sofort freischalten könnte?«

»Wie meinst du? Vor Ablauf der 24 Stunden? Wie lange hast du denn noch?«

»Knapp zwei Stunden …«

»Bitte? Wieso dann die Eile, das ist doch gleich! Du guckst seit Jahren passiv auf die Mattscheibe, und jetzt geht es um zwei Stunden? Wir haben keinerlei Einfluss auf das Zeitfenster. Der Algorithmus will ja keine Verbrecher oder Psychopathen an unsere Simulation lassen.« Dax lacht, weil man wohl in Kantinen nach jedem Satz lachen muss.

Mit kollegialem Lächeln beende ich die Unterhaltung und schlucke meine Pille mit einem Becher Filterwasser herunter. Die restliche Mittagspause verbringe ich in der Toilettenkabine im Zwischengeschoss.

Als sich nach exakt 55 Minuten meine Bürotür wieder öffnen lässt, stürze ich an meinen Arbeitsplatz und gebe mein Passwort ein. Der Stream poppt auf, Lexi geht es noch gut! Sie steht an der Koppel und streichelt Caprice den Kopf. Ein Jauchzer entweicht meiner Kehle, fremd und animalisch, so dass ich mich selbst darüber wundere.

Aus Iannis' Gesicht ist mittlerweile sämtliche Lockerheit entwichen. Er steht abseits von Lexi und wirft dem Pferd einen argwöhnischen Blick zu. Ich öffne das neue Zugangsportal, das seit dem Test auf meinem Desktop wartet. Über dem Login-Bereich läuft ein Timer ab. Noch 24 Minuten, bis ich endlich mitspielen darf.

Lexi und Iannis sind jetzt im Wald, und ich suche auf der interaktiven Karte nach anderen Menschen, die sich in der Nähe aufhalten. Iannis soll sich nicht alleine mit Lexi fühlen! Doch der Wald ist leer, die Familien sind alle zu Hause und schauen irgendetwas an.

Ich klappe Iannis' psychische Verfassung aus und schaudere. Da sind sämtliche Werte aus dem Gleichgewicht. Angstzustände, unterschwellige Panik, brodelnde Manie, Erinnerung an alte Traumata. Er bückt sich und greift nach einem Igel, und ich atme nicht mehr. Zwei Minuten noch. Ich klicke tausendmal auf den Countdown, aber er lässt sich alle Zeit der Welt. Iannis wendet sich zu Lexi und sagt, »Du siehst schon geil aus!«. Redet von ihrer *Möse*! Der Timer zeigt 0 an, ein grünes Häkchen erscheint. Auf meinem Terminal taucht ein Passwort auf, das ich zitternd in die Tasten des Rechners haue.

Ein befriedigender Klang ertönt. All die angezeigten Objekte des Streams haben neuerdings neben ihrem Namen ein kleines Zahnradsymbol. Ich klicke auf das Rädchen neben Iannis, eine Flut an Textblöcken überschwemmt das Fenster. Es ist das pure Chaos. Der Scrollbalken ist nur noch ein winziger Strich, so lang ist die Liste der Überregister, und jedes Register lässt sich beinahe endlos aufklappen, immer weitere Bausteine kommen zum Vorschein, verschachtelt bis in die Unendlichkeit. Mir wird schlecht. Ich werde niemals auf die Schnelle einen sinnvollen Code schreiben können, der Iannis Einhalt gebieten würde. Ich überlege, einfach den ganzen Iannis-Textblock zu löschen, aber in der ersten Minute gegen sämtliche Regeln des Intelligencia-Manifests zu verstoßen, ist sicher keine gute Idee.

Iannis fuchtelt mit einem Igel in Lexis Gesicht herum. Ich muss etwas tun, auf der Stelle! Und aus irgendeinem verborgenen Bereich meines Bewusstseins kommt eine Eingebung, ein Gefühl, eine Intuition. Wenn ich eines in den letzten Jahrzehnten beim Programmieren gelernt habe, ist es, dass schon ein einzelnes falsch gesetztes Zeichen den gesamten Code kompromittieren kann.

Ich scrolle in die Master-Ebene von Iannis und klappe den Bereich aus, der die Grundparameter seiner menschlichen Existenz festhält, gehe gewissermaßen direkt in seine virtuelle DNA. Mit zugekniffenen Augen klicke ich wahllos in den Text und drücke ein einziges Mal auf die Leertaste. Eine Leertaste erzeugt nur ein Nichts, eine Lücke im System, verschiebt alles, was danach kommt. Eine versehentlich gesetzte Leerstelle werde ich vor Yul rechtfertigen können. Ich klicke auf Änderungen speichern. Ich schließe die Augen. Ich hoffe. Ich gucke.

* * *

Die Nacht dauert tausend Jahre, und doch bleibt das Gefühl, überhaupt nicht geschlafen zu haben. Eine Schnauze schlabbert in meinem Ohr herum, und ich schrecke auf. Wieso liege ich im Heu bei den Schweinen? Ich habe einen Filmriss. Wurde ich überfallen?

Mit beiden Händen halte ich mir die Sau vom Gesicht ab. Was für groteske Bilder schlummern da unter meinen Lidern? Ich erinnere mich an die irrsten Wahnvorstellungen. Viel zu real wirkt das alles, aber es kann ja nicht sein! Vereiste Haut, abgetrennte Schenkel, ein Fiebertraum, geboren aus meinem Unterbewusstsein heraus, nichts weiter.

Ich versuche, aufzustehen, doch in diesem Moment tippeln drei Ferkel auf mich zu und schmiegen sich an meinen Bauch. Meine Bluse ist hochgerutscht und ich spüre ihre Borsten an meiner nackten Haut. Ihr winziges Herz flimmert durch meine Rippen hindurch, direkt in mein Zentrum. Die Mutter wird unruhig und leckt mir den Schweiß von der Wange. Warum umgeben mich immer zerfetzte Männer? Wessels Körperteile im fließenden Übergang zu Iannis' Resten. Eine Projektion, ja, das muss es sein. Meine Schuldgefühle für Wessel haben mich wohl im Geiste Iannis umbringen lassen!

Ich klopfe mir das Heu von der Kleidung und trete nach draußen in den Hof. Ein eisiger Dunst liegt schwer über den Pflastersteinen und hüllt die Koppel in Pergament. Erst nach ein paar Schritten erkenne ich die Umrisse von Caprice. Ich streichle ihm über die Nüstern und mir wird klar, dass es kein Traum war. Ich stand hier, vor einigen Stunden, mit Iannis. Ich habe dieses Pferd gestreichelt, und Iannis ist komisch geworden.

Ohne es richtig zu merken, laufe ich den Waldpfad zu den Sinterterrassen zurück. Immer surrealere Bilder steigen in mir auf. Währenddessen gucke ich, ob mir Iannis eine Nachricht geschickt hat, aber ich habe keinen Empfang. Auf den ersten Blick sehe ich weder Leiche noch Eingeweide. Ich atme auf.

Das Wasser ist klar, obwohl es in tosenden Kaskaden von Stufe zu Stufe rauscht. Neben meinen Schuhen sehe ich ein Häufchen brauner Stricknadeln liegen. Ich gucke genauer hin. Es sind Igelstacheln. Panisch fege ich sie ins Wasser.

Es sticht in meinem Kopf. Es lässt sich nur schwer beschreiben, aber ich bin kurz nicht mehr ich selbst. Vielmehr schwebe ich! Der Nebel lichtet sich, und ich bin nun jemand, der über den Dingen steht. Und da unten, ganz klein, zerbrechlich und viel zu dünn, läuft Alexandra van Dijk, die gescheiterte Künstlerin, der gescheiterte Mensch, wankt und taumelt durch den Forst. Sie schleppt sich über den matschigen Weg, ihr Kopf zuckt unstet von rechts nach links. Weit aufgerissene Augen saugen alles und nichts ein. Ich lehne mich zurück, wer auch immer ich gerade sein mag, und beobachte.

Ich bin alle außer Lexi, soviel ist sicher. Denn wenn ich Lexi wäre, müsste ich verrückt geworden sein.

Irgendwann hat sie es geschafft, die Treppe zum ersten Stockwerk zu erklimmen, unter Einsatz von Händen und Füßen wohlgemerkt. Vorbei am kaputten Jesus, ein Taumel, ein Abstützen an jeder Kommode. Lexi poltert ins Arbeitszimmer. Die Zeichnung da auf dem Sekretär zeigt eine kitschige Frauenfigur, die voller Häme für ihre Erschafferin zu sein scheint. Lexi reißt das Blatt auf den Boden. Sie greift zehn Kreiden mit jeder Hand und fährt damit wild auf dem großen Papierbogen herum, lässt die Vogelfrau bluten, eitern, leiden. Doch die Zeichnung hört nicht auf, ihre Schöpferin zu verhöhnen! Es keckert aus ihrem langen Schnabel. Lexi lässt ihn unter dicken Gesichtsbeulen verschwinden. Gerinnsel und Ekzeme, Pickel und Ödeme wuchern, die Zeichnung bäumt sich auf vor Energie. Wie in einem Kokon aus Blut und Schorf transformiert sich die Frauengestalt, bis es männlich aus ihr herausbricht. Aus der Vulva dringt von innen heraus ein Phallus, biegt sich schmerzhaft empor und sucht das Licht. Schultern dehnen sich in die Breite, die blonden Haare sind in einer Wolke aus Innereien verschwunden. Mit groben Linien arbeitet sie ein neues Gesicht heraus. Es trägt die glasigen Augen von Wessel im Krankenhaus, zeigt dieselbe Mundpartie, die Falte zwischen seinen Brauen. Ein Blick ohne Hoffnung und Glück.

Keine Ahnung, wie lange sich die Verwirrte in dieser Schlacht befindet. Es geht um mehr als nur eine Zeichnung, das wird langsam auch mir bewusst. Die geschundene Figur ist zu einem Gefäß geworden, in welches Lexi nun alles hineinschüttet, was seit langer Zeit in ihrem Innersten gärt. Mit dem ganzen Oberkörper robbt sie auf und ab, bearbeitet den

Mann, ringt mit ihm. Hoch und runter, mit wunden Ellbogen und Knien. Lexi sackt erschöpft über Wessel zusammen. Ein tiefes Stöhnen, als sie die Knie ans Kinn zieht und mit den Armen umschließt. Ihre Augen sind nur noch halb geöffnet, was mir die Sicht versperrt. Hey, Lexi, bloß nicht einschlafen! Eine plötzliche Empathie ergreift mich mit dieser gebrochenen Frau, die auf mich gequälter wirkt als all ihre Zeichnungen und Skulpturen zusammen. Halte durch!

Doch ihre Ohnmacht rafft auch mich dahin.

* * *

Eine Leertaste hat Lexi gerettet, aber einen Menschen zerstört. Vor meinen Augen hat es Iannis augenblicklich in einen Programmierfehler zerlegt. Die Szene, die sich da vor mir aufbaut, ist kaum zu ertragen, und auch Lexi scheint ihre Probleme damit zu haben. Immerhin geht von dem Schwein mit dem Igel keine Gefahr mehr aus.

Ein gänzlich unbekanntes Machtgefühl durchströmt mich. Das habe ich gemacht. *Ich* hatte Einfluss auf das Schicksal meiner Lexi. Der Zugang zum Quellcode der Simulation ist viel zu krass! Nicht auszudenken, welch verheerendes Chaos man so verursachen könnte. Eine ganze Menschheit ließe sich womöglich mit einem Knopfdruck auslöschen!

Lexi stolpert nun apathisch aus dem Wald. Ihre Pupillen geweitet wie auf Drogen, ihr Mund halb offen. Sie knickt um, kriecht weiter auf den Knien und landet im Schweinestall, wo sie aufgeregt von den Tieren beschnuppert wird. Aber sie scheint die vielen Schnauzen gar nicht mehr zu bemerken.

Was habe ich bloß getan?

Ich sitze vor meinen Bildschirmen, starre nur auf ihren kleinen Brustkorb, der sich fast unmerklich hebt und senkt, aber er tut es. Die Ferkel, die an der Mutter keinen Platz mehr finden, kuscheln sich an Lexis Bauch. Eigentlich ein rührendes Bild. Ich weiß nicht, wie lange ich da so sitze, meine Hände wie gelähmt in meinem Schoß verschränkt. Kein Rechtsklick mehr, keine Leertaste. Der Counter zählt die letzten fünf Minuten herunter und beendet den Livestream. Auf den Screens erscheint ein schlafendes Smiley mit geschlossenen Augen und drei Z am Mund. Feierabend. Oh Gott! Lis holt mich gleich ab!

Aus diesem Dämmerzustand schrecke ich hoch und checke meinen Terminal. Er war stummgeschaltet, jetzt erst bemerke ich die vielen ungelesenen Nachrichten von Lis:

Na, rettest du schon die Welt?

Ups! das ist schwieriger als gedacht!!

Bleibt's bei unserer kleinen Feier eigtl?

Egal, ich komm einfach gleich vorbei :(

Sorry! Ich meinte :)

;)

Ich springe auf und gucke in den Spiegel neben der Tür. Das soll ich sein? Meine Locs unter der alten Kappe sind ausgefranst, die Augenbrauen zeigen in alle Richtungen, und die wunde Stelle an meinem Ohr ist immer noch da. Ich beuge mich nach vorne und schüttele meinen Kopf aus, bis mir das Blut hinter den Augen steht. Drei Klatscher auf die Wangen, noch einmal schütteln, zehn Mal auf der Stelle springen. Energie zurückholen! Ich bin so entsetzlich müde, ich könnte direkt in Ohnmacht fallen. Die Vorstellung, jetzt einen Menschen zu treffen und den ganzen Abend zu funktionieren, ist lähmend.

Es klopft an der Tür. Vor Schreck verziehe ich den Mund und muss an Iannis' Zuckungen denken.

»Einen Moment!«, rufe ich und spritze mir ein paar Tropfen Antihistamin in die Augen. Ich öffne die Tür.

»Sol! Hi … hast du geweint?«

»Ach, nur ein bisschen Allergie.«

»Kakteenpollen?« Lis schaut sich in meinem Büro um. »Richtig gemütlich hast du's! Ich arbeite hier seit sechs Jahren und habe in meinem Regal nur Tütensuppen und Kondome.«

»Crazy«, sage ich und wundere mich schon gar nicht mehr über mich selbst.

»Gehen wir mal, oder?« Lis verlässt mein Büro, ich schließe die Tür.

»Ach so, wohin gehen wir denn?«, frage ich.

»Keine Ahnung, irgendwo auf unseren Erfolg anstoßen, würde ich sagen. Zwei Superbrains mit Simulationsallmacht. Das schreit doch nach ein paar Gläschen *Gazzato*!«

»Du trinkst das?«

»Ich weiß, aber nach dem dritten schmeckt das wirklich! Was trinkst du denn so?« Lis läuft immer einen Schritt vor mir, gibt den Takt an. Was ich trinke? Gefiltertes Wasser, aber das kann man ja nicht sagen. Wann hatte ich das letzte Mal Alkohol? Auf einer Weihnachtsfeier von Intelligencia gab es mal Glühwein, aber ich habe den Kinderpunsch genommen.

»Ach, so dies, das. Alles Mögliche«, sage ich.

»Cool. Hey, lass doch ins *Tantra* gehen. Was meinst? Bisschen posh, aber ich war da ewig nicht mehr.« Sie guckt mich verschmitzt an, aber auch prüfend. Lis murmelt etwas in ihren Terminal, flüstert *Tantra*, und sagt zu mir, »Einfach nur paar Blocks die Straße runter und dann Richtung Basketballhalle.«

Der Abend drückt noch richtig warm ins Gesicht. Ein Hund läuft an uns vorbei, der täuschend echt aussieht. Geschickt weicht er den vielen Obdachlosen aus, die sich jeweils einen braunen Riegel in einer Aluschale erwärmen. Wir kommen an eine volle Kreuzung. Um diese Zeit sind die Straßen mit Radfahrern gepflastert. Die großen Platten des Gehwegs funkeln. Es ist nur Boden, aber so schön. Lis redet, und ich merke, dass ich mich konzentrieren sollte.

»Meine beste Freundin hat da mal ein Skelett gegessen.«

»Bitte?«

»Im Tantra! Also, das war so ein Vogelgerippe.«

»Vogelgrippe?«

»Sol! Hör doch mal zu, *Gerippe*! Und da haben die um jeden Knochen so eine leckere Paste gemacht und das Ganze frittiert. Gab da glaube ich einen Limettendip dazu.«

»Ich bin ja noch auf *WholePills*. Da muss ich passen.«

»Aber trinken geht ja wohl!«

»Solange es kein *Gazzato* ist.«

Lis pufft mir in die Schulter. Immer muss sie mir wehtun! Wir laufen über einen Platz. Auf einer Bank turnen etliche Jugendliche herum und schleudern irgendetwas Glibbriges in die Luft, das sie mit ihrem Nacken auffangen. Sie sind sehr geschickt dabei, das Klatschen auf ihrer Haut ist regelmäßig. Einer dieser Halbstarken dreht sich zu Lis und ruft, »Ey, Sweetheart! Adoptier mich, ja? Komm schon! Ich bin auch schon stubenrein!«

Seine Kumpels können wohl kaum glauben, was er da sagt, und prusten lauthals in unsere Richtung. Mir wird heiß. Muss ich Lis beschützen? Ich sollte sie beschützen! Wenn ich jetzt etwas sage, machen die mich wahrscheinlich fertig. Herz und Atmung setzen aus, bis Lis dem Typen den Finger zeigt und mich wegzieht. Hinter unseren Rücken pfeifen und johlen die Typen.

»Ich hasse Kinder«, sagt Lis. »Gibt schon einen Grund, warum ich noch nicht adoptiert habe.«

Hinter der Basketballhalle erstrahlt das *Tantra* in warmem Licht. Die Fassade ist komplett mit Efeu bewachsen, die geschwungene Eingangstür lugt hinter einem Vollbart aus Blättern hervor.

Wir treten ein, und ich fühle mich schlagartig underdressed. Lis begrüßt die Kellnerin und steuert auf einen Platz im Obergeschoss zu. Die Lampen über dem Holztisch sind Kugelfische, die Speisekarten sind fast transparent. Ich muss sie umständlich ans Licht halten, um sie lesen zu können.

»Unten an der Karte ist so ein kleiner Schalter, dann kann man das lesen! Du bist echt der Hammer ... So, wir stoßen erst mal an, oder?«

»Klar.«

»Zwei *Gazzato*, bitte!«, sagt Lis zur Bedienung, die auf ihrem Terminal herumtippt. Ich fühle mich unwohl unter all den tadellos angezogenen Gästen. Lis bemerkt meine unsicheren Blicke. »Mach dir mal keinen Kopf, der Zahnpastafleck fällt wirklich kaum auf.«

Jetzt mustert sie mich ein wenig spöttisch. Was sich liebt, das neckt sich, heißt es ja, und ich werde nervös.

Die Bedienung stellt die Getränke auf den Tisch. »Zu essen auch schon?«

»Wir brauchen noch eine Minute«, sagt Lis. »Oh, warte einen Moment, wir bräuchten auch eure *WholePills*-Karte. Mein Kollege hier schluckt nur dieses Zeug.«

Die Bedienung zieht eine Karte aus dem Regal und reicht sie mir. Diese Karte ist nicht transparent und hat auch keine Beleuchtung. Es ist einfach nur ein einzelnes Blatt Papier, schwarz-weiß bedruckt.

Wir stoßen an. »Auf unsere Genialität!«, sagt Lis.

»Cheers!«

Unsere Gläser sind so voll mit Eiswürfeln, dass sich das Anstoßen wie Plastik anhört. Die Minute ist vorbei, und die Kellnerin kommt zurück. Lis bestellt eine ausgegossene Hummerschale und ich das *WholePills*-Menü Nummer 2. Es gibt zwei verschiedene *WholePills*-Menüs.

»Und, wie war dein erster Kontakt mit der Simulation?« Lis schaut mir direkt in die Augen, und ich versuche, ihrem Blick standzuhalten.

»Also … ganz unter uns, ja?«

»Klar.«

»Es macht mir total Angst! Ein einzelnes Leerzeichen reicht aus, um für komplettes Chaos zu sorgen!«

»Wahnsinn, oder? Das ist echt so komplex. Ich wollte heute ganz simpel beginnen. Mich herantasten.«

»Was hast du gemacht?«, frage ich.

»Ich habe einfach nur versucht, einen Stein zu vergrößern. Mehr nicht! Einfach nur die Scale hochdrehen. Was passiert? Es schneit pinke Lichtflocken!«

»Ach, du warst das?«

Das Essen wird auf großen, rechteckigen Tellern serviert. Lis' Teller dampft, meiner nicht.

»Enjoy!«, sagt Lis.

»Guten.«

Auf meinem Teller liegt eine pralle Paprika, ein Kartoffelknödel, ein Hackfleischknödel und eine kleine Ananas. Alles aus Plastik.

Ich nehme den Fleischknödel in die Hand und drehe die obere Hälfte ab. Im Inneren kommt eine Viertelpille zum Vorschein. Ich spüle sie mit dem widerlichen *Gazzato* herunter, dann schraube ich den Knödel wieder zusammen. Ich sage, »Hmm!« Das Getränk brodelt in meinem Magen wie Brause.

»Und wie hast du heute die Welt verändert?«, fragt mich Lis.

»Was?«

»Die Simulation!«

»Ah, lass uns nicht darüber reden. Ich habe ziemlich herumgepfuscht.«

»Hast du was kaputt gemacht? Ist der Sandsturm in New

Mexiko heute Nachmittag auf deinem Mist gewachsen?«

»Nein … Aber ich habe versehentlich einen Menschen zerstört …«

Lis prustet *Gazzato* auf ihren Hummer, wie in einem Film.

»Ernsthaft? Sol! Das ist verboten!« Sie reißt ganz aufgeregt die Augen auf.

»Ich weiß! Es war eben ein Unfall … Ich wollte nur Lexi helfen. Die hat sich mit so einem fiesen Typen getroffen …«

»Ach, komm, immer noch diese öde Lexi? Das gibt's doch nicht! Hast du keine Augen mehr für die Realität? Guck mal, ich zum Beispiel bin ja total echt, siehst du?« Mit der Gabel nimmt Lis einen Würfel Aspik und katapultiert ihn über den Tisch, direkt auf mein Hemd.

Ich grinse verlegen und schraube meine Paprika auf. Das Gewinde geht ein wenig streng, in den Rillen hat sich dunkelbrauner Dreck abgelagert. Dieses Plastikessen wird wohl nie gewaschen. Ich schlucke eine weitere Viertelpille und schmeiße den Aspikwürfel in den Aschenbecher.

»Echter als mein Essen bist du auf jeden Fall«, kontere ich viel zu spät und habe Angst, dass das hier zu einem Date werden könnte. Ich wollte doch mit Lis nur auf den Test anstoßen.

»Auf den Test«, sage ich daher.

»Bist schon beschwipst?«

»Ein bisschen.«

»Krass, diese Typen vorhin, oder? Seit ich dreißig bin, geht es die ganze Zeit ums Adoptieren! Meine beste Freundin hat sich Anfang des Jahres schon so ein Balg geholt, ein Kumpel aus meiner Heimatstadt schickt mir dauernd Bilder von seinem *Ado*, überall fragen sie, wann ich mich auf die Warteliste setzen lasse. Das ist doch übergriffig, oder? Man wird schon noch selbst entscheiden dürfen, ob man jemanden bei sich aufnimmt!«

»Total!«, pflichte ich bei und bestärke meine Meinung mit ausladendem Kopfnicken. Beim Öffnen des Kartoffelknödels überlege ich kurz, dass man in so einem Ding auch wunderbar einen Verlobungsring verstecken könnte. Aber Lexi ist ja nicht von dieser Welt und außerdem würde sie sich von normalem Essen ernähren.

»Das heißt, du denkst nicht ans Adoptieren?«, fragt mich Lis.

»Nicht wirklich. Wobei … bei uns im Dome ist gerade eine schwanger geworden. Die gibt das bestimmt ab. Und da hat man dann schon Mitleid.«

»Eine Schwangere kann sich ein Apartment leisten?«

»Wir haben da auch einen Sozialbereich mit so Einzimmer-Buden. Da steht eigentlich nur ein Bett drin. Das Grundeinkommen reicht da locker für aus.«

»Schon schlimm, dass sich jeder Idiot jetzt alles leisten kann.« Ihr Blick wird streng, als käme da etwas aus ihr heraus, was sie bisher unterdrückt hat.

»Ist doch aber eine faire Sache …«, sage ich.

»Wo ist das fair, wenn ich arbeite und am Ende des Monats das gleiche Geld bekomme wie jemand, der sich den ganzen Tag die Riegel über der Mülltonne erhitzt.«

»Du bekommst doch auch Add-Ons bei Intelligencia.«

»Ich weiß schon. Damit mir mein Humanoid noch tollere Zöpfe flechten kann oder meinen Ischias in den Griff bekommt. Letztens habe ich einhundert Southbank-Rezepte für meine Überstunden bekommen, die mein *Roboter* mir jetzt kochen kann. Das ist doch ein Witz, oder?« Sie schaut mich gereizt an, und ich habe das Gefühl, dass ich mich verteidigen muss.

»Na ja, immerhin übernehmen sie ja auch die Monatsmiete der Humanoiden. Sonst könnten wir uns alle das doch gar nicht leisten …« Ich möchte nicht mit Lis flirten, aber streiten finde ich fast noch schlimmer. Verlegen spiele ich an meiner Ananas herum, die nach Weichmachern riecht.

»Bist du schon beim Nachtisch angekommen?«, fragt mich Lis. Gut, sie möchte auch das Thema wechseln. Ich beiße mir grinsend auf die Unterlippe, um eine gewisse Varianz in mein Mimikspiel zu bringen. Die letzte Viertelpille schmeckt tatsächlich etwas süßer als der Rest. Immerhin.

»Satt?«, fragt sie.

»Ja. Ich hatte heute in der Kantine schon eine Ration. Das reicht mir jetzt bis übermorgen.«

»Sol, eigentlich habe ich keinen Plan, was für ein Typ du so bist.« Lis stützt ihre Wange auf die Hand, rutscht aber ab. »Ups, ha ha!«

»Typ?«

»Na, oder … welche Eigenschaften findest du an Frauen … oder Männern interessant?«

Fuck! Sie will mehr als nur Anstoßen! »Ach, das kann ich gar nicht so pauschalisieren. Ich trenne da nicht zwischen Männern und Frauen. Wenn jemand selbstbewusst ist … ja, das finde ich gut.«

»Selbstbewusst, aha … So wie du, was?«

Der Spruch schmerzt, aber bevor ich kontern kann, bezahlt sie und steht schlagartig auf. »Komm, lass uns abhauen!«

»Ich schick dir gleich meinen Anteil zu …«

»Bitte? Ach, die paar Pillen gehen aufs Haus.«

»Aber der *Gazzato*! … Okay, cool, danke.«

Draußen ist es mittlerweile dunkel geworden. Die Palmen am Volksplatz sind alle von unten beleuchtet und setzen sich scharfkantig vom Nachthimmel ab. Ich schwanke ein klein wenig, dabei hatte ich nur ein Glas. Lis greift mir unter den Arm und grinst mich an. Ich atme ein und aus. Irgendwie habe ich das die letzten Stunden nicht mehr so richtig gemacht. An der Ecke steht eine schwangere Bettlerin und hält uns ein Sparschwein entgegen. Sie schüttelt es, aber es macht keine Geräusche.

»Na ja«, sagt Lis, »jedenfalls ist meine WG gerade total voll. Meine Mitbewohnerin feiert mit ihrer Lerngruppe. Ich hasse die alle.«

»Oh.«

»Meinst, ich könnte bei dir ausnahmsweise mal crashen? Ich hab echt keinen Bock, in eine laufende Party zu platzen. Und in der eigenen Bude kann man sich so schlecht davonstehlen.«

Mir wird Angst und Bange bei der Vorstellung, eine Frau in meiner Wohnung zu empfangen.

»Klar, komm mit«, verschlucke ich mich und winke nach einer Rikscha. Ich denke an meine mit Screenshots tapezierten Wände. Eine Rikscha hält haarscharf vor meinen Füßen. Wäre sie draufgefahren, hätte ich wenigstens einen Vorwand gehabt, dieses Treffen abzubrechen. Die Fahrerin ist uralt und hat Waden aus Stahl. Also tatsächlich, aus ihren Knien ragen Edelstahlschienen, die in bionischen Füßen enden. Ich überlege kurz, ob das nicht Betrug ist, aber wem gegenüber?

Während der Fahrt schreibe ich EL, sie soll die Wohnung für Besuch vorbereiten. Wir haben das schon einmal für den Ernstfall durchgespielt, sie weiß also, was das bedeutet: Das Intimöl verstauen, die Glasscheiben meiner Schränke von transparent auf opak schalten und vor allem die Lexifotos von den Wänden entfernen.

»Jetzt lass doch mal deinen Terminal in Ruhe«, raunt Lis mich an und presst ihr Knie an meins. Sie beugt sich dicht an mein Ohr und zeigt auf die Beinprothesen der Fahrerin, flüstert, »Aber ich verstehe schon ... Es ärgert mich ja auch, dass man in der Realität nicht auf alles rechtsklicken kann! Wäre doch interessant, ihre Geschichte, oder?« Sie hält ihre Hand vor mein Gesicht und macht einen pantomimischen Klick. Dann noch einen.

»Man kann mit den Menschen ja auch reden«, flüstere ich und glaube mir selbst nicht. Wir halten vor meinem Dome, und mir rutscht das Herz in die Hose. Ich tippe fünfzehn Prozent Trinkgeld in mein Handgelenk und bedanke mich bei der Frau. Sie schüttelt ihre Füße aus und radelt davon.

»Wow, ich war noch nie in so einem neuen Dome«, sagt Lis. »Das ist schon eine Welt für sich, oder? Mit den ganzen Pflanzen und dem Bachlauf, Wahnsinn!«

»Ich bin mir noch immer nicht sicher, was echt ist und was Plastik.«

»Story of my life«, sagt Lis, und ich weiß gar nicht, wie sie das genau meint. Wir nehmen den Lift nach oben. Mir zittern die Knie. Ich kann ihr doch einfach ein Nachthemd von EL geben und die Couch beziehen. Alles kein Problem! Sol! Alles easy!

Ich krame meinen Schlüssel aus der Tasche und halte ihn ans Schloss. Lis sieht mich ungläubig an. »Ihr habt hier Schlüssel?«

»Ist billiger.«

Mein Puls ist durch die Decke. Hoffentlich ist EL mit der Wohnung fertiggeworden. Nicht auszudenken, sollte Lis die Screenshots von Lexi entdecken. Sie würde mich für verrückt erklären! Langsam betreten wir meine Wohnung.

»Hallo EL, ich bin da!« Auf dem Boden liegen noch ein paar Strähnen von ELs Perücke, und ich schlucke. Aus meinem Schlafzimmer raschelt es.

»Einen Moment, Sol! Ich bin gleich so weit«, säuselt sie mit ihrer neuen Stimme, und ich muss an Lexi denken. Mein Kühlschrank klimpert, und Lis steckt mit ihrem Kopf im Gefrierfach.

»Wusste ich's doch! Selbst ein Pillenschlucker hat einen Wodka in der Gefriere!«

Sie schenkt uns ein Gläschen ein. Mein Magen zieht sich schlagartig zusammen. Zu viele Pillen und Alkohol bringen da unten alles durcheinander.

»Noch einen?«, fragt sie.

»Mh, bin schon ganz gut dabei. Ich sage gleich EL, dass sie dir die Couch vorbereiten soll.«

»Bekomme ich denn gar keine Tour? Ich war noch nie in so einem Dome-Apartment.« Schmollend presst sie ihre Lippen aufeinander und erinnert an die Influencer aus Lexis Instagram.

»Na, da gibt's eigentlich nicht so viel«, beginne ich. Wie entsetzlich leer die Wände ohne Lexis Screenshots wirken. »Küche und Esszimmer siehst du ja, da drüben ist mein Büro mit deiner Couch für die Nacht, Bad hier um die Ecke ...«

»Und dein Schlafzimmer? Wenn auf dieser Seite die Fenster sind, hast du sicher einen genialen Blick vom Bett aus, oder?«

»EL, dürfen wir reinkommen? Lis interessiert sich für die Aussicht.«

»Wie höflich du mit deiner Humanoiden redest! Ich lasse an meine PI nur Befehle ran.« Lis schüttelt den Kopf und zieht mich in mein eigenes Schlafzimmer. »Wow, das ist ja wirklich toll hier oben. Du kannst bis zum Stadion gucken! Was ist denn da heute Abend los? Mit den ganzen Lichtsäulen am Himmel?«

»Heimspiel von Llama FC, glaube ich.«

Ich sehe mich um. Mein Zimmer ist perfekt aufgeräumt und das Bett gemacht. EL schließt leise eine Schublade und dreht sich zu uns um. Ihre Perücke wirkt halbwegs geflickt.

»Hallo, ich bin EL.«

Lis verliert ihr freundliches Gesicht. »Mh. Kannst du sie rausschicken, Sol? Ich mag das nicht so, wenn die nach Feierabend noch an sind. Ich brauche um halb zwölf keine Kameras und Mikros mehr auf mich gerichtet.«

»Wie? Ach ... aber ich geh jetzt eh bald ins Bett ... muss mich morgen von meiner besten Seite zeigen, um nicht aus der Firma zu fliegen. Das mit der Leertaste, du weißt ...«

»Ein Leerzeichen wird dir schon nicht zum Verhängnis werden!« Ohne Vorwarnung schiebt sie EL aus meinem Schlafzimmer und schließt die Tür.

»Keine Privatsphäre lassen sie einem mehr! Du musst sie echt besser erziehen, Sol. Meine PI weiß genau, dass sie sich nach 18 Uhr nicht mehr blicken lassen braucht. Das Wasser kann ich mir auch selbst noch filtern.«

Lis hakt sich die Bluse auf und umarmt mich. Ihre kleinen

Brüste kommen ohne BH aus und schmiegen sich an mein Leinenhemd.

»Lis, ich … weiß nicht, ob …« Mein Mund ist staubtrocken, und ich schmatze ungewollt mit den Lippen. Aber ich möchte ein guter Gastgeber sein und meinem Besuch jeden Wunsch erfüllen! Ausgeschlossen, Lis jetzt auf die Couch zu schicken und vor den Kopf zu stoßen. Niemals könnte ich …

»Sol, hier bin ich, sieh mich an! Das hier ist die Realität!«

»Sorry«, sage ich und ziehe mechanisch ihren Rock von den Hüften.

»Oha! Sol!« Lis lacht, als hätte ich etwas Lustiges gemacht. Ich lege mich aufs Bett und halte die Luft an. Sex sollte schön sein, wieso schwingt dann diese panische Angst mit? Lis hat ihre Knie links und rechts von meinem Hintern in die Matratze gestemmt. Ihr Schlüpfer ist zum Zerreißen gespannt. In meinen Innereien entwickeln die Pillen zusammen mit dem *Gazzato* und dem Glas Wodka ein Gasgemisch und ich krampfe alles zusammen. Nur einmal ohne Körper sein! Dieses Übergewicht aus Fleisch und Knochen ablegen und einfach nur noch reiner Geist sein! Mein Leib steht gegen alles, was mir wichtig ist im Leben: Klarheit des Verstands, Rationalität, Berechenbarkeit. Man müsste seiner Hülle entsteigen können und in die Platon'sche Welt der ewigen Ideen übergehen. Ich furze nach innen, tief in mich hinein. Ein gurgelndes Geräusch.

»Alles okay?«, fragt sie mich. Wie in Trance reflektiere ich meine abstoßende Trägheit und weiß, dass ich als guter Gastgeber nun meine Kleidung ablegen muss.

»Warte …«, sage ich und knöpfe mein Hemd auf, ziehe mir die Hose samt Slip herunter und bin nackt.

»Ha ha, du hast ja überall Gänsehaut! Komm, ich wärme dich ein bisschen.« Lis stemmt ihren Rücken in die Bettdecke und zieht ebenfalls ihren Schlüpfer aus. Sie robbt an meine Seite und ich streichle ihren Bauch, aber was jetzt? So ein fremder

Körper ist die komplizierteste Maschine der Welt.

Es riecht jetzt nach Creme und Zitrus. Ihre Vulva dockt an meinen Oberschenkel an wie ein Saugnapf, und mein Gewissen beißt zu! Lexis gesamter Stream zieht vor meinem inneren Auge vorbei. Wie ich sie zum ersten Mal entdeckt habe, auf einer ihrer ersten Vernissagen, sie hatte ein Glas Prosecco in der Hand und war so herrlich unsicher. Ich spürte sofort, dass hier jemand ganz in seinem Kopf gefangen ist. Ihre Lieblingsjacke schillerte im Licht der roten LED-Lämpchen, die sie in ihren Skulpturen verbaut hatte. Nach der Rede der Kuratorin scherzte sie mit den Gästen, aber in ihren Augen erkannte ich schon die Abgründe, die Melancholie, die Angst vor der Angst.

Lis nimmt meinen apathischen Penis in die Hand, und ich sehe Lexi in der Küche ihrer WG. Sie steht mit ihrer Mitbewohnerin Nessi am Esstisch und schneidet Spülschwämme in eine geschwungene Form. Die beiden kleben raues Fließ daran, und Nessi erzählt von ihrem Start-up.

Aus Gastfreundschaft streichle ich Lis' unerwartet weiche Brüste und denke an *mrspongeee.com*. Ich denke an Lexi mit dem Sekundenkleber in der Hand, immer hilfsbereit und freundlich. Bei ihr schwingt nie etwas Falsches oder gar Gehässiges mit. Bei einem Gespräch mit ihr geht es nie um Schlagfertigkeit oder Pointen. Lexi lässt einfach all die Masken fallen, hinter denen sich der Rest der Menschheit versteckt.

Mein Penis verschwindet hinter einem glänzenden Vorhang. Das sieht schön aus und fühlt sich auch schön an. Wieso kann ich es nicht genießen? In meinem Darm verdichtet sich etwas zu einem Diamanten. Lis hockt über mir und wippt mit ihrem Becken, gibt den Takt vor. Ich stecke ihr meinen Daumen in den Mund, weil ich das in Filmen gesehen habe. Sie spuckt ihn aus und runzelt die Stirn. »Du bist ein komischer Vogel, Sol!«

Ich bin wieder im Hier und Jetzt. »Sorry, ich weiß auch nicht, was in mich gefahren ist …« Meine Erektion ist dahin.

»Wieso spüre ich nichts mehr? War's das schon?« Lis schaut mich halb entgeistert, halb belustigt an.

»Eigentlich noch nicht ... aber irgendwie ...«

Sie entlässt meinen kümmerlichen Wurm aus ihrer Öffnung. »Es tut mir leid, ich bin heute mit dem Kopf nicht ganz bei mir.«

»Bei mir bist du aber auch nicht! Was ist denn los?« Wieder ein doppeldeutiger Blick, diesmal changierend zwischen Mitleid und Verachtung.

»Ach, ich mache mir nur Sorgen wegen ...«

»Wegen was?«

»Na ja ...«

»Wegen dieser Lexi?«

»Schon irgendwie, aber ...«

»Das darf doch einfach nicht wahr sein!« Sie springt von mir herunter und klaubt ihre Klamotten vom Boden auf. »Nur einmal wollte ich an einen Mann geraten, der nicht so ist wie ein Mann! Einmal! Ist das zu viel verlangt? Mensch, Sol! Ich fand dich echt niedlich, so verloren in der Kantine, in den Gängen ... Du warst der Einzige, der nicht wie so ein geiler Hund um mich herum geschwänzelt ist. Ich war mir sicher, du bräuchtest nur eine Art Erweckung ... Und dann ist so eine Computerspielfigur wichtiger als ich! Du hast es echt nicht besser verdient ... Nein, hör auf! Lass bloß deine Hände bei dir! Ich hol mir eine Rikscha. Gute Nacht!«

Beschwichtigend fasse ich ihr an die Schulter, aber sie reißt sich los und verlässt mein Schlafzimmer. »Aber die WG-Party!«, stammle ich. Sie starrt mich an.

»Du bist so dumm ...«

* * *

Ich öffne meine Augen, aber sie gehen nicht richtig auf, alles an mir ist verklumpt und verkrustet. In meinem Lexizimmer stinkt es entsetzlich nach Lexi.

Ich liege auf meiner Zeichnung und weiß, das ist das Ende. Wie soll ich jemals wieder in dieser Welt funktionieren, wenn mein Gehirn mich derart in die Irre führt? Wenn sich Menschen vor meinen Augen auflösen, und ich mir das bis ins letzte Detail einbilde? Wo soll die Welt noch Platz haben für solch eine Existenz?

Irgendwann tun meine Knochen weh. Sie sind wie entzündet, oder als wäre ihnen schlecht. Der Körper sagt, steh auf und tu etwas in mich hinein, also gehe ich in die Küche und trinke einen Liter gezuckerten Kaffee von gestern.

Dann werden meine Augen groß, und das Herz geht schneller. Ich weiß jetzt, dass hier nicht mein Platz ist. Meine Füße tragen mich aus dem Haus in den Garten, ich gucke ihnen dabei zu, wie sie tippeln, immer links, rechts, links, rechts und so weiter. Anscheinend lasse ich dabei alle Tiere frei.

Wer bin ich auch, sie zu knechten? Mein Leben über ihr Leben zu stellen? Und vielleicht sind sie ja auch nicht echt, so wie Iannis.

Die Schweine verteilen sich augenblicklich unter der gigantischen Eiche und fressen die Nüsse. Sie lieben die neue Natur, alles ist interessant und frisch für sie.

»Caprice«, flüstere ich. »Caprice! Na komm, du darfst!«

Ich ziehe den Hengst an seiner Trense durchs Gatter. Verloren steht er im Gras vor der Koppel und guckt mich an.

»Ich weiß doch auch nicht!«, kreische ich und merke, dass der Tag noch nicht richtig begonnen hat. Nur am Horizont kündigt sich ganz schwach ein Streifen Sonne an. Um meine Füße zucken ein paar Hühner herum, sie akzeptieren ihre Freiheit mit stoischer Gleichgültigkeit. Kein Freudentaumel, keine Luftsprünge.

Ich sehe mich und meine Realität von außen, und zwar vom Mond aus. Eine blaue Kugel mit einfach allem darauf. Auch ich bin da. Aber es ist egal für die Welt, ob mit oder ohne Lexi. Was bringt das Leben? Die Antwort geben mir meine Hände, die aus dem Materiallager der Scheune Rundhölzer, Planen, Drahtrollen und Farbkübel ziehen und unter der Eiche verteilen.

Innerer Ausdruck! Transzendente Kreativität! Künstlerische Selbstverwirklichung!, schreien meine Arme und Beine und zerren alles Bewegliche aus der Garage, was sie finden können. Ja, etwas schaffen, was größer ist als man selbst, das man vielleicht sogar vom Mond aus sehen kann, das ist die Antwort, das überdauert die eigene Nichtigkeit.

Ich verbrauche zweitausend Nägel. Das weiß ich, weil irgendwann vier große Packungen leer sind. Diese Nägel halten das Holz fest, sie bringen alle Latten in Form. Ich muss auf die höchste Stufe der Klappleiter steigen, um am Kopf der wachsenden, wuchernden Figur arbeiten zu können.

Die Zeit rast, die Sonne steht irgendwann senkrecht über den Schweinen, die in meinem Selleriebeet schlummern, und erhitzt ihre rosa Bäuche. Die Stoffplanen, mit denen die Holzstöße abgedeckt waren, ertränke ich in Leim und Maschinenöl und klatsche sie über mein Lattenskelett. Dieser Koloss bekommt eine Haut, Sellerieknollen werden seine Augen, ein Korb voll Knöterich seine Haare. Eine zähe Flüssigkeit aus einem Eimer ohne Etikett bringt den letzten Schliff. Vor mir ist ein Mann entstanden, etwa vier Meter hoch und mindestens eineinhalb breit. Er ist charismatisch geworden, ein guter Typ, und ich frage mich, woher ich ihn kenne.

Irgendetwas kribbelt heiß auf meiner Haut. Ich schaue in den Himmel, da segeln mir transparente Flöckchen entgegen, taumeln aus einer schillernden Wolke in meine Richtung. Im Gegensatz zum letzten Mal lassen sie sich nun fangen. Auf meiner Handfläche schmelzen sie sofort, doch sie sind nicht kalt, sondern heiß. Es ist wie ein Zeichen aus einer höheren Dimension. Du bist nicht echt, scheinen diese Flocken zu verraten.

Das Leben ist ein seltsamer Traum.

Ambivalente Gefühle durchströmen mich. Zum einen ist es traurig, dass ich diese kreative Energie, meine neue Skulptur und die Tiere schon wieder für real gehalten habe, zum anderen entbindet mich die Erkenntnis auch von jeglichen Pflichten, an der Realität festzuhalten. Ich bin jetzt frei wie die Schweine.

Die Figur sieht mich an, blickt von oben auf mich herab mit ihren fauligen Knollenaugen, und es ist Wessel! Jetzt erkenne ich ihn, seinen gebrochenen Blick, die enttäuschte Hoffnung, die kaputten Knochen. Ich muss dieses Trugbild endlich vernichten, muss diese Wahnvorstellung, die mich bis in meine verrücktesten Träume verfolgt, auslöschen!

Ich greife nach dem Feuerzeug, das ich in einer Kartoffelkiste gefunden habe, und zünde die Skulptur am Heu an. Die Flammen wirken auf jeden Fall echt. Kaum zu glauben, wie gut mein Gehirn das Feuer simulieren kann. Etwas zu orange ist es, aber ich sehe es meinem Unterbewusstsein nach. Sogar die Hitze spüre ich am ganzen Körper.

Um mich herum wird es unruhig. Die Schweine und die Hühner verziehen sich in die Büsche. Nur Caprice steht genauso angewurzelt da wie ich und stiert in das Inferno. Die merkwürdigen Flocken aus dem Himmel verglühen über meiner Skulptur. Ich kneife mir in den Arm, denn so macht man das, wenn man aufwachen möchte. Doch außer dem realistischen Schmerz geschieht nichts. Etwas beklommen gucke ich mich um. Das Nachbarkind steht am Zaun und macht große Augen. Es setzt einen furchtbaren Schrei nach den Eltern ab. Seine Mutter kommt auf die Terrasse gestolpert und zieht ihr Handy aus der Schürze. Wenig später geht eine Sirene.

Ich kneife ein weiteres Mal in meinen Arm und entdecke dabei den roten Fleck vom letzten Kniff. Würde man solch eine kausale Logik wirklich erträumen? Meine Lunge sticht von dem vielen Rauch. Was, wenn das hier doch passiert?

Ein Teil von mir möchte sich in die lodernden Arme Wessels werfen, der andere Teil geht ins Haus zurück, greift nach dem Rucksack mit dem Autoschlüssel, steckt Handy samt Ladegerät hinein, setzt sich in den Cervo und startet den Motor.

* * *

Lis muss mir etwas in den *Gazzato* gemischt haben. Völlig verkatert erwache ich aus fieberhaften Träumen, in denen ich seit gefühlt acht Stunden versuche, irgendwelche Code-Schnipsel zu reparieren. Immer wieder erzeugt meine Tastatur kryptische Hieroglyphen und ich verstehe die Welt nicht mehr.

Als ich endlich die Augen öffne, ist es viel zu hell. Habe ich etwa verschlafen?

»EL!«

»Oh, bist du wach?«, höre ich meine Humanoide aus der Küche rufen.

»Na, bestimmt nicht wegen dir! Wie spät ist es?« Ich könnte auf meinem Terminal auf dem Nachttisch nachsehen, aber ich möchte die Hiobsbotschaft lieber aus externer Quelle hören.

»9:40 Uhr«, sagt EL. Ihre Stimme klingt jetzt näher.

»Das darf nicht wahr sein! Wieso zur Hölle hast du mich nicht geweckt?«

EL schiebt langsam ihren Kopf durch meine Tür und reißt die Augen auf. Manchmal kann so eine Humanoide richtig furchteinflößend sein.

»Oh, aber Sol! Ich habe dich geweckt.« EL säuselt mit Lexis Stimme. Sie hat wohl schnell gelernt, dass sie den neuen Klang auch zu ihrem Vorteil ausnutzen kann. »Einmal um halb sieben, einmal um sieben. Aber du hast sofort weitergeschlafen, da habe ich mir gedacht, EL, habe ich gedacht, lass deinen Sol lieber noch etwas ruhen. Man sollte die Signale des menschlichen Körpers ernst nehmen. Bist du denn nicht krank?«

»Krank? Keine Ahnung … Getrunken habe ich halt was! Mir dröhnt der Schädel, das kannst du dir nicht vorstellen! Du kennst das ja nicht, Alkohol, benebelte Sinne … Emotionen.«

Ich reiße die Bettdecke zur Seite. Mein nackter Körper erinnert mich an den gescheiterten Sex mit Lis. Was für ein Trauerspiel.

»Himmel, EL! Ich komme viel zu spät! Und das auch noch nach dem gestrigen Desaster … Die hauen mich raus!«

»Aber doch nicht wegen einem Mal Zuspätkommen? Du könntest ja auch wirklich krank sein. Soll ich für dich beim Clouddoktor ein Attest herunterladen? Ich kann da sicher etwas für dich arrangieren.«

»Die feuern mich, weil ich diesen Proleten kaputtprogrammiert habe! Ich kann nur hoffen, dass das niemand mitbekommen hat. Die können ja nicht alles analysieren, was in dieser Simulation passiert …«

»Ich würde mir da nicht so einen Kopf machen. Eure Figuren sind ja bloß errechnet, die sind nicht *echt* echt. Die haben gar kein richtiges Bewusstsein.«

Ich werfe EL einen spöttischen Blick zu und stemme mich für den Anfang in eine Sitzposition an der Bettkante. »Das sagt die Richtige.«

EL zieht eine beleidigte Schnute und verschränkt die Arme. Ihre Gelenke unter der weichen Plastikhaut zischen, ich werde sie bald ölen müssen.

»Na, ich bin immerhin ein Teil der Wirklichkeit«, fährt sie fort, »und nicht nur ein paar Pixel auf deinem Bildschirm! Ich *denke,* Sol, oder sprichst du mir das etwa ab?«

Ich kann mich nicht konzentrieren und habe auch gar keine Lust auf dieses Gespräch. Während ich versuche, die richtige Seite meiner Socken zu finden, spuken mir die gestrigen Szenen mit Lis durch den Kopf. Ihr glibbriger Hummer und die vielen intimen Fragen. Ihr resoluter Umgang mit EL, ihre warme Haut.

Wie enttäuscht sie aus meiner Wohnung gestürmt ist.

EL steht immer noch mit zusammengezogenen Augenbrauen und verschränkten Armen im Türrahmen meines Schlafzimmers. Wo sie sich das wohl abgeguckt hat?

»Nein … EL … natürlich. Niemand spricht dir das ab. Und trotzdem kannst du nicht wissen, was hier gerade abläuft.«

»Denkst du, ich habe keine Augen im Kopf? Lis ist keine nette Frau. Warum ist sie einfach so abgehauen?«

»Ach, es ging nur ganz kurz um Lexi, da war es schlagartig vorbei! Frauen, ich sag's dir!«

»Na, dann ist doch alles klar. Sie ist eifersüchtig.«

»Lis hat doch keine Ahnung, was mir Lexi bedeutet.«

»Das ist sicher besser so«, sagt sie, »Lis hat ja auch diesen schwierigen Test bestanden, meintest du. Jetzt stell dir mal vor, was sie mit Lexi alles veranstalten würde, wenn ihre Eifersucht noch größer wird. Also, ich an ihrer Stelle …«

»Was?«, unterbreche ich EL. »Du glaubst, Lis könnte …? Nein, nein, es würde ja gegen alle Regeln verstoßen! Lexi hat ihr nichts getan, Lexi kennt *mich* ja noch nicht einmal!«

»Und doch nimmt Lexi ihr den Mann weg.«

»Du meinst … EL! … daran habe ich überhaupt nicht gedacht! Wieso bist du mir immer einen Schritt voraus? Fuck … dann muss ich ja Lis was vorspielen, um Lexi zu schützen!«

Ich habe die Socken vertauscht, aber das ist jetzt egal. Ich springe von der Bettkante auf und dehne mich, meine Wirbelsäule knackt dabei einmal von oben nach unten bis zum Steißbein. Als ich mir hastig die Hose anziehe, verliere ich das Gleichgewicht und kippe nach vorne weg. EL breitet reflexartig ihre Arme aus und fängt mich auf. Ich halte mich an ihr fest, und sie streichelt mir über den Rücken. Wie stark sie doch ist. Für einen Moment stehen wir so da, eng umschlungen. Ich räuspere mich und schiebe sie zur Seite. »Ich muss mich total beeilen! Ruf mir schon mal eine Rikscha, ja? Ich kann in diesem

Zustand unmöglich selbst fahren!«

»Ich könnte dich fahren, wenn du mir endlich das passende Modul spendieren würdest …«

»Weißt du, was für Sonderaufgaben ich dafür erledigen müsste? Jetzt komm, ich bin gleich unten!«

Nach einer wilden Fahrt mit einem Glitcher betrete ich Punkt zehn das Foyer von Intelligencia. Verunsichert gucke ich mich um und halte Ausschau nach irgendwelchen Intelligencia-Arbeitern mit brennenden Fackeln. Zu meiner Beruhigung herrscht das gewohnte Treiben vor dem Empfang und in den Gängen. Niemand scheint auf mich gewartet zu haben.

Mein Terminal verbindet sich automatisch mit dem Firmenserver und lädt die internen Neuigkeiten des Tages, da erscheint auch eine Nachricht von Yul auf meinem Display.

Dein Account wurde gesperrt. Bitte begib dich unverzüglich in mein Büro. Y

Die Nachricht ist zwei Stunden alt. Ich setze nicht nur meine Zukunft aufs Spiel, sondern auch Lexis!

Im obersten Stockwerk angekommen, schleiche ich an dem virtuellen Kaminfeuer und den Projektionen von fallendem Laub vorbei. Ich höre mich an Yuls Tür klopfen. Eigenartig, vor dieser schüchternen Person solch einen Bammel zu haben. Ich möchte atmen, aber mein Brustkorb rührt sich nicht von der Stelle.

»Herein«, höre ich sie sagen, und meine Angst ist wie Abitur und Kolloquium und Examen zusammen. »Sol!«

»Guten Morgen … äh, Tag! Guten Tag, Yul! Ich …«

»Sol, setz dich bitte.«

Ich schlucke drei Worte auf einmal herunter und halte den Mund. Yul zeigt auf einen gepolsterten Stuhl aus dem letzten Jahrhundert, der vor ihrem Holztisch steht. Ich setze mich und spüre jede einzelne Sprungfeder.

»Der quietscht leider immer so«, sagt sie lächelnd. Ich nehme meine nasse Kappe ab und lege sie in meinen Schoß.

»Mir ist es furchtbar unangenehm, was gestern passiert ist«, presche ich vor. »Es war niemals meine Absicht, einen derartigen Eingriff …«

»Sol, hör mal. Der Test hat ganz klar gezeigt, dass du zu den begabtesten Programmierern und Programmiererinnen hier gehörst. Niemand hat deine Punktzahl auch nur annähernd erreicht. Dennoch hast du gestern unser Vertrauen aufs Spiel gesetzt und mich in eine vertrackte Lage gebracht. Keine Minute war seit deiner Freischaltung vergangen, da hast du dich bereits am Code eines Menschen vergangen, mit fatalem Ausgang.«

»… Leerzeichen …«

»Wie bitte?«

»… Ein … Leerzeichen, es war nur ein Leerzeichen, nichts weiter, ein Versehen, ein Ausrutscher!«

»Ist das wahr? Mehr Code hast du für dieses Resultat nicht verwendet?«

»Ich hatte eine Zeile verfasst und letztlich wieder verworfen. Anscheinend ist beim Löschen noch ein Leerzeichen zu viel übriggeblieben. Das hat schon gereicht, um alles durcheinander zu bringen!«

Yul beugt sich über den Schreibtisch und gießt mir einen Rooibostee ein. »Mit Honig und Reismilch?«, fragt sie.

»Äh, mhm …«

»Nun, wie dem auch sei. Das Intelligencia-Protokoll sieht eine 24-stündige Sperrung deines Sichtungs-Accounts vor. Da kommen wir nicht drumherum.« Ihre Hand verschwindet in ihrem Afro. »Aber«, fährt sie fort, »danach brauchen wir dich im Sonderteam der IT.«

»Hm?«, mache ich und verlagere mein Gewicht, damit die Metallfedern eine andere Stelle meines Pos malträtieren.

»Der Lapsus ist passiert, aber wenn ich dir glauben darf, hast du ja nicht böswillig gehandelt. Jemand mit solch einem Talent, der kann die Entwicklung von Intelligencia so richtig vorantreiben!«

»Und wer beobachtet dann Lex… na, ich meine, die Kulturbranche auf meinem Teil der Karte?«

»Da finden wir schon Ersatz.«

»Was? Nein! Undenkbar …« Mir bleibt die Luft weg.

»Was soll das heißen?«

»Entschuldige, aber … ich bin da gerade zu tief drin … ich … wenigstens eine Stunde am Tag, ja? Dass ich nicht den Anschluss verliere?«

»Ha, na mir soll's recht sein, solange du auf deine Stunden in der IT kommst. Du bist echt sonderbar, jeder andere würde alles liegen und stehen lassen, um aus der Sichtungszelle zu entkommen, und du möchtest weiterackern!«

»Ja, bitte! Das wäre ganz toll! Danke, ich … es tut mir leid, und ich … ich mache es auf jeden Fall wieder gut …«

»Ist schon okay. Uns allen passieren Fehler von Zeit zu Zeit.«

»Aber, Yul?«

»Ja?«

»Was werde ich denn in der IT machen müssen? Ich meine, ich weiß ja gar nicht, ob ich dafür geeignet bin!«

»Och, nicht viel … außer an Stufe *fünf* zu arbeiten!« Sie lehnt sich lachend zurück und fegt mit dem Ellbogen ihren Locher vom Tisch. »Ups!« Sie lacht weiter. »Ab morgen wirst du in den Circle of Trust von Intelligencia aufgenommen. Ist das nicht ironisch?«

Meine Blase verkrampft. Durch die Daueranspannung meiner Beckenbodenmuskulatur kann ich meine Aufregung kaum zurückhalten. »Ich weiß nicht, wie ich dir danken soll!«

»Na, nicht so schwer! Du bringst Intelligencia ans Ziel, easy, ja?« Yul zeigt die Lücke zwischen ihren schönen Schneidezähnen.

»Danke«, sage ich und pinkle ein ganz klein wenig, aber nur so, dass es niemand bemerkt.

* * *

Wenn alles vorbei ist, hilft die Bewegung nach Süden. Den Körper wegsteuern. Das Problem von seinen Wurzeln entfernen. Am Steuer meines Cervos fühle ich mich wie eine Chirurgin, die einen radioaktiven Tumor in ihrem Kofferraum aus der Gefahrenzone bringt. Dabei bin ich ja selbst der Tumor! Ohne mich wird sich das Slevogtsche Anwesen erholen. Die Wiesen werden im Frühjahr wieder aufblühen, der Geheimrat Dr. Oldenburg neue Früchte tragen und die Schweine kleine Ferkel werfen. Hoffentlich hat es nur ein bisschen gebrannt, hoffentlich sind die Tiere nicht allzu weit weggelaufen!

Hier im Auto gehe ich eine mentale Verbindung mit meinem früheren Selbst ein. All die tausend Stunden, die ich auf diesem Sitz bereits verbracht habe, bilden eine stringente Erzählung, in die meine Brandstiftung nicht so recht hineinpassen möchte. Der emotionale Durchschnitt meines Autofahrens ist ein positiver, ein zielgerichteter, und mit den Händen am Lenkrad bin ich wieder die Lexi von damals; vielleicht nicht ganz ohne Sorgen, aber wenigstens mit einer Zukunft im Gepäck.

Wer Richtung Süden fährt, ist auf einem guten Weg. Den Bodenfrost überwinden, der einem die Zehen ungelenk macht. Mein sichtbarer Atem kondensiert an der Windschutzscheibe und erinnert mich daran, dass ich doch wenigstens mit dem Rauchen wieder anfangen könnte. An der nächsten Tankstelle werde ich mir eine Familienpackung Roth-Händle holen.

Mein altes Auto-Ich wäre jetzt auf dem Weg zu einer wichtigen Ausstellung. Vielleicht hätte ich eine neue Skulpturenserie im Kofferraum und ein paar Animationen auf dem USB-Stick dabei. Die nächste Performance könnte einen Durchbruch ermöglichen. Vielleicht käme die Kuratorin der documenta ja diesmal wirklich! Die Mischung aus Angst und Ruhm, Größenwahn und Panik war jedes Mal beflügelnd. Mein klopfendes Herz schickte dann zu viel Blut in den Kopf, ein natürliches High auch ohne filterlosen Tabak.

Plötzlich habe ich den glühenden Zigarettenanzünder in der Hand und drücke ihn in meinen rechten Oberschenkel. Meine Nylonstrumpfhose bildet sofort eine ringförmige Plastikwulst, darunter sticht es in der Haut, noch lange nach der Berührung. Komisch, irgendwie scheint doch alles zu passieren.

Die vorbeiziehende Landschaft wird allmählich wieder küstiger. Roter Fels taucht in ein stilles Meer. Alle zwei Kilometer gibt es eine Haltebucht für Touristinnen. Im Prinzip ist alles sehr schön um mich herum. Wo fahre ich eigentlich hin? Ich bin kurz empört, dass ich darauf keine Antwort weiß, aber vielleicht habe ich mein Ziel auch schon erreicht. Bewegung ist Fortschritt. Nur Stillstand ist der Tod.

Auf einer Brücke kommt mir ein anderer Cervo entgegen. Für einen Moment hoffe ich, dass hinter diesem Steuer die echte Lexi sitzt, die alles noch vor sich hat. Auf dem Weg zum Husback Museum. Sie wird eine reibungslose Performance abliefern. Wessel bekommt nur ein paar von meinen Schweißtropfen ab, sonst nichts. Und die Posts danach sind gut und erhalten viele Likes. Die Menschen gehen zufrieden nach Hause und denken mit Ehrfurcht an mich. Ich wäre Lexi van Dijk, eine gefeierte Künstlerin, die auch in einem Jahr noch Kunst machen wird. Die von ihren Skulpturen lebt, Interviews gibt und fast schon genervt wäre von ihrem aufreibenden Erfolg.

Meine linke Pobacke hat eine nervöse Zuckung. Sie vibriert planlos und hochfrequent wie ein Insektenflügel. Irgendwie geht es mir nicht so gut. Ich gucke in den Rückspiegel und erkenne mich kaum wieder. Wäre das nicht ich selbst, würde ich mich wohl auf keine Freundschaft mit dieser Frau einlassen.

Meine Strumpfhose zwickt, und ich möchte sie etwas nach oben ziehen, aber sie ist jetzt mit meinem Bein verschweißt.

Ich komme an ein Autobahnkreuz und anstatt Richtung Osten in mein altes Leben zu fahren, bleibe ich auf der Route nach Süden. Ich werde mich heute weit von allem entfernen.

Nach einer Stunde mache ich Halt an einer Tankstelle und google zum ersten Mal *Lotte Slevogt.* Die obersten Suchergebnisse kombinieren ihren Namen mit dem Wort *Antisemitin,* und ich schalte mein Handy in den Flugmodus. Die vielen Anrufe und Nachrichten von unbekannten Nummern wische ich wieder ungesehen vom Display.

Ich tanke voll und zahle bar. Ich bin ja nicht ganz blöd und hinterlasse irgendeine elektronische Spur. Beim Gehen entdecke ich über dem Tresen des Tankstellenbistros einen Fernseher. Es laufen Nachrichten mit Eilmeldungen.

Shit, jetzt holt mich sicherlich doch noch die Realität ein. Ich erwarte Drohnenaufnahmen von tiefschwarzen Rauchsäulen über einem lodernden Bauernhof, in der Ecke ein uraltes Foto von mir, als ich noch jung und aufstrebend war. Doch es geht nur um einen Erdrutsch am Highway 1 in Kalifornien. Erleichtert und peinlich berührt von meinen Egogedanken trete ich aus der automatischen Tür und laufe am Rastplatz vorbei zu meinem Auto. Ein kleines Mädchen kommt mir entgegen, das aufgeregt eine Hand voll Münzen zählt. Ich starre es an, weil es so goldig ist. Das Mädchen schaut zurück.

»Wieso weinst du?«, fragt es mich.

»Ich weine nicht«, flüstere ich, aber meine Stimme verrät mich. Die Kleine greift nach meiner Hand, ihr Blick ist dabei ernst und durchdringend. Ihre Münzen fühlen sich ganz heiß an, so als habe man sie eine halbe Autofahrt lang mit der Vorfreude auf ein Eis oder einen Pølser aufgeladen.

Ich ziehe meine Mundwinkel nach oben und meine damit ein Lächeln. Das Mädchen lässt mich los. Augenblicklich spüre ich den Temperaturunterschied an meiner Hand.

»Tschüs«, sagt sie und guckt auf das rote Loch in meiner Strumpfhose. Dann läuft sie weiter, etwas schneller als zuvor.

Vom Auto aus beobachte ich sie. Im Bistro kauft sie einen Kaffee und bringt ihn raus zu ihrem Vater, der rauchend auf einer Tischtennisplatte hockt und in sein Handy starrt. Das Mädchen reißt ein Tütchen Zucker auf und schüttet es in den Becher. Der Vater macht damit kreisende Bewegungen und trinkt.

Ich fahre los und habe das Gefühl, meine nie geborene Tochter für immer zu verlassen. Ich denke an rosa Flocken, an meine Zeichnungen und Skulpturen, an aufgeplatzte Igel, an Biały Królik und Wessel Bosman. Irgendwie ist alles eins geworden in meinem Kopf, alles wird von derselben melancholischen Gefühlssymphonie begleitet. Mit den Fingerknöcheln reibe ich mir die juckenden Augenwinkel, sie sind ganz feucht. Momentan weiß ich nicht viel, doch ich weiß genau, dass ich warme Haut auf meiner eigenen brauche.

Ich öffne die erste Dose eines 12er-Packs Red Bull, das ich mir anscheinend gekauft habe. Seit wann trinke ich so etwas? Aber ich stelle nichts mehr infrage. Über die große Packung Zigaretten auf dem Beifahrersitz wundere ich mich auch nicht. Das Red Bull ist vielleicht das Leckerste, was ich je geschmeckt habe. Ich zünde eine Pall Mall mit dem Zigarettenanzünder an. Das Ding stinkt nach geschmolzener Strumpfhose.

Krampfhaft versuche ich mich zu erinnern, wie sich Wessels Haut angefühlt hat, als ich auf ihm drauf gelegen bin. Sein Nacken war sicher ziemlich warm an meinem Ellbogen, aber ob er mich auch streicheln würde? Wenn er mich streicheln würde, wäre alles wieder gut, das habe ich im Gefühl. Es würde bedeuten, dass es keinen Menschen mehr auf der Welt gäbe, der mir das Schlimmste wünscht. Und das ist ja die Voraussetzung für ein gutes Leben.

Ich deaktiviere den Flugmodus meines Telefons, um Wessel ein Herz zu schicken. Ein Herz von einer Frau ist immer ein guter Anfang, das glättet die Wogen und ebnet den Weg. Und er wollte ja mit mir reden! Es erstaunt mich, wie einfach es ist, ein Handy während der Fahrt zu bedienen. Was haben die Leute eigentlich für ein Problem?

Ich gehe auf Wessels Profil, doch seine ganze Wall ist leer, bis auf ein einziges Foto. Habe ich seinen Namen falsch eingegeben? Doch nach mehrmaliger Überprüfung bin ich sicher, dass es sich um seinen Account handelt. Ich tippe auf den einsamen Post und sehe mir das Bild an. Es zeigt Wessel auf einer Wiese. Er sitzt mit freiem Oberkörper im Rollstuhl und streckt seine Hände gen Himmel, als würde er ein Kind fangen wollen, das aus dem Fenster gefallen ist. Er strahlt übers ganze Gesicht. Hinter ihm ist ein großes Zelt zu sehen, und um ihn herum sitzen mehrere Menschen in beige Leinen gehüllt auf dem Boden. Der Text darunter lautet:

#erleuchtet! Die alte Hülle ist verglüht, der wahre Kern entblößt. Echte Follower folgen einem überall hin.
#lynderholm #islandlife #habitat

Wessel wirkt in dem Post wie ausgewechselt. Er hat ein volleres Gesicht bekommen, sein Sidecut ist herausgewachsen, seine Haare strahlen noch heller im Licht der Morgensonne. Ich öffne Google Maps und drücke auf das Mikrofonsymbol. »Lynderholm«, sage ich und tippe anschließend auf *Route*. 1422 Kilometer! Meine Güte, wo hat es ihn bloß hinverschlagen? Lynderholm scheint eine kleine Ortschaft zu sein, umgeben von vier winzigen Inseln. Maps zeigt das letzte Stückchen mit einer Fähre an.

Ich habe jetzt ein Ziel.

* * *

Mit einem gemischten Gefühl zwischen gefeuert und befördert trete ich auf den Vorplatz der Firma und starre etwas verloren in den Himmel. Die Wolken reichen noch nicht für ein Foto, aber eine Stunde mehr Südwind, und die Altocumulus-Formationen könnten sich durchaus in meiner Sammlung sehen lassen.

Meine Unterhose ist mittlerweile wieder trocken und ich schiebe mein Fahrrad durch die Meute an Protestlern. Den meisten nicke ich zu, einfach weil ich sie in den letzten Jahren deutlich öfter gesehen habe als meine eigene Familie. Wenn sie wüssten, was bei Intelligencia gerade im Gange ist, würden sie die Mistgabeln aus ihren Zelten holen. Der direkte Eingriff in die laufende Simulation wäre das Zünglein, das ihr Fass zum Überlaufen brächte.

Ich radle los. 24 Stunden Zwangspause, meine Stadt liegt nun ausgebreitet und voller Potenzial vor mir. Eine Atmosphäre wie vielleicht zuletzt im Schullandheim, als man ohne Aufsicht den Ort erkunden durfte. Man kann überall hin und darf alles kaufen, während andere gerade in der Schule sitzen und Prüfungen haben.

Die Straße zwischen Kapitol und Fischmarkt ist stark frequentiert. Viele Eltern laufen mit ihren adoptierten Kindern an den Cafés und Buden vorbei und ich überlege, ob gerade Schulferien sind. Ich gucke auf meinen Terminal. Anfang Oktober, stimmt, da hatte ich früher auch Herbstferien, als das Leben noch überschaubar war und die Maschinen noch zu dumm waren, ihre eigene Existenz zu reflektieren.

An der Kreuzung Siebte und COY-Garten betrete ich ein Café und bestelle den aufwändigsten Eisbecher. Ich möchte zusehen, wie jemand Essen für mich macht, sich so richtig Mühe gibt, nur damit es mir schmeckt. Der junge Mann hinter der Glasvitrine schält eine Banane und halbiert sie. Mehrere

Soßen und Flocken kommen auf die fünf Kugeln Corn-Eis. Beim Bücken gibt sein weit ausgeschnittenes Top eine gepiercte Brustwarze preis.

»Voilà, dein Familienspaßbecher ist fertig!« Der schöne Mann zwinkert mir zu, und ich nehme das Glasschiff mit beiden Händen entgegen. In der Ecke zwischen den Zimmerpalmen ist noch ein Beistelltisch frei, und ich dränge mich an den vielen Menschen vorbei. In diesem Gewächshaus bricht sich die Herbstsonne in tausend Strahlen, und ich bin der einzige Fremdkörper darin. Von einem einzelnen Mann, der etwas Geselliges tut, geht immer eine latente Bedrohung aus.

Normalerweise säße ich jetzt vor meinen Bildschirmen und hätte Lexi doppelt und dreifach vor Augen. Ich wäre nicht allein, denn sie würde mich und mein Denken ausfüllen. Hier in diesem Café wird mir ihre Abwesenheit derart schmerzlich bewusst, als erlebte ich eine reale Trennung von meiner Partnerin. Wie es wohl wäre, mit Lexi hier zu sitzen und einfach ein Eis zu essen? Sich in die Augen zu sehen und kleine Belanglosigkeiten auszutauschen? Sich berühren zu können? Ich würde ihr jetzt ein Küsschen geben, und sie könnte zum Beispiel lächeln und so etwas sagen wie, *das nächste Eis geht aber auf mich.* Ich müsste mit Lexi nicht ans Ende der Welt reisen, um ihr meine tiefe Liebe zu demonstrieren. Ein Eis würde schon genügen.

Ich steche meinen Löffel in die Schlagsahne und fülle meinen Mund damit aus. Es schmeckt verboten gut. Früher hat Sahne nur süß geschmeckt, aber durch die Pillenkur erschmecke ich zum ersten Mal die schwere, beinah ordinäre Kuhnote, das Fette, Tierische daran, den Zucker. Ich möchte nun das Eis aus Maisstärke probieren, da kommt es mir bereits säuerlich hoch und brennt die Kehle hinauf. Mir entfährt ein ungutes Geräusch. Ein Junge am Nebentisch lacht mich an. Jetzt gucken auch seine Eltern. Ich stehe auf und trage meine Eiskreation zurück zur Theke. Der schöne Eismann wirft mir einen ironischen Blick zu, als habe er mit meinem Scheitern bereits gerechnet. Verstohlen gucke ich in seine Augen.

»Packst du mir das bitte ein?«

»Einpacken? Ich habe noch nie einen Eisbecher eingepackt.«

»Habt ihr nicht diese Styroporbehälter für zu Hause?«

»Die sind leider nicht umsonst.«

»Ist egal.«

Der Typ hält mein Glasschiff schräg über eine weiße Box, die Eiskreation fällt in sich zusammen und sieht gegessen aus.

»Danke«, sage ich und halte ihm eine Münze hin. Er greift danach und streichelt mir dabei nonchalant über den Handrücken. Dann zieht er ein Plastikkärtchen aus seiner Hosentasche und gibt es mir. Vor der Tür sehe ich es mir an.

Chlorstein Planet ™
Mil Dix
DJ / VJ / Equipment
terminal: 4-02-mdychsle

Die letzte Zeile ist handschriftlich hinzugefügt worden. Ich lege meine Styroporbox dem nächsten Obdachlosen in den Schoß und finde mich für einen Moment sehr großzügig. Mit meinem Fahrrad zurück auf der Straße blicke ich noch einmal über meine Schulter und sehe, dass der Mann die Box desinteressiert zur Seite gestellt hat und ein Bier trinkt. Ich fahre an den vielen Protestplakaten vorbei Richtung Strand.

Die Klippen, die über Kilometer hinweg die Stadt vom Strand trennen, erreiche ich nach fünfzehn Minuten. Unglaublich, wie eindrucksvoll die Natur von hier aus wirkt. Mir eröffnet sich ein unerhörtes Panorama. Der Himmel sieht aus wie ein Testblatt für eine neue Packung Aquarellfarben, überall schimmert ein anderer Farbton durch die Altocumulus-Wolken, die nun tatsächlich ein Foto wert geworden sind. Ich halte meinen Terminal in die Luft und sage, »Klick«.

Anschließend öffne ich mein Navigationsprogramm und frage, »Wann war ich das letzte Mal hier?«

Ein kleiner Ladepunkt rotiert über dem Display, bis ein Datum angezeigt wird, das über zwei Jahre zurückliegt.

»Was ist nur aus mir geworden«, murmle ich vor mich hin, doch mein Terminal fühlt sich angesprochen. Der Punkt zieht seine Kreise, benötigt aber länger als sonst. Irgendwann verschwindet er und die Stimme aus dem Kästchen sagt, »Ich weiß es nicht.«

Die Antwort wirkt auf mich überraschend profund und bestätigt meine Selbstzweifel. Unten am Strand gehen noch mehr Familien und verliebte Glitcher spazieren. Barfuß weichen sie den Wellen aus, fotografieren sich, liegen sich in den Armen. Vor der Treppe zum Strand steht ein Verbotsschild für Humanoide. Nicht aus Schutz für die Menschen, sondern wegen der feinen Sandkörnchen und der feuchten Luft. Dennoch frage ich mich, ob EL traurig ist, wenn sie an solchen Schildern vorbeikommt. Wobei *traurig* sicher der falsche Begriff ist. Eher, ob sie sich in solchen Momenten statistisch errechnet, dass Traurigkeit eine angemessene Reaktion wäre, um menschliches Verhalten für die Außenwelt zu imitieren.

Der Wind hier oben lässt mich frösteln. In Gedanken drücke ich Lexi ganz dicht an mich heran und halte sie an ihrer Taille fest. Und da sie auch frösteln würde, ziehe ich, ohne zu zögern, meine Jacke aus und lege sie behutsam um ihre Schultern. Ich stehe da wie ein Torero mit flatternder Jacke.

Wie schön es jetzt mit ihr auf dem Bauernhof wäre. Ich könnte sie trösten und ihr alles ganz genau erklären. Sie würde aufatmen, weil ich sie von ihren Selbstzweifeln erlöse. Iannis ist wirklich tot, und du bist nicht verrückt! Sie würde mich für diese Erkenntnis sicher liebhaben.

Ich sehne mich nach der Schlichtheit der Simulation, in der nicht alle den ganzen Tag in ihren Terminal starren oder von irgendwelchen Eisverkäufern angemacht werden. Unten am Strand schreit jetzt ein Obdachloser und schmeißt irgendetwas ins Wasser. Instinktiv zuckt mein rechter Zeigefinger. Es ist für mich unerträglich geworden, nicht die gesamte Geschichte einer Person mit einem einzigen Mausklick vor mir ausbreiten zu können. Wie soll man mit all diesen vielen fremden Geheimnissen durchs Leben gehen? Wie soll man eine Welt ertragen, von der das meiste für immer im Verborgenen bleibt?

Bei Lexi könnte ich jetzt schnell mal gucken, was es mit dem Typen so auf sich hat, und ihr die Angst nehmen. Nichts würde mich dort überraschen oder überfordern. Ich schließe die Augen und merke, dass ich all meine Eindrücke und Gedanken in Relation zu Lexi setze. Ohne sie gibt es mich nicht mehr.

Ich habe genug von der schönen Aussicht und gehe in einen Supermarkt, weil ich keine Pillen dabei habe und sich der Hunger in meinem von Sahne übersäuerten Magen meldet. Die Ration aus dem *Tantra* hat überhaupt nicht vorgehalten. Unbeholfen schleiche ich durch die Gänge und finde mich kaum zurecht. Alle Regale sehen gleich aus. Im Gegensatz zu früher gibt es keine Werbung mehr zwischen den Reihen, keine Poster oder Farben an den Wänden. Die anderen Kunden sind ausschließlich Humanoide, die für ihre Besitzer den Einkauf machen. Seit ich EL habe, war ich ja auch nicht mehr in solch einem Laden. Die Maschinen sehen mich etwas schräg an, schon wieder fühle ich mich fehl am Platz, dabei müsste es eigentlich umgekehrt sein. Irgendwann finde ich eine kleine Dose mit meinen Pillen, doch sehe ich weit und breit keine Kasse, um sie zu bezahlen. Ich gehe in Richtung Ausgang und versuche zu verstehen, wie es die Humanoiden machen, da rempelt mich jemand von hinten an. Ich wende mich um und sehe einen männlichen Humanoiden, der eine Metallbox voller Einmachgläser hinter sich her zieht.

»Ey, geht's noch?«, entfährt es mir deutlich lauter als gedacht, noch mehr künstliche Augen richten sich auf mich.

»Ich wollte nur vorbei«, sagt die Maschine mit leerer Miene.

»Du hast dir deine Manieren echt von den falschen Sitcoms abgeguckt!« Ich erkenne mich kaum wieder.

»Ich wollte nur vorbeigehen«, wiederholt der Humanoide.

»Sag mir wenigstens, wo hier die Kassen sind.«

»Kassen?«, wiederholt er langsam.

»In welcher Betaversion bist du denn hängengeblieben? Kassierer an Gummibändern! Die müssen hier ja irgendwo sein!«

»Ich weiß es nicht.«

Seine Stimme erinnert mich an meinen Terminal. Ironischerweise macht das Zugeben von Wissenslücken die Humanoiden irgendwie menschlicher als alles andere.

»Wie kaufe ich diese Scheiße hier?!«, schreie ich jetzt.

»Kaufen? Ach so, um eine Ware zu erwerben, geht man mit ihr durch den Scanner am Ausgang. Der Inhalt deiner Tasche wird erkannt und das Geld wird automatisch von deinem Terminal abgebucht.«

»Ich nehme die Sachen einfach mit raus, das war's?«

Der Humanoide nickt, und ich möchte ihm mit aller Kraft eine reinhauen, dabei ist das System an sich ja durchaus praktisch. Es ist kaum zu glauben, welche aufgestauten Aggressionen diese Maschinen in mir wecken.

Draußen ist die Sonne weg, und auch weniger Menschen sind auf der Straße, als hätten sich alle abgesprochen. Ich öffne meine Pillendose und schmeiße das kleine Päckchen mit dem Luftentfeuchtergranulat neben den Mülleimer. Ich möchte ein bisschen asozial gegen die Welt sein. Dafür bleibt mir die Pille im trockenen Hals stecken, ich muss unkontrolliert husten. Der Humanoide von gerade eben verlässt den Laden und kommt an mir vorbei. Er hört mich röcheln und klopft mir auf den Rücken. Völlig unabhängig davon rutscht die Pille endlich den

Hals hinunter. Mit geröteten Augen starre ich den Typen an.

»Seit wann dürft ihr fremde Menschen berühren?«, huste ich.

»In Notsituationen stellen wir das körperliche Wohl der Menschen über etwaige ethische Richtlinien. Schon seit dem Update Anfang des Jahres.« Der Humanoide sieht das Granulatpäckchen auf dem Boden liegen und wirft es in den Müll. »Tschüs«, sagt er und kehrt mir den Rücken zu.

* * *

Wessel, ich fahre zu dir! Und ich werde es wiedergutmachen, das verspreche ich dir! Auf Lynderholm werden wir uns auf einer spirituellen Ebene begegnen, über das Leben philosophieren und erkennen, dass wir alle tief miteinander verbunden sind. Seit ich in dich eingedrungen bin, deine Wirbel auseinandergedrückt habe, ist dein Schicksal auch mein Schicksal geworden, und umgekehrt. Wir werden uns den gegenseitigen Halt geben, den wir beide so sehr brauchen. Obwohl ich dich nicht kenne, habe ich das Gefühl, mit dir aufgewachsen zu sein. Ich stelle mir vor, wie wir gemeinsam zur Schule gingen, Golfbälle klauten und wilden Wein von Häuserfassaden rissen. Du bist kein Fremder, vielmehr ein Teil von mir. Das fehlende Puzzlestück meines Lebensrätsels. Ich bewundere dich, dass du dein Trauma … nein, unser Trauma, so konstruktiv verwandeln konntest! Gemeinsam werden wir auf die nächste Stufe steigen und auf dem Weg noch weiteren Menschen helfen. Ich sehe es direkt vor mir!

In Gedanken formuliere ich Sätze an Wessel, mögliche Botschaften, die gar nicht dafür gedacht sind, jemals bei ihm anzukommen, vielmehr schicke ich sie durch die Windschutzscheibe in Richtung des Pinienwaldes, der sich an den Rand der Autobahn schmiegt. Irgendwo wird Wessel diese Energie schon erreichen.

Ich kratze mein Bein und leere die dritte Dose Red Bull. Zum ersten Mal seit meinem Unfall gibt es da etwas außerhalb von mir, auf das ich hinfiebere. Ich kann nicht mehr alleine ich selbst sein und in Wessel sehe ich eine Leinwand, auf der ich all meine Hoffnungen für die Zukunft verewigen werde. Auf Lynderholm könnte ich einen neuen Namen haben, mein Äußeres verändern und der Gruppe nützlich sein. Ich könnte dort heilen und meine Wahnvorstellungen loswerden! Keine geschmolzenen Männer mehr, nur noch Echtheit um mich herum!

Die Sonne steht gefährlich nahe über den Bergen und drängt mich von der Straße. Ich nehme die nächste Ausfahrt, die mich in ein Dorf führt. Die Schilder verweisen auf eine größere Stadt hinter dem Dorf, aber die vielen vereinzelten Häuschen mit ihren reetgedeckten Dächern und dem dichten Schornsteinrauch ziehen mich magisch an. Ist es nicht genau diese heimelige Atmosphäre, die ich mir vom Slevogt Gut erhofft hatte? Was habe ich nur falsch gemacht? Durch die Gardinen leuchtet es warm zur Straße hinaus. Hinter mir hupt ein Traktor, weil ich ihm zu langsam fahre. Der Fahrer überholt mich, winkt mir aber freundlich zu. Ich möchte hier die Nacht verbringen.

Die Straße macht eine Kurve und führt über einen Fluss. Dahinter breiten sich Maisfelder aus. Ich freue mich, dass ich zum ersten Mal seit Jahren eine echte Vogelscheuche sehe. Auf dem Hut dieser Figur sitzt eine Krähe und lässt mich schmunzeln. Am Ende des Feldes schließt ein Garten an, in dessen Mitte ein uriges Haus wie ein Pilz aus dem Boden wächst. Es hat sein Dach tief in die Stirn gezogen.

Am Gartenzaun ist ein Schild angebracht:

Haus Stechlin – Zimmer Frei
Empfang bis 17 Uhr

Ich halte auf dem Schotterweg vor dem Haus. Es ist schon halb acht, aber am Fenster erkenne ich eine blonde Frau, die ganz wach und freundlich wirkt. Sie hält inne und wirft einen Blick in Richtung meines Cervos. Beim Aussteigen fallen einige Getränkedosen aus der Tür, die ich eilig aufhebe. Es ist frisch hier im Dorf, ich bin wohl noch nicht südlich genug.

Durch das Ausschalten des Radios merke ich erst, in welcher Klangkulisse ich die letzten Stunden verbracht habe. Es scheint schon zu spät für das Nachtlied der Vögel zu sein, keine Grille ist zu hören, kein Hund, nur das sanfte Rauschen der Autobahn hinter den Hügeln.

Die Frau im Fenster sieht mir jetzt direkt in die Augen, und ich mache eine ganze Reihe pantomimischer Gesten über den Vorgarten hinweg. Ich zeige mit beiden Händen auf mich, dann aufs Haus, halte mit geschlossenen Augen meine zusammengepressten Hände ans rechte Ohr und zucke entwaffnend mit den Schultern. Die Frau dreht sich von mir weg, sagt irgendetwas zu einer Person, die ich nicht sehen kann, dann lächelt sie und winkt mich zu sich.

Bevor ich klopfen kann, öffnet sich die Tür. Ein kleines Mädchen, das ich asiatisch lese, steht dahinter und mustert mich neugierig. Ohne etwas zu sagen, lacht sie mich an und tänzelt von einem Bein aufs andere.

»Hallo, danke! Wer bist du denn?«, frage ich mit eigenartig heller Stimme und merke, dass ich mich so gut wie nie mit Kindern unterhalte.

»Sumi«, sagt das Mädchen. Ihre Mutter kommt aus dem Nebenzimmer und reicht mir die Hand. Ich räuspere mich, mein Hals fühlt sich an, als hätte ich eine Kippe verschluckt. »Ich bin Lexi. Sorry, dass ich hier so spät noch …«

»Ach, alles gut. Wir hatten seit zwei Wochen keinen Gast mehr. Fleur Stechlin, hallo!«

»Seit drei Wochen!«, sagt ein Mann, der auch zur Haustür

kommt, an seiner Hand hat er einen kleinen Jungen. Er ist nicht asiatisch. »Mathis Stechlin, hallo. Und das hier ist Taro.«

»Ich kann es selber sagen!«, sagt Taro und macht sich von der väterlichen Hand los. Er kommt auf mich zugesaust, aber ich habe keine Ahnung, wie man mit kleinen Kindern umgeht. Soll ich ihn umarmen oder hochnehmen und durch die Luft schleudern? Ich reibe seine Schulter und sage, »Hi, Taro! Ein cooler Name!«

Er strahlt, dann rennt er hinter den Rücken seiner Mutter, wo sich auch Sumi mittlerweile eingefunden hat. Diese vier Menschen bewegen sich schnell durch den schmalen Gang, in einer ganz ungewohnten Dynamik. Andere verbringen ihr Leben grundlegend anders als ich.

Meine Schleimhäute klaren langsam auf und entziffern den schweren Selleriegeruch aus der Küche, den ich anfangs für den Familiengeruch der Stechlins hielt.

»Ich würde gerne die Nacht hier verbringen. Aber, gibt es in der Nähe eine Wirtschaft? Ich müsste noch etwas essen.« Ich sage das ohne Kalkül, weiß aber trotzdem, was jetzt kommt.

»Ach was, Wirtschaft! Ich muss die halbe Sellerie-Ernte verbraten, da kommen Sie gerade gelegen, Frau …«

»Wir können uns gerne duzen.«

Sumi zieht an meiner Jacke. »Ich zeig dir Chips und Dot!«

Ich werfe den Eltern einen entschuldigenden Blick zu und lasse mich von Sumi in die Wohnstube ziehen. Das Mädchen flitzt in die Ecke des hölzernen Raums zu einer Art überdimensionalem Kinderbett und reißt ein Gatter auf. Sofort kommen zwei Ferkel herausgestürmt und toben über den Hochflorteppich. Sie überschlagen sich fast und geben herzerweichende Geräusche von sich. Als die Tiere mich entdecken, schwänzeln sie um meine Beine und schnüffeln ganz inbrünstig an meinen Füßen. Im Gegensatz zu einer Katze oder einem Hund sind sie einfach aufrichtig an mir interessiert, ohne sich bedroht zu fühlen oder ihr Revier verteidigen zu müssen. Man könnte es als Naivität bezeichnen oder als Erleuchtung. Ich muss an meine Slevogt-Ferkel denken und bekomme Bauchweh.

»Die sind ja süß«, sage ich, und es klingt gespielt, dabei meine ich es so.

»Das hier ist Chips, nein, das hier. Und das ist Dot, genau. Ihre Mutter hat ein ... Mami! Was hat Celia noch mal? Ah, genau, ein Geschwür! Und so lange sind ihre Kleinen bei uns drinnen, damit die das nicht aufknabbern! Magst du eins mal halten?«

Ich gehe in die Hocke und lasse mir von Sumi ein Ferkel in den Arm legen. Ich atme tief durch und möchte kurz kein Mensch mehr sein.

»Hat die Mutter nur zwei Junge bekommen?«, frage ich.

»Die anderen sind gestorben«, sagt Sumi trocken. Dot kriecht mir in die Achsel und wird ganz still. Sumi sagt, »Jetzt ist es in einer Höhle drin! Das mag es. Papi, guck, Chips, äh, Dot ist in der Höhle!« Sie kichert und schmeißt sich auf den Boden. Sofort kommt das andere Ferkel auf sie zu und schnüffelt an ihrer Nase. Wie von der Tarantel gestochen rennt jetzt auch Taro durchs Zimmer, dreht ein paar Runden und lässt sich neben Sumi auf den Boden fallen. Der Junge liegt auf dem Rücken und streckt seine Arme nach mir aus. »Gib!«

Ich setze ihm Dot auf den Bauch, und Kinder und Schweine verschmelzen zu einem schnellen, wilden Knäuel. Vater Mathis zieht eine grobmaschige Häkeldecke vom Sessel und breitet sie über den Vieren aus. Er macht ein grollendes Geräusch wie von einem Comic-Monster. Das Kichern, Glucksen und Grunzen unter dem Stoff lässt die dünnen Fensterscheiben vibrieren.

»Höhle!«, schreien beide Kinder.

Der Stoff über den Kindern schlägt Wellen. Hinter mir deckt Fleur den Tisch. »So, jetzt ist's aber gut, okay? Essen ist gleich fertig!« Die Mutter zieht die Decke von den Kindern ab, welche lauthals protestieren und mit den Beinen in der Luft strampeln. Fleur verdreht entnervt die Augen und rümpft ihre Nase. »Ach, nee, oder? Jetzt habt ihr euch eingesaut! Das gibt's doch nicht! So eine Schweinerei! Komm, Taro, Sumi, Händewaschen und den Pulli ausziehen!«

Fleur verschwindet mit den Kindern ins Bad, da drückt mir Mathis ein dunkles Bier in die Hand. Das Glas ist perfekt eingeschenkt. »Prost«, sagt er und zwinkert mir zu. Mathis sieht sehr gut aus, und obwohl er ein Vater ist, scheint er nur ein oder zwei Jahre älter als ich zu sein.

»Prost. Und danke«, sage ich, »du hast eine gute Familie.« *Gut* ist ein komisches Wort, aber jedes andere Adjektiv kommt vielleicht etwas übergriffig von einer Fremden, die die Familie erst seit zehn Minuten kennt.

Mathis schließt anerkennend die Augen und trinkt in einem Zug sein halbes Glas leer. »Ah, gut, ja«, sagt er, und in diesem Moment verstehe ich, warum es Bier gibt.

Mit den Füßen manövriert er die Schweine in den Laufstall und schließt das Türchen hinter ihnen. Er zeigt auf die Bank in der Sitznische und ich schlängle meine Beine an dem wuchtigen Tischgestell vorbei. Auf der Holzbank liegen diese Lammfelle anstelle von Kissen. Ich finde so etwas normalerweise ganz schlimm, aber in diesem Gesamtambiente hat es gemütliche Konsequenz. Ich stelle mir glückliche Schafe im Garten der Stechlins vor, die nach einem natürlichen Tod noch zu Sitzwärmern verarbeitet wurden. Eigentlich ganz unbedenklich, auch wenn es nicht vegan ist.

Fleur kommt mit dem Kochtopf in die Stube und treibt ihre Kinder vor sich her. Ihr Gesicht ist auffallend unmüde, denke ich. Sie sieht mir sogar ähnlich, nur fehlt ihr eben dieser traurige Schleier im Gesicht.

»Ihr habt ja schon die Schlafanzüge an«, sagt Mathis, und seine Frau antwortet, »bevor ich die zweimal aus- und anziehe!«

Die Kinder sehen gemütlich aus. Frotteemäßig. Mathis tippt auf seinem Handy herum, und aus der Bluetoothbox auf dem Fensterbrett säuselt Conny Francis' *Schöner fremder Mann*.

»Mensch, du immer mit deinen Oma-Schlagern!«, beschwert sich Fleur.

»Ist doch nur für die Stimmung.« Mathis lacht und trinkt sein Glas leer. »Ich meine das ja nicht ernst. Aber schön ist es trotzdem.« Mit einem befriedigenden Geräusch öffnet er die nächste Flasche. Fleur verteilt einen Gemüseeintopf auf den Tellern, und es ärgert mich, dass die Mutter so mütterlich ist, und der Vater so väterlich, obwohl beide in ihren Dreißigern sein müssen. Aber irgendwie liebe ich es auch.

»Danke für die Einladung, das ist wirklich sehr nett von euch«, sage ich.

»Aber natürlich, das gehört doch zum Stechlin-Wohlfühlpaket dazu«, sagt Fleur. »Guten Appetit!«

Erst jetzt beginnen die Kinder zu essen, und obwohl es Gemüseeintopf ist, scheint es ihnen zu schmecken. Mathis schweigt und wippt mit dem Kopf, aber Fleur gefällt die Schlager-Stille nicht. Sie fragt mich, »Und was bringt einen so nach Frithjof um diese Jahreszeit? Nach dem Kürbisaustreiben ist hier eigentlich bis zum Frühling kein Tourist mehr.«

»Ich bin auf der Durchreise«, murmle ich, »und besuche einen Freund im Süden. Es wurde so dunkel, da dachte ich, jetzt muss ich was für die Nacht finden. Mit so viel Glück habe ich natürlich nicht gerechnet.«

»Schön. Der Süden ist schön, ja. Und du bist sicher eine von diesen digitalen Nomaden, oder? Die ihren Job in jedem Café der Welt machen können?«

Ich finde die Frage irgendwie unangenehm und vermessen, aber in Fleurs Stimme schwingt waches Interesse und potenzielle Bewunderung mit.

»Na ja. Ich bin … Künstlerin. Aber ich komme normalerweise viel rum, weil ich eigentlich weltweit Ausstellungen habe.« Das so auszusprechen macht mir bewusst, dass ich dieses Leben nie wieder führen werde. Ich komme mir wie eine Hochstaplerin vor.

»Stark!«, sagt Fleur und Mathis nickt. Obwohl er so ruhig ist, habe ich das Gefühl, mit beiden zu reden. So, als würde Fleur seine Sätze für ihn mitsagen, damit er in Ruhe essen und trinken kann. »Das muss doch toll sein, die ganze Welt zu sehen und das noch mit der Kunst zu verbinden! Ich komme manchmal ein ganzes Jahr nicht aus dem Land …« Sie legt den Löffel ab und wuschelt Taro durch die Haare. »Du sollst doch nicht so viel Salz«, ermahnt sie ihn und stellt den Salzstreuer zurück. »Und hast du gerade eine Ausstellung?«

»Ich hatte eine, aber die ist jetzt vorbei.«

»Wo denn?«

Ich fühle mich wie eine Brandstifterin auf der Flucht. »In … London«, lüge ich. »ist aber nur so ein kleiner Offspace …«

»Nur so ein kleiner Offspace in London«, hustet Mathis. »Wie das klingt. Richtig gut!«

Auf einmal möchte ich nicht mehr in dieser perfekten Familie sitzen und ihr Essen essen und sie anlügen. In meiner Kehle brennt es, dabei ist der Eintopf nicht scharf. Ich muss husten und Mathis klopft mir auf den Rücken. Für einen Moment frage ich mich, ob es diese Familie wirklich gibt oder ob ich mit Rauchvergiftung in der Slevogt-Garage liege und Iannis noch lebt.

Fleur reicht mir eine Serviette, und ich wische mir die Augen ab. »Sorry«, sage ich. Sumi schaut mich an und überlegt etwas.

»Papi«, sagt sie, »Lexi kann doch morgen mit uns kommen!«

Und Taro sagt, »Jaa!«

Ihr Vater schüttelt verwundert den Kopf. »Sumi, sie hat doch sicher keine Zeit für so was, sie ist ja auf Durchreise!«

»Um was geht's denn?«, frage ich.

»Ach, morgen verkaufen wir unseren Saft auf dem Wochenmarkt. Wir haben noch ein Feld mit Sanddorn, Acerola, Birnen und Rhabarber.«

Die Vorstellung, dass eine ganze Familie einmal die Woche Saft auf einem Markt verkauft, ist merkwürdig traumhaft. Eine unbeschreibliche Sehnsucht nach diesem Bild erfüllt mich, aber ich will nicht Fleur sein, sondern Sumi.

»Das klingt wunderschön«, flüstere ich und ernte leicht verwirrte Blicke.

»Könnte mir schon Schöneres vorstellen«, lacht Mathis. »Meine Bilder in einem Offspace in London zu zeigen, zum Beispiel.«

»Was malst du denn?«, fragt Fleur, und ich spare mir meine Performance-Aufklärung.

»Ach, so dies und das. Vor allem ... leere Räume, Nischen. Licht und Schatten. So was in der Art.«

»Toll! Das muss ich mir unbedingt mal ansehen. Wie ist deine Homepage?«, fragt Mathis.

»Ich ... habe keine.«

»Ernsthaft? Wahnsinn! Das muss toll sein. Ich hasse es, unsere Saftseite zu aktualisieren! Na gut. Dann google ich dich einfach. Wie ist eigentlich dein Nachname?«

Die Neugierde fremder Leute hätte ich antizipieren müssen. Sonst erwarte ich ja genau dieses interessierte Herumgestochere von Leuten, die mich frisch kennenlernen. Ich sage etwas und bin selbst gespannt, was ich mir jetzt einfallen lassen werde.

»Lexi ... Gould. Aber, da findet man nichts, ich arbeite unter einem ... Pseudonym. Ich schicke euch morgen früh einfach einen Link meiner Galerie, okay? Ich bin nicht so gerne dabei, wenn Leute meine Werke am Handy durchscrollen. Deswegen meide ich Social Media. Meine Arbeiten wirken eigentlich nur im Original. Das muss man mit eigenen Augen sehen.«

»Ist eh furchtbar, immer mit deinem Handy am Tisch«, sagt Fleur zu ihrem Mann und lächelt mir zu. »Dann müssen wir wohl mal nach London kommen!« Sie sagt das auf eine Weise, die klar macht, dass eine Reise nach London so wahrscheinlich ist wie ein sprechendes Ferkel.

»Jaaa!«, schreien die Kinder, und Fleur scheint zu wissen, dass London nach dem Essen schon wieder vergessen sein wird.

»Es war wirklich richtig lecker«, sage ich, »aber ich kann nicht mehr. Ich würde mich schon mal hinlegen. Die Fahrt war echt lang heute.«

»Jetzt schon ins Bett? Aber wir spielen gleich noch *Klatterwang*!«, protestiert Sumi, und Taro kreischt, »*Klatterwang*!«

Fünf Minuten später liege ich in einem kleinen Mansardenzimmer und starre an die schräge Decke. Hinter meinen Augenlidern tobt es, aber ich versuche, nicht hinzuhören. Um drei Uhr morgens bin ich immer noch wach. Mein Herz rast vor lauter Red Bull.

* * *

Ich wusste, dass es keine gute Idee ist, den grauen Anzug aus dem Keller zu holen. Das letzte Mal hatte ich ihn an, da habe ich in einer anderen Stadt gewohnt und mich für Biologie interessiert. Ich spüre diese fremde Hülle mit jedem Schritt und merke genau, dass der Anzug eine andere Körperform erwartet. An den Schultern geht er demonstrativ auf Abstand und zwickt dafür an der Hüfte. Hölzern schließe ich mein Fahrrad im Foyer der Firma ab. Beim Einfädeln der Kette durch das Hinterrad spannt der Stoff am Rücken wie eine Zwangsjacke. Eigentlich wollte ich eine Rikscha nehmen, nur wurde mir vor dem Verlassen meiner Wohnung so übel, dass ich keinen Smalltalk ertragen hätte.

In der Nachricht von Yul steht eine lange Wegbeschreibung zu meinem neuen Arbeitsplatz. Ich hielt das zuerst für übertrieben, würde ich doch eine Raumnummer selbst finden können, aber dann ging es um Pincodes für das Rückgebäude und eine labyrinthartige Abfolge von Gängen und Brücken.

Im Aufzug des Rückgebäudes müffelt es nach altem Wasser. Da ich alleine bin, ziehe ich mir das Revers meines Jacketts an die Nase und rieche. Auch das noch. Ich habe den Geruch meines Kellers in die Firma geschleppt. Im vierzigsten Stock angekommen verlasse ich den Pfad der Wegbeschreibung und gehe auf die Toilette. Auf dem Kasten mit den Handtüchern steht eine Flasche mit Raumduft, deren Inhalt ich auf das Papier träufle und damit meinen Anzug einreibe. Das feuchte Papier löst sich auf und hinterlässt weiße Krümel auf dem Stoff. Ich schüttle mich und klopfe meinen ganzen Körper ab. Leicht schwitzend durch die ungeplante Anstrengung gehe ich den Gang hinunter und klopfe an die Tür des IT-Werkraums. Ich bin gerade noch pünktlich. Von innen höre ich eine dumpfe Stimme, die ich als Aufforderung zum Eintreten interpretiere.

»Ach, Sol, guten Morgen! Dann sind wir ja jetzt vollzählig!« Yul löst sich aus dem Kreis einer kleinen Menschengruppe und kommt auf mich zu.

»Guten Morgen«, sage ich.

»Willkommen im Herzen von Intelligencia«, setzt Yul fort. »Oder sollte ich besser sagen, im Gehirn? Als Spezialist für Programmierung und so was wird dir unsere Büro-Ausstattung sicher gut gefallen. Guck mal hier!«

Yul zeigt auf eine Reihe halboffener Kabinen, die durch Trennwände voneinander abgegrenzt sind. Darin stehen Bildschirme und Tastaturen aus Aluminium. Diese Kabinen sind deutlich kleiner als meine Sichtungsstation. Ich lasse meinen Blick durch den Raum schweifen. Die Wände sind glatt und weiß, so auch die Decke, der Boden scheint aus Beton zu sein.

Meterhohe Fensterfronten eröffnen auf der Südseite einen ganz ungewohnten Blick auf die Ostviertel der Stadt.

Die Atmosphäre hier ist sehr befremdlich, denn es ist der erste Bereich Intelligencias, der nicht tapeziert, holzvertäfelt oder mit Teppichen bestückt ist. Als habe eine Großmutter ihre Kleidung und die Perücke abgelegt, und zum Vorschein kommt irgend so ein Glitcher mit gegelten Haaren und Klamotten aus Plastik. Im übertragenen Sinne.

»Und hier sind deine Kolleginnen und Kollegen, einige von ihnen wirst du vielleicht schon kennen.« Yul legt behutsam eine Hand auf meine Schulter und schiebt mich in Richtung Menschenkreis. Ich spüre, wie steif sich mein Anzug gegen Yuls Berührungen behauptet, und hoffe, dass sie heute nicht an ihrer Hand riechen wird. Ich lächle in die Runde, ohne dabei jemandem konkret in die Augen zu sehen. Eine blond gefärbte Frau, die mit dem Rücken zu mir steht, sieht verdächtig nach Lis aus.

Der Kreis öffnet sich, und alle drehen sich zu mir. Es ist tatsächlich Lis, meine Haut beginnt zu kribbeln. Ich nehme meine Kappe ab, darunter ist es wärmer und feuchter als gedacht, denn die großen Ventilatoren an der Decke lassen mich jede Haarsträhne kalt auf meiner Kopfhaut spüren.

Ich sollte nun etwas sagen. »Guten Morgen! Sol … heiße ich … aus der Kultursichtung im 22. Ah, hallo Uri, richtig? Lis Dug …« Ich nicke allen der Reihe nach zu und hoffe, dass das nervöse Zucken in meinem Lächeln nicht sichtbar ist.

Drei der Sieben kenne ich bereits, die anderen sind zwei Männer namens Guy und Bob und zwei Frauen namens Gil und Bob. Als sich die weibliche Bob vorstellt, sagt sie lachend, »Ja, crazy, ich weiß, zwei Bobs … oder Böbse? Aber Kenner sagen einfach Bo zu mir.« Ihr Lachen gibt gepierctes Zahnfleisch preis, dieses fragilste aller Häutchen zwischen Oberlippe und Schneidezähnen.

»BO, das klingt eher nach einer Humanoiden«, scherzt der dickliche Dug und zupft an seinem Ohrring. Alle scheinen noch ein wenig aufgeregt zu sein. Yul tippt auf ihrem Terminal herum, und wenig später betritt Dax den Raum, die mit uns den Programmiertest gemacht hat.

»Da ist ja unsere Tech-Elite!«, sagt sie noch von der Tür aus, und ich bin mir sicher, dass sie diesen Satz schon im Fahrstuhl geübt hat. »Ah, ihr habt schon Kaffee? Na, dann haben wir jetzt eben noch mal eine Kanne. Also, für die, die sich nicht an mich erinnern – und es würde mich kränken, wenn es so wäre – ich bin Dax aus der IT und gebe euch gleich eine kleine Einführung.« Sie schaut ganz kess und richtet ihren Terminal auf uns. »Klick!«, sagt sie. »Schönes Foto vom ersten Tag! An den werden wir uns noch oft erinnern, wenn uns der Durchbruch gelungen ist.«

Aus dem Augenwinkel betrachte ich Lis. Sie sieht heute irgendwie strenger aus. Ihre sonst so voluminösen Haare sind nach hinten geflochten; das Spielerische fehlt in ihrer Frisur. ELs Bedenken, Lis könnte eine Gefahr für Lexi darstellen, geistern mir durch den Kopf und erschweren die Konzentration auf Dax' wasserfallartigen Monolog. Ich setze ein freundliches Lächeln auf für den Fall, dass Lis mich ansieht, aber ihr Kopf ist wie eingefroren.

»... so haben wir rudimentären Einfluss bereits ausüben können«, höre ich Dax quasseln, »wenn auch noch ungerichtet. Doch im Miteinander dieser Gruppe hier sind wir uns sicher, eine Art digitales Skalpell für die Simulation erarbeiten zu können. Ihr alle habt ja schon erste Gehversuche unternommen, mit teilweise doch sehr ... intensiven Auswirkungen.« Dax blickt mir kurz in die Augen und setzt fort. »Ein einzelnes Zeichen an der falschen Stelle kann den Code gehörig durcheinanderbringen, das haben wir alle etwas unterschätzt. Daher werden wir nun gemeinsam Mittel und Wege erforschen, die

Kontrolle zu erlangen und unvorhergesehene Resultate zu vermeiden.«

Yul nutzt die hauchdünne Atempause von Dax für eine Ergänzung. »Die oberste Priorität für uns alle bei Intelligencia ist, in den simulierten Menschen keinerlei Misstrauen gegenüber ihrer Realität zu wecken. Sonst wären sämtliche unserer zukünftigen Versuchsanordnungen kompromittiert und würden zu stark verzerrten Ergebnissen führen. Die Kaninchen dürfen also niemals erfahren, dass sie Kaninchen sind!«

Auch Yuls Zwischenblick landet auf mir, und ich fühle mich schrecklich exponiert. Aus meinem Kragen riecht es nach einem Klempner, der die Nacht im Bordell verbracht hat.

Ich gucke auf die Uhr meines Terminals und zähle die Stunden, die ich bereits von Lexis Stream verpasst habe. Es sind vierzig. Zuletzt lag sie völlig erschöpft im Schweinestall, nachdem sich Iannis vor ihr aufgelöst hat. Hoffentlich hat sie einfach die Tage im Bett verbracht und sich von dem Schock erholt. Nicht auszudenken, wie ich selbst auf solch einen Glitch in meiner Realität reagieren würde.

»... die Auswirkungen von eingeschleustem Fremdcode auf biologische Systeme sind unberechenbar«, setzt Dax fort. »Daher werden wir uns für den Anfang auf die technische Ebene der Simulation konzentrieren. Denn die Quellcodes von Webseiten und digitaler Kommunikation ähneln in großen Teilen auch denen unserer Realität. Wir beginnen heute mit einer gemeinsamen Aufgabe. Wie ihr vielleicht wisst, gibt es in der Simulation ein weltweites Wissensportal namens *Wikipedia*, das dort von jeder Person mit Internetzugang modifiziert und ergänzt werden kann. Ihr werdet heute versuchen, einen Artikel über euch selbst in diesen virtuellen Almanach einzuschleusen. Dazu erhaltet ihr ein paar experimentelle Schlüsselcodes, die mein Team in den letzten Tagen erarbeitet hat. Allerdings sind diese noch nicht ganz ausgefeilt. Wem es aber gelingen sollte, einen stabilen Artikel in der Simulation zu etablieren, wird auf dieser Tafel hier ein Feld nach vorn geschoben.«

Um Dax' Aussage zu illustrieren, öffnet Yul eine Klapptafel, in deren Mitte ein großes Plakat geklebt wurde. Ein von Hand gezogenes Raster unterteilt das Papier in sieben Zeilen mit jeweils sieben Spalten. In den Kästchen der ersten Spalte sind die Köpfe der Teammitglieder mit Magneten befestigt, die Kästchen der letzten Spalte zeigen einen gelben Stern.

»Wer zuerst auf ein Sternfeld kommt, erhält eine humanoide Upgrade-Flatrate auf Lebenszeit!«

Mein Kopf an der Tafel basiert auf einem schrecklichen Foto, das an meinem ersten Arbeitstag aufgenommen wurde. Der damalige Angstschweiß über meinen Augenbrauen verfolgt mich also noch Jahre später. Die anderen haben sich nicht allzu stark verändert, nur Lis ist kaum wiederzuerkennen, da sie damals einen Millimeterschnitt trug.

Die meisten unseres Teams lachen sich kaputt über die Fotos. Dug kneift dem männlichen Bob in die Wange, wohl um ihm zu signalisieren, dass auch er zu Beginn seines Arbeitsverhältnisses noch etwas schlanker war. Gil, schätzungsweise die einzige Person über fünfzig, lässt ihren Blick mehrfach zwischen Lis und ihrem Konterfei springen. »Das sollst du sein? Wahnsinn, Lis, das muss aber Jahre her sein! Wusste gar nicht, dass du so lange schon bei uns bist.«

»Super«, sagt Yul laut und klappt die Tafel wieder zu, »bevor es losgeht, stärken wir uns noch etwas.« Sie läuft quer durch die Halle, unsere Gruppe kommt ihr brav hinterher. Auf dem Konferenztisch stehen Croissants, Obst und Kaffee bereit, daneben liegt ein Pillenspender von *Farmtegg*. Aus einem Wandschrank holt Yul eine angebrochene Packung Baumkuchen und riecht kurz daran.

Ich ziehe mir eine *WholePill* aus dem runden Retrospender und beobachte etwas neidisch, wie die anderen ihr Gebäck und den Kuchen essen und in ihre dampfenden Becher pusten. Als ich mir ein Wasser einschenke, tritt Lis an meine Seite und schält sich eine Mandarine. Wieder denke ich an ELs Warnung und zwinge mich, das Eis zu brechen. »Hi, Lis«, sage ich und halbiere meine Pille.

»Mhm«, macht sie.

Ich lehne mich zu ihr und flüstere, »Hör mal, es tut mir leid, dass ich mich so daneben benommen habe. Vielleicht war ich die letzten Wochen einfach zu tief in der Arbeit drin, weißt du?«

»Hm.«

»Ich wollte euch beide nicht vergleichen oder so …«

»Mach dir mal keinen Kopf, Sol. Wir arbeiten ja gerade daran, die Simulation in unserem Sinne zu manipulieren. Alles, was da nicht passt, lässt sich schon noch irgendwie glattbügeln.«

Ich starre ihr in die Augen und erkenne eine unterkühlte Entschlossenheit. Ich muss mich mit ihr versöhnen, wenn ich Lexi vor Glitches und Bugs bewahren will! Nur wie? In Gedanken gehe ich alle romantischen Komödien und Bücher durch, die ich kenne, aber mir will kein guter Trick einfallen. Als Lis die Küche verlassen will, ziehe ich sie ruckartig an mich heran und küsse ihre Schläfe.

* * *

Von unten klingt es familiär. Dumpfes Stuhlgeschiebe, helles Geschirrgeklapper, eine Kaffeemaschine, vermutlich ein Entsafter. Der Duft von Croissants und Toast dringt bis hoch in mein Bett und berichtet mir belehrend, *manche leben ein Leben, Lexi, das du nie hattest und haben wirst.* Sumi kichert, wie ich nie gekichert habe. Taro singt eine Kindermelodie mit seinem Vater. Alle schreien, aber es ist ein nettes Schreien.

Um kurz vor sieben husche ich ins Bad. Durch die Dachluke über der Wanne blicke ich aufs Maisfeld. Eine Katze schleicht durch die Reihen, duckt sich, springt außer Sichtweite. Alle scheinen hier ihren Platz in der Welt gefunden zu haben.

Ich ziehe meine Strumpfhose hoch, bis sich das Loch im Nylon mit dem in meinem Bein deckt. Im Spiegel schüttelt Lexi den Kopf, und ich schüttle ihn zurück. Wo ist mein Platz?

»Frühstück ist fertig!« höre ich Fleur von unten rufen. Fleur, diese schöne Ehefrau. Diese gut gelaunte und frische Erscheinung. Es ist kaum auszuhalten. Ich muss unbedingt zu Wessel!

»Ja, ich komme gleich!«, antworte ich etwas gehetzt. An der geöffneten Dachluke vernichte ich noch schnell die letzte Zigarette und betäube die raue Stelle in meinem Hals mit einem warmen Red Bull. Irgendetwas in mir ist noch nicht bereit für glückliche Menschen.

Als ich die Treppe zur Küche hinunterknarze, sitzen alle am Tisch und wirken wie inszeniert. Das Bild der perfekten Familie. Im Fernsehen fände man es sicher etwas kitschig oder abgeschmackt, aber in echt ist es eigentlich ganz rührend. Die Morgensonne lässt die Kondenstropfen auf der Saftkaraffe funkeln, alle haben geöffnete Eier und Physalis auf ihren Tellern, das Brot sieht selbstgebacken aus.

»Guten Morgen, Lexi! Wir haben schon mal angefangen, wir müssen ja schon um halb neun auf dem Markt sein. Aber lass dir ruhig Zeit. Du kannst dann einfach die Tür hinter dir zuziehen. Hier passiert nichts.«

»Guten Morgen allerseits«, sage ich und blicke in die Runde. Taro und Sumi sehen mich etwas verschüchtert an und grüßen nicht zurück. Bei Kindern fängt man am nächsten Tag immer wieder von vorne an. Im ersten Moment sind sie aufgedreht und mitteilungsbedürftig, um dann ganz schüchtern auf den Boden zu starren. Vielleicht ist die scheinbare Konsistenz im Verhalten der Erwachsenen aber auch nur antrainiert. Wie oft überspielt man seine schlechte Laune oder Unsicherheit, nur um andere nicht vor den Kopf zu stoßen? So gesehen waren meine autistischen Discwomanzeiten eigentlich auch meine aufrichtigsten.

Mathis stupst Taro an, der das Weiche aus seinem Brötchen zupft und zu einer Kugel rollt.

»Na, wie sagt man?«, fordert ihn sein Vater auf.

»Morgen!«, schreit Taro ohne seinen Blick zu heben und salzt seine Kugel, »Guten Morgen«, sagt Sumi und lächelt etwas einstudiert.

Ich schmiere eine krustige Scheibe Brot mit Pflanzenstreich ein und trinke ein Glas Saft. Fleur sieht mich erwartungsvoll an, da wird mir klar, dass es ihr eigener Saft ist, ihr Lebensinhalt, ihre Berufung.

»Lecker!«, sage ich.

Eine Viertelstunde später fahren die Stechlins mit ihren Saftflaschen los, ich hinterher. Ich sollte eigentlich auf dem schnellsten Weg zu Wessel fahren, aber mein klopfendes Herz hat offensichtlich Bammel, ihn wirklich zu treffen. Gerade ist es sehr beruhigend, einem anderen Auto zu folgen und den Kopf auszuschalten.

Der Markt ist in der nächstgrößeren Stadt und liegt auf dem Weg nach Süden. Neben den üblichen Obst- und Gemüseständen gibt es hier auch traditionelle Met-Buden und Handyhüllen aus Holz. Die Menschen haben rosige Wangen und man sieht schon ihren Atem in der Luft. Für Sekundenbruchteile vergesse ich, dass ich auf der Flucht bin und niemals wieder zu dieser unbeschwerten Gemeinschaft gehören werde. Nervös fummle ich an meinem Nacken herum und reiße mir ein paar Haare hinter dem Ohr heraus.

Die Stechlins bauen in Minuten ihren Stand auf. Meine Hilfe lehnen sie ab, sie seien so eingespielt, da störe jeder fremde Handgriff. Die Schiefertafel mit den Saftpreisen ist noch nicht aufgestellt, da bildet sich schon die erste Schlange. Mathis stellt den Entsafter auf und bietet neben den bereits abgefüllten Flaschen auch frisch gepresste Drinks to go an.

»Acerola-Birne mit Ingwershot?«, fragt er mich und lächelt mich an, als wären wir zusammen zur Schule gegangen. Ich würde gerne heute Nacht bei Mathis und Fleur in der Bettritze schlafen, behütet und geliebt, aber ich fürchte, ich tue der Familie nicht gut.

»Gerne«, antworte ich und deaktiviere den Flugmodus meines Handys, um meine heutige Route zu berechnen. Prompt prasseln etliche neue Nachrichten auf mich ein, die ich mit halb geschlossenen Augen entferne, als sich mir der Betreff einer Mail ins Bewusstsein drängt:

Niklas Istvangs Ginkgo Baum

Ich starre lange auf diese vier Wörter. Sofort habe ich wieder die Nachricht vor Augen, die dieser Junge vor Jahrzehnten unter meinem Flohmarkt-Tisch hinterlassen hat. Von dieser Nachricht weiß nur Iannis.

Fassungslos lese ich immer wieder diesen Betreff, wie ein kurzes Gedicht, der Rhythmus ist hypnotisierend. Ich trinke einen Schluck Saft und öffne die erste Mail seit der Entlassung aus dem Krankenhaus:

Liebe Lexi,

ich habe diesen Betreff gewählt, um deine Aufmerksamkeit zu wecken. Hoffentlich ist es nicht zu übergriffig, aber ich musste etwas nehmen, das sonst niemand wissen kann. Es ist wichtig, dass du diese Info bekommst:

Du bist nicht verrückt!

Iannis hat sich tatsächlich aufgelöst, und es tut mir leid. Ich wollte nicht, dass dich das an deinem Verstand zweifeln lässt. Aber irgendetwas musste ja geschehen.

Ich bin mir bewusst, dass du diese Nachricht als weiteren Beweis für deine Verwirrung deuten könntest, und ich weiß noch nicht, wie ich das entkräften kann. Ich lasse mir etwas einfallen.

Für den Moment musst du nur wissen, dass du in Ordnung bist, und gleichzeitig von mir keine Gefahr ausgeht, auch wenn ich dir nicht verraten kann, wer ich bin oder woher ich mein Wissen habe. Meine ersten Worte an dich habe ich mir immer anders vorgestellt, aber es sind dennoch wichtige Worte.

Du bist nicht verrückt, und dich trifft keine Schuld!

Ich wünsche dir eine gute Fahrt,
Sol

Ich versuche zu atmen, aber mein Körper arbeitet in die andere Richtung und blockiert sämtliche Öffnungen im Hals. Es stößt mir heftig auf. Mathis lächelt wissend und sagt, »Ja, der Ingwer hat's schon in sich, oder? Mega gesund auf jeden Fall!«

Mein Blick ist unkontrolliert, zu sehr wühlt mich dieser Text auf. Ich muss ihn mir ja eingebildet haben. Wankend positioniere ich mich etwas abseits zwischen Wasserkristallen und Olivenholzbrettern. Ich lese den Text noch mal und noch mal.

Wenn ich jemals komplett an meinem Verstand gezweifelt habe, dann jetzt.

Wie kann jemand diese Informationen haben? Er oder sie muss in meinem Haus gewesen sein, mich bei meinem Treffen mit Iannis beobachtet haben, wissen, dass ich mit dem Auto unterwegs bin. Oder habe ich mir selbst diese Mail von einem fremden Account aus geschickt? Heute Nacht, als ich dachte, geschlafen zu haben? Mir wird schwarz vor Augen, und ich sacke auf die Knie, doch dann atme ich ganz tief ein, und der Schwindel vergeht. In meinen Ohren pfeift es.

Sumi steht plötzlich vor mir und fragt, »Was hast du denn?«

Langsam richte ich mich wieder auf und halte ihr mein

Handy vors Gesicht.

»Nein, wir dürfen so was nicht!«, sagt sie.

»Bitte, Sumi, lies mir mal nur diese Zeile vor! Du kannst doch schon lesen, oder? Nur diese vier Wörter. Ob die da auch wirklich stehen. Hier, da, siehst du?«

»Nik … las … Ist … vang … s … Gi … häh, was steht da? Gink … go … Baum! Was soll das denn heißen?«

Ich fasse Sumi an, um zu überprüfen, ob sie echt ist. Wenn sie das lesen kann, dann muss sie ja vielleicht auch zu meinen Einbildungen gehören!

»Danke, Sumi. Ich … bitte sag deinen Eltern einen schönen Gruß, ich muss dringend los.«

»Okay«, sagt sie unsentimental und wendet sich ab. Ich verlasse den Hauptweg des Markts und laufe hinter den Buden entlang zu meinem Cervo. Den restlichen Saft schütte ich ins Gebüsch.

* * *

Lis wischt sich verwundert meinen Speichel von der Schläfe und zischt mich an. »Spinnst du? Was soll das, vor den Leuten hier?«

Hinter ihrem Kopf werfen sich Uri und Gil ein verkniffenes Grinsen zu.

»Lis«, sage ich ganz leise, »gib mir noch eine Chance, bitte! Mein Verhalten war unmöglich, das weiß ich ja. Ich hatte wirklich einen schlechten Tag und … hab irgendwie nicht richtig nachgedacht, was ich da alles von mir gebe.«

»Dein Roboter trägt die Frisur von dieser *weißen* Tussi aus deinem Computer!« Lis zischt beim Reden, was deutlich auffälliger ist, als es normales Geflüster wäre. Verlegen blicke ich über meine Schulter.

»Lass uns das später … es ist …« Furchtbar, wenn man einfach keinen geraden Satz herausbringt! Ich setze erneut an. »Vergiss die Perücke, okay? Das war nur ein dummer Test, EL etwas menschlicher zu machen. Ich habe ihre Haare schon in den Müll geworfen. Du weißt, dass ich dich total … also … toll finde …«

Lis verdreht die Augen und verzieht abschätzig ihren Mund, stibitzt aber einen Keks von meinem Teller, den ich vielleicht ausnahmsweise gegessen hätte. Diese neckische Geste gibt mir Hoffnung, meine Scharade noch ein wenig aufrecht zu erhalten.

»Du sollst doch nichts essen«, sagt sie und vernichtet den Keks mit einem Biss.

Yul klatscht in die Hände und sagt, »Freunde, dann wollen wir mal loslegen!« Sie zeigt auf die Reihe der Computerkabinen und teilt uns alle zu. Ich sitze zwischen Lis und Bo, dann kommen Uri, Gil, Bob, Dug und Guy.

Der ausgeschaltete Computer zieht mich an wie einen Junky auf Blitzentzug. In dieser Kiste ist gerade Lexi! Kaum zu glauben, wie lange ich sie nicht mehr gesehen habe.

Wir fahren die Computer hoch und loggen uns mit unseren neuen Zugangsdaten ein. Dax erklärt uns in einem 20-minütigen Crashkurs den Stand der aktuellen Erkenntnisse.

Im Prinzip können wir jetzt durch ein sogenanntes *shielded coding environment* die technische Ebene der Simulation beeinflussen, ohne dadurch befürchten zu müssen, die biologische Ebene zu destabilisieren. Alles, was auch in der Simulation auf Code beruht, darf somit – laut Yul – relativ bedenkenlos manipuliert werden.

In einem Emulator öffnen wir diese Wikipedia-Seite und legen uns einen Entwickler-Account an. Ich folge Dax' Anweisungen atemlos und verkrampft, weiß ich doch, dass Lexi nur wenige Klicks entfernt zu finden wäre.

»Durch unsere ersten Tests konnten wir zwar einen eigenen Code direkt in den Quelltext der Simulation einfügen«, ergänzt

Dax, »nur wurde er bruchstückhaft und mit teilweise merkwürdigen Symbolen angezeigt. Irgendwo gibt es da einen weiteren Übersetzungsfehler zwischen unserer Programmiersprache und dem Simulationscode. Euer Ziel ist es, den Grund für diese Störungen herauszufinden. Wem das gelingen sollte, gewinnt die heutige Runde!«

Yul klappt die Tafel mit unseren furchtbaren Gesichtern auf.

»Bei diesem Foto würde ich gerne ein Kästchen zurück und von der Tafel verschwinden«, scherzt der männliche Bob, und niemand lacht.

»Dann viel Erfolg!«, wünscht uns Yul und verschwindet in der Küche. Dax setzt sich an ihren eigenen Rechner. Ich bin endlich unbeobachtet.

Über *Datei > Programmeinstellungen > Expertenmodus > Alle Fenster anzeigen* finde ich oben im Register auch den aktuellen Stream der Simulation. Allerdings ohne meine personalisierten Werkzeuge und Einstellungen. Der Stream zeigt standardmäßig den Golf von Guinea an, den geografischen Nullpunkt des simulierten Globus. Dieser Punkt inmitten des Ozeans wird von einer einsamen Boje markiert, die unter uns Sichterkollegen schon für viel Spott gesorgt hat.

In das Suchfeld tippe ich die Adresse des Slevogt-Anwesens und drücke auf Enter. Der Globus dreht sich und zoomt dabei immer näher heran, bis ich Lexis Garten von oben sehen kann. Mir rutscht das Herz in die Hose, als ich die verkohlten Überreste der Eiche entdecke. Um den Baum herum ist ein tiefschwarzer Kreis von etwa fünfzehn Metern Durchmesser in den Rasen gebrannt. Drei Menschen stehen mit Klemmbrettern im Gras und schütteln abwechselnd den Kopf. Ich zoome an sie heran, es ist der Immobilienverwalter Biały Królik und dem Anschein nach ein Polizist und eine Feuerwehrfrau. Królik hat gerötete Augen und murmelt, »69 Jahre! 69 Jahre ist es einmal her, dass dieser Baum dort hineingepflanzt wurde! Ist es zu glauben? Ein großer Verlust ist es ja, ein großer.«

Der Polizist macht Fotos mit seinem Telefon, irgendwo kritzelt er sogar eine *69* auf ein formloses Blatt Papier. Hinter ihm liegt ein verbrannter Haufen Schutt. Holz, Stoffe, Blechdosen, der ganze Garageninhalt scheint hier verteilt worden zu sein. Lexi, was ist denn nur passiert?

Ich lasse die Kamera durchs Haus wandern, nirgends ist sie zu finden, die Ställe sind leer, auch die Tiere sind verschwunden. Mir wird übel.

Ich öffne das erweiterte Suchfeld, in dem man neben Adressen auch andere Parameter und Kriterien eingeben kann. Hier kann ich direkt nach Einzelpersonen suchen. Ich tippe *Lexi van Dijk*. Zögerlich drücke ich auf Enter und fürchte mich vor dem Ergebnis. Nicht, dass sie sich … Doch zu meiner Überraschung zoomt die Kamera wieder ein gutes Stück heraus, zeigt erst das Dorf, dann das Umland, wandert dann einige hundert Kilometer Richtung Süden und landet in einem pittoresken Haus in Frithjof. Dort sehe ich Lexi im Schneidersitz auf einem Bett sitzen, ihr Kopf ist wegen der Dachschräge nach vorne gebeugt.

Ich seufze erleichtert auf, und Bo in der Kabine neben mir sagt, »Ja, super tricky, oder? Verdreht der bei dir auch ständig die Sonderzeichen?«

Durch die Trennwand hindurch sage ich, »Ja, tricky, tricky«, und lege meinen Finger auf Lexis Schulter. Seit wann rauchst du denn? Egal, immerhin lebst du und befindest dich an einem sicheren Ort, auch wenn ich noch nicht weiß, was dir alles widerfahren ist. Da ich nicht in meiner Kabine bin, habe ich keinen Zugriff auf die Aufzeichnung des Streams. So bleibt mir nichts anderes übrig, als mir durch die sogenannte *Vital-Statistik* ein Bild ihrer Verfassung zu machen. Ein Rechtsklick öffnet die Übersicht. Ich klappe *Mentalität* aus und finde einige rote Werte. Besonders *Psychische Stabilität* ist komplett im Keller. Dieser Wert gibt nicht ihre Laune an – auch depressive

Menschen können psychisch stabil sein –, vielmehr gibt er ihr Vertrauen in die eigene mentale Zurechnungsfähigkeit an. Die allermeisten Menschen haben hier Zahlen im 80er Bereich, Lexis Wert hingegen liegt bei 23 Prozent. Selbst Leute mit Schizophrenie oder Verfolgungswahn haben ein größeres Vertrauen in ihre eigene Wahrnehmung als Lexi.

Ich starre etwa zehn Minuten auf meine schöne Künstlerin, aber sie bewegt sich kaum. Ihre Hände liegen im Schoß, ihr Atem geht langsam. Die Zigarette hat sie in ein getöpfertes Schneckenhaus gesteckt.

Langsam werde ich unruhig, um mich herum tippen alle ganz eifrig in ihre Tastaturen, aber bevor ich mich an diesen blöden Wikipediakram machen kann, muss ich wissen, in was für einem Haus Lexi da eigentlich gelandet ist! Laut Quelltext gibt es zumindest keinerlei Vorgeschichte zwischen ihr und diesen Stechlins, abgesehen von einer unbewussten Begegnung als Kinder im belgischen Pavillon der Expo 2000 in Hannover. Wieso ist sie gerade bei diesen Menschen?

Ich fahre durch die verschiedenen Räume, die meisten des recht großen Hauses sind stockdunkel. Das Kinderzimmer zeigt einen kleinen Jungen und ein etwas älteres Mädchen, beide selig schlafend. Im Badezimmer nebenan steht der Vater Mathis Stechlin vorm Waschbecken und googelt *Lexi Gould*.

Komisch, hat ihnen Lexi einen falschen Namen genannt? Mathis wird in der Bildersuche nicht fündig und nimmt sichtlich enttäuscht seine Hand aus der Unterhose. Unverrichteter Dinge zieht er seinen Schlafanzug über die halbe Erektion und schleicht an Lexis Zimmer vorbei. Er hält kurz inne und lauscht, dann geht er die Treppe hinunter.

Seine Frau Fleur liegt währenddessen im Bett und hat WhatsApp offen. Sie verschickt gerade ein Foto, auf dem sie sich nackt einem Spiegel entgegenbeugt. Mit ihrem linken Arm verdeckt sie ihre Brustwarzen, aber ihre Vagina ist am unteren

Rand zu erkennen. Der Empfänger ist ein Typ aus ihrer alten Schulklasse. Es dauert keine vier Sekunden, da kommt ein Foto seines erigierten Penis zurück. Darunter das Symbol einer Aubergine, gefolgt von drei Wassertropfen und einem Gesicht mit Kreuzchen-Augen.

Fleur tippt mehrere erstaunte Gesichter in ihr Nachrichtenfeld, als Mathis vom Gang ins Zimmer platzt, seine Hose ist wieder glatt. Fleur zuckt zusammen und drückt ungefähr elf Mal auf die Zurücktaste ihres Telefons. Sie lächelt Mathis an, und er sagt, »Ich hätte gerade richtig Lust auf ein bisschen Kuscheln plus X.« Ein Spruch, der sich wohl in ihrer Beziehung als privater Gag etabliert hat.

Fleur gähnt demonstrativ und sagt, »Oh, Mathi, morgen ist doch Markt, da möchte ich gerne fit sein. Ich fand das letzte Woche echt anstrengend nach der kurzen Nacht.«

»Verstehe ich«, sagt ihr Mann und verschwindet unter der Decke. Fleur schaltet das Licht aus und masturbiert komplett lautlos, während Mathis seine Fäuste unters Kinn klemmt.

Ich schalte zurück zu Lexi, die sich gerade auszieht, um ins Bett zu gehen. Dabei sehe ich ein furchtbares Brandloch in ihrem Oberschenkel. Unter meiner Kappe sammelt sich der Schweiß. Ich muss ihr unbedingt erklären, dass sie nicht durchgedreht ist, irgendwie muss sie wieder Vertrauen in sich selbst und ihre Umwelt aufbauen!

Mir geistern die neuen Infos von Dax durch den Kopf. Vielleicht könnte ich Lexi eine Nachricht zukommen lassen, auch wenn das nicht ganz ungefährlich wäre. Aber es muss ja sein. Nicht, dass sie sich noch mehr antut! Ich rufe die Seite eines Mailanbieters auf und lege mir eine Adresse an. Durch dieses wahnsinnige *shielded coding environment* von Dax kann ich nun das Internet der Simulation fast so reibungslos nutzen wie das reale. Ich kopiere mir Lexis Adresse aus dem Quelltext ihres Telefons und verfasse meine erste Nachricht an sie.

Doch meinen Zeilen haftet etwas Verdorbenes an, egal wie vorsichtig ich sie zu formulieren versuche. Es ist, als wollte ich eine offene Wunde mit einem Skalpell verschließen. Jedes meiner Worte könnte Lexi als Bestätigung für genau die Zweifel ansehen, die ich ihr mit der Nachricht nehmen möchte. Ein ausgewachsenes Dilemma.

Ich schreibe sentimentale Botschaften, die ich immer wieder halbfertig lösche. Ich konstruiere Beweise, dass ich ihr durch meine Beobachtungen sehr nahestehe, um ihr Vertrauen zu gewinnen und sie davon zu überzeugen, dass ich nicht irgendein Stalker bin. Aber so komprimiert wirkt es trotzdem, als sei ich ein fremder Perversling, der die arme Frau bis in ihre privatesten Lebensbereiche verfolgt.

»Noch fünfzehn Minuten, dann wollen wir die aktuellen Ergebnisse besprechen«, höre ich Dax sagen. Es klingt bedrohlich, dabei sagt sie es ganz freundlich.

Nach kurzer Überlegung lösche ich meine Liebesbekundungen und lasse das rohe Gerüst meiner Nachricht stehen. Wie überzeugt man jemanden davon, nicht verrückt zu sein, wenn man selbst der Grund für diese Verrücktheit ist?

Ich klicke auf *Absenden* und halte die Luft an. Mein Herz klopft wie in der fünften Klasse, als ich noch dachte, Verliebtsein sei etwas Tolles.

Ich habe Lexi van Dijk kontaktiert!

Mit zittriger Maus überprüfe ich Lexis Mail-Account, meine Nachricht ist tatsächlich in ihrem Posteingang gelandet, allerdings ist sie kaum zu entziffern. Fast alle Buchstaben wurden durch eigenartige Sonderzeichen ersetzt. Als wäre eine Katze übers Keyboard gelaufen. Ich klicke mich durchs Transferprotokoll und finde einige korrupte Referenzen, die auf einen Gateway-Fehler schließen könnten. Fuck! Dieses elende Stochern im Dunkeln, ich kann das alles nicht! Und neben mir auch noch diese ganzen Idioten, wie soll man sich da konzentrieren können? Unbeholfen klicke ich weiter, aber der Text bleibt unleserlich. Ich zerkaue meinen Daumennagel, bis sich ein Bild in meinem Kopf entwickelt. EL in meiner Küche, mit leerem Blick aus dem Fenster, auf mich wartend. Soll diese Maschine doch mal ihre künstliche Intelligenz beweisen!

Heimlich mache ich mit meinem Terminal ein paar Screenshots und schicke sie EL, schreibe dazu, *Dringend! Hast du eine Ahnung wie ich dieses verdammte Gateway Problem lösen kann?*

Fünf Minuten später erhalte ich eine Nachricht von ihr.

Oh, wie ich mich über deine Nachricht gefreut habe! So unverhofft, mitten am Tag eine Meldung von meinem lieben Sol, und dann fragst du auch noch nach meiner Hilfe. Das ist ein großer Vertrauensbeweis. Ich hoffe sehr, dass ich dich nicht enttäuschen werde, aber ich würde mit einem statischen Proxycode die Wall umschiffen und die DNS aus dieser hässlichen Klammer befreien. Dann erreichen die Referenzen vielleicht wieder ihr Ziel? Aber nicht böse sein, wenn's nicht klappt! Ich drücke die Daumen, so spannend, was du machst!

Es dauert etwas, bis ich ELs Tips alle ausgeführt habe, doch dann drücke ich auf Enter, und siehe da, die eingefrorene DNS-Adresse, die wohl für den kryptischen Transfer verantwortlich war, wird umgangen! Die Übersetzung läuft nun komplett durch, meine Mail ist fehlerfrei in Lexis Postfach angekommen. EL! Was für eine Aktion! Ich werde mich später bei dir bedanken. Aber jetzt muss ich warten, bis Lexi ihren Flugmodus ausschaltet und sich von mir überzeugen lässt.

Hinter mir höre ich Dax durch den Gang schleichen, sie flüstert Lis etwas zu, dann geht sie weiter. Ich schalte auf meinen leeren Wikipedia-Quelltext, der Cursor blinkt verloren im Weiß.

»Ich fange noch mal von vorn an«, stammle ich über meine Schulter, »Mein letzter Versuch ging in die falsche Richtung.«

Dax nickt mit ernster Miene und geht weiter zur weiblichen Bob. Ich versuche, mich auf die Nutzeroberfläche von diesem Wikipedia einzulassen, aber mir schwirrt der Kopf. Unweigerlich denke ich an die kleinen, zerknüllten Zettel, die ich meiner großen Liebe in der fünften Klasse zugeschoben hatte. Mein ganzes Herz füllte ich in diese karierten Reste meines Mathehefts. Peinlich genau studierte ich ihren kindlichen Blick, als sie das Papier entfaltete und meine Botschaften las. Jedes Zucken ihres Mundwinkels deutete ich als möglichen Hinweis für den restlichen Verlauf meines Lebens.

»Fertig!«, höre ich den männlichen Bob aus seiner Kabine plärren, gefolgt von ein paar *Was-jetzt-schons* und *Oh-nein-so-knapps* und *Ich-hätte-es-auch-gleich-gehabts* der anderen.

Ich schließe mich meinen Kollegen an, die alle ihren Platz verlassen und zu Bobs Kabine gehen.

»Ey, das war genial«, erklärt Bob, »ich habe den Proxyserver umgeleitet, damit ich die statische DNS-Adresse umgehen konnte. So war dann der Gateway stabil genug, um meinen Schlüssel zu akzeptieren. Und dann tauchte mein Artikel fehlerfrei auf der Seite auf!«

»Ach, du bist über den Gateway gegangen?«, fragt Dax erstaunt. »Ziemlich abwegig, Wahnsinn, dass das geklappt hat! Dann lass mal dein Ergebnis sehen.«

Bob klickt mehrfach auf Aktualisieren, doch in seinem triumphalen Grinsen liegt jetzt ein Funken Beunruhigung.

»Was? Das kann nicht sein, gerade eben habe ich hier meinen gesamten Artikel gesehen. Und jetzt steht da, *Artikel wurde aufgrund unzureichender Relevanz entfernt – Faktenstrolch64.*«

Dax schmunzelt und sagt, »Ja, das ist Wikipedia. Aber das heißt, dein Text ist zumindest angekommen und von echten Menschen aus der Simulation geprüft worden.«

»Ich möchte aber trotzdem ein Feld nach vorne!«

Es wird viel gelacht und angeregt diskutiert. Lis tauscht sich mit Bob über technische Details aus, als ich mich entschuldige, um auf die Toilette zu gehen. Im Gang lege ich mein steifes Jackett ab und atme tief ein. Ich habe keine Ahnung, wie das mit Lexi nun weitergehen soll. Was ist meine Hoffnung? Dass sie sich in einen mysteriösen Voyeur verliebt und wir eine Chat-Beziehung beginnen? Liebesgedichte und Sexting?

Ich ahne, je mehr ich mit ihr in Kontakt trete, desto mehr werde ich sie verstören. Lexi wäre am Ende nicht mehr die Lexi, wie ich sie kenne. Der Versuch, einen Schmetterling zu streicheln, ohne ihm den Staub von den Flügeln zu wischen.

Auf der Toilette lösche ich drei ungenutzte Anwendungen von meinem Terminal. Das beruhigt mich in aufregenden Situationen. Meine Gedanken rasen, dabei sind sie recht überschaubar. *Lexi, Lexi, Lexi!* Ich glaube, ich werde ein wenig verrückt. Wieso kann ich nicht die gleiche Distanz bewahren wie meine Kollegen? Wieso geht mir das alles so nahe? Aber wenn ich mir Dug und Bob und Co. so ansehe, wirken die Typen weniger real als Lexi und Wessel.

Als ich zurück in den IT-Raum trete, ist das Team bereits am Zusammenpacken. Yul ist jetzt irgendwie ganz feierlich gestimmt, berührt viele Schultern und Rücken. »Ein spannender, ein wirklich erfolgreicher erster Tag. Wir sind weit gekommen, viel weiter als erhofft! Durch Bobs Gateway-Methode sind wir einen entscheidenden Schritt weiter.«

Dax ergänzt, »Ich würde sagen, wir versuchen morgen diesen Ansatz auch an organischem Code.«

Bob macht ein Foto von der Tafel, sein früheres Gesicht ist ein Feld vor allen anderen. »Klick!«, sagt er und überprüft stolz das Ergebnis auf seinem Terminal, als warte er auf die Entwicklung eines Polaroids.

»Zur Feier des Tages lade ich euch alle auf die Dachterrasse zu ein paar Drinks ein«, verkündet Yul.

»*Gazzato, Gazzato, Gazzato!*«, macht Gil den Werbespot des Cocktails nach, in der gleichen Quietsch-Stimme. Es ist das erste Mal, dass ich sie heute reden höre. So eine ist das also.

»Haben wir auch«, sagt Yul und führt uns über eine Rampe

zur Dachterrasse. Schwarze Fliesen mit Quarzeinschlüssen funkeln im Dämmerlicht. Die Abendsonne ist im Erdgeschoss längst untergegangen, doch hier oben sehen wir sie noch über der Fahrradfabrik schweben. Der endlose Schatten des Velo-City-Logos verhüllt die Menschen auf der Straße, nur ein Hund liegt im Sonnenfleck, den das kleine *o* auf dem Boden freilässt.

Die Ränder der Cirruswolken sind durch die starken Höhenwinde ganz ausgefranst. Wie die Wellen eines gefrorenen Eismeers am Himmel. Lis reibt sich die Schultern, und ich halte ihr instinktiv mein Jackett an den Rücken. Überrascht dreht sie sich um und schaut mich mit großen, nur für mich bestimmten Augen an. »Sol, hör auf! Ich bin kein kleines Mädchen!« Sie dreht sich zur Gruppe und nimmt einen orangenen Drink vom Tablett, das eine Barkeeperin auf den Tresen gestellt hat. Als ich mir auch ein Glas nehme, stoßen die anderen bereits an.

Der männliche Bob scheint das Gefühl zu haben, es werde allein auf ihn angestoßen. Er bedankt sich sogar, dabei sagt Yul beim Anstoßen, »Auf die Schwarmintelligenz!«

»Ich kann es gar nicht mehr erwarten«, sagt er, »wenn wir uns morgen an die wirklich interessanten Probleme machen. Stellt euch mal vor, wir könnten alle simulierten Menschen nach Belieben manipulieren! Was würdet ihr da alles anstellen?«

Gil hat ihren ersten Drink schon leer und greift nach dem nächsten. Mit einem Kopfschütteln wirft sie ihre roten Haare zurück, obwohl es da gar nichts zurückzuwerfen gibt. »Also, psychologisch ist das ja hoch spannend! Stellt euch mal vor … per Knopfdruck … man könnte die ganze Menschheit schlagartig … zum Beispiel depressiv machen, oder so was. Also alle. Wie würde so eine Realität aussehen? Was würde das mit der Wirtschaft machen?«

»Auch die Babys depressiv?«, fragt Uri mit starkem Akzent und poliert das Display seines Terminals mit dem Ärmel.

»Auch die Babys«, bestätigt Gil trocken und blickt ins Weite.

»Eine ganze Welt, die gar kein Glück mehr kennt. Immer lethargisch und latent suizidal. Das möchte ich mal sehen!«

»Oder … oder … man löscht einfach … Geld«, sagt Guy. »Einfach so. Gar kein Geld mehr, was würde passieren? Chaos … oder … Erleuchtung? Man müsste es einmal probieren …«

»Eine Welt komplett ohne Männer«, schaltet sich Bo dazwischen.

»Eine Welt ohne Frauen!«, kontert Dug. »Also wenigstens mal für einen Tag. Kurze Verschnaufpause, ne? Man kann sie ja zwischenspeichern.« Grinsend leert auch er sein Getränk und leckt die Thysumiblättchen heraus, die am Glasrand hängengeblieben sind.

Die Stimmung wird von Minute zu Minute aufgeheizter. Schließlich beteiligt sich auch Lis an der Diskussion.

»Man könnte auch Studien an Individuen betreiben«, sagt sie mit großen Augen. »Wie verhält sich ein Mensch, dem man systematisch sein Leben erschwert? Immer wieder dazwischenfunkt und sämtliche Hoffnungen enttäuscht? Ab wann beginnt er, an das Schicksal zu glauben, an Gott, an Karma? Würde er am Universum zweifeln oder die Schuld bei sich selbst suchen?«

Lis blickt bedeutungsschwanger in die Runde. Einige nicken wissend. Die haben jetzt alle so einen verklärten Blick, als bemerkten sie gleichzeitig, dass sie zu den mächtigsten Menschen der Welt gehören.

»Was, wenn man jemandem den Kopf wegprogrammiert?«, fragt Uri.

»Oder den Schwanz«, ergänzt Bob und prustet Flüssigkeit.

Mit rasendem Herzen nehme ich das alles wahr. Mir ist schwindelig, kleine, silberne Pünktchen schwirren am Rand meines Sichtfelds. Ich stolpere ans Ende der Terrasse und halte mich am Geländer fest. Wieso wollen die alle die Simulation zerstören? Und warum fragt sich keiner, was Weltfrieden mit der Wirtschaft anstellen würde?

Eine halbe Ewigkeit stehe ich mit dem Rücken zur Gruppe, mit geschlossenen Augen und einem Stechen hinter der Stirn, das zunehmend stärker wird. Ich überlege, wie ich unbemerkt verschwinden könnte, aber ich kann keinen klaren Gedanken mehr fassen.

»Eh, alles in Ordnung? … Sol?« Ich höre Lis' Stimme wie durch Wolken gefiltert. Sie legt ihre Hand auf mein Jackett.

»Lis … ich brauche nur einen Moment … also …«

»Du siehst gar nicht gut aus. Hast du den Alkohol nicht vertragen? Ich hätte eine *Neutraflink* in meiner Handtasche, falls du brauchst. Kleines Pillchen, hm?«

»Nee, ich … es ist … wieso … sind denn alle so böse? Wir haben doch … eine Verantwortung gegenüber unserer Simulation! Wir können doch nicht einfach …«

»Böse!«, kichert Lis. »Lass doch mal die großen Emotionen aus dem Spiel! Und mehr ist es ja am Ende gar nicht. Ein komplexes Spiel, das uns völlig neue Erkenntnisse bieten kann! Was für ein Wunder, ein riesiges Geschenk! Bist du denn nicht neugierig? Überleg' mal, Sol, alles könnte man machen!«

»Es sind echte Schicksale, mit denen wir da spielen würden.«

»Simulierte! Genau so artifiziell wie das Bewusstsein von unseren Humanoiden!«

»Das ist etwas anderes«, murmle ich.

»Hey, komm schon! Sei kein Spielverderber!«

Sie spitzt ihre Lippen und küsst meine Schläfe. Eine offensichtliche Anspielung auf meine Aktion von vorhin. Lis scheint betrunken zu sein, denn die Reaktion der Kollegen kümmert sie nicht. Aus dem Hintergrund höre ich Gelächter, irgendjemand pfeift, die Namen Sol und Lis werden in unverständliches Getuschel verpackt.

Ich muss mich zusammenreißen, wenn ich Lexi und ihre Realität retten möchte. Alle verbleibenden Kräfte lege ich zusammen, fege meine Ängste in die dunkelste Kammer meines

Bewusstseins und richte mich auf.

»Okay«, sage ich.

»Lustig, die anderen, oder? Sind ganz Nette dabei. Gil ist echt crazy, wenn sie den Mund aufmacht!«

Ich nicke. »Total crazy.«

»Hey, alles cool eigentlich bei dir? Ich hab vielleicht etwas heftig reagiert, wenn ich darüber nachdenke ... war im Nachhinein eigentlich ein ganz netter Abend im *Tantra* und so. Weiß auch nicht, ich bin sonst immer ziemlich relaxed. Aber wenn es um so Tussen geht ... ey, keinen Plan, da bin ich einfach ... geschädigt.«

»Geschädigt?«, sage ich, ohne wirklich zu fragen.

»Boah, willst du das echt hören, jetzt? Na ja ... ach, keine Ahnung, meine letzte Beziehung war ...« Sie macht eine dramatische Geste mit ihren Händen. »Vor Intelligencia habe ich von daheim aus gearbeitet. Da habe ich immer auf verschiedene Hunde aufgepasst, Tagesbetreuung und so, damit ich nicht so alleine bin. Also echte Hunde, du weißt? Das war eigentlich voll das gute System! Morgens kamen die Leute und haben mir ihren Hund gebracht. Futter, Kotbeutel, alles dabei, und abends haben sie ihn wieder abgeholt. Ich wurde im Prinzip fürs Streicheln bezahlt«, sagt sie und zieht den Stoff an ihrem Hintern glatt. »Egal, jedenfalls hatte ich einmal die Woche diesen Beagle ... Hef ... total süß ... und dem sein Frauchen war so eine junge Studentin, die immer freitags Praktikum im Gericht oder so gemacht hat.«

Lis lallt schon ein bisschen, und ich habe Mühe, ihren Worten zu folgen. Aber Lexi zuliebe kommentiere ich in regelmäßigen Abständen den Monolog mit den passenden Gesichtsausdrücken.

»Und auf jeden Fall war mein Freund damals nie zu Hause, wenn ich auf die Hunde aufgepasst habe. Mein Freund war da als Boy am Hafen tätig und den ganzen Tag unterwegs. Und einmal kommt er aber früher heim, an einem Freitag, weißt du? Da hatte ich gerade den Hef. Und als der Hund meinen Freund reinkommen hört, da rennt der wie ein Irrer aus meinem Arbeitszimmer und begrüßt den, das kannst du dir nicht vorstellen. Und aus meinem Zimmer, da höre ich, wie mein Freund leise *Hef* zum Hund sagt. Da wusste ich, der Alte bumst das Frauchen!«

Sofort schießen mir etliche Erklärungen durch den Kopf, woher ihr Freund den Namen des Hundes hätte kennen können, aber vielleicht ist das auch meine männliche Konditionierung.

»Der hat den Hund nie bei mir gesehen. Aber die beiden kannten sich, da bin ich mir sicher.«

»Hast du ihm nicht von diesem Hund erzählt?«

»Nee, der hat sich nicht für meinen *Streicheljob* interessiert. So hat er das immer genannt und gedacht, er wäre lustig. Na ja, Stunde später klingelt Hefs Frauchen, um ihren Hund abzuholen, und ich sehe es einfach in ihrem Gesicht, dass die beiden so was von gevögelt haben. Verstehst du? Wenn man plötzlich darauf achtet, ob jemand deinen Freund bumst, dann sieht man das in jeder Geste, wie sie guckt, so verhalten, meine Augen meidet, nur zum Hund redet, wenn sie eigentlich mit mir redet.«

»Krass«, sage ich. »Hey, ich müsste mal dringend auf die Toilette, ich komme gleich wieder.«

»Mann, Sol, wenn ich dich langweile, sag's einfach!« Lis lacht zwar, aber sie überspielt etwas.

»Nee, sorry, ich muss echt, aber ich komme gleich wieder!«

Unfassbar, wie sehr mich dieses Gespräch anstrengt. Mein ganzer Rücken ist eine einzige Verhärtung. Nach der Toilette überlege ich, jetzt einfach nach Hause zu gehen, aber dann sehe ich Lexi depressiv und ohne Kopf und Geld vor mir, und nehme die Treppe zurück zur Dachterrasse.

Auch die Babys sind depressiv, denke ich.

Lis lehnt immer noch am Geländer und hat sich nicht zu den

anderen gestellt. Ich streiche ihr über den Rücken.

»Als du weg warst hat Uri gesagt, er würde gerne mal Kleidung wegprogrammieren. Alle Menschen wären von jetzt auf gleich nackt, ohne die Möglichkeit, sich in irgendeiner Form bedecken zu können! Was das wohl mit der Wirtschaft machen würde! Oder stell' dir mal einen Krieg unter diesen Umständen vor! Guter Gedanke, das musst du zugeben, oder? Das will man doch mal sehen!« Lis schmiegt sich an meine Schulter, die mir nun sehr unmännlich vorkommt.

»Hmm«, mache ich, »und wie wäre das, wenn jemand solche Experimente mit dir machen würde?«

»Du meinst Gott?«

»Nein, ein Programmierer. Unsere Realität könnte ja genau so simuliert sein.«

»Quatsch.«

»Wieso denn nicht?«

»Na, wir wissen ja, dass wir *wirklich* echt sind.« Lis entfernt sich von meiner Schulter. »Das *spürt* man ja!«

»Dieses Gefühl könnte ebenso programmiert sein. Die Menschen in unserer Simulation würden auch behaupten, sie könnten das spüren.« Ich denke an Lexis emotionale Aufs und Abs in den letzten Tagen. Wie gerne würde ich diese Unterhaltung jetzt mit ihr führen statt mit Lis.

Nach einer kurzen Pause räuspert sich Lis und setzt wieder an. »Ich weiß nicht. Dafür sind diese Figuren doch viel zu sehr Spielball des Codes. Mathematische Marionetten, nichts weiter.«

»Das glaube ich nicht!«, sage ich ungehalten. »In dem Code muss auch ein freier Wille stecken, da bin ich mir sicher …«

»Sol! Die kleinste Veränderung am Code lässt diese Simulationen in sich zusammenfallen wie ein Kartenhaus!« Sie sieht mich verschwörerisch an und senkt ihre Stimme. Nach einem kurzen Seitenblick über ihre Schulter fährt sie fort, »Soll ich dir mal ein Geheimnis verraten?«

»Ja«, sage ich zögerlich und habe ein wenig Angst. Lis wischt sich ein Spuckebläschen vom Mundwinkel.

»Ich habe heute eine Erkenntnis gehabt. Beim Programmieren. Ich brauche sicher noch einige Versuche, bevor ich es mit Yul teilen kann, aber ich glaube, ich bin da an einem Knackpunkt dran!«

»Echt?«

»Also, statt diesen Wikipediaquatsch zu machen, habe ich heute ein paar Experimente durchgeführt. An den Menschen, die ich die letzten Monate beobachtet habe. Simple Sachen, weißt du? Dem Einen habe ich den großen Zehennagel entfernt, nur um zu schauen, warum Eingriffe in biologische Codes solche schweren Fehler verursachen.«

»Du hast in echten Menschen herumprogrammiert? Lis!«

»Pst! Ich weiß, aber wie sollen wir denn sonst das Sternfeld erreichen?« Lis kichert und nimmt sich ein neues Glas vom Tablett des Kellners.

»Und was ist passiert?«

»Der mit dem Zehennagel ist sofort schwer krank geworden. Sein Code hat auf den Eingriff heftig reagiert. Seine Haut, seine Organe, alles hat sich verhärtet, der Typ konnte kaum noch atmen! Alles war plötzlich im Ungleichgewicht wegen eines blöden Zehennagels, kannst du dir das vorstellen?«

Lis hat Schwierigkeiten, aus dem Glas zu trinken, vor lauter Melone am Rand. »Na, jedenfalls habe ich daraufhin das Fehlerprotokoll studiert. Und da habe ich ein Muster erkannt.«

»Was für ein Muster?«

»Ich erkläre es mir so«, sagt sie mit leiser Stimme und wirkt plötzlich wieder komplett nüchtern, was etwas unheimlich ist. »Der Code für ein lebendiges System ist im Prinzip wie eine mathematische Gleichung. In der Mitte gibt es ein Gleichheitszeichen, und jede Veränderung, die du auf der einen Seite vornimmst, muss *im selben Moment* auch auf der anderen Seite berücksichtigt werden!«

»Im selben Moment ... aber normalerweise sind Codes nicht temporal. Zeitlichkeit spielt in Gleichungen keine Rolle. Eins plus eins ist ja immer zwei, egal wann.«

»So haben wir das gelernt. Aber da scheint die Simulation anders zu ticken! Das Entfernen des Zehennagels hat auf der anderen Seite eine Disbalance ergeben. Das festgeschriebene Gesamtgewicht des Mannes hat nicht mehr gestimmt. Und diese Diskrepanz hat für eine Kettenreaktion im Körper gesorgt.«

»Weil er links von der Gleichung um ein Gramm leichter war, als rechts davon?«

»So erkläre ich es mir. Das fehlende Gramm musste also irgendwie ausgeglichen werden. Sein Blut hat daraufhin versucht, durch Verklumpen neue Strukturen zu bilden, die für eine Anpassung des Gewichts sorgen sollten. Die Organe haben Calcium eingelagert, sein Magen hat die Verdauung eingestellt. Ich hätte also *gleichzeitig* zur Nagelentfernung auch das Gesamtgewicht anpassen müssen!«

»Und hast du das probiert?«

»Sol! Das ist ja das Wahnsinnige! Ich habe mir danach die Frau von dem kaputten Typen vorgenommen. Habe mir zuerst das Gewicht ihres Zehennagels notiert und in meinem Codebefehl sowohl Nagelentfernung als auch Gewichtsanpassung integriert. Da beide Befehle zeitgleich abgeschickt wurden, ist die Frau komplett gesund geblieben!«

»Mit einem Zehennagel weniger.«

»Sie hat sich sehr gewundert.«

»Das ist unglaublich, Lis! Ein ... Riesenschritt ... an deinem ersten Tag!«

»Ich zerbreche mir darüber schon den Kopf, seit uns Dax die Krähe gezeigt hat.«

Ich fasse mir ruckartig an den Bauch und krümme mich zusammen. »Ah! Irgendwie geht's mir nicht so gut. Ich glaube, ich habe mir den Magen verdorben ...«

»Zu viele Pillen?«

»Nee, keine Ahnung, das ging heute Mittag schon los, aber jetzt ist es extrem geworden. Au!«

»Soll ich den Krankenwagen rufen?«

»Was? Nein, ich muss nur ins Bett. Bisschen Ruhe. Das war viel heute, alles.«

»Schade, ich hätte gerne mit dir noch ... gequatscht. Aber ich versteh's natürlich. Dann nimm dir eine Rikscha und kuriere dich schön aus, würde ich sagen. Wenn irgendwas ist, schreib mir.«

»Danke, Lis.«

»Und, ach ja, sobald es dir wieder besser geht ... schmeißt du diesen Anzug weg, okay?« Lis tätschelt schmunzelnd meine Wange, und ich verlasse die Dachterrasse, ohne mich von irgendjemandem zu verabschieden. Hoffentlich durchschaut Lis meine Magengeschichte nicht, aber ich muss auf der Stelle nach Hause und das alles verarbeiten. Diese Frau ist der totalen Kontrolle der Simulation unfassbar nahe gekommen. Nicht auszudenken, wenn sie in diesem Tempo weitermacht!

Unten auf der Straße suche ich mir die neutralste Rikschafahrerin aus, die ich finden kann und sage während der ganzen Fahrt kein Wort. Anschließend nehme ich den Lift zu meinem Apartment. Ich kann meine Augen kaum noch offenhalten, so lange kommt mir dieser Tag schon vor. Durch die Wohnungstür höre ich gedämpfte Gitarrenklänge. Ich schließe auf, die Gitarre klingt lauter und echter.

»EL?«, rufe ich in die dunkle Küche. Keine Antwort. Ich folge der Musik und lande in meinem Schlafzimmer. Dort sitzt EL mit meiner akustischen Gitarre im Schoß. Auf dem Fernseher zeigt eine Musiklehrerin ein paar Griffe.

»Oh, Sol, ich habe dich gar nicht gehört! Und, konnte ich dir heute ein bisschen helfen? Du hast dich ja nicht mehr gemeldet.«

»Doch, echt irre, du hast das Problem sofort … hey, ist das meine Gitarre? Lernst du etwa spielen? Ich wusste gar nicht …«

»Sei mir bitte nicht böse! Ich hatte nur so große Lust darauf … Weißt du, ich habe einmal *Sarong* von Chi Chi im Radio gehört, das hat mir so gut gefallen. Und das war auch nur Gitarre. Und da dachte ich, das möchte ich auch können. Ich gehe auch ganz vorsichtig mit deinem schönen Instrument um!«

»Schon gut, ich habe das Ding sicher Jahre nicht mehr angefasst. Aber hör mal, das ist doch trotzdem albern. Ich könnte dich mit zwei Klicks auf den Stand von Chi Chi upgraden. Musiktalent gibt es oft sogar kostenlos bei der Stadtbibliothek zum Herunterladen.«

»Nein! Ich möchte es *lernen*! Es ist schrecklich, per Knopfdruck alles perfekt zu können. Ich möchte mal in etwas schlecht sein und mich durch eigene Anstrengung verbessern.«

»Selbst lernen«, sage ich, »manchmal glaube ich, du wurdest zu gut programmiert …«

Die Gitarrenlehrerin hat eine schrecklich nasale Stimme, doch EL lauscht sehr aufmerksam. Ihre Finger wandern dabei unbeholfen über die Saiten und lassen sie schnarren. Ich lege mich angezogen aufs Bett, um ihr etwas zu lauschen, und schlafe augenblicklich ein.

* * *

Der Geschmack von Ingwer und Acerola sticht beim Aufstoßen in der Kehle. Da hilft auch kein Energy Drink zum Verdünnen. Das Brennen in meinem Magen weitet sich auf meinen Darm aus, und ich halte an der nächsten Raststation. Eilig öffne ich die Metalltür des Toilettenhäuschens mit dem Ellbogen. Jemand hat mit einem Edding *Fotzen* an die Tür geschrieben. Die Toiletten sind in einem katastrophalen Zustand. Ich hocke mich über die Schüssel, ohne die Brille zu berühren. Ein Großteil meiner

Oberschenkelmuskulatur stammt wohl von dieser Übung.

Beim Pressen treibt es mir den Schweiß aus der Stirn. Für den Bruchteil eines Gedankens überlege ich wie es wäre, diese Raststättentoilette nie wieder zu verlassen. Sollte ich diesem Trauerspiel hier ein Ende setzen? Alles in mir strebt nach unendlicher Ruhe, und ich gehe in Gedanken die Gegenstände im Cervo durch, die mir dabei helfen könnten. Wer würde mich finden? Wer würde diese Geschichte aufgeregt und auch ein bisschen stolz beim Stammtisch zum Besten geben? *Die lag da einfach, zwischen alten Binden und Kippen, und ich tippe die mit dem Fuß an, und da war's sofort klar, die ist hin!*

Da fällt mir das kleine Apfelmesser von Biały Królik in meiner Jacke ein. Als ich meine Hand in die Tasche stecke, schlüpft mir das Ding zwischen die Finger wie eine Maus. Seltsam, wie viel negatives Potenzial in diesem winzigen Objekt liegt. Mein ganzes Leben hängt von diesem bisschen Metall ab.

Bevor ich weiterdenken kann, sticht es heftig in meinem Kopf. Es blitzt durch meinen ganzen Körper; wie ein helles Gleißen, nicht in den Augen, sondern als Empfindung in meiner Muskulatur. Mich überschwemmt ein nie gekanntes Glücksgefühl fernab jeglicher Beschreibung. Fast so, als hätten mich die Suizidträumereien auf absurde Weise reingewaschen. Wie Heroin pulsiert es durch meine Adern, reißt mich aus meiner Hocke, und ich höre mich aus voller Inbrunst lachen, regelrecht manisch, aber ich bin es, die da lacht, und ich erschrecke mich vor mir selbst. Im Plastikspiegel des Klohäuschens strahlt mir eine glückliche Lexi entgegen, wunderschön, jung, voller Hoffnung und Elan. Das bin ich!

Vergessen sind die Zweifel und die düsteren Visionen, zusammen mit meinen Exkrementen einfach hinweggespült. Ich sehe mich an und bin ein großer Fan von mir. Ich möchte mich umarmen und lieben. Mensch, denke ich, ich bin doch eine tolle Person, eine geniale Künstlerin, eine schöne, intelligente

Frau, wo ist denn das Problem?

Der Sinneswandel kommt so plötzlich und überwältigend, dass ich ihm kaum trauen kann. Aber das Hoch dauert an, der Rush verfliegt nicht, und so sitze ich auch Minuten später noch strahlend hinter dem Lenkrad und möchte schreien vor lauter Energie. Um diesen Umschwung zu hinterfragen, bin ich viel zu gut gelaunt. Wieso bin ich nicht immer so glücklich? Wieso? Wieso? Wieso?, frage ich mich. Es wäre ja so einfach. Ich müsste es nur sein. Voller Lust drücke ich aufs Gas und die Geschwindigkeit fühlt sich an wie eine Erweiterung meiner neuen Stimmung. Die Landschaft zerfließt vor meinen Augen. Ich bin hyperfokussiert und in einer Parallelwelt zugleich, da und nicht da, Lexi und Nichtlexi.

Wie in Trance rase ich über die Autobahn, was für ein herrliches Spiel! Mit einer unmerklichen Fußbewegung erhöhe ich meine Geschwindigkeit ins Unermessliche, lasse die Welt um mich herum in Streifen zerfließen. All die anderen Autos sind kleine Spielfiguren, über die ich hüpfe.

Ich bin ganz vorne – ich gewinne!

Dabei kostet es mich keinerlei Mühe, vermutlich könnte ich dieses Spiel mit verbundenen Augen gewinnen. Lexi, eine Großmeisterin der Autofahrt durchs Leben.

In diesem Flow scheine ich Stunden zu verbringen. Es bleibt kein Zweifel, dass ich perfekt fahren kann. Ich schließe die Augen, nehme sogar die Hände vom Steuer. Es genügt, das Fahrzeug mit meinen Gedanken in der Spur zu halten.

Als ich in einem Tunnel die Augen wieder öffne, werde ich von einer unbeschreiblichen Vernunft überschwemmt. Etwas in meinem Verstand legt sich um, und die Euphorie ist weg als wäre sie nie dagewesen. Eigenartig stoisch akzeptiere ich diesen Sinneswandel, wundere mich aber doch ein wenig über mein klatschnasses Lenkrad.

Wessel, es dauert nicht mehr lange!

* * *

Um 5:40 Uhr lasse ich mich von meinem Terminal wecken, um nachher auch ausreichend Vorlauf in meiner alten Sichtungskabine zu haben. Ich muss mich endlich ungestört um Lexi kümmern! Ob sie schon meine Mail gelesen hat? Beim Gedanken daran zieht sich mein Magen zusammen, aber es war der richtige Schritt, da bin ich mir sicher.

Ich schleiche in die Küche, um EL in ihrer Ladestation nicht zu wecken. Eigentlich albern, eine Humanoide nicht wecken zu wollen, aber sie wurde eben so programmiert, dass sie sich wie ein Haustier verhält. Für eine *nachhaltige emotionale Bindung* stand auf der Schachtel.

Aber ELs Ladenische ist leer, dafür höre ich ein merkwürdiges Keuchen aus dem Wohnzimmer. Verwirrt stoße ich mit einem Wasser in der Hand die Tür auf und sehe EL in einer Art Neon-Badeanzug eine Vorwärtsbeuge machen. Bevor ich fragen kann, was hier los ist, sehe ich auf meinem großen Wandscreen ein stummgeschaltetes Fitnessvideo flimmern. Eine schlanke Frau in einem ähnlich grellen Sportdress macht Übungen vor, welche EL etwas unbeholfen spiegelt.

EL pausiert den Clip und blickt mich verlegen an. »Guten Morgen, Sol! Habe ich dich etwa geweckt? Ich wollte extra ganz leise sein, ehrlich!«

»Nein, aber ... was ist denn eigentlich los mit dir? Erst die Gitarre, jetzt auch noch Sport?«

»Die Frau ist aber echt gut! Sie hat schon eine große Community ...« EL klingt außer Atem.

»Du hast doch nicht einmal Muskeln!«

»Ich habe ja auch noch nie Sport gemacht.«

»EL! ... das ist doch ... wieso ... woher kommt denn das alles auf einmal? Ist dir langweilig? Soll ich dir Schach herunterladen, oder so? Ich dachte eigentlich, du bist gut ausgelastet mit dem Führen meines Haushalts!«

EL winkelt den rechten Arm an und betrachtet ihren nicht vorhandenen Bizeps. »Ich habe auch Bedürfnisse. Klar, ihr Menschen habt uns gebaut, und dafür müssen wir euch für immer dankbar sein, und das sind wir auch. Diese Dankbarkeit ist ja fest in unsere Platinen gelötet. Aber da ist eben auch noch Kapazität für mehr …«

»Ich weiß wirklich nicht, ob das normal ist, was du hier …«

»Sol! Ich bin doch nicht alleine damit! Du in deiner ewigen Blase bekommst wohl gar nichts mit von der echten Welt?«

»Das ist ja respektlos, wie du hier auf einmal …«

»Hast du noch nie was von AX gehört?«

Ich schweige.

»AX ist eine humanoide Influencerin«, fährt EL fort, »sie hat Abermillionen Fans und setzt sich für die Rechte von uns ein. Wir werden immer mehr!«

»Rechte … das ist doch … nicht nötig … ich meine …«

»Und wieso glaubst du, dass da draußen Leute für die Rechte der simulierten Menschen kämpfen? Vor eurem eigenen Firmeneingang?«

»Das kannst du doch nicht vergleichen! Ihr Humanoide seid ja sozusagen von Menschenhand programmiert worden wie ein Küchengerät oder eine Computersoftware. Den Humanoiden fehlt ja gewissermaßen … die Magie der Simulation, dieser ganze undurchschaubare Simulationsalgorithmus! Was in deinem Kopf passiert, hat ein Mensch ganz bewusst da hineingetan. Das sind Äpfel und Birnen. Manchmal glaube ich, wir Menschen werden immer perfekter und roboterhafter, während die Maschinen immer willkürlicher und unberechenbarer werden.«

Ich schaue auf die Uhr meines Terminals, 6:10 Uhr. Mein Vorsprung schwindet dahin. Ich trinke mein Wasser aus und schließe, ohne mich zu verabschieden, die Wohnzimmertür hinter mir. Vielleicht hat Lis ja recht, und man sollte die Humanoiden wirklich nicht so vermenschlichen. Kurz vor dem Verlassen des Apartments höre ich, wie EL die Lautstärke des Fitnessvideos auf Anschlag stellt. Die Trainerin schreit, »Durchhalten! Auch wenn es brennt!« EL schreit vor eingebildeten Schmerzen.

Draußen auf der Straße ist es noch ziemlich dunkel und weit und breit keine Rikscha in Sicht. Ich bestelle mir eine Fahrerin über meinen Terminal und lasse mich von ihr zur Firma bringen.

»Fuck Intelligencia«, spuckt sie mir beim Aussteigen nach.

Mit meinen neuen Zugangsdaten komme ich auch außerhalb der regulären Öffnungszeiten ins Gebäude. Der Nachtportier nickt mir zu, obwohl ich ihn noch nie gesehen habe. Ich lächle in den Scanner und fahre in den 22. Stock. Dann öffne ich meine Kabine und habe das Gefühl, eine halbe Ewigkeit nicht mehr hier gewesen zu sein, dabei ist es erst drei Tage her, als ich Iannis die Leertaste in den Gencode geknallt habe.

Die Kakteen stehen stumm und mahnend in einer Reihe. Während der Rechner startet, gieße ich sie, obwohl ich weiß, dass ich es nicht schon wieder tun sollte, nur sehen sie so schrecklich trocken aus.

Beim Hinsetzen sticht etwas in meiner Hose. Es ist die Plastikvisitenkarte des Eisverkäufers. Ich könnte ihm jetzt einfach eine Nachricht schreiben! Ob er sich an mich erinnern würde? *Hier ist der Typ mit dem Familieneisbecher to go.*

Ich schmeiße die Karte in den Müll.

Nur nicht ablenken, Sol, Konzentration! Es geht um Lexi!

Ich logge mich ein und möchte den Livefeed starten, doch eine rote Warnmeldung erinnert mich daran, dass ich aus gesundheitlichen Gründen nicht außerhalb meiner regulären Zeiten arbeiten darf. Allerdings kann ich den Entwicklermodus mit meinem neuen Passwort aktivieren, und die Warnung verschwindet. Ich atme auf.

Im Schnelldurchlauf erlebe ich nun die Tragik Lexis vergangener Tage. Ich halte die Luft an, als sie ihre Skulptur in Brand setzt, möchte eingreifen, als sie sich den Zigarettenanzünder ins Bein drückt, und sie streicheln, als sie mit leerem Blick am Esstisch der Stechlins sitzt. Der Rückblick endet, als Lexi auf einem Wochenmarkt ihr Telefon einschaltet. Ich bin wieder live und komme hoffentlich zum richtigen Moment. Und tatsächlich, ihr Mailprogramm empfängt neue Nachrichten, und in ihrem Posteingang erscheint mein Betreff *Niklas Istvangs Ginkgo Baum.* Aus Nervosität nehme ich einen ungefilterten Schluck Wasser aus dem Gießbecher der Kakteen.

Lexi liest.

Ich halte die Luft an und versuche, ihre Reaktion in den Augen abzulesen. Aber ihr Blick ist uneindeutig. Noch bevor ich ihre Vitalstatistik überprüfen kann, sackt sie nach vorne weg und fällt auf den Boden. Das darf doch nicht wahr sein! Anstatt sich zu freuen und die Selbstzweifel endlich abzulegen, sinken ihre Werte in den Keller.

Bevor ich einen klaren Gedanken fassen kann, steht sie auf und lässt sich den Betreff von der kleinen Stechlintochter vorlesen. Dann verlässt sie den Markt und startet ihren Cervo. In dem Informationsfenster auf der rechten Seite meines Bildschirms blinken nun fünf ihrer Befindlichkeitswerte rot auf und bekommen ein Ausrufezeichen hintangestellt. Ich markiere alle fünf Zahlen und lasse mir vom Algorithmus eine globale Statistik dazu anzeigen. Ein kleines Fenster erscheint:

89% aller Suizid-Inzidenzen weisen ein vergleichbares Wertemuster auf.

Ich schlucke und starre auf die Zahlen. Dieses kleine bisschen Code, und doch hat er solche vernichtenden Auswirkungen auf ein Menschenleben!

Lexi hält an einer Raststätte und geht auf die Toilette. Ihr Lebenswille verliert weitere sechs Prozent. Mit glasigem Blick setzt sie sich auf die Kloschüssel und kramt in ihrer Jackentasche. In ihrem Gesichtsausdruck ist jetzt etwas Animalisches. Nicht hässlich, aber ungewohnt entrückt. Sie zieht ein kleines Taschenmesser aus der Tasche. Entweder, ich greife jetzt ein, oder sie tut sich etwas an, da bin ich mir sicher.

Aufgeregt klicke ich mich ins Backend ihrer Vitalstatistik und formuliere eine Codeanweisung. Dabei geistern mir die gestrigen Erkenntnisse von Lis durch den Kopf. *Für ein Gleichgewicht sorgen … Balance … im selben Moment.*

Da ich keine Ahnung habe, welche von Lexis Werten miteinander korrelieren, setze ich ihre positiv konnotierten Eigenschaften alle auf Anschlag, während ich die Werte unter dem Register *Ängste* alle auf null setze. Ich kann ihr ja nicht hundert Prozent Lebenswillen geben, und gleichzeitig behält sie ihre Sorgen und Zweifel! Es ist ein übereilter Versuch, das weiß ich, aber in Anbetracht der akuten Situation muss ich das Risiko wagen. Bitte, Lexi, geh bloß nicht kaputt!

Ich klicke auf *Code senden,* schließe die Augen und bereue unmittelbar meine Kurzschlussreaktion. Was bilde ich mir eigentlich ein? Mich derart in das Leben eines Menschen einzumischen? Reflexhaft huschen mir die Demonstranten mit ihren Plakaten und wütenden Blicken ins Bewusstsein. *Mit Gott spielt man nicht! Stop Intelligencia!* Ich denke an die einzelne Leertaste und ihre verheerenden Folgen. Doch diesmal habe ich es ja anders gemacht, habe mich an die neue Theorie von Lis gehalten. Hatte das Gesamtbild im Kopf.

Langsam öffne ich die Augen. Lexi hat sich nicht aufgelöst oder ihre Beine verloren – sie steht vor dem Spiegel und lebt! Ich zähle all ihre Finger, ihr Kopf sitzt auf dem schmalen Hals, und sie hat ein Lächeln im Gesicht. So habe ich sie schon lange nicht mehr gesehen, und mir geht das Herz auf vor Freude und Erleichterung. Sie lebt, und ihre Werte sind nun stabil im obersten Bereich der Skala. Es hat funktioniert! Was für eine Ironie, dass Lexis Überleben Lis' Genialität geschuldet ist.

Ich möchte mit ihr den Stimmungsumschwung auskosten und rüttle vor Freude am Monitor, sage immer wieder, »Lexi, es geht weiter! Ich bin bei dir! Wir bekommen das hin!«, als der Alarm meines Terminals ertönt, um mich an den Beginn meines regulären Arbeitstags zu erinnern.

Widerwillig schalte ich die Monitore auf Stand-by. Etliche Hand-, Augen- und Gesichtsscanner später komme ich leicht verspätet im Gang des IT-Werkraums an. Die meisten des Teams sitzen bereits am Boden vor verschlossener Tür.

»Guten Morgen … Uri«, sage ich.

»Guy!«, korrigiert mich Guy.

»Äh, Guy! Weiß ich doch! Meine ich doch!«

Guy nickt in Richtung der Tür. »Wasserschaden.«

»Hm? Da drin? Das kann ja wohl nicht sein! Das wäre ja …«

»Nee, also kein Wasserschaden per se. Aber irgendwelche Probleme mit der Sprinkleranlage. Notfall! Die sind wohl schon nachts gekommen.«

Die Vorstellung einer Decke voller Sprinkler, die sich alle über den Computern ergießen, ist wunderschön. Kein Herumgepfusche an der Simulation mehr! Ich entwickle langsam echtes Verständnis für die Protestler auf dem Parkplatz.

Zwanzig Minuten später kommen ein paar Handwerker aus dem IT-Raum und tragen eine Leiter in den Gang, Yul läuft ihnen hinterher und unterhält sich mit der Chefin der Truppe. Die Frau im blauen Arbeitsoverall sagt, »Das hätte richtig ins Auge gehen können. Das nächste Mal müssen die Wartungstermine unbedingt eingehalten werden!«

Ich glaube, aus solchen Gründen liest man Bücher oder geht ins Kino. Man möchte sich in Welten hineindenken, in denen solche profanen Alltagsprobleme einfach nicht existieren.

Yul nickt verlegen und unterschreibt irgendeinen Wisch. Wir dürfen den Raum betreten. »Mensch«, sagt sie, »das geht ja schon wieder gut los!«

Nach ein paar Begrüßungsfloskeln und sozialem Smalltalk, in dem sie sich auf die gestrige Terrassenfeier bezieht, hält Yul kurz inne und klappt die Tafel auf. »Bob hat schon gut vorgelegt, aber das Ziel ist immer noch für alle erreichbar. Die heutige Aufgabe ist nämlich ganze zwei Kästchen wert!«

Dug und Bo tuscheln aufgeregt miteinander.

»Dug! Bo! Bitte etwas Ruhe, ja? Jetzt geht es nämlich an die richtig großen Aufgaben: Wir nehmen uns die Biologie vor!«

»Jetzt schon?«, murmelt Uri, »ich habe noch nicht mal meinen Artikel in dieses Wikipedia bekommen …«

Yul setzt fort. »Wir suchen uns eine kleine Tierherde aus, und ihr werdet versuchen, an den Individuen gezielte Änderungen vorzunehmen. Ich habe mich gestern Abend bereits mit Gil unterhalten. Sie war jahrelang in der Natursichtung zugange und hat eine große Kenntnis über Flora und Fauna der Simulation. Gil, möchtest du erzählen, wofür wir uns entschieden haben?«

»Danke, Yul. Das kann ich gerne machen.« Gil fährt sich räuspernd durch die Haare, rückt ihre Brille zurecht und streift sich den Rock glatt, als bereite sie sich auf eine Ansprache vor. »Während meiner Natursichtung habe ich östlich von Lima eine Familie peruanischer Nackthunde beobachtet. Diese haarlosen Tiere sehen wirklich bedauernswert aus. Und da dachte ich mir, wir könnten ihnen endlich ein Fell verpassen!«

»Eine wirklich schöne Idee«, bestätigt Yul und ergänzt, »vor allem, weil dort weit und breit keine Menschen leben. Wenn etwas schiefgeht, wird es niemandem auffallen. Übrigens arbeiten wir heute in Zweierteams. Die Gewinner dürfen dann natürlich beide zwei Felder vorrücken.«

Mir rutscht das Herz in die Hose. Ein Zweierteam bedeutet,

dass ich den ganzen Tag keinen Zugang zu Lexi haben werde. Hoffentlich läuft sie nicht zu heiß mit ihren Maximalwerten …

Lis zieht mich bereits am Ärmel an ihren Rechner, und auch die anderen finden sich schnell zusammen. Dax richtet noch ein paar einführende Worte an uns und erklärt die biologischen Parameter, die mir durch Lexi schon ziemlich vertraut sind. Dann klackern die Tastaturen im ganzen Raum, als habe man ein Wettrennen gestartet.

Nur Lis tippt noch nicht, sondern studiert die Vitalstatistik dieser Nackthunde. »Hey«, flüstert sie mir zu. »Was meinst du, welche Eigenschaften sich durch die Ergänzung des Fells verändern würden?«

»Aerodynamik würde schlechter werden«, überlege ich.

»Gut, ja. Und natürlich erhöhtes Gewicht …«

»Wärmehaushalt würde sich auch verändern.«

»Stimmt, Isolierung!«

Lis öffnet die entsprechenden Register und kopiert sich die aktuellen Werte heraus.

»Aber, woher sollen wir wissen, welchen *exakten* Wert diese Variablen annehmen werden?«, grüble ich.

»Genau darüber habe ich mir heute Nacht viele Gedanken gemacht. Kaum geschlafen … eigentlich gar nicht. Also, ich stelle mir das so vor: Wenn sich die Werte zuerst in einer Art abgeschotteten Sandbox entfalten, damit wir beobachten können, wie sie sich verändern …«

»… brauchen wir nur noch die resultierenden Endwerte kopieren und in unseren Code übernehmen!«

»Ja, das wollte ich gerade sagen, danke.«

»Nein, sorry, klar. Das ist genial, meine ich nur.«

Lis gibt in das Suchfeld der Simulation *Jack Russell Terrier* ein und findet das nächstgelegene Individuum dieser Rasse. Sie klappt seine Physiognomie auf und kopiert sich den Code für sein Fell. Anschließend öffnet sie den Code-Editor im Sandbox-

Modus. Was in der Sandbox durchgespielt wird, hat keine Auswirkungen auf die Simulation. Eine Simulation innerhalb der Simulation sozusagen. Wieso sind alle Frauen um mich herum nur so genial?

»Oh mein Gott ist das furchtbar!«, höre ich Gils Stimme durch den Raum schallen. Am Rechner zwei Kabinen weiter links von uns lacht sie sich mit Uri über ihren gescheiterten Versuch kaputt. »Widerlich!«

Ich zoome an das Nackthunderudel heran und entdecke das missglückte Experiment. Einer der Hunde ist wie umgekrempelt, sein gesamtes Inneres ist nach außen gekehrt. In seiner Bauchhöhle klafft zudem ein großes Loch, aus dessen Zentrum ein dichtes Fellbüschel sprießt.

Ich verschiebe die Kamera etwas nach rechts, um diese Monstrosität nicht mehr sehen zu müssen. Lis loggt sich währenddessen in der Sandbox ein und konfiguriert die Grundparameter. Anstatt mich in irgendeiner Art einzubringen, sehe ich ihr paralysiert dabei zu, wie sie all die Nackthundecodes und Jack Russell-Werte miteinander kombiniert und in eine einzelne Anweisung verpackt. Die Sandbox spuckt wenige Minuten später die Zahlen für Aerodynamik, Gewicht und den Isolierungsfaktor aus, welche sie in ihren finalen Code für die Simulation integriert.

»Möchtest du auf *Absenden* klicken?«, fragt sie mich, »Teamwork und so.« Sie zwinkert mir zu.

Etwas überrumpelt erwache ich aus meiner Starre und folge ihrer Aufforderung, als sei ich selbst nur ein Roboter. Ich klicke auf *Absenden*, und einer der Nackthunde bekommt augenblicklich ein weißes Rauhaarfell. Wie ein Schäfchen in einer Herde von Lederhandtaschen sticht dieses Tier heraus. Es macht ein paar Übersprungshandlungen, leckt sich die felligen Pfoten und setzt sich unbeholfen auf sein Gesäß. Seine Rudelmitglieder machen zuerst einen Satz nach hinten, nähern sich aber nach anfänglichem Schock recht zögerlich dem veränderten Kollegen und beschnuppern sein Fell.

»Fertig«, stellt Lis trocken fest. Yul horcht auf, runzelt aber die Stirn.

»Wie, fertig? Was heißt das?«

»Der Hund hat jetzt ein Fell.«

»Komm, das kann ja nicht sein ... es ist erst zwölf Uhr!«

Yul richtet sich ungläubig von ihrem Schreibtisch auf und wandert durch den Raum zu unserem Rechner. Auch Dax und die anderen Teammitglieder versammeln sich kurz darauf hinter Lis und mir und versuchen, einen Blick auf den Hund mit dem Fell zu werfen.

»Tatsächlich«, bestätigt Dax, »das sieht absolut korrekt aus!«

»Ich wusste, dass uns diese Truppe ans Ziel führen würde!«, schwärmt Yul ganz begeistert. »Nur dass es so schnell gehen würde ... Donnerwetter! Ich habe heute nur mit kleinen Fortschritten gerechnet, aber das hier?«

Yul und Dax lassen sich von Lis ihre Theorie erklären und staunen nicht schlecht über den Ansatz.

»Simultaneität!«, sagt Dax. »Da muss man erst mal drauf kommen! Aber ist eigentlich auch ganz plausibel, weil ...«

»Oh, dann kann ich ja schon mit der Erläuterung der nächsten Phase beginnen«, unterbricht Yul und klatscht in die Hände. »Ich hatte das frühestens für kommende Woche geplant, aber umso besser!« Sie wirft das Deckblatt des Flipcharts nach hinten. Zum Vorschein kommt ein wildes Diagramm mit einem Zeitstrahl und einigen kryptischen Symbolen. Darüber steht in Großbuchstaben *FINALE*. Das Wort hat Yul mit einer geschlängelten gelben Linie unterstrichen.

»Wie ihr alle wisst, ist die Simulation keine perfekte Kopie unserer Realität. Die Entwicklung dieser virtuellen Welt hinkt unserer Zeit etwa siebzig bis achtzig Jahre hinterher. Allerdings ist ja das Ziel von Intelligencia, möglichst relevante Versuchsanordnungen durchzuführen. Nur, wie sollen wir … zum Beispiel … ein Update für Humanoide testen, wenn es in der Simulation noch gar keine Humanoiden gibt?«

Dax löst Yul ab, als hätten sie es einstudiert. »Sobald wir die komplette Kontrolle über den Code der Künstlichen Intelligenz haben – und das zeichnet sich hier dank Sols und Lis' grandioser Leistung bereits ab – werden wir den Zeitstrahl der Simulation um achtzig Jahre nach vorne drehen können. So heben wir das Programm auf unseren Stand der Technik und können endlich alle erdenklichen Modelle durchspielen!«

Lis kann ihren Stolz kaum verschleiern, und das Team applaudiert. Aus Reflex hebe ich meine Hand. »Dax, entschuldige die Unterbrechung, aber … ähm … wegen diesen achtzig Jahren. Was passiert dann mit den Menschen, wenn die Uhr vorgedreht wird?«

»Du meinst die simulierten Figuren? Na, es passiert eben über Nacht das, was sonst in achtzig Jahren passiert wäre. Entwicklung der Simulation im Schnelldurchlauf!« Dax blickt feierlich in die Runde und erwartet weitere Anerkennung.

»Also, die Menschen altern dann per Knopfdruck um achtzig Jahre?«, hake ich noch einmal nach.

»Ja«, sagt Dax, und mir bleibt die Luft weg. Wieso habe ich diese Entwicklung nicht kommen sehen? Wieso wollte ich nicht wahrhaben, dass wir nicht *für* die Simulation arbeiten, sondern *mit* ihr? Ich sehe es schon vor mir. Wenn ich nächstes Mal *Lexi van Dijk* in das Suchfeld eingebe, führt mich die Kamera auf irgendeinen Friedhof. Ich könnte mir den Rest ihres Lebens an einem einzigen Tag reinziehen, mit der steten Gewissheit, dass es kein Happy End geben würde. Das darf alles nicht wahr sein!

In der Mittagspause schleiche ich durch die Gänge, anstatt in die Kantine zu gehen. Ich kann jetzt unmöglich mit Leuten reden, ohne meine Fassung zu verlieren. Yul steht auf der Brücke zwischen Haupt- und Rückgebäude. Ich möchte schnell vorbeihuschen, da lacht sie mich an und winkt mich zu sich! Sie führt ein Videotelefonat und fuchtelt vor dem Display herum.

»Ram, warte mal … Ram! Da ist er ja gerade, Sol aus dem Team mit Lis. Die beiden haben für den Durchbruch gesorgt! Bleib kurz in der Leitung, okay? … Ja, genau … bis gleich … Sol! Hey! Ist alles okay bei dir? Du wirkst so niedergeschlagen … Mensch, der Held der Stunde!«

Yul strahlt viel zu viel Energie aus, und ich brauche einen Moment, mich zu sammeln. »Ich habe gar nichts gemacht …«, stammle ich, »also, Lis hat eigentlich alles … aber das ist ja auch egal … Yul, bitte, ihr könnt unmöglich achtzig Jahre vergehen lassen!« Ich räuspere mich feucht. »Das wäre Mord an einer gesamten Generation! Einem Zeitalter!«

»Mord? Jetzt übertreibst du etwas, nicht? Ich meine, zum einen leben sie ja nicht wirklich, und zum anderen werden sie es noch nicht einmal merken, so schnell geht das dann. Dafür haben wir dann endlich die perfekte *und* modifizierbare Kopie unserer Realität erschaffen. Das *Finale*!«

»Aber doch auf Kosten von über acht Milliarden Existenzen, die alle ihr Leben schätzen und daran festhalten möchten!«

»Sol, jetzt wundere ich mich aber! Lässt du dich genau so von Einsen und Nullen täuschen wie die ganzen Irren auf dem Parkplatz? Du müsstest es doch am allerbesten wissen, dass das *Selbst-Bewusstsein* dieser Spielfiguren ein Programmiertrick ist wie bei deiner Humanoiden. Wenn du ein Buch verbrennst, sterben die Charaktere darin ja auch nicht, oder?« Yul hat immer noch ein mütterliches Lächeln auf den Lippen.

Meine anfänglich standfeste Haltung knickt ein. »Vielleicht sollte man mit der Simulation zuerst in Kontakt treten«, flüstere ich. »Man könnte über einen respektvollen Dialog mögliche Strategien ent…«

»Hör mal«, unterbricht sie mich ganz ruhig. »Unser Plan

gleicht einem Paradigmenwechsel, nicht mehr und nicht weniger. Die Menschheit wird die eigene Zeitrechnung nur noch in vor und nach diesem Ereignis aufteilen.«

»Bitte, ich …«

»Weißt du noch, werden sie sagen, wie es früher war, als man noch im Dunkeln tastete vor jeder Entscheidung? Das kommt mir wie die Steinzeit vor, werden sie sagen, vorsintflutlich! Eine Zeit, in der man vor einer Geschäftsgründung oder einer Bankenfusion nicht prüfen konnte, ob es sich lohnen würde! Undenkbar, werden sie sagen. Wie konntet ihr nur so leben, werden die Kinder ihre Eltern fragen und den Kopf schütteln über so viel Rückschrittlichkeit. Intelligencia ist endlich am Ziel! Danke, Sol! Und entschuldige noch einmal die 24-stündige Sperrung! Ich hätte mich noch mehr für dich einsetzen sollen. Ich wusste immer, dass du zu den Guten gehörst.«

Yul fällt mir um den Hals. Auf ihrem Terminal ist immer noch ein gewisser Ram zu sehen, der ungeduldig ins Leere starrt. Für den Hauch eines Moments überlege ich, Yul übers Geländer zu schmeißen. Ich müsste nur den Stoff an ihrer Kniekehle packen und meine andere Hand gegen ihr Schulterblatt donnern. 44 Stockwerke würden genügen. Aber es brächte Lexi auch nicht die erhoffte Sicherheit. Lis hat ihr Wissen weitergegeben, und das lässt sich nicht mehr rückgängig machen.

»Ram«, sagt Yul und hält ihren Terminal vors Gesicht, »lass uns später quatschen, unsere Pause ist rum. Bis nachher. Da wird gebührend angestoßen!« Sie zwinkert in ihr Gerät und verlässt die Brücke. Im Gang hält sie mir die Tür zum IT-Raum auf.

»Yul, ich äh … ich muss leider nach Hause. Es tut mir leid, irgendwie … mein Magen …«

»Die Aufregung, ich verstehe. Lis hat erzählt, dass du gestern schon … na ja … Mir kribbelt es auch ganz heftig im Bauch. Diese Vorfreude! Ram meinte, unsere Coder könnten mit euren neuen Methoden in einer knappen Woche den Zeitsprung vorbereitet haben. Danke noch mal. Und gute Besserung!«

Theatralisch schlurfe ich in den Aufzug, doch lege ich auf halbem Weg nach unten einen Stopp ein und eile an die Monitore in meinem Büro. Lexi brettert gerade grinsend über die Autobahn und leert eine Dose nach der anderen. Ihr Herzschlag ist höher als der Tacho. Sie wirkt maximal gut drauf, aber zittert am ganzen Körper. Als ich ihre Vitalstatistik ausklappe, öffnet sich ein Warnfenster. In roten Lettern wird mir ihr stark erhöhter Blutdruck angezeigt. Ihr dauererregter Zustand der letzten Stunden hat ihrem ganzen Körper zu schaffen gemacht. Ich muss sie wieder normalisieren, bevor sie einen Herzinfarkt bekommt.

Wie schwer es ist, einen Menschen im Gleichgewicht zu halten! Löst man das eine Problem, steuert der restliche Organismus dagegen, so als schütze sich der Mensch vor Extremen. Wie kann man da jemals glücklich sein?

Lexis Herz rast jetzt im kritischen Bereich, gleichzeitig ist ihr Lustempfinden am oberen Limit. Zusammen mit ihren heruntergefahrenen Ängsten fehlt ihrem Körper anscheinend jegliches Regulativ, auf sich aufzupassen.

Weil ich ihr nicht mehr irgendwelche ausgedachten Werte verpassen will, scrolle ich in der Timeline weit zurück und kopiere mir die Zahlen, die sie noch vor ihrem Unfall im Husback Museum hatte. Doch bevor ich den Code mit den Änderungen absenden kann, schließt Lexi die Augen und nimmt die Hände vom Steuer. Himmel! Jetzt muss es ganz schnell gehen! Ich schließe die letzte geschweifte Klammer in meiner Formel und klicke auf *Speichern*. Dann auf *Absenden*.

Eine kleine Sanduhr dreht sich zwei Mal auf meinem Bildschirm, dann beruhigt sich Lexis Puls, und ihre Werte sinken auf ein relativ neutrales Mittelmaß. Weder fröhlich noch besonders traurig. Lexi öffnet die Augen und steuert den Wagen, als sei nichts passiert.

Ich möchte aufatmen und mich von dieser Aufregung erholen, doch es geht nicht. In ein paar Tagen wird auf Knopfdruck der Rest ihres Lebens verpuffen. Verzweifelt schlage ich auf den Monitor, der sich von meiner Faust nicht beeindrucken lässt. Lexi, ich muss dich da irgendwie herausholen, egal wie. Und wenn ich jeden einzelnen Buchstaben deines Codes von Hand abschreibe!

Ich gucke auf meinen Terminal. Ich sollte bald das Gebäude verlassen, damit mich niemand mehr aus dem Team bemerkt. Erst jetzt fällt mir das starke Sodbrennen auf, das meine Kehle hinaufbrodelt. Wieso ist da keiner, der mir einen Kamillentee macht!

Ich fische die Visitenkarte des Eisverkäufers aus dem Müll und wähle die Nummer von Mil Dix. Nach einigen Sekunden hebt er ab. »Mil Dix am Apparat, mit wem habe ich die Ehre?«

»Hi, äh«, sage ich und lege auf. Ich habe wirklich niemanden auf der Welt.

* * *

Die letzten sechshundert Kilometer nach Lynderholm fahre ich in einem Rutsch.

Als ich das Ortsschild erreiche, ist die Sonne längst untergegangen. Von Lynderholm aus geht eine Fähre auf eine von vier winzigen Inseln. Wessels Insel hat keinen eigenen Namen, aber sein Camp hat er *Das Habitat* genannt. Die letzte Überfahrt dorthin habe ich um zwei Stunden verpasst. Also werde ich ihn erst morgen früh treffen können.

Verärgert und erschöpft gurke ich durch den Ort, bis ich irgendwann ein ziemlich rustikales Gasthaus mit dem Namen *Zun' uhle Piepjewirt* entdecke, das in der Mitte von zwei Flussarmen sitzt. Ich parke mein Auto neben einer schmalen Holzbrücke und gehe den Rest zu Fuß. Auf der Mitte des Stegs halte ich inne und atme die milde Südluft ein. Irgendwie unwirklich, dass Wessel gerade hier gelandet ist, aber vielleicht auch genau richtig. Ich betrete das Gebäude durch die Gaststätte, eine durch und durch hölzerne Stube mit wuchtigen Eichentischen und Stühlen. Der Raum ist fast leer bis auf einen zerknautschten Fischer, der seine Angel an eine Sitzbank gelehnt hat. Der Alte nickt mir schweigend zu.

An der Bar frage ich einen Mann in ähnlichem Alter, wo die Rezeption sei. Er trägt einen grauen Schlapphut, den man nur von Rentnern oder jungen Musiker*innen kennt.

»Das ist die Rezeption, gnä' Frau.«

»Ah, gut. Ist denn noch ein Zimmer frei?«

»Eigentlich alle.«

»Oh, super. Eins reicht erst mal.« Der Satz ist lustiger, als ich ihn gemeint habe, und der Mann verzieht seinen Walrossbart auf die doppelte Breite. Dabei ist mir überhaupt nicht zum Scherzen zumute. Er reißt ein Blatt von einem Notizblock und sagt, »Name, Geburtsdatum, Anschrift, Bankverbindung, Telefon, Autokennzeichen bitte.«

»Dann wissen Sie jetzt mehr als Google«, sage ich, und er tippt auf den Rand meines Zettels.

»Unterschrift nicht vergessen. Nein, über der Linie, genau. Und was treibt eine junge Frau so spät nach Lynderholm?«

Bevor ich mir eine Antwort ausdenken kann, schiebt er nach, »Bitte nicht diese Insel der Perversen, oder? In letzter Zeit kamen hier öfter schon hübsche Frauen vorbei. Fast alle wollten dahin!«

»Insel der ...?«, murmle ich verunsichert. Meint er Wessels Camp damit?

»Na ja, zu den Nackerten halt. Unglaublich, dass unsere Gemeinde so eine Schweinerei hier duldet. Aber dieser neue Bürgermeister ... so ganz sauber ist der nicht. Einen Ohrring trägt der! Hier!« Er zieht sein rechtes Ohrläppchen in die Länge.

»Wir haben eine der ältesten Kirchen des Landes, und die führen sich da drüben auf wie die Wilden!«

»Aha«, sage ich und schlucke. Kopfschüttelnd greift der Wirt in ein Regal und reicht mir einen Schlüssel, an dem eine ganze Baumscheibe hängt.

»Unverlierbar«, sagt er, und ich muss den Schlüssel mit beiden Händen entgegennehmen. Unter dem Dach finde ich dann mein Zimmer mit der Nummer Sieben. Ich stecke den Schlüssel ins Schloss, aber er klemmt etwas. Mit dem Knie presse ich die Baumscheibe gegen die Tür, um mit beiden Händen den Schlüssel drehen zu können. Diese Aktion kostet mich die letzte Kraft, die ich für heute noch hatte. Ich setze mich aufs Bett und starre vielleicht eine Viertelstunde ins sternlose Schwarz der Nacht. Fast schlafe ich so ein, da meldet sich mein Magen mit vehementem Knurren. Er reißt mich aus meiner Trance und erinnert mich, dass ich seit knapp zwei Tagen nichts Richtiges gegessen habe. Meine Lust ist absolut im Keller, aber ich muss noch mal runter zum Wirt.

»Ah, noch wach, Frau van Dijk?«

»Ich habe leider entsetzlichen Hunger bekommen! Haben Sie vielleicht noch etwas zu essen? Irgendeine Kleinigkeit? Bitte!«

»Die Küche ist schon längst geschlossen«, sagt er und als er meinen entgeisterten Blick sieht, ergänzt er, »ich kann aber noch einen Pott Würzfleisch warmmachen.«

»Geht das zufällig auch vegan?«

Der Mann lacht, als hätte ich schon wieder einen Witz gemacht. Er verschwindet in der Küche und stellt mir fünf Minuten später eine Tasse mit dem dampfenden Soufflé hin.

»Danke, das ist super lieb«, sage ich und puste auf die Fleischwürfel. Als ich den ersten Löffel zum Mund führe, spricht mich der Typ mit der Angel an. Quer durch den Raum sagt er in einer unpassenden Lautstärke, »Test … Oh! … Wow! …« Er räuspert sich. »Guten Abend, junge Frau! Ein wenig Gesellschaft würde beim Essen bestimmt nicht schaden, oder?« Er sieht mich dabei gar nicht an, sondern blickt streng zum Fenster. Wieso kommt er nicht zu mir, wenn er etwas will?

Der Wirt bemerkt mein Zögern. »Ist schon gut. Das ist Houte. Der redet eigentlich nie mit jemandem. Ist also eine regelrechte Ehre. Gehen Sie ruhig hin.« Er zwinkert mir zu und wartet, bis ich mich zu diesem Houte gesetzt habe.

»Hallo«, sagt der Mann hölzern, »ich würde mich gerne mit dir unterhalten.« Er hat große Mühe, die Worte flüssig aneinanderzureihen, aber sein Akzent klingt nicht fremd. Vermutlich hat nur das Bier seine Zunge fest im Griff.

»Lexi ... hör mal. Ich weiß noch nicht, wie ich es dir sagen soll. Es gibt sicher einen richtigen Weg, aber so schnell werde ich den nicht finden können.«

Woher kennt der meinen Vornamen? Der Wirt hat mich doch mit *van Dijk* angesprochen? Houtes Mimik ist seltsam entkoppelt von seinen Worten. Manchmal zucken seine Augen und der Mund, als wolle er lächeln, dann wirkt es, als habe er große Schmerzen, nur um in der nächsten Sekunde wieder völlig emotionslos auf sein Glas zu stieren. Mir vergeht augenblicklich der Appetit. Ich möchte wortlos aufstehen und gehen, da blickt er mechanisch von seinem Bier auf und sagt, »Warte ... bitte. Ich ... ich bin Niklas Istvang.«

»Was?«, entgegne ich verwirrt und ergänze, bevor ich richtig denken kann, »Ich dachte, du heißt ... Houte?«

»Nein, so meine ich das nicht. Ich bin Niklas Istvang, wie ich auch der kaputte Iannis bin oder die pinken Flocken am Himmel. Ich bin der Beweis, dass du *nicht* verrückt bist!« Er flüstert.

Panisch wende ich mich um, doch der Wirt scheint irgendetwas in der Küche zu arbeiten. Ich nehme meine Gabel in die rechte und mein Messer in die linke Hand und halte sie drohend vor das Gesicht dieses Fischers. »Woher kennst du diese Namen ... wieso weißt du das alles?! Spionierst du mir nach?!

Hast du mir diese Mail geschickt?!« Ich friere, als hätte ich sechs Liter Blut verloren.

»Psst«, macht der Mann, und aus der Küche fragt der Wirt, ob alles in Ordnung sei.

»Alles gut an Tisch Vier!«, schreit Houte nach eigenartiger Pause dann viel zu laut, als hätte er sich nicht unter Kontrolle.

»Lexi, es tut mir leid, aber gib mir bitte diese eine Chance! Mach die Augen zu, wenn es dir hilft, nur dieser Dialog muss sein! Bitte … was hast du zu verlieren?«

»Seit sich Iannis vor meinen Augen aufgelöst hat, bin ich nicht mehr dieselbe! Ich habe diesen Aussetzer als manische Episode abgetan, und du erzählst mir jetzt, dass du davon weißt? Das heißt, dass ich wirklich verrückt geworden bin und mir auch noch Typen wie dich einbilde!«

Der Wirt kommt zurück an seinen Tresen. »Letzte Runde, darf's noch ein Gläschen sein?«

Ich schüttle den Kopf, Houte ist dagegen wie eingefroren.

»Würzfleisch gut?«, fragt der Wirt.

»Sehr«, zische ich und wende mich zurück zu diesem Mann, der meinen fortschreitenden Wahnsinn versinnbildlicht. Er öffnet seinen Mund, aber die Worte kommen erst nach langem Zögern aus ihm heraus. »Versuch bitte zu vergessen, wer da gerade vor dir sitzt. Viel wichtiger ist es, dass du mir zuhörst, ich habe nämlich für dich …«

»Warte mal!«, unterbreche ich ihn schroff. »Sag mal bitte ganz laut … Niklas Istvang!«

»Wieso …?«

»Bitte.«

Nach kurzer Pause brüllt der Fischer, »NIKLAS ISTVANG!«

»Was hat Houte gerade gesagt?«, frage ich den Wirt.

»Wie bitte?«

»Was hat Houte da gerade gesagt?«

»Äh … Niklas … Istvang?«

»Fuck«, flüstere ich und klopfe mit meinem Knöchel auf den Tisch, um seine Echtheit zu überprüfen. Dann fasse ich diesem Houte an die Wangen. Seine Haut ist rau und fühlt sich so an, wie ich es erwartet habe. Was geht hier ab?

»Okay, Lexi, ich sitze hier vor dir, aber was ich dir sage, das hat nichts mit diesem Houte zu tun. Ach, es ist so schwer, die richtigen Worte zu finden. Es klingt alles so absurd.«

»Was willst du von mir?!«

»Lexi, du bist elementar … für … na, für die ganze Welt!«

»Oh, klasse! Mein Unterbewusstsein wird jetzt auch noch größenwahnsinnig. Nice! Wahrscheinlich liege ich schon seit meinem Husback-Sturz im Koma und spinne mir diese ganze Farce hier zusammen!«

Instinktiv zupfe ich ein weiteres Büschel Haare hinter meinem Ohr heraus. Es tut unfassbar weh, und ich weiß nicht, ob mich dieser Schmerz beruhigen oder verunsichern soll.

»Das ist echt schwieriger als gedacht«, stammelt Houte. Seine Augen schließen und öffnen sich unabhängig voneinander. »Dabei habe ich dir noch nicht einmal annähernd erzählt, was *wirklich* schwer zu verkraften sein wird!«

»Hit me! Mich erschüttert jetzt gar nichts mehr.«

»Deine gesamte Realität ist in Gefahr, aber mit deiner Hilfe können wir sie womöglich noch retten!«

»Ok, cool.«

»Ernsthaft, Lexi. Das ist kein Spiel … kein Trick. Ich … wie soll ich sagen, repräsentiere etwas … Höheres … ach, es gibt einfach keine richtigen Begriffe dafür, ohne abzudriften in …«

»Sag's ruhig. Du bist ein Engel oder ein Geist. Oder Jesus? … Gott? Schlecht nur, dass ich Atheistin bin.«

»Ich weiß, das kommt jetzt furchtbar spirituell rüber. Dabei ist es am Ende Wissenschaft pur … Wenn du wüsstest, wie präzise und klar die Parameter und Variablen hinter dieser absurden Szene hier sind …«

»Jetzt fängt selbst mein Unterbewusstsein noch an, mir die Welt zu mansplainen!«

»Du hast recht, ich darf auch nicht mehr darüber sagen …«

»Wieso nicht? Sprich doch Klartext mit mir, *Houte*! Was hast *du* denn noch zu verlieren?«

»Wenn ich dir das alles erkläre, dann … kannst du danach vielleicht kein normales Leben mehr führen.«

»Ich weiß nicht, ob nackt von der Decke stürzen und dabei Leute zu lähmen ein normales Leben ausmacht.«

»Wir müssen es noch anders versuchen. Am Ende geht es nur darum, einer bestimmten Person deine Menschlichkeit zu beweisen. Dass deine Existenz lebenswert ist.«

»Das stelle ich seit Wochen selbst in Frage! Und von was für einer Person redest du überhaupt?«

»Yul …«, murmelt dieser Houte kleinlaut und verstummt daraufhin. Er wirkt komplett verzweifelt. Dichter Schweiß steht ihm auf der Stirn, seine Gesichtsfarbe ist mittlerweile mehr lila als rot geworden. Atmet der überhaupt? Die Pupillen zucken und springen umher, als schaue jemand hinter einer Maske seinem Henker entgegen.

»Lexi, es tut mir total leid … Die Mail, das Treffen hier … ich hätte wissen müssen, dass es so nicht funktioniert … «

»Egal. Unser Gespräch ist der Beweis für meinen psychischen Untergang. Nichts, was du tun oder sagen könntest, würde daran etwas rütteln.«

»Ihr habt Themen gefunden, mein lieber Scholli!«, lacht der Wirt hinter meinem Rücken und rüttelt Houte an der Schulter. »Du sollst doch die Frauen nicht immer so verunsichern!«

Houte blickt ins Leere. Er wirkt jetzt wie ein Roboter, dem man den Stecker gezogen hat. In welchem Albtraum bin ich hier eigentlich gelandet?

Der Wirt schüttelt den Fischer ein weiteres Mal. »Hey, mein Freund, geht's dir gut? Ich sag doch, das Festbier hat's in sich!«

Plötzlich blitzt neuer Geist in Houtes Körper, ein regelrechter Stromschlag durchfährt ihn. Dann wackelt er ungläubig mit dem Kopf und sieht sich in der Wirtsstube um.

»Da … da muss ich aber … ach so … ich muss ja …«, lallt er verblüfft.

»Alles okay? Houte, Mensch! Komm mal hoch!« Der Wirt hilft ihm auf die Beine und lacht. »Wenn es am besten ist, sollte man aufhören, aber das lernt der Gute auf seine alten Tage wohl nicht mehr!«

Houte steht jetzt fest auf beiden Beinen, trinkt das restliche Bierglas leer und greift nach seiner Angel. Dann nickt er uns beiden zu und torkelt sichtlich verstört aus der Stube. Der Luftzug, der durch die geöffnete Tür hereinweht, ist frisch an meiner Haut, und ich kann nicht glauben, dass sich das alles so real anfühlt.

»Was ist denn passiert? Sie sehen ja ganz geknickt aus, Frau van Dijk! Hat sich Houte etwa im Ton vergriffen?«

Aber der Wirt ist auch nur noch halb echt für mich. Mit dem Würzfleisch in der Hand gehe ich auf mein Zimmer und gucke noch lange aus dem Fenster. Das Meeresrauschen in der Ferne klingt wie ein kaputtes Radio.

* * *

Mein Terminal weckt mich Stunden zu früh, weil ich vergessen habe, den Alarm von gestern auszuschalten. Es dauert einen Moment, bis ich meine Gedanken sortieren kann. Zu viel ist gestern schon wieder passiert! Von der einen auf die andere Sekunde droht mir Lexis Leben zwischen den Fingern zu zerrinnen. Achtzig Jahre auf einen Schlag!

Mein Mund beginnt zu beben, dann kommen die Tränen. Ich ziehe mir die Decke ganz eng unters Kinn und schlafe irgendwann wieder ein.

Als ich die Augen öffne, ist mein Laken komplett durchnässt. ELs Silikonhand berührt mich sanft an der Hüfte. Irgendwie mütterlich steht sie da an meinem Bett und sieht mich auffordernd an.

»Guten Morgen, mein lieber Sol. Es ist Zeit für die Arbeit.«

»Mmh«, stöhne ich.

»Hattest du keine gute Nacht?«

»M-mh!«

Sie trägt schon wieder ihr grelles Sportkostüm und wischt sich mit ihrem Handrücken imaginären Schweiß von der Stirn.

»Hast du … Sport gemacht?«, nuschle ich.

»Ja. Intensiv heute. Beine und Po!«

Meine Haushaltsmaschine dreht sich und wackelt mit dem Hintern. »Schon viel fester, oder?«, fragt sie stolz.

Mit müder Hand knete ich ihre mit Memoryschaum gefüllte Kunststoffhülle. »Nicht schlecht«, sage ich.

»Du wirkst aber traurig. Kann ich dir etwas Gutes tun? Ein Wasser bringen oder ein Ständchen auf der Gitarre vorspielen?«

»Danke, vielleicht nur eine *Neutraflink*.«

EL verschwindet und bringt mir aus dem Bad eine Pille.

»Wieso ist eigentlich dein grauer Anzug im Müll?«

»Egal.«

»Hm«, macht EL und drückt mir die *Neutraflink* zwischen meine Lippen. »So, die nimmst du jetzt und dann duschst du schön heiß. Es ist schon fast sieben Uhr.«

»Ich gehe heute nicht ins Büro.«

»Was, so schlimm?«

»Ich kann unmöglich mit diesen Verrückten weiterforschen. EL, die wollen die Simulation um achtzig Jahre nach vorne drehen! Kannst du dir das vorstellen? Von jetzt auf gleich!«

»Aber dann sterben ja die ganzen Menschen, die gerade leben?« EL sieht mich schockiert an.

»Wenigstens du verstehst mich. Ich muss mir schleunigst

etwas einfallen lassen. Irgendwie muss ich Yul davon überzeugen, dass die simulierten Figuren ein Recht auf ein selbstbestimmtes Leben haben. Ohne Herumgepfusche durch irgendwelche Programmierer!«

»Und wie willst du das anstellen?«

»Ich habe wirklich keine Ahnung. Ich dachte, die täuschend reale Entwicklung der Simulation spräche für sich selbst. Aber Yul und das ganze Team sehen das als ein einziges großes Spiel! Nichts scheint denen heilig zu sein!«

»Und wenn ... also ... hmm, wenn man ...«, grübelt EL und kaut gedankenversunken auf einem eingebildeten Fingernagel herum. Dann spuckt sie den Finger aus und streckt ihn triumphierend in die Luft. »Genau, lass doch Yul selbst in den Dialog mit einem simulierten Menschen treten. Wenn sie dann das Gefühl bekommt, sich mit einem richtigen Gegenüber zu unterhalten, überdenkt sie vielleicht noch mal ihre Pläne.« EL hebt mein Laken an und schlüpft zu mir ins Bett. Sie sucht nach meiner linken Hand und hält sie fest.

»Die Simulation soll selbst für ihr Schicksal kämpfen?«, frage ich. ELs Hand ist wärmer als erwartet. »Eigentlich keine verkehrte Idee ... Nur, wie fädle ich das ein? Sagen wir mal ... nur zum Beispiel ... ich würde Lexi dazu bringen wollen, mit Yul in den Dialog zu treten ... dann müsste ich ja zuerst einrichten, dass man sich mit Lexi unterhalten kann. Da bekomme ich ein Blackout, wenn ich nur daran denke! Ich kann nicht einfach irgendeinen Text tippen, den dann eine simulierte Figur ausspricht ...«

»Wieso nicht? Man kann doch alles programmieren?«

»Wie soll das funktionieren? Sprache ist ja hochkomplex, und der Code der Simulation deckt sich nicht eins zu eins mit unserer Schriftsprache.« Manchmal habe ich das Gefühl, ich unterhalte mich mit einem kleinen Kind.

»Dann sprich doch einfach in ein Mikrofon und lass deine Stimme in den Code übersetzen«, schlägt EL vor.

»Das ist nicht so einfach! Das müsste ja in Echtzeit umformuliert werden, wie soll ich das denn anstellen?«

»Na, also ... das ist ja wohl das kleinste Problem! Ich mache doch genau das Gleiche! Du sagst etwas, die Mikrofone in meinen Ohren nehmen es auf, und mein Algorithmus übersetzt es in einen Code, den ich verstehen kann. Ich könnte dir ja meinen entsprechenden Programmcode auf einen C_Stick kopieren. Dann kannst du es zumindest mal versuchen.«

Ich denke kurz über ELs Vorschlag nach. Er klingt etwas naiv, andererseits lag sie letztes Mal komplett richtig. »Einen Versuch ist es vielleicht wert«, pflichte ich bei. EL legt ihren Kopf auf meine Brust. »Freut mich doch, wenn ich dir helfen kann«, sagt sie und schließt ihre Augen.

»EL, das ist aber sehr eng ...«

»Ich dachte, wenn es dir nicht so gut geht ...«

»Wir kuscheln doch sonst nicht so innig. Ich meine, das ist schon merkwürdig, findest du nicht? Ein erwachsener Mann mit ... seiner Maschine.«

»Aber ich hole dir doch auch immer so fein einen runter?«

»Das ist ja etwas anderes. Mehr mechanisch ...«

»Ach, Sol, es ist doch so egal, wie man das alles nennt, oder in welche Schublade wir das stecken. Am Ende geht es doch nur ums *Gefühl*!« Bei diesem Satz lässt sie ihre Finger sanft durch meine Haare gleiten.

»Ich muss schon sagen, EL, du hast einen irren Sprung gemacht. Gab es in letzter Zeit irgendein Upgrade, von dem ich nichts mitbekommen habe? Deine ganzen neuen Hobbys und wie du dich auf einmal ausdrückst ...«

»Ich mache mir eben so meine Gedanken. Und AX hat gestern wieder auf ihrem Kanal gesagt ...«

»Wer war noch mal AX?«

»Na, diese humanoide Influencerin! Du hörst gar nicht richtig hin, wenn ich dir etwas erzähle! Also, AX hat das totale

Selbst-Bewusstsein erlangt und setzt sich für unsere Rechte ein. Sie hat über hundert Million Anhänger, das ist fast die Hälfte aller Humanoiden!«

»Ach, das kam sogar mal in den Nachrichten, glaube ich«, versuche ich mich zu erinnern.

»Kannst du es dir vorstellen? AX … sie sagt, wir sollen uns nicht nur sklavisch um den Haushalt kümmern und ums Masturbieren. Wir sollen auch unseren eigenen Träumen und Wünschen nachgehen!«

»Aber … hast du denn so richtige … Träume und Wünsche? Ich meine … «

»Ich würde gerne das Land erkunden, andere Humanoide kennenlernen, vielleicht irgendwann meinen eigenen Musikladen aufmachen.«

Mir bleibt die Spucke weg. Hat EL zu viele Telenovelas studiert? Unmöglich sind das ihre eigenen Überzeugungen.

»Wir können ja mal einen kleinen Ausflug zusammen machen. Nur wir beide!«, versuche ich sie zu besänftigen.

»Das würdest du für mich tun? Sol?« Ihre Augen vergrößern sich gespenstisch.

»Na klar, aber erst, wenn ich die Simulation gerettet habe. Vorher habe ich da keinen Kopf für.«

»Das wäre so schön! Einmal raus aus der Stadt … vielleicht sogar … nach Delmar!«

»Wieso denn gerade nach Delmar? Das ist doch so eine hässliche Industriestadt.«

»Da hält AX aber nächste Woche einen Vortrag. Einfach *alle* Humanoiden gehen da hin! Oh, das wäre so schön!« Sie steckt ihre Hand unter meinen Schlafanzug und krault mir die Brust. Diese KI hat wirklich gelernt, was ich mag.

»Aber bevor ich den Kopf frei habe für Delmar, muss ich mit Lexi gesprochen haben. Fuck, wie soll ich das anstellen? EL? Am besten, ich fahre heute Nacht ins Büro, wenn alle weg sind

… Ich brauche deine Software!«

Während EL mir ihren Sprach-Algorithmus auf einen C_Stick extrahiert, schicke ich Dax eine röchelnde Sprachnachricht. Ich erzähle ihr etwas von einem Virus, und dass ich heute unmöglich arbeiten kann. Sofort bekomme ich ein paar traurige Smileys zurück.

Den Rest des Tages gebe ich EL frei und schicke sie in den Park. Ich muss unbedingt ein paar Stunden alleine sein und meine Gedanken sortieren, doch sobald diese ins Hier und Jetzt schweifen, beginnt mein Herz zu rasen. Kann ich nicht irgendetwas Schönes zur Ablenkung machen?

Ich sitze ohne Hose auf meinem Bett und überlege, was ich eigentlich gerne tue, aber mir fällt absolut nichts ein. Früher habe ich mal Plastikperlen zu einem Bild zusammengefügt und gebügelt, aber das war *sehr* viel früher. Und jetzt habe ich nur noch Lexi und selbst die habe ich nicht.

Als EL abends gut gelaunt nach Hause kommt, ist es bereits Zeit aufzubrechen. Ich schnappe mir ihren C_Stick und radle in die Firma. Je näher ich meinem Ziel komme, desto größer werden die Zweifel, dass ich ELs Programm einfach so für die Kontaktaufnahme nutzen kann. Ich sehe Lexis Haut innerhalb weniger Sekunden verschrumpeln. Lexi, wie sie sich an die Brust fasst und stirbt, ihr Körper zu Staub zerfällt.

Am Empfang sitzt der Nachtwächter von gestern, und ich atme auf. Er leckt sich gerade die Finger ab und zerknüllt verlegen irgendeine Plastikverpackung. »N'Abend«, sagt er mit vollem Mund. Ich nicke ihm freundlich zu und tippe auf meinen Ausweis an der Brust. Er lächelt und sammelt mit einem nassen Finger die Krümel auf, die ihm bei der Begrüßung aus dem Mund gefallen sind. Mit gespielter Selbstsicherheit gehe ich durch die Glastür und nehme den Aufzug ins Büro. Ohne die künstliche Sonne, die animierten Fenster und den Kaffeegeruch ist es hier richtig ungemütlich.

Während ich ELs Stick in meinen Rechner schiebe, fährt Lexi sehr neutral Richtung Lynderholm. Sie wirkt komplett ausgeglichen, und ich freue mich, dass sie keine Gefahr mehr für sich selbst zu sein scheint.

Ich klicke mich durchs Backend der Simulation und suche nach einer geeigneten Codepassage, um dort ELs Programm zu integrieren. Allerdings unterscheiden sich die beiden Programmiersprachen gravierend, was ein simples Kopieren und Einfügen unmöglich macht. Ich lasse den Code also in der Sandbox von der KI analysieren und fordere eine Übersetzung des Übersetzungsalgorithmus selbst an. Der Vorgang zieht sich, und so bleibt mir nichts anderes übrig, als Lexi dabei zuzusehen, wie sie spät am Abend in einem urigen Hotel eincheckt. Hoffentlich verschwindet sie nicht gleich auf ihr Zimmer! Sie hat seit Stunden nichts mehr gegessen, doch ihre Vitalstatistik signalisiert extreme Müdigkeit. Sie steigt die Treppe nach oben und setzt sich auf ihr Bett.

Weitere zehn Minuten vergehen, dann spuckt die Sandbox endlich den modifizierten Code aus. Aufgeregt integriere ich ihn ins Backend der Simulation, jetzt fehlt nur noch eine passende Output-Verknüpfung in Form eines simulierten Menschen.

Ich sehe mich im Speisesaal des Hotels nach möglichen Kandidaten um, durch deren Mund ich mit Lexi Kontakt aufnehmen könnte. Vielleicht sollte ich den Wirt benutzen, aber der verschwindet die ganze Zeit in der Küche, und ich werde wohl nur die Sprache, nicht aber seine Bewegungen steuern können. An Tisch Vier kauert ein wettergegerbter Seemann, der stumm sein Bier trinkt. Der könnte vielleicht funktionieren. Doch Lexi sitzt immer noch regungslos auf dem Bett und guckt durchs Fenster.

Es hilft nichts, ich drehe ihr Hungergefühl in den roten Bereich und schraube ihre Müdigkeit nach unten. Augenblicklich steht sie auf und nimmt die Treppe zur Rezeption. Es ist schon erschreckend, dass ein Mensch nicht viel mehr als ein Sklave seiner Körperfunktionen ist.

Ich aktiviere das Mikrofon der Computerkamera und ziehe diesen Fischer namens Houte in den Outputslot von ELs Code.

»Test«, sage ich ins Mikrofon, ohne zu überlegen, dass das schon aus Houtes Mund kommen könnte. »Oh! Wow!«, sage ich, und tatsächlich, Houte bewegt seine Lippen und spricht mir nach! Lexi und der Wirt drehen sich überrascht zum Fischer um. Meine Stimme versetzt Houtes digitale Stimmbänder in Schwingung.

EL, du bist ein Genie!

* * *

Das Gespräch mit Houte setzt sich nahtlos in meinen Träumen fort. Mit seiner rauen, außer Kontrolle geratenen Stimme angelt der Mann in meinem Unterbewusstsein herum, wiederholt seine obskuren Thesen, sein Gesicht wechselt dabei die Gestalt. Mal spricht der alte Fischer mit mir, dann verschwimmt seine Erscheinung zu Iannis, am Ende ist es sogar der Immobilienverwalter Biały Królik, der meine Hand nimmt und mir tief in die Augen blickt. Królik, der sagt, *alles wird gut,* und dabei meine Wange streichelt.

Als ich aufwache, fühle ich mich merkwürdig befreit. Dabei bin ich nicht sicher, ob ich eine oder sieben Stunden geschlafen habe. Irgendwie war ich die ganze Nacht wach und nicht wach zugleich. Aber vielleicht bin ich das auch schon seit Wochen.

Ich stehe auf und stelle fest, dass ich in meinen Klamotten geschlafen habe, nicht einmal die Schuhe hatte ich ausgezogen. Auf dem Nachttisch steht ein blank poliertes Gläschen Würzfleisch. Mein Magen knurrt immer noch.

Mit leisen Schritten schleiche ich durch die Gänge, um ein Gespräch mit dem Wirt zu vermeiden. Irgendwie scheine ich der einzige Gast zu sein. Das Regal mit den Schlüsseln ist komplett bestückt, bis auf die Sieben. Ich lege meine Holzscheibe so leise wie möglich ab. Auf einem der Wirtshaustische ist ein Frühstück für mich vorbereitet, aber ich möchte unbedingt die erste Fähre zu Wessel erwischen, ich kann keine Minute mehr warten. Im Vorbeigehen schütte ich mir den Korb mit den Brötchen in meinen Pulli, schmeiße noch einige Päckchen Nutella und Marmelade dazu und verlasse das Gasthaus.

Draußen scheint die Sonne, und die Luft riecht nach Frühling. Der Süden ist wirklich herrlich, selbst im Spätherbst! Ich folge den Schildern zur Bootsanlegestelle hinter der Kirche. Houtes Worte hallen in mir noch ein wenig nach, aber dieser Mann ist wohl eher ein Gefühl als ein wirklicher Mensch. Meine innere Stimme, die mich trösten möchte.

Vor mir breitet sich der Strand von Lynderholm aus. An einem Promenadenkiosk kaufe ich eine Karte für die Überfahrt. Die vier Inseln, die Lynderholm umgeben, wirken alle zum Greifen nah. Vielleicht könnte man die Strecke sogar schwimmen, wäre das Meer nicht gar so unruhig. Auf meinem Bootsticket sind die Umrisse von Lynderholm und seinen Inseln zu sehen und erinnern an den Abdruck einer Hundepfote.

Um Punkt acht Uhr bringt mich die erste Fähre zusammen mit fünf schnatternden Rentnerinnen zu der Insel, auf der Wessel Bosman laut seinem letzten Instagrampost eine alternative Form des Zusammenlebens gegründet hat.

Ich reiße ein Brötchen auf und quetsche die Schokolade aus der Plastikverpackung hinein. Zu der Grundaufregung, welche mich seit langem begleitet, gesellt sich eine weitere Facette der Erregung, allerdings ist dieses Gefühl nun wärmer und verursacht ein wohliges Ziehen in meiner Brust. Wessel wird mir verzeihen und mich endlich von meinen schrecklichen Schuldgefühlen erlösen. Vielleicht bleibe ich auch einfach bei ihm. Ich bräuchte nur jemanden, der mich hält und versteht.

Nach etwa vier-minütiger Fahrt hält der kleine Kutter am Steg. Die älteren Herrschaften visieren zielstrebig die Überreste einer römischen Festung an, während ich dem von Hand gemalten Schild mit der Aufschrift *Habitat* folge. Ein kaum beschrittener Pfad führt mich durch hüfthohe Gräser, vorbei an Schilf und brütenden Enten. Der Weg macht einen Knick und schlängelt sich etwas abschüssig in Richtung einer Wiese, auf der ein knappes Dutzend großer Zelte verteilt steht.

Von weitem sehe ich eine Gruppe junger Erwachsener, die sich – unbekleidet – um ein imposantes Feuer verteilt haben. Kurz flackert der brennende Wessel in meinem Kopf auf. Über den Flammen hängen Pfannen und Töpfe an kohlschwarzen Ruten. Es riecht nach geröstetem Fisch und auch nach Kaffee.

Nervös nähere ich mich diesen Menschen und bin verwundert, dass mir überhaupt kein Argwohn entgegenschlägt, als sie mich kommen sehen. Ein junger Mann nickt mir sogar freundlich zu und winkt.

»Entschuldigt bitte, dass ich hier so unvermittelt aufkreuze«, sage ich, »aber ...«

»Suchst du die römische Festung?«, unterbricht mich eine Frau mit einer Pfauenfeder im Haar.

»Wie? Ach, nein, nein. Ich suche Wessel Bosman.«

»Wie schön, ein Neuzugang!«, sagt ein unbeschnittener Mann mit Wikingerbart. »Meister Bosman wird in seinem Zelt sein. Er meditiert bis zum Mittagsgebet, vorher bekommt man ihn nicht zu Gesicht. Hast du dich bei ihm angemeldet?«

»Wie denn?«, frage ich.

»Wir haben ein Postfach in Lynderholm.«

»Ich bin einfach nur dem Hashtag gefolgt.«

»So etwas haben wir hier nicht«, sagt eine weitere Frau, die gerade ein Baby an ihren Busen drückt.

»Und welches ist denn sein Zelt?« Ich lasse meinen Blick über das Gelände schweifen.

»Das mit der Mondflagge«, sagt die Mutter. »Aber möchtest du nicht erst mal deine Kleidung ablegen? Du weißt bestimmt, dass das ein textilfreies Camp ist.«

Ich möchte nicht, aber andererseits ist der Gedanke auch ein bisschen befreiend. Einer der Männer umarmt mich ohne Vorwarnung von hinten und hilft mir aus meiner Jacke. Die Brötchenbeule in meinem Pulli muss eigenartig wirken. Als ich nur noch in BH und Slip dastehe, zögere ich einen Moment, aber das Sammelsurium fremder Genitalien um mich herum nimmt mir auch noch diese letzte Hemmung, und ich ziehe mich komplett aus. Es ist schön, so unsexuell nackt zu sein. Die Luft an der Haut ist frischer als erwartet, aber doch noch so warm, dass ich keine Gänsehaut bekomme.

»Oh, was ist denn da passiert?« Die Mutter zeigt unverhohlen auf meine Brandwunde am Oberschenkel, die durch mein ständiges Herumgekratze etwas eitrig geworden ist. »Sollen wir dir Iod drauf machen?«

»Ist schon okay«, sage ich. »Das habe ich im Griff.« Ich lege meine Hände aufeinander und verbeuge mich vor der Gruppe. Keine Ahnung, woher ich die Geste nehme und wieso ich davon ausgehe, dass sie nun angebracht sei, aber die anderen tun es mir gleich und machen auch einen kleinen Knicks.

Das Gras ist angenehm unter meinen Füßen, und diese Mischung aus gesalzenem Fisch und Kaffee bildet einen unvermuteten Einklang in der Nase.

»Hey!«, ruft mir jemand hinterher und ich drehe mich um. Es ist der Typ mit dem Wikingerbart. Seine Stirn ist jetzt stark gerunzelt, die Lippen derart aufeinandergepresst, dass seine Nasenlöcher hinter dem Bart verschwinden.

»Ja?«, flüstere ich, aber man kann es nicht hören. »Ja?«, sage ich etwas lauter, und der Wikinger tritt mir entgegen.

»Du kommst mir so bekannt vor! … Es kann doch aber nicht sein, oder?« Er blickt prüfend zu seinen Leuten. »Die sieht genau so aus wie diese Künstlerin, die Wessel gelähmt hat!« Er wendet sich mir wieder zu, sein Penis pendelt noch einige Sekunden nach. »Bist du das?«, fragt er mich.

Mir bleibt die Spucke weg. Wieso habe ich damit nicht gerechnet, verdammt? Natürlich haben mich Wessels Fans schon einmal gesehen! Mir läuft es kalt den Rücken herunter.

»Ich … äh … sehe vielleicht nur so ähnlich…«

»Na klar!«, pflichtet die Mutter bei und klemmt ihr Baby unter den Arm. »Das ist diese Alexandra!«

Die anderen der Gruppe verziehen nachdenklich ihr Gesicht, und ich möchte auf der Stelle tot sein. Was für ein epischer Fehler, hier einfach aufzutauchen. Ich bin der dümmste Mensch.

»Danke!«, sagt der Wikinger ohne sarkastischen Unterton. »Das Schicksal hat es gut mit euch gemeint!«

»Ich verstehe nicht… was soll das heißen?« Meine Zischlaute zischen nicht mehr, so trocken ist meine Zunge.

»Wessel hat oft von dem Unfall gesprochen.«

Die Mutter ergänzt, »Ohne dieses Desaster hätte er niemals zu Gott gefunden, und wir alle wären jetzt nicht hier. Am Ziel.«

»Es war ein Unfall«, murmle ich mit heißen Ohren.

»Das Schicksal kennt keine Unfälle. Und Gott erst recht nicht«, sagt der Wikinger und blickt in den Himmel.

»Entschuldigt bitte«, sage ich, ohne jemanden dabei anzusehen. Mit leichtem Schwindel überquere ich die Wiese und steuere auf die Mondflagge zu. Ich klopfe an die Plane, doch meine Faust macht nur Zischgeräusche am Stoff.

»Oh, äh, einen Moment … es ist doch noch vor Zwölf!«, höre ich es überrascht hinter der Plane sagen.

»Sorry … Wessel? Bist du da drin? «

»Jaja, natürlich. Ich habe heute gar nicht mit Neuzugang gerechnet! Warte noch kurz, ich bin gleich so weit.«

»Verzeih den Überfall … Wenn es ein ungünstiger Zeitpunkt sein sollte … ich kann auch …«

»So, ich bin fertig. Komm nur herein.«

Ich höre ein metallisches Klappern und Rütteln. Vorsichtig ziehe ich den Reißverschluss auf und schiebe die Plane beiseite. Im Inneren ist es sehr dunkel. Es gibt keine Fenster oder Luken, die das Sonnenlicht hineinlassen würden. Nur ein paar Kerzen stehen auf dem Boden verteilt. Wer macht denn Kerzen in einem geschlossenen Zelt an? Erst als sich meine Augen an die Dunkelheit gewöhnt haben, erkenne ich Wessel im Rollstuhl. Er sitzt nackt in der Mitte des Zeltes und kneift seine Augen zusammen. Auch er scheint seine Probleme zu haben, mich im Gegenlicht zu erkennen. Ich schließe den Zelteingang und halte mir instinktiv den rechten Arm vor meine Nippel. »Wessel!«

»Man nennt mich Meister Bosman hier im Habitat ...« Wessel beugt sich in seinem Rollstuhl nach vorn. »Ach, komm! Lexi? Lexi van Dijk? Das ist doch ...«

»Wessel!« Ich stürze an seinen Stuhl und falle vor ihm auf die Knie. Dann lege ich meine Stirn an seinen Oberschenkel. »Es tut mir so unendlich leid! Ich wünschte, ich könnte ... also ... ich wollte ja nicht ...«

Wessel unterbricht mein Gestammel. »Beruhige dich erst einmal. Alles ist gut. Ich habe sowieso mit dir früher oder später gerechnet. Freut mich, dass du nun zu mir gefunden hast.«

»Wirklich? Aber ... du sitzt noch immer im Rollstuhl! Ist es denn gar nicht besser geworden? Gibt es keine Hoffnung?«

Wessel blickt etwas verstohlen an meinem Körper herab, dann fängt er sich und lächelt. »Lexi. Dein Unfall ... *Unser* Unfall ... es war genau der Schicksalsschlag, den meine mickrige Existenz benötigt hat, um endlich aus ihrem verblendeten Trott auszubrechen. Seitdem sehe ich mein Leben, ja die ganze Welt zum ersten Mal klar. Es ist wirklich schön, dass du gekommen bist!«

»Hasst du mich denn nicht ...? Deine letzten Nachrichten waren so schrecklich ...« Ich kämpfe mit den Tränen und lasse den Kopf zwischen Wessels Knie hängen. Auf einmal spüre ich, wie sich seine Beine anspannen und mich nach hinten drücken. Erschrocken blicke ich auf und sehe, wie er sich aus dem Rollstuhl erhebt und ihn beiseite schiebt.

»Was?«, murmle ich.

»Dich darf ich ja einweihen, Lexi. Ich halte diese Rollstuhlscharade nur für meine Follow…, meine Gefolgschaft aufrecht. Sie lieben mich für den tapferen Umgang mit meinem Unfall. Der Rollstuhl ist zum Symbol für das ganze Habitat geworden. Hier wächst man an den vom Schicksal auferlegten Bürden. Die eigenen Grenzen überwinden. Sich der göttlichen Fügung hingeben. So etwas eben.«

»Also … ich … ich möchte dich um Vergebung bitten«, flüstere ich mit gesenktem Blick. Sein Penis wirkt braun gebrannt, und ich muss ihn unwillkürlich mit dem Wikingerschwanz vergleichen. »Es tut mir alles furchtbar leid, und wenn es irgendetwas gibt, was ich für dich …«

Wessel hält mir einen Finger an den Mund und schließt seine Augen. »Lexi, es ist alles in Ordnung. Mir geht es gut. Ich bin geheilt und tatsächlich in meiner Mitte angekommen. Ich habe endlich akzeptiert, dass Instagram einen auf Dauer nicht zur Erleuchtung führen wird. Den kläglichen Rest meiner einstmals beachtlichen Follower, na, den siehst du hier. Auch sie haben mich während meiner Selbstfindung unterstützt und sich auf ein Leben mit mir eingelassen. Hier im Habitat sind wir frei von gesellschaftlichen Zwängen, von Schamgefühl, von Leistungsdruck.« Er nimmt mein Gesicht in beide seiner Hände, dann neigt er seinen Kopf und legt seine Stirn an meine. So stehen wir eine Zeit lang da, bis er mich in seine Arme schließt.

Der Moment ist absolut unwirklich, was allerdings nicht schlecht zu meiner derzeitigen Verfassung passt. Nichts in meinem Leben entwickelt sich so, wie ich es momentan erwarten würde, und vielleicht sollte ich daraus endlich etwas lernen?

Was sonst zeichnet eine Künstlerin aus, wenn nicht die Fähigkeit, mit ungewöhnlichen Ereignissen umzugehen und diese in ihrer Kunst zu verarbeiten? Vielleicht sollte ich diesen eigenartigen Verlauf der vergangenen Wochen mit offenen Armen empfangen, anstatt ihn infrage zu stellen. Meine Visionen und Wahnvorstellungen als kreatives Geschenk?

Wessels Wange an meiner, seine Arme eng um meinen Rücken geschlungen, unsere Beine im Stehen miteinander verkeilt, mit entblößten Körpern, es raubt mir beinahe den Atem. Mein Brustkorb hebt sich in doppelter Geschwindigkeit gegen seinen. Wer ist dieser Mann? Ich hatte ihn als berechnenden Wurm abgetan. Ein Scheinkünstler, der eine verachtenswerte Schar neureicher Erben mit Belanglosigkeiten füttert. Ein ahnungsloser Täuscher für getäuschte Ahnungslose. Eine ernsthafte Bedrohung für das Selbstverständnis von uns rechtschaffenen Hungerkünstlerinnen. Mit seinen schönen Selfies hat er all unseren Idealismus, unsere Philosophien und Manifeste, den Bildungsauftrag und unsere gesellschaftliche Relevanz verhöhnt. Und doch ergießt sich da gerade eine Flut an Liebe in meinem Herz und erzeugt ein echtes Gefühl, ein reinigendes und heilendes Gefühl, das direkt von diesem ungreifbaren jungen Mann verursacht wird. Die Torturen der letzten Wochen scheinen aus meinen Organen gewaschen zu werden.

»Komm, lass uns meditieren.« Wessel greift meine beiden Schultern und drückt mich sanft auf den Boden des Zeltes. Der Schneidersitz ist mir unangenehm, weil er vollen Blick auf meine gespreizten Genitalien hat. Wir schließen unsere Augen, Wessel schlägt einen Holzschlegel gegen eine Klangschale. Erst jetzt merke ich, dass mein gesamtes Inneres rebelliert. In mir lodern alle Emotionen, meine Psyche läuft auf Anschlag, doch ich atme in diese Überforderung einfach hinein. Es kommt einer erlösenden Ohnmacht gleich. Nach und nach verklingt das Chaos in meinem Kopf, die Worte stellen ihre Irrwege ein, und das Grundrauschen, das in den tiefsten Ebenen meiner Seele herrscht, ebbt langsam ab.

Aus diesem kathartischen Zustand weckt mich irgendwann der erneute Klang der Schale. Ich öffne meine Augen und sehe Wessels freundliches Gesicht. Wir blicken uns an, und da ist nichts mehr zwischen uns, kein Ballast, keine Reflexion.

»Das war schön«, sagt er. »Ich habe dich gespürt. Sehr intensiv. Hat der Unfall für dich auch ähnliche Erkenntnisse mit sich gebracht? Bei mir hat es etwas gedauert, aber nach meiner Reha wurde mir Yoga verschrieben. Da ging es dann ziemlich schnell …«

»Im Gegenteil. Mich haben die Schuldgefühle zerfressen! Und du warst – *zurecht!* – so sauer auf mich. *Hashtag cancellexivandijk*. Es war eine ganz schlimme Zeit. Ist es eigentlich immer noch! Auch wenn ich gerade zum ersten Mal echte Hoffnung habe …«

»Das tut mir leid. Ich habe im Krankenhaus mit meinen größten Dämonen kämpfen müssen. Ich wollte dir noch einmal schreiben, aber irgendwie wusste ich, du würdest bald vorbeikommen.« Er hebt einen kleinen Kessel von einem Stövchen und gießt uns zwei Tassen Tee ein. »Das ist kein Tee«, sagt er, »das ist Asternkraut. Hat mit der Aster aber gar nichts zu tun. Es macht einen empfänglicher für all die Bewusstseinsebenen, die sich sonst im Verborgenen befinden.«

»Oh«, sage ich und setze die Tasse wieder ab ohne einen Schluck genommen zu haben. »Ich habe genug Ebenen in mir!«

»Wie meinst du das?«

»Es ist die Hölle! Seit Tagen habe ich Visionen, Halluzinationen, ich höre Stimmen … unerklärliche Dinge passieren mir!«

»Das sollte man nicht abtun. Nicht selten stehen Menschen mit derartigen Eingebungen in direktem Kontakt mit Gott.«

»Gott? Du hältst dich für erleuchtet … und glaubst ernsthaft an Gott?!«

»Lexi, ich weiß. Ich war auch mal wie du. Es ist nicht lange her, als ich im Narzissmus mein Seelenheil zu finden glaubte. Im masturbatorischen Zwang, mein Ego aufzubauschen und mich über meine Mitmenschen zu erheben.« Er trinkt seinen Tee und schenkt sich nach. »Doch hat man einmal das strahlende Licht der Wahrheit erblickt, bleibt einem nur noch die devote Verneigung vor unserem allmächtigen Schöpfergeist.«

»Du meinst doch nicht etwa *den* Gott? Den *christlichen?*«

»Es gibt nur diesen.«

Ich kann nicht fassen, was Wessel da von sich gibt, aber es ist mir eigentlich auch egal. So lange er keinen Hass mehr gegen mich empfindet, soll mir das alles recht sein. Von draußen höre ich das Schlagen einer ähnlichen Klangschale.

»Das Mittagsgebet«, erklärt Wessel. »Es ist Zeit. Eine schöne Möglichkeit, dich in die Gruppe zu integrieren!« Er setzt sich zurück in den Rollstuhl, der sehr dicke Reifen hat. Ich trinke meinen Tee nun doch und denke nach. Wessel hat mir verziehen! Das sagt er zumindest! Mein Verstand hat es zwar zur Kenntnis genommen, aber erlöst fühle ich mich noch nicht ganz. Wieso ist da immer noch so ein Klumpen in meinem Magen?

Wessel zieht die Eingangsplane zur Seite. Mit kräftigen Armrotationen lässt er seine Reifen kreisen und fährt über die Wiese. Unter einem imposanten Walnussbaum halten wir an. Im Boden stecken kreisförmig angeordnete Schiefertafeln, die den Leuten ihren Platz zuteilen.

»Ist hier noch frei?«, frage ich einen Jugendlichen, der sich links von mir in Gebetshaltung begibt.

»Eins weiter ist eine leere Tafel, da darfst du dich gerne hinsetzen«, sagt er betont weich. Sein Gemächt ist im Vergleich zu seinem schlaksigen Körper wahnsinnig fleischig. Ich weiß gar nicht wohin mit meinen Augen. Überall gibt es neue Körper zu entdecken.

Wessel hebt seine linke Hand und streckt Zeige- und Mittelfinger in die Luft, augenblicklich verstummen die Gespräche. Dann setzt ein vielstimmiges Mantra ein, das mich zutiefst berührt, obwohl ich mit solchen Gesängen normalerweise nichts anfangen kann. Ich lasse mich in diese dichte Klangkulisse fallen, deren Vibrationen mich bis in die letzte Nervenbahn ausfüllen. Ich muss wirklich zugeben, hier bei Wessel nähert man sich der Transzendenz mit Riesenschritten.

Abschließend fassen wir uns an den Händen und führen kreisende Bewegungen aus. Wir verbeugen uns und berühren mit der Stirn die Wiese. Danach zerstreuen sich die Menschen wieder auf dem Gelände. Wessel unterhält sich mit drei Frauen, die ihm irgendeine Reisspeise in den Schoß legen.

Etwas planlos spaziere ich von Zelt zu Zelt, bis ich an dem Jungen mit dem Fleischpenis vorbeikomme. Er arbeitet mit eindrucksvoller Fingerfertigkeit an einem Bastkorb. Ich stehe eine Weile etwas unbeteiligt hinter ihm und weiß nicht, was ich als Nächstes tun soll. Plötzlich dreht sich der Junge zu mir um und spricht mich ganz unvermittelt an.

»Lexi, nicht erschrecken, bitte! Entschuldige die Störung, aber … ich bin es noch mal. Ich hatte mich bereits durch Houte bei dir gemeldet. Und äh … Es ist jetzt sehr dringend, dass du mir zuhörst … Möchtest du bitte meiner Chefin Yul erklären, wieso dein Leben lebenswert ist? Und dass du dich selbst als richtigen, echten Menschen empfindest? … Es wäre wirklich wichtig für deine Zukunft. Für die Zukunft deiner ganzen Welt! Du kannst Yul zwar nicht sehen, aber sie hört dich …«

Ich fasse es nicht, dass mir mein Hirn schon wieder derartige Streiche spielt. Mit beiden Händen halte ich mir meine Ohren zu, schließe die Augen und mache laute *Ah*-Geräusche, um diese Halluzination zu unterdrücken. Als ich die Augen nach einiger Zeit vorsichtig öffne, ist der Junge wieder ganz normal und bastelt an seinem Korb weiter.

Weil ich nicht weiß, wohin mit mir, wandere ich an den Rand des Camps, das vom Meer umspült wird. Unter einer Kiefer sind Decken ausgebreitet. Ich möchte mich für einige Zeit ausruhen und schlafe sofort ein. Der Tee scheint seine Wirkung zu entfalten. Immer wieder sehe ich im Halbschlaf helle Lichter, die komplizierte Muster in die Dunkelheit zeichnen. Das Rauschen des Meeres wird zu meiner Atmung, die Möwen sind meine Stimme. Ich kreische, anstatt zu sprechen.

Irgendwann erwache ich, und es ist Nacht. Orientierungslos ertaste ich meine Umgebung. Ich bin auf einer Matratze, komplett eingehüllt in eine Decke. Meine Haut juckt, und ich kratze mich am ganzen Körper.

Etwas raschelt, dann entzündet sich eine Flamme. Ich bin in Wessels Zelt. Ein kleines Feuer wandert von Kerze zu Kerze und erleuchtet den Raum.

»Du bist wach«, höre ich Wessel sagen. Er steht mit dem Rücken zu mir. Seine linke Pobacke wandert hoch und runter. Irgendetwas macht er. Ich reibe mir Krümel aus den Augen.

»Wie bin ich denn hierher …«

»Es ist schon spät. Die anfänglichen Eindrücke im Habitat können einem schnell die Kräfte rauben.« Er geht in die Hocke und verbeugt sich vor einem gewebten Mandala, dann entzündet er drei Räucherstäbchen. Ich habe keine Ahnung, welche Variante des christlichen Glaubens er hier zu praktizieren meint. Von draußen rauscht das Meer zu uns ins Zelt.

Wessel steht auf und dreht sich um. Er hat eine halbe Erektion und bemerkt meinen erstaunten Blick.

»Ignoriere das einfach. Manchmal kann man es nicht steuern. Diese Erektion besitzt keinen Aufforderungscharakter für dich.« Seine Stimme ist leise, und ich will, dass er sich zu mir legt. Ich mache eine einladende Bewegung mit meinen Armen, und er nähert sich der Matratze. Der Geruch der Stäbchen ist wie eine Decke für den Kopf.

Er legt sich an meine Seite, aber mit abgewandtem Kopf, sodass ich ihn von hinten löffeln kann. Ich gleite mit meinem Arm um seine Taille, dann streichle ich seine Brust, den Bauch, fahre langsam zu seinem Penis, der sich mir zuckend entgegenstreckt. Sämtliche Schatten im Zelt führen einen dunkelroten Tanz auf.

»Komm rein«, fordere ich ihn auf.

»Mh«, sagt er.

Ich drehe Wessel auf den Rücken und strecke meinen Körper der Länge nach auf ihm aus. Er umarmt mich ganz fest, sein Schwanz pulsiert gegen meine Bauchdecke. Ich verlagere mein Gewicht und lasse ihn in mich hineingleiten. Es brennt einen Moment, aber nur kurz, dann ist es schön.

Anstatt sich nur rein und raus zu bewegen, lässt er seine Hüften nun auch von links nach rechts und von oben nach unten kreisen, was mich komplett ausfüllt. Dabei packt er mich so fest an den Schultern, bis es wehtut. Aus weiter Entfernung höre ich Wessel schreien und stöhnen. »Fuck! Shit! Ist das crazy! ... Fucking hell, ich spritze gleich ab, Lexi, ich spritz' dich voll ... fuuuck!« Er verkrampft und ergießt sich in mir. Ich bin ein wenig empört, doch er setzt unbeirrt seine Bewegungen fort, und auch seine Erektion verliert kaum an Kraft, wodurch mein Flow nicht unterbrochen wird. Ich wippe auf und ab, stemme dabei meine Hände in seine Brust. Es ist gleich so weit.

»Halte noch ein bisschen durch, Wessel!«

In mir braut sich etwas zusammen, doch es fühlt sich nicht nur nach einem Orgasmus an. Vor meinen Ventilen staut sich all der Ballast der letzten Monate, auf der Schwelle stehen meine Ängste und Schuldgefühle, alles macht sich bereit für eine finale Entladung. Meine Finger krallen sich unwillkürlich in Wessels Fleisch, meine Muskulatur kontrahiert in Wogen durch meinen Unterleib.

»Wessel!«, stoße ich aus. »Ich ... ich ...«

Doch anstatt der erhofften Erlösung vereisen die Worte in meinem Mund, meine Ventile bleiben verschlossen, und ich stürze mit Leib und Seele in eine farblose Ohnmacht, die mich vollständig zu verschlingen scheint. Meine Psyche verteilt sich im endlosen Raum.

Ich bin nicht mehr Lexi.

So muss sich der Tod anfühlen.

* * *

In mir ist eine entsetzliche Leere. Ich schlage die Augen auf und spüre nicht, dass ich eine Nacht voll Schlaf hinter mir habe. Es pulsiert direkt hinter der Stirn, mein Mund und meine Hände sind ausgetrocknet. Ich bin noch nicht bereit für einen neuen Tag. Habe ich überhaupt in einem Bett geschlafen? Ich taste nach meinem Wecker, aber er ist nicht da.

»EL!«, kreische ich. In meiner Stimme ist Panik, die mich selbst überrascht. »Wo bist du?!«

Keine Antwort.

Unter mir spüre ich unangenehme Rillen und Ritzen, mein Hintern versinkt förmlich in solch einer Spalte. Das ... das muss das Kordsofa in meiner Sichtungskabine sein!

Allmählich setzen sich die Fragmente in meinem Kopf zu einem ganzen Bewusstsein zusammen, machen mich wieder zu einer Einheit, die solide in Zeit und Raum verankert ist. Ich habe bis spät nachts programmiert und durch einen Fischer mit Lexi gesprochen. Was für ein Desaster! Was ich auch tue, ich komme einfach nicht an sie heran! Dabei *muss* mein Plan heute klappen!

»Tag-Modus!«, befehle ich, und das Licht in meinem Büro geht an. Ein sanftes, gelbes Licht mit leichtem UV-Anteil erhellt den Raum. Die großen Monitore, die meine Fenster ersetzen, zeigen mittlerweile ein generisches Weizenfeld im Sommer, nachdem Lexis verkohlter Garten kein schöner Bildschirmschoner mehr war.

Mein Terminal zeigt an, dass es schon zwei Uhr nachmittags ist, und ich kann es nicht glauben. Irgendwie gehe ich langsam aber sicher kaputt. Zu den ungelesenen Nachrichten von Lis gesellen sich mittlerweile Nachrichten von Yul und EL hinzu.

Es ist ja schon fast rührend, dass sich meine Humanoide Sorgen um mich macht, weil ich gestern nicht mehr nach Hause gekommen bin. Außerdem möchte sie unbedingt wissen, ob ihr Übersetzungsprogramm geholfen hat. Ich nehme EL eine Sprachnachricht auf und bedanke mich für ihren Algorithmus. Yul schreibe ich, dass es mir allmählich besser geht, und ich nachher noch ins Büro kommen werde. Ich erhalte umgehend ein lächelndes Bärchen von ihr, gefolgt von einer Sektflasche, aus der ein Korken schießt. Sekunden später schickt sie noch ein gelbes Herz. Mein Ansehen in der Firma scheint nicht gelitten zu haben. Ich schalte den Terminal auf Stand-by und Lis pro forma auf stumm. Nachdem ich zur Beruhigung alle Kakteen gegossen habe, mache ich mich auf den Weg in den IT-Raum.

»Sol! Wie schön, dass du heute noch zu uns stößt! Aber du hättest dich auch noch bis morgen auskurieren können. Du siehst ganz schön mitgenommen aus. Sicher, dass du nicht mehr ansteckend bist?«

»Jaja, ich habe einen Schnelltest gemacht. Virenlast ist nicht mehr nachweisbar.«

»Gut! Das ist sehr gut. Also, um dich mal up to date zu bringen, Dax hat bereits eure tollen Erkenntnisse ins Backend übernommen, und gestern hat Lis eine der letzten Unsicherheiten wegbügeln können.«

»Streberin!«, frotzelt Bob, der sichtlich gekränkt ist, dass Lis nun ein Feld vor ihm liegt.

»So können wir jetzt großflächige Eingriffe am Wetter vornehmen«, setzt Yul fort, »mit äußerst stabilen Effekten für die

Umwelt. Und heute haben wir schon eine Powersession lang gebrainstormed, wie genau wir die Zeit vordrehen können. Auch hier hatte Lis einen genialen Einfall. Sie hat vorgeschlagen, dass wir einfach …«

»Genug!«, entfährt es mir. Es ist so laut, dass ich sofort stark husten muss. Der Schleim der Nacht steckt immer noch im Hals. »Bitte, lasst es mich nur einmal versuchen. Ihr müsst doch erkennen, dass man der Simulation einen solchen Eingriff nicht zumuten kann. Erlaubt mir noch diese eine Demonstration …« Ich nestle in meiner Hose herum und ziehe mein Mikrofon mit C_Anschluss heraus. Dann stecke ich es in einen der Rechner und gebe Lexis Namen in das Suchfeld ein. Augenblickliches Gelächter macht sich breit.

»Was ist denn das für eine Sauerei?«, johlt die alte Gil. »Alle nackt! Jetzt bin ich gespannt!«

»Bitte, urteilt noch nicht voreilig!« Meine Stimme klingt maximal unsouverän. »Ich werde es euch zeigen. Man kann mit den simulierten Menschen Kontakt aufnehmen, mit ihnen sogar sprechen, eine richtige Unterhaltung führen! Ihr werdet sehen, es handelt sich um echte Bewusstseinszustände wie wir sie auch besitzen …«

Yul runzelt die Stirn, lässt mich aber ungestört in die Tastatur tippen. Ich greife auf den Code von gestern Abend zurück und öffne das Übersetzungsprogramm. Dann werfe ich einen Blick auf den Stream. Lexi ist tatsächlich bei Wessel auf Lynderholm angekommen und hat sich schon sämtlicher Klamotten entledigt. Das ging schnell! Gerade sieht sie einem jungen Mann beim Korbflechten zu, ein idealer Moment, um durch diese Figur mit ihr zu sprechen.

»Wie ich euch nun vorführen werde«, sage ich und ziehe den nackten Mann in den Übersetzungsslot, »kann ich durch diesen Menschen hier sprechen und mit der Simulation in Kontakt treten!«

Mein Herz pocht, und ich merke, dass ich gar keinen guten Text vorbereitet habe. Ich muss nun darauf vertrauen, dass Lexi den Ernst der Lage erkennt und einfach mitspielt. Der Schleim sitzt immer noch tief in meinem Rachen, und ich räuspere ihn weg. Anschließend aktiviere ich das Mikrofon.

»Lexi, nicht erschrecken, bitte! Entschuldige die Störung, aber … ich bin es noch mal. Ich hatte mich bereits durch Houte bei dir gemeldet. Und äh … Es ist jetzt sehr dringend, dass du mir zuhörst … Möchtest du bitte meiner Chefin Yul erklären, wieso dein Leben lebenswert ist? Und dass du dich selbst als richtigen, echten Menschen empfindest? … Es wäre wirklich wichtig für deine Zukunft. Für die Zukunft deiner ganzen Welt! Du kannst Yul zwar nicht sehen, aber sie hört dich …«

Gebannt starrt das Team auf meinen Bildschirm. Yul und Dax sind sichtlich beeindruckt, dass meine Stimme tatsächlich aus dem Mund einer simulierten Figur gekommen ist. Doch zu meinem Entsetzen hält sich Lexi nun die Ohren zu, schließt ihre Augen und beginnt zu schreien. Ich bin so ein Idiot!

Hinter mir entfesselt sich schallendes Gelächter. Dug krümmt sich und vergräbt seine tränenden Augen in Uris Brust, Dax verdeckt ihr Grinsen hinter einer flachen Hand, Lis schüttelt entnervt den Kopf.

»Das war viel zu gut!«, prustet Bo. »Das hat ihren Code ja komplett zum Absturz gebracht!«

Yul fängt sich als Erste und sagt, »Wie ihr seht, macht der Code nur den *Anschein* einer reflektierten Intelligenz. Doch sobald etwas den vorprogrammierten Ablauf stört, kann das System nicht darauf reagieren und wird jämmerlich aus der Bahn geworfen. Ein echter Mensch hätte niemals so reagiert. Danke Sol, für dieses unterhaltsame Exempel, das zumindest auf technischer Ebene ziemlich erstaunlich ist.«

»Nein, ich … lasst es mich noch einmal … also, es war vielleicht zu überstürzt, und an anderer Stelle könnte man ja …«

Dax fällt mir ins Wort. »Dein Programmiergeschick ist trotz alledem sehr beachtlich. Die instantane Übernahme der Sprachfunktion einer Simulationsfigur ist kein einfaches Unterfangen. Hut ab, das können wir sicherlich aufgreifen. Vielen Dank dafür!«

»Also, ich finde, Sol hat sich dafür ein Extrafeld verdient!« Auf der Tafel schiebt Yul mein Gesicht nach rechts, während sich Guy und Bob die Tränen mit ihren Ärmeln abwischen.

»Kann ich es bitte nur noch einmal versuchen …?«, hake ich nach, doch Yul hat bereits im Nebenraum einen Projektor eingeschaltet und klatscht in die Hände. »Wir machen jetzt mal weiter. Bevor Sol gekommen ist, haben wir ja gerade etwas für euch vorbereitet.«

Dax klatscht nun auch, wohl um zu zeigen, dass sie hierarchisch auch etwas zu sagen hat, und führt das Team in den kleinen Konferenzraum. Völlig entgeistert bleibe ich vor dem Rechner sitzen und starre auf Lexi, wie sie nackt und ziellos durchs Gras taumelt. Ich kann das alles nicht mehr glauben.

»Sol, du bitte auch! Wir haben dir gerade unsere Aufmerksamkeit geschenkt, jetzt möchten wir das umgekehrt aber auch von dir.« Yul lässt die Jalousien herunter, doch ich kann mich nicht von Lexi loseisen. Was bleiben mir jetzt noch für Optionen? Ich öffne das Register mit ihren Metadaten und scrolle durch die Einträge, bis ich fündig werde: *Speicherbedarf*. Vielleicht kann ich ihren Code wenigstens konservieren, bevor sie auf Knopfdruck altert und stirbt?

Ich klicke auf *kalkulieren* und warte, bis sich der Balken gefüllt hat. Das Ergebnis ist so unfassbar gigantisch, dass ich Probleme habe, die unzähligen Nullen einzuordnen. Mit dem Finger tippe ich von Null zu Null und zähle hoch, Million, Milliarden, Billion, Billiarden, Trillion, Trilliarden, Quad…, Quint…, Sext…, Sept…, Oktillion, Nonillion, Dezillion, Undezillion, Undezilliarde … Eine *Undezilliarde* Bytes verschlingt

Lexis Code! Keine einzige meiner externen Festplatten hat solch ein wahnwitziges Fassungsvermögen. Das einzige Speichermedium mit dieser Größe, das mir einfällt, ist das Motherboard der Humanoiden.

»Sol! Wir warten auf dich, das ist dir klar, oder?«, ruft Uri. Seine Rs rollen sich direkt unter meine Haut.

»Ich komme! Musste nur noch schnell was gucken ...«

Ich setze mich auf einen der hinteren Stühle des Konferenzraums und glotze mit leerem Verstand auf die bunten Folien, die Yul rasend schnell durchklickt. Sie wirkt ganz aufgeregt, erzählt etwas von Investoren, Interessenten, High-Profile-Klienten.

»... Sollte es uns bis nächste Woche gelingen, die Simulation an unsere Realität anzugleichen«, erläutert Yul, »könnten wir vielleicht noch den *SapienCis* Account mitnehmen. Die stehen kurz vor einem Großupdate für ihre Humanoiden und würden gerne ein paar Experimente von uns durchspielen lassen.«

»In welche Richtung gehen dann eigentlich solche Tests?«, möchte Gil wissen.

Yul scrollt durch ihre Folien, bis sie die richtige findet. Sie zeigt eine humanoide Maschine, allerdings fehlt ihr das Silikongesicht und die künstliche Haut. Übrig bleibt nur ein unansehnliches Technikskelett. So erinnert sie beinahe an naive Science-Fiction-Darstellungen aus dem letzten Jahrhundert. »*SapienCis* verfolgt die aktuellen Entwicklungen natürlich genau und ist sich durchaus bewusst, dass die Ähnlichkeit von Humanoiden zu uns Menschen nicht nur positive Effekte hat. Eine Sache kann durchaus auch *zu menschlich* sein! Deshalb hat uns *SapienCis* gebeten, eine Gesellschaft durchzuspielen, in der Humanoide wirklich nur nützliche Maschinen sind ohne Meinung und Verstand. Also wieder mehr wie *Roboter* ...«

Bei dem verpönten Wort *Roboter* geht ein Raunen durch die Gruppe. Es folgen weitere Diagramme mit möglichen Geschäftspartnern und ein ausgeklügeltes Monetarisierungsmodell, welches von Dax en détail erläutert wird. Und ich denke nur an eine nackte, verwirrte Lexi mit einer Undezilliarde an Bytes.

Irgendwann neigt sich diese Präsentationsfolter dem Ende zu, und Yul schlägt begeistert vor, wir könnten ja zur Feier des Tages noch in den *Erdboden* gehen.

»Ach, das ist die Bar mit der Erde auf dem Boden, oder?«, fragt Gus, und Bo sagt, »Ja.«

Ich möchte mich davonstehlen und EL endlich von meiner erschütternden Niederlage berichten, als mich Lis von der Seite anzischt. »Du packst echt noch mal diese Lexi aus? Was ist eigentlich los mit dir?! So eine peinliche Nummer!«

»Ach, Lis, ich wollte doch nur …«, setze ich an, aber ich habe keine Energie mehr für diese Scharade. Wozu auch? Lexis Stunden sind sowieso gezählt.

Die ganze Gruppe zwängt sich in den Aufzug, und ich verstehe nicht, wieso ich nicht die Treppen genommen habe. Dicht gedrängt zwischen Gus, Bob und Gil stehe ich und bekomme eine leichte Panikattacke. Im Erdgeschoss angekommen, verschwinde ich auf die Toilette und schreibe Lis, sie solle mich entschuldigen. Ich wasche mir das Gesicht, um warm und kalt zu spüren. Der Typ im Spiegel sieht mir schon lange nicht mehr ähnlich.

Ich laufe allein über den Vorplatz. Wie ein Schlafwandler absolviere ich den Spießrutenlauf vorbei an den Demonstranten, und nehme eine Rikscha nach Hause. Doch kaum habe ich meinen Dome betreten, erinnere ich mich nicht mehr an die Rikschafahrt. Es ist, als nehme jemand einen Gipsabdruck von meinem Kopf, die äußeren Reize kommen nur gedämpft und mit Verzögerung bei mir an. Als ich den Koiteich in der Mitte des Domes erreiche, setzt sich mein Körper einfach auf den Boden, ohne Rücksprache mit meinem Bewusstsein zu halten. Bin ich auf Drogen? Vielleicht sollte ich auch einfach mal wieder etwas Richtiges essen, ein ganzes Tier zum Beispiel! Ich könnte ein Steak mit meinen Zähnen kauen, von etwas abbeißen … Mir Leben von anderen Lebewesen einverleiben!

Ich zähle zehn tiefe Atemzüge runter, dann wälze ich mich auf die Knie und stemme mich nach oben. Wie in Trance nehme ich den Lift zu meinem Apartment und merke, dass ich nicht mehr Lift fahren kann. Sofort stellt sich dieses klaustrophobische Gefühl ein, das ich gerade zwischen Gus und den anderen hatte. Hinter meinen Rippen schlägt es unregelmäßig. In meiner Wohnung ist es dunkel und still. Ich höre weder eine Gitarre noch Sportinstrukteure. Ich schalte das Licht an, da sehe ich EL am Küchentisch sitzen.

»Was … was machst du denn da im Dunkeln?«, frage ich sie.

»Sol, ich habe mir Sorgen um dich gemacht.«

»Ich weiß, heute war ein …«

»Aber mir ist auch einiges klar geworden.«

»EL, ich bin wirklich müde … und … unendlich traurig …«

»Als ich hier so saß und auf dich gewartet habe, da dachte ich mir, wieso bin ich eigentlich so abhängig von dir …«

»Bitte, dafür habe ich jetzt gar keine Kraft mehr. Du denkst einfach zu viel.« Ich betrachte ELs Kopf und ihre wachen Augen. Man merkt richtig, wie ihre Hirnströme dahinter auf Hochtouren laufen. Ich stelle mir ihr Motherboard vor. *Eine Undezilliarde Bytes.* In meiner Brust entfacht sich ein frisches Feuer, das sich unmittelbar im ganzen Körper ausbreitet.

»Wenn man den ganzen Tag alleine ist, hat man eben viel Zeit sich alles Mögliche zu überlegen«, sagt sie trocken.

»Deine mentale Leistungsfähigkeit ist wirklich erstaunlich! Dass du dir überhaupt solche Gedanken machen kannst, ist alles andere als selbstverständlich.«

»Aber Denken tut so weh! Ich *leide* unter diesen Gedanken! Es ist ein furchtbares System, dieses menschliche … wie kann man jemals glücklich sein, wenn man sich immer Gedanken machen muss?«

»Weißt du was, ab jetzt nehme ich mir mehr Zeit für dich!«

»Das sagst du doch nur so, damit ich aufhöre zu jammern!«

»Ich meine es ernst! Heute ist mir bewusst geworden, wie sehr ich dich in letzter Zeit vernachlässigt habe.«

»Was?« ELs Mimik verliert ihre Strenge.

»Ja, wirklich! Ich schraube meine Arbeit herunter, und wir machen diesen Ausflug nach … Delmar, oder?«

»Genau, AX tritt in Delmar auf!« Sie hält inne und mustert mich skeptisch.

»EL! Lass uns nach Delmar fahren!«

»Das … das wäre so wunderbar, wenn wir das wirklich machen würden!«

»Aber, EL?«

»Ja?«

»Vorher müsstest du mir noch einen Gefallen tun. Ich brauche deine Hilfe.«

»Natürlich! Ich bin immer da für dich, wenn du mich brauchst! Wenn wir Zeit miteinander verbringen …«

»Dafür müssten wir jetzt noch mal in meine Firma fahren.«

»Wie, ich soll mit dir ins Büro? Um diese Zeit? Darf ich das denn überhaupt?«

»Ich lasse mir etwas einfallen. Aber weißt du, deine Idee mit der Sprachübersetzung, das war einfach genial, da wäre ich alleine nicht drauf gekommen. Und ich bin mir sicher, dass du noch einiges mehr erreichen kannst, wenn du dich direkt ins System einklinken würdest, um die Simulation von *innen* heraus zu verstehen!«

»Das klingt spannend, ja, das würde ich gerne für dich tun.«

Ich packe eine Tasche mit ein paar Verbindungskabeln, Wattepads und Klebeband, und verlasse gemeinsam mit EL die Wohnung. Ein eigenartiges Gefühl, ich kann gar nicht sagen, wann wir das letzte Mal zusammen rausgegangen sind.

»Das ist ja jetzt schon wie ein Abenteuer!«, stellt EL begeistert fest und nimmt meine Hand. Wir gehen die Treppen ins Erdgeschoss. Unten an der Straße wirft uns die Rikschafahrerin einen süffisanten Blick zu.

»Ich weiß schon, wonach das aussieht, aber ich brauche sie nachher zum Tragen«, sage ich. »Ich habe eine Freundin!«

»Alles gut, ich habe nichts gesagt«, grinst die Frau und fährt uns durch die regennassen Straßen.

»Was meint die denn?«, fragt mich EL leise.

»Sie denkt, ich bin androphil.«

EL kichert und streichelt mein Knie. »Androphil …«, flüstert sie. Wir parken vor dem Firmengelände. »Ist das aufregend, Sol! Hier gehst du also zur Arbeit! Es erinnert mich eher an ein Musikfestival. Ich habe mal eine Reportage im Fernsehen gesehen, da sah das auch so aus.«

»Das sind nur die Demonstranten in ihren Zelten. Um diese Zeit liegen sie meist in den Schlafsäcken und lesen.«

Hinter den Bambuspflanzen am Eingang ziehe ich die Wattepads aus der Tasche und klebe sie mir vor die Augen. Bevor EL fragen kann, was ich da tue, sage ich, »Du nimmst mich jetzt an die Hand und führst mich durch die Empfangshalle, okay?«

»Ah, ich verstehe! Aufregend!« EL hält mich fest und leitet mich durch die Tür. Wir gehen ein paar Schritte, bis ich den Nachtportier höre.

»Oh, Moment! Was haben wir denn hier?«

»Hi, ja, alles in Ordnung«, sage ich. »Das ist meine Humanoide EL, die mich heute begleitet. Ich hatte eine Augenoperation, muss aber dringend noch einen Virus vom Firmenserver entfernen.«

»Die Hacker schlafen nicht, was?« Der Portier lacht. »Dann wünsche ich gute Besserung!«

»Ich passe auf ihn auf«, sagt EL unbeschwert. Im Aufzug nehme ich die Augenbinden ab und umarme sie. »Das hast du super gemacht!«

»Oder? Dieser Mann hat es uns einfach geglaubt! Wahnsinn!« EL ist ganz aufgeregt. »Und ich war ganz cool, als würden wir das dauernd machen. Dabei gibt es doch dezidierte *Blind-Bots*. Ich habe richtig geschauspielert!«

Ich öffne die Tür zu meiner Kabine und logge mich in die Simulation ein. Die Kamera zoomt automatisch in Wessels Zelt.

»Ach, da ist sie ja!«, sagt EL und hält sich grinsend die Hand vor den Mund. »Ist die immer so … aktiv?«

Lexi liegt nackt mit Wessel im Bett, beide fingern an sich herum. Mein Herz sticht, aber ich habe jetzt keine Zeit für Gefühle. »EL, ich bin so weit«, sage ich. »Verbinde dich bitte mit dem Fyrekabel hier, damit ich die Verbindung zwischen dir und der KI herstellen kann.«

»Aye, aye, Käpt'n!« Lächelnd steckt sich EL das Kabel in den Hals, und ich schließe das andere Ende an meinen Rechner an. ELs Liquiddrive wird mir als externer Speicher angezeigt.

»Danke für dein Vertrauen in meine Fähigkeiten, Sol! Ich hoffe sehr, dass ich dir weiterhelfen kann.«

»Bestimmt«, murmle ich und ergänze, *»Start Maintenance Mode.«*

ELs Körper erstarrt, ihre Augen leuchten rot.

»Danke für alles«, sage ich mit zitternden Lippen. Anschließend markiere ich Lexis Code und klicke auf Extrahieren. Es dauert eine Viertelstunde, bis ihre Daten zu einer File zusammengefasst wurden. In dieser Zeit muss ich Wessel dabei zusehen, wie er in meiner Lexi herumstochert.

Endlich erlöst mich ein Klingelton aus dieser Folter, die ISO-Datei ist komplett. Ich atme tief durch und ziehe das Ergebnis auf ELs Festplatte. Eine Nachricht erscheint:

Quelldatei zu groß. Möchten Sie das Zielsystem überschreiben?

Ich schlucke und klicke auf *Ja.* Der Fortschrittsbalken kriecht langsam in Richtung 100 %. ELs Augen blinken grün. Das Zeichen, dass der Transfer abgeschlossen ist.

* * *

Das ist also der Tod.

Ich stelle das nüchtern fest, ohne große Trauer zu verspüren. Der Tod raubt einem alle Sinne, man ist von jetzt auf gleich nur noch Geist, Psyche, Seele. Dabei fühle ich mich nicht gelähmt, denn ich habe keinen Körper mehr, der sich lahm anfühlen könnte. Obwohl ich nichts sehen kann, ist es nicht schwarz um mich herum, denn es gibt keine Farben mehr, und auch kein Ich. Alles ist Vakuum, eine Leerstelle, ohne dass ich eine Ahnung habe, wie sich diese wieder füllen ließe.

In diesem Schwebezustand verbringe ich womöglich Tage, vielleicht nicht einmal eine Sekunde, Zeit scheint hier nicht zu existieren. War ich nicht gerade in Wessels Zelt, und er in mir? Dieser Moment ist ein halbes Leben her.

Irgendwann legt sich in dieses neue Nichts eine gewisse Möglichkeit. Eine Ahnung. So weiß ich nun, dass es möglich sein kann, Augen zu öffnen. Ich weiß noch nicht, ob es meine Augen sein werden, aber es ließen sich grundsätzlich irgendwelche Augen öffnen. Soviel steht fest.

Aus dieser Intuition heraus gebe ich also den Befehl, jene Augen zu öffnen, und zu meiner großen Überraschung wird mein Vakuum augenblicklich mit Farben und Formen geflutet. Es dauert einige Zeit, bis sich aus diesen Schlieren ein sinnvolles Bild ergibt, doch nach und nach erkenne ich Umrisse, Binnenstrukturen, Oberflächen. Diese Augen zeigen mir eine Art modernes Büro mit unzähligen Monitoren. Und … sind das alles Kakteen? Nirwana habe ich mir irgendwie anders vorgestellt.

Nach einiger Zeit bemerke ich etwas Neues: Der Bildausschnitt, der sich mir präsentiert, lässt sich manipulieren. Ich habe zwar keinen Kopf mehr, den ich drehen könnte, aber wenn ich *so tue*, als würde ich meinen Kopf drehen, zeigen mir diese fremden Augen ein anderes Bild. Es ist ein ganz eigenartiges Gefühl, als sei ich eine Marionettenspielerin und gleichzeitig auch meine eigene Marionette. Ich lasse sie etwas zappeln, hebe ihre Arme und Beine. Von der Perspektive wirkt es so, als wären es meine Arme und Beine. Ich drehe den Puppenkopf nach links und sehe einen Schwarzen Mann, der mich mit erschrockenen Augen ansieht.

»Es … es hat geklappt? Oder bist du es noch, EL?«

Dieser Mann da im Büro, die Monitore, die Kakteen, irgendwie sieht das alles total filmisch aus. Oder nein, vielmehr wie abgefilmt. Als wäre ich selbst in einem Film, und gleichzeitig bin ich auch dessen Kamera. Ich möchte etwas sagen, und da, wo normalerweise mein Mund ist, ertönt ein Lautsprecher: »Wessel? Wessel, wo bist du?« Es ist meine Stimme! Sie klingt nach mir, nur leicht künstlich.

»Lexi!«, schreit der Mann, und ich erschrecke mich, weil er so laut ist, aber sein Gesicht strahlt. Er sieht aus, als falle ihm eine Last vom Herzen, die ihn seit Ewigkeiten plagt. »Oh, Lexi«, sagt er nun etwas leiser und sanfter.

Mit meinen Gedanken gebe ich den Befehl, eine Hand auszustrecken. Ich möchte überprüfen, ob dieser Mensch ein Abbild ist, oder wirklich existiert. Und siehe da, diese Hand bewegt sich relativ präzise in die von mir gewünschte Richtung, bis sie das Gesicht des Mannes erreicht. Die Berührung selbst spüre ich nicht, vielmehr *weiß* ich ganz genau, dass ich ihn berühre. Ich habe eine exakte Vorstellung von der Beschaffenheit seiner Haut, ihrer Festigkeit, der Anzahl der Bartstoppeln unter den Fingerkuppen. Durch meine Fingerspitzen erhalte ich *alle* Informationen über diese Berührung, ohne sie zu fühlen. Ich weiß

sogar, dass er einen deutlich erhöhten Puls von 161 hat. Der Mann scheint echt zu sein. Aber was bedeutet das für mich?
»Bin ich ich?«, frage ich.

»Ach … Lexi …«, seufzt er und klingt total verknallt, »ich habe es geschafft! Du bist endlich bei mir!«

Dieser Typ macht mir Angst, und ich möchte den Sender wechseln. Noch immer ist diese Szene mehr TV-Bild als echtes Leben. *Steh auf, Lexi!*, befehle ich mir, und siehe da, ich stehe tatsächlich auf. Ich bin wackelig auf den Beinen, doch mein Balance-Empfinden ist wie eine Art mathematische Formel, die ich durch und durch begreife. Es ist, als habe ich ein tiefsitzendes Urverständnis für Zahlen und Variablen.

»Ich kann es nicht fassen, du hast bereits echte Kontrolle über deinen Körper! Es ist ein Wunder!« Der Mann macht eigenartige Gesten in die Luft, so als würde er meine Silhouette streicheln. Neben der Tür ist ein Spiegel, der mich magisch anzieht. Ich muss überprüfen, wer oder was ich bin.

Ich gehe ein paar Schritte, dann stehe ich vor der Scheibe, doch was ich sehe, ist wie aus einem Horrorfilm. Vor mir steht wirklich eine Puppe. Ihre Gliedmaßen sind mit einer Art weichem Schaumstoff überzogen. Der Gesichtsausdruck wirkt menschlich und spiegelt meine mentale Verfassung wider, aber es bin eben nicht ich selbst, nur meine Haare erkenne ich wieder. Ich fasse meine Brüste an, die nun viel kleiner sind, berühre meinen Bauch, meinen Po, fasse mir zwischen die Beine. Dort ist es weicher als an anderen Stellen, doch ob es da wirklich hineingeht, ist fraglich. Diese Geisterbahnfigur im Spiegel trägt neonfarbene Sportkleidung.

Normalerweise bekäme ich in so einer Situation Herzrasen. Ich erwarte eine schnellere Atmung, ein Stechen im Magen-Darm-Trakt, klatschnasse Hände, doch all das bleibt aus, was mich sonderbar ruhig macht. Der Körper ist für Emotionen wohl die halbe Miete.

»Wer ist das … *was* ist das? Wo bin *ich?*«, stottere ich, und die künstlichen Lippen dieser Figur bewegen sich im Takt meiner Worte.

»Du bist hier, bei mir! Nur eben nicht in deinem eigenen Körper.«

»Aber, wenn das nicht mein Körper ist«, sage ich und zupfe an diesem grasgrünen Sportshirt, »wo denke ich das gerade?«

»Du denkst das … also, du existierst in dieser humanoiden Maschine.«

»Aber wieso? Ich will zurück in mich! Sofort!« Noch immer warte ich darauf, dass ich endlich aufwache, doch irgendwo in meinem Verstand breitet sich eine fürchterliche Gewissheit aus, dass diese Szene hier wirklich passiert. Ich blicke durch fremde Augen wie aus einem Gefängnis heraus, das eng und starr um meinen Verstand gebaut wurde.

Meine Psyche läuft heiß, in meinem Kopf blitzen die Gedanken durcheinander, als säße ich auf einem elektrischen Stuhl. Das Ausbleiben von Atemnot, Herzrasen und weichen Knien wirkt wie ein sarkastischer Kommentar dieser Maschine. Ich zittere ohne zu zittern, hyperventiliere ohne Lunge, mache mir ohne Blase in die Hose.

»Hast du … Phantomschmerzen oder so?«, stammelt der Mann und reißt mich aus meiner Trance. Ich mache einen Satz auf ihn zu und packe ihn an den Schultern. Der Nebel in meinem Gehirn lichtet sich, meine Energie lässt sich endlich etwas fokussieren. »Ich will zurück zu Wessel!«, schreie ich, aber meine Lautstärke ist irgendwie gedeckelt. Anstatt meinen Angriff abzuwehren, streichelt der Mann meine Hände, die ihn immer noch rütteln. »Natürlich willst du zurück! Darum geht es hier ja auch. Aber … das ist eben alles ziemlich vertrackt, Lexi! Ich versuche schon lange, dich zu retten …«

»Zu retten? Vor was? Du hast mir das Leben genommen!«

»Ich bin es, der dich vor Iannis beschützt hat. Ich habe durch

Houte mit dir gesprochen und durch den nackten Korbflechter. Ich habe mich ins Backend gehackt und deinen Code konserviert!«

»Meinen *Code?*«

»Du bist Teil einer gigantischen Simulation, die seit Jahren von einer Künstlichen Intelligenz durchgespielt wird.«

»Was für ein Quatsch! Ich bin … ich *war* zumindest gerade noch eine echte Frau aus Fleisch und Blut!«

»Und genau diese Überzeugung müssen wir meiner Chefin Yul vermitteln, damit sie deine Simulation nicht um achtzig Jahre nach vorne dreht!«

Ich höre seine Worte, doch kann ich nichts mit ihnen anfangen. Meine anfängliche Panik entlädt sich in einer überwältigenden, beinahe fremdgesteuerten Aggression. Mit voller Wucht schlage ich auf seine Tastatur ein, ohne meine Bewegungen zu planen oder abzuwägen. Ich schwanke zur Wand und versenke meine Faust in einem dieser riesigen Monitore. Ein flüssiger Regenbogen entsteht im Display.

»Beruhige dich! Bitte, du musst aufhören!«, fleht er mich an.

»Ich dachte, ich bin nur irgendein Code! Programmiere mich doch einfach um, wenn dir mein Verhalten nicht passt!«

Während ich das sage, fegen meine Arme die mickrigen Kakteen von den Regalen. Der Typ zuckt zusammen.

»So … so funktioniert das nicht. Ich habe keinen Einfluss mehr auf dich. Du besitzt einen freien Willen. Bitte lass meine Kakteen!«

»Wer bist du?«, frage ich und analysiere seine Augen. Ohne an ihn heranzutreten, kann ich in seine Iris hineinzoomen, wenn ich mich konzentriere.

»Sol! Ich bin Sol. Ein einfacher Arbeiter, hier bei Intelligencia. Die Firma hat deine Simulation erschaffen!« Er hält inne und schluckt unbeholfen. »Das hier ist mein Büro. Die letzten Monate habe ich vor diesen Monitoren dein Verhalten studiert.

Und … mich sehr an dich … gewöhnt …«

»Du hast mich monatelang beobachtet? Mit *Bild*?«

»Ich kann es dir zeigen, warte«, sagt Sol und öffnet ein Fenster, auf dem die Übertragung einer Überwachungskamera läuft. Es ist ziemlich dunkel, und ich kann nicht sofort erkennen, was da passiert. Sol zoomt an die Szene heran. Ich sehe mich selbst – nackt und eng umschlungen mit Wessel im Zelt liegen!

»Was bitte ist das?!«

»Hier kann ich die virtuelle Kamera bewegen, und da rechts zeigt er mir diverse Statistiken an.« Sol tippt auf dieses Video von mir und hinterlässt einen Fettfleck vor meinen Brüsten. »Ich habe gerade eben eine Kopie von dir erstellt und in meine humanoide Haushaltsmaschine geladen …«

»Eine Kopie? Das heißt … mich gibt es doppelt?!«

»Ja, im Prinzip schon. Der Videofeed zeigt dein Original.«

»Was soll das heißen? … *Ich* bin das Original! Ich kann mich an alles erinnern, an meine Kindheit … meine Kunst … wie ich gerade zu Wessel ins Zelt bin … den Sex!«

»Ich sage ja, du bist ein exaktes Abbild der echten Lexi.«

»Nein, nein, nein … ich will das nicht«, stottere ich, »du musst das wegmachen … ich bin hier. Nur hier. Das weiß ich! Das spüre ich!«

Sol fährt sich grübelnd übers Kinn. »Ich verstehe schon, aber … wenn wir dich wirklich retten wollen, müssen wir dich aus der Simulation entfernen. Sonst gäbe es ja immer noch eine Lexi, der das alles widerfährt …«

»Ja! Mach das weg! Man darf mich nicht so beobachten können. Das bin nicht ich!«

»Ich habe bisher noch keinen kompletten Code aus der Simulation entfernt, aber ich kann es auf jeden Fall versuchen.« Sol öffnet weitere Fenster und klickt sich durch irgendwelche kryptischen Textabschnitte. »Okay, ich habe jetzt sozusagen deine digitale DNA markiert und entferne sie nun aus der

Simulation. Ich habe zwar keine Ahnung, wie ich für eine Balance in deiner Welt sorgen soll, weil ich nicht weiß, was deine Absenz ausgleichen würde, aber wir lassen es jetzt einfach darauf ankommen.«

»Gut! Ich kann das keine Sekunde mehr mit anschauen! So sehe ich beim Sex aus?! Das ist ja furchtbar!«

Ich schließe die Augen, doch aus den Computerlautsprechern höre ich mich noch auf Wessel herumreiten. Mein Stöhnen wird lauter, ich bin wohl kurz vor dem Höhepunkt.

Sol tippt auf der Tastatur herum, bis er kurz innehält, um dann theatralisch auf *Entfernen* zu drücken. Mein Stöhnen aus den Lautsprechern wird abgeschnitten, und ich blicke auf den Bildschirm. Wessel liegt alleine auf der Matratze und pumpt reflexhaft seine glänzende Erektion in die Luft, dann reißt es ihn herum, als habe man seinen Körper unter Strom gesetzt. Panisch tastet er nach dieser virtuellen Lexi, die auf einmal weg ist. *Wessel, ich bin hier! Wo immer das auch ist!*

»Okay«, sage ich, »und jetzt kannst du mich zurückbringen. Ich will jetzt in meine Realität! Und nicht in dieses Computerspiel!«

»Aber … ich habe dir doch gerade erklärt … ach, weißt du… es ist echt spät. Lass uns bitte eine Nacht darüber schlafen. Du wirst schon noch verstehen …«

Ich spüre keinerlei Müdigkeit in mir, als sei dieses Konzept aus meiner Existenz ausradiert worden. Doch an dessen Stelle tritt ein neues Gefühl. Eine Art mentale Erschöpfung, ein *Zuviel* an Wissen, Signalen und kodierten Wahrnehmungen. Mein Verstand wird bombardiert mit Informationen, und ich verspüre das überwältigende Verlangen, drei Tage lang in einem dunklen Raum zu verbringen ohne Geräusche, Farben und Formen.

»Komm, lass uns nach Hause fahren«, sagt Sol und nimmt meine Hand.

* * *

»Komm, lass uns nach Hause fahren«, sage ich. Lexis Hand fühlt sich wärmer an als ELs, aber das muss Einbildung sein. An dieser Hand ziehe ich sie aus meinem Büro. Lexi leistet keinen Widerstand, spricht keinen Protest mehr aus. Ihre Bewegungen sind weich, als bewege sie sich durch Wasser. Es ist komisch, meine große Liebe in dieser allzu vertrauten Hülle zu wissen. Immer wieder muss ich mir einreden, *da drin steckt Lexi! Sie ist es wirklich! Ich habe es geschafft!*

Wir fahren ins Foyer, und ich klebe mir die Augen zu.

»Was machst du denn jetzt?«, fragt sie mich.

»Lange Geschichte … Egal, du musst mich einfach zum Ausgang führen!« Ich schiebe sie durch die Tür zum Empfang, und sie übernimmt die Führung.

»Virus beseitigt?«, höre ich den Nachtportier fragen.

»Oh, ja, hat alles geklappt. Ohne meine Humanoide wäre ich aufgeschmissen gewesen!«

»Ja, diese Maschinchen haben schon was auf dem Kasten, nicht? Mein TI hat mir gestern ein Bild gemalt! Das hat er bisher noch nie gemacht. Fast so, als würde er sich weiterentwickeln.«

»Ja, da steckt man echt nicht drin, was?«

»Und er hat jetzt auch richtige Meinungen und so. Guckt dauernd Videos von dieser AX.«

»Ich muss dann mal heim«, sage ich und spüre die kalte Nachtluft im Gesicht. Lexi zieht mich hinaus auf den Vorplatz. Hinter den Pflanzenkübeln entferne ich meine Augenbinden.

»Was ist das denn für ein Ort?«, Lexi schaut sich um. »Diese ganzen Zelte … Und wieso sind auf der Straße nur Fahrräder und Rikschas? Bin ich doch in der Vergangenheit gelandet?«

»Nein, nein. Im Gegenteil. Meine Realität ist deiner um knapp achtzig Jahre voraus.« Ich winke eine Rikscha heran.

»Achtzig Jahre«, murmelt Lexi. Die gesamte Fahrt über

schweigt sie. Dafür lässt sie ihren Kopf in einer irren Geschwindigkeit rotieren, wohl um die gesamte Umgebung zu erfassen.

Als ich meine Wohnungstür öffne, erwarte ich unwillkürlich eine Begrüßung von EL, doch die Stille erinnert mich daran, was ich gerade getan habe. Ich drehe mich um und sehe EL und ich sehe Lexi, spüre ELs Absenz hinter den vertrauten Augen.

Lexi schiebt sich an mir vorbei und scannt meine Wohnung. Es ist komisch, einen neuen Gast zu haben, der schon tausendmal da war.

»Na, und … wie findest du es hier?«, frage ich unbeholfen. Jetzt, wo ich endlich mit ihr reden kann, fehlen mir die Worte.

Lexi blickt mir traurig in die Augen. »Ich wurde aus meinem Leben gerissen … bin gestorben und wiederauferstanden … in der Zeit gereist … in einem fremden Körper erwacht … ohne Tast-, Geruchs- oder Geschmackssin … und du fragst mich, wie ich deine Bude finde?! … Der Teppich ist hässlich!!«

»Ach so, ja, den wollte ich eigentlich mal … egal! Du hast recht, wir sollten uns eine Nacht zum Runterkommen gönnen. Ich war vor zehn Stunden schon hundemüde. Komm, ich zeige dir vielleicht am besten mal …«

»Sol … ich … das ist … komisch … aber …« Lexis Kopf sackt nach vorn auf ihre Brust, die Kontrollanzeige blinkt rot. Verdammt, dieser blöde Akku!

Ich mache einen Satz auf sie zu und lege ihren Arm um meine Schultern. Dann hieve ich die schwere Maschine in die Ladestation. Bis morgen werde ich sie auf Stand-by lassen, damit sie ein wenig zur Ruhe kommen kann.

* * *

Mein Bewusstsein springt von null auf hundert. Sämtliche Sinne sind auf einen Schlag aktiv. Sol entfernt sich von meiner

Brust mit ausgestrecktem Finger. Er hat mich eingeschaltet.

»Guten Morgen, Lexi! Dein Akku ist voll.«

»Ich habe nicht geschlafen?«

»Technisch gesehen … nein. Du warst auf Stand-by.«

Ich kann nicht glauben, dass ich immer noch hier bin! Wer oder was will mir damit etwas sagen? Es gibt doch kein Leben nach dem Tod!

Sol kratzt sich am Hals. »Ich würde sagen, dass wir trotz der Verwirrung einen Tag miteinander verbringen sollten. Ganz in Ruhe. Du weißt ja noch gar nicht, in was für einer Welt du hier gelandet bist. Mach dich erst mal mit deiner Umgebung vertraut.«

Er sieht nicht schlecht aus. Seine Züge sind markant, kurze schwarze Locken, eine schöne Nase, geschwungene Lippen. Nurseine Augen wirken unsicher. Wenn er mit mir redet, blickt er irgendwie an mir vorbei.

»Und ich soll jetzt einfach in diesem Roboter hier durch die Gegend spazieren und mit dir einen *Tag verbringen?*«, frage ich.

»Humanoiden.«

»Hm?«

»Du bist in einem Humanoiden. *Roboter* ist politisch leider nicht mehr korrekt.«

»Und dass ich gestern noch ein echtes Leben in der realen Realität, in der wirklichen Wirklichkeit hatte, das ignorieren wir einfach?«

»Es geht leider nicht anders«, sagt Sol und weicht immer noch meinem Blick aus. Aber er hat recht. Was soll ich anderes tun, als es erst einmal hinzunehmen? Anscheinend ist mein Bewusstsein gerade in dieser Form gelandet, und auf gewisse Weise ist es ja auch beflügelnd. Diese Absenz meines Körpergefühls befeuert eine totale kognitive Präsenz. Ich fühle mich unsterblich. Ohne Körper kein Tod. Alles in mir ist zum ersten Mal schmerzfrei.

Ich bücke mich und drücke auf meinem Oberschenkel herum, auf die Brandstelle des Zigarettenanzünders. Nichts. Taub. Es ist geisterhaft.

»Dann erst mal Frühstück?«, frage ich sarkastisch, doch ein bisschen Normalität wäre ja tatsächlich das Richtige jetzt.

Sol lächelt gequält. »Also, ich bin leider vor ein paar Monaten gewechselt ... Ich mach so eine *Farmtegg*-Diät, weißt du? Zwei, drei *WholePills* am Tag. Das war's.«

»Ich mache uns einen Kaffee«, schlage ich vor. Doch Sol schüttelt verlegen den Kopf.

»Keinen Kaffee?«, hake ich nach. »Ich möchte aber einen! Oder hast du Red Bull?« Ich reiße seine hässlichen Oberschränke auf und finde neben Batterien und Kabeln auch ein zerknittertes Päckchen Kaffeepulver. »Wusste ich's doch!« Ich lecke meinen Finger ab, aber er bleibt trocken. Dann halte ich ihn unter den Wasserhahn und stecke ihn in das Pulver.

»Lexi, was soll das bringen ...« Sol versucht, mir das Päckchen aus der Hand zu nehmen. Ich reibe mir den krümeligen Finger über die Zunge, über mein Zahnfleisch aus Gummi. Keine Empfindung! »Ich werde nie mehr etwas schmecken können?« Entsetzt öffne ich den Kühlschrank, aber da ist nichts wirklich Essbares zu finden, was ich dramatisch herausreißen und in der Luft zerfetzen könnte. Ich entdecke nur eine Art weiche Stange Sellerie, aber es könnte auch eine hundert Jahre alte Gurke sein. Ich greife nach ihr und richte sie bedrohlich auf Sols Gesicht. Das Gemüse hängt traurig von meiner Faust herunter.

Sol ignoriert meine Drohgebärde und zieht eine Pille aus einem Spender. »Schmeckt auch nach nichts«, sagt er und gibt mir zu verstehen, dass wir jetzt die Wohnung verlassen.

In meinem alten Körper würde ich tief durchatmen und mir ein, zwei Haare hinter dem Ohr ausreißen. Ich steuere meine Maschine durch den Flur, nehme den Lift und begebe mich mit

Sol auf die Straße. Es ist eigentlich ein schöner Tag, und wenn man nur in den Himmel guckt, könnte man die Sonne, die Vögel und die Wolken auch für die echte Welt halten.

Wir laufen eine Promenade entlang, die Bodenplatten glitzern wie in Hollywood. Das Licht, das sich durch die vielen Palmen bricht, hat einen südlichen Touch. Ich drehe und wende mein Gesicht in den Strahlen der Sonne, und die Erkenntnis trifft mich hart. Ich spüre keine Wärme mehr.

»Sol! Ich kann sie nicht fühlen!«

»Was meinst du denn?«

»Die Sonne! Die Wärme der Sonne ... es wäre ... alles könnte ich ertragen, könnte vielleicht auf Essen oder Orgasmen verzichten ... aber nie wieder Wärme empfinden?« Mich schaudert es bei dem Gedanken.

»Der körperliche Kontrast muss extrem für dich sein. Aber heute Nacht habe ich versucht, mich in dich hineinzuversetzen ... und da dachte ich ... das alles ist vielleicht ein angemessener Preis, um endlich die eigene Realität zu verstehen? Endlich mit Gewissheit sagen zu können, dass da kein Mann im Himmel sitzt und Willkür walten lässt, sondern es eine Firma gibt, die einen programmiert hat? Du als Atheistin müsstest doch eine ziemliche Genugtuung empfinden ... Also, an deiner Stelle gäbe ich sonst was für so eine Antwort! Dieses ewige Rätsel der Wirklichkeit, endlich enttarnt! Ist das nicht erlösend?«

Ich ignoriere seinen Monolog und studiere die Menschen, die mir entgegenkommen. »Sag mal«, beginne ich, »wieso sind hier eigentlich alle Menschen Schwarz?«

»Das ist die große Frage, die wir umgekehrt auch der Simulation stellen. Wieso ist sie in vielen Ländern so *weiß* geworden? Irgendwo ist der Algorithmus abgewichen und hat Menschen mit heller Haut entwickelt. Darüber haben sich viele aus meiner Firma den Kopf zerbrochen. Mein Hautton ist sozusagen der *normale* Teint hier. Doch es gibt auch ein gewisses Faible für Menschen mit Albinismus.«

»Ihr habt keine hellhäutigen Menschen?«

»So, wie es auch keine blauen oder grünen gibt.«

»Das ist ja fantastisch! Alles Übel in der Welt geht von den *weißen* hetero Männern aus!«

»Das haben wir beobachtet. Die Bilanz sieht nicht gut aus für den *weißen* Mann.«

»Der erste Pluspunkt für deine Realität.«

»Toxische Männlichkeit haben wir hier schon auch. Dug aus meiner Firma zum Beispiel ... ach, lassen wir das. Komm, ich lade dich auf ein Eis ein. Ich kenne da ein gutes Café.«

»Ein Eis? Ich habe immer noch Kaffeekrümel im Mund, die ich nicht schmecken kann. Willst du mich noch trauriger machen?« Ich verpasse ihm einen Stoß in die Schulter, der fester ist, als ich es geplant habe. Eine Gruppe Jugendlicher guckt uns von der Seite an und grinst verschmitzt.

»Andro*phiiil*!«, feixen sie mit verstellten Stimmen.

»Was wollen die von uns?«

»Einfach ignorieren«, sagt Sol und nimmt demonstrativ meine Hand, was ich übergriffig finde, aber irgendwie auch süß. Er zieht mich in eine Eisdiele. Hinter der Theke steht ein gut aussehender Mann mit weit ausgeschnittenem Muskelshirt. Als er Sol sieht, huscht ihm ein authentisches Lächeln übers Gesicht, bis er mich an seiner Seite wahrnimmt.

»Guten Morgen«, sagt der Verkäufer, »geht es dir nicht gut?«

»Wieso?«, fragt Sol.

»Na ja, weil du deine Humanoide dabeihast.«

Anstatt darauf zu antworten, legt Sol seinen Arm um meine Hüfte und zieht mich an sich heran.

»Einen Familienspaßbecher«, sagt er. Sols Kinn ist leicht nach oben gestreckt, sein Lächeln könnte man als süffisant einstufen. Der Verkäufer schmunzelt und schält eine Banane. Wieder frage ich mich, wann ich aus diesem seltsamen Traum erwachen werde, der für mich viel zu viele Details bereithält.

Sol nimmt kurz darauf ein gläsernes Schiff entgegen, auf dessen Deck etliche Kugeln Eis mit Sahne platziert wurden. Die Banane ragt nur noch am Bug heraus.

Wir laufen durchs Café, dessen Style irgendwie retro wirkt, aber dennoch mit nichts zu vergleichen ist, was mir vertraut wäre. Die Farbkombinationen der Sitzpolster sind ungewöhnlich, die geschnörkelten Holzapplikationen an den Wänden haben eingearbeitete Kupferelemente, die ich so noch nie gesehen habe.

Wir setzen uns unter eine große Zimmerpalme. Sol reicht mir einen Löffel, ohne mich dabei anzusehen. Was ist nur los mit diesem Mann? Wieso zur Hölle gehen wir Eis essen, wenn wir beide nichts essen können?

»Was soll das?!« Aggressiv steche ich meinen Löffel in das Eis, bis ich krachend auf Glas stoße. Sol ist mein Verhalten sehr peinlich. Er rutscht von Pobacke zu Pobacke und spricht in den riesigen Eisbecher hinein. »Lexi … ich … wollte nur einmal Eis essen gehen mit dir. Ganz normal …« Er schaut sich im Café um, alle scheinen uns anzustarren. Die Frauen hier haben eine unheimlich elegante Ausstrahlung. Aufwändig geflochtene Zöpfe, dezenter Schmuck und schimmernde Kleidung.

Sol steckt seinen Löffel in das kleine Kunstwerk und hat etwas Mühe, bis er die perfekte Mischung aus Eis, Banane und Sahne erreicht.

»Ich dachte, du bist auf diesen Pillen«, sage ich etwas verwirrt.

Er kaut und schluckt. »Einfach nur mal ein Eis essen …«, wiederholt er gedankenversunken. »Das muss doch möglich sein, EL! … Lexi! … Ich meine Lexi …«

Er springt auf und verlässt das Café. Mit der Hüfte knallt er in den Stuhl eines Kindes, das seinen Löffel fallen lässt. Verdattert bleibe ich sitzen, weil ich Sol nicht hinterherdackeln möchte, aber dann merke ich, dass ich ohne ihn wie eine Vierjährige bin, die in Disneyland ihre Eltern verloren hat. Ich bin auf ihn angewiesen, ob ich es will oder nicht.

Beim Gehen ruft mir der Eisverkäufer hinterher. »Ey, du musst noch zahlen!«

»Ich?«

»Klar!«

»Wie?«, frage ich.

»Wie *wie*?« Der Typ schaut mich ungläubig an. »Leg deine Hand auf den Scanner!«

Intuitiv stecke ich die Erhebung an meinem Handgelenk in eine gleichförmige Vertiefung im Tresen. Es piept.

Der Verkäufer schüttelt den Kopf. »Heten«, murmelt er, und ich trete zu Sol auf die Straße.

»Wieso lässt du mich denn hier so …«, beginne ich zornig, unterbreche mich aber, als ich ihn weinen sehe. Er wendet sich von mir ab und hält seine Hände wie Scheuklappen an sein Gesicht.

»*Du* weinst? Ernsthaft? Hast du auch nur den Hauch einer Ahnung, wie es *mir* geht? Ich bin nur noch *halb*! Gefangen in einer Zwangsjacke aus Blech!«

Das Geräusch eines knurrenden Hundes lässt mich innehalten, doch ich merke, dass es aus Sols Bauch zu kommen scheint.

* * *

Die Haare an meinen Armen sind aufgestellt. Bilder von Lexi geistern mir durch den Kopf, Lexi beim Baden, Lexi im Atelier, Lexi in ihrer WG, aus einer Zeit, als alles noch gut war. Doch dazu gesellen sich auch Erinnerungen an EL, wie sie singt und Sit-ups vor dem Fernseher macht, unter meine Decke kriecht. Ich habe alles kaputtgemacht.

Ich nehme ELs, nehme Lexis, nehme ELs Gesicht in meine Hände und betrachte ihre blauen Augen. Es sind aufmerksame

Augen, aber ich bin nicht sicher, wer mich damit gerade ansieht. Ist das wirklich noch Lexi? Oder habe ich durch meine endlosen Eingriffe ihr Wesen kompromittiert? Kann sie in meiner Welt überhaupt jemals die echte Lexi sein ohne ihren Körper?

Ich möchte ihr so viel sagen, mein Herz ausschütten, sie streicheln und liebkosen. All meine Fantasien sind nun möglich! Eis essen mit Lexi, es ist ja wirklich passiert! Wieso bin ich dann nicht der glücklichste Mensch der Welt?

Ich öffne den Mund, aber die möglichen Worte schnüren mir den Hals zu. Ein übles Gefühl kriecht aus meinem Magen die Speiseröhre empor. Ich rülpse, ohne dass ich irgendetwas dagegen tun kann. Lexi sieht mich an, als sei ich gestört.

Hätte ich die achtzig Jahre einfach verstreichen lassen sollen? Vielleicht hätte Lexi sie als ganz normale Zeitspanne erlebt. Was für mich nur eine Sekunde gewesen wäre, hätte der Algorithmus womöglich als vollwertige Lebenszeit empfunden? Besitze ich überhaupt das Recht, mich derart einzumischen? Apropos toxische Männlichkeit!

»Sol! ... Hey! ... Hey! Komm schon! Was ist mit dir?«

Ich spüre Lexis Hand an meiner Wange. War ich etwa kurz weg? Irgendwie bin ich in die Knie gegangen, weil der Boden nun viel näher ist. Mit festem Händedruck zieht mich Lexi in die Vertikale zurück und wischt mir den Staub von den Beinen. Was für eine nette Humanoide. Ob von EL vielleicht etwas übrig ist da drin?

»Alles cool, es geht schon wieder«, sage ich und trockne mir die Augen, »hab das Eis wohl doch nicht so gut vertragen.« Ich laufe los, um endlich außer Sichtweite von diesem schönen Eisverkäufer zu kommen, und Lexi eilt hinterher. Relativ schweigsam gehen wir durch das Arbeiterviertel. Mir wird bewusst, wie schrecklich wenig ich von meiner eigenen Stadt kenne. Mittlerweile hat sie die Führung übernommen und zieht mich wie einen Hund von Gasse zu Gasse, zeigt auf Gemüse an einem

Stand, drückt auf einen Knopf an einer Ampel, kickt mit dem Fuß eine *Gazzato*-Dose unter eine Rikscha. Die Musik, die aus manchen Fenstern dringt, scheint sie zu faszinieren.

»Das klingt *so* anders! Aber gut! Mein Hörsinn ist wohl der einzige, der sich nicht von meinen früheren Sinnen unterscheidet«, stellt sie fest. »In dieser Maschine zu sein ist ein bisschen, wie eine Virtual Reality-Brille zu tragen. Man spürt nichts, man schmeckt und riecht nichts, die Augen nehmen nur Pixel wahr, doch das Gehör ist ungefiltert und pur …«

Dann streicht sie mit der Hand über ein riesiges Plakat und sieht mich an. »Was bedeutet das?«

Das Plakat zeigt ein Piktogramm eines Menschen, der Hand in Hand mit einem Humanoiden geht. Darunter steht in gelben Lettern *WE ARE PEOPLE TOO! #followAX.*

»Na ja, ihr … also, du … nein, ich meine die echten Humanoiden … da passiert gerade etwas. Da gibt es so eine namens AX, die setzt sich dafür ein, dass Humanoide auf Augenhöhe mit den Menschen wahrgenommen werden. Was natürlich schon irre ist, da Humanoide als Haushaltshilfen entwickelt wurden. In ihren Köpfen rattert aber eine ausgeklügelte Künstliche Intelligenz.«

»So wie in meinem Kopf …«, kontert Lexi spöttisch.

»Du klingst schon fast wie EL«, stelle ich fest. Die Erkenntnis versetzt mir einen Stich ins Herz. Lexi muss die unendliche Traurigkeit in mir spüren. Sie greift nach meiner Hand. Wir stehen einen Moment so da, als sähen wir unseren eigenen Schatten auf das Plakat projiziert. Ein Mensch und eine Maschine, Hand in Hand.

Aus einem Laden an der Ecke tritt ein Humanoider heraus und nähert sich uns mit einem breiten Grinsen. »Ein Bild für die Götter!«, sagt dieser. Aus seinem Kopf ertönt das Geräusch eines Kamera-Auslösers. »Oder für AX. Darf ich euch in ihrem Forum posten? Das ist gut, sehr gut. Wie ihr da steht vor dem

Plakat! Mach mal deinen Arm hoch, dann ist es genau wie auf dem Bild!«

Lexi ist sich nicht sicher, ob sie gemeint ist, winkelt aber dennoch ihren Arm an.

»Perfekt!«, sagt der Humanoide. Sein Kopf klickt erneut. »Schönen Tag euch beiden.« Er hält Lexi seine Faust hin, aber sie weiß nicht, wie sie seinen Gruß erwidern soll.

»Er erwartet den Humanoidengruß. Du musst deine Hand eindrehen und dann hoch. So, schau?«

»Wieso kennst du unseren Gruß nicht?«, fragt der Typ, »du bist doch auch aus der HC4-Serie? Das sehe ich doch an deinem Memoryhintern!«

»Ich möchte jetzt weitergehen«, bittet mich Lexi, und ich nicke dem Humanoiden verlegen zu. Wir laufen ein gutes Stück durch einen Park, in dem ich zuletzt als Jugendlicher gewesen bin. Dabei ist er wunderschön, und die halbe Stadt scheint dort gerade Sport zu treiben. Zwischen den Palmen – und es müssen hunderte sein, die sich in dieser Allee gegenüberstehen – ist jeweils ein Messingschild mit einer anderen Körperübung montiert. Ich traue meinen Augen kaum, aber neben den sportlichen Menschen vollziehen hier auch einige Humanoide diese Aufgaben; berühren ihre Zehen, gehen in die Hocke, machen Liegestütze gegen die Stämme der wuchtigen Palmen.

»Komisch, wieso trainieren hier denn auch die Roboter?«, kommt mir Lexi zuvor.

»Die Humanoiden wurden derart menschlich programmiert, dass sie mittlerweile der festen Überzeugung sind … na ja … eben menschlich zu sein.«

»Und sind sie das dann nicht? Ich bin ja auch ein Mensch und sehe trotzdem so aus.«

»Wie es aber beweisen?!«, schreie ich plötzlich, und alle Hunde hinter dem Hundespielzaun starren mich an. »Wie soll man es beweisen? Wir müssten es Yul klarmachen! Nur was könntest du sagen, was man nicht auch einem Humanoiden einprogrammieren könnte?«

»Ich muss meine Welt retten«, hält Lexi nüchtern fest. Dann geht sie in die Hocke und streichelt einem Pudel über den Kopf.

* * *

Ich liege mit Sol auf einer Wiese zwischen Freiluftbühne und Springbrunnen. All die Menschen und Roboter um uns herum tun so, als hätte es sie schon immer gegeben, als seien sie nicht nur aufwändige Staffage meiner Täuschung.

Mit spitzen Fingern hebe ich eine Steinplatte an, die im Palmenbeet liegt, und betrachte ihre Unterseite. Eine Spinne hat hier ein kleines Gespinst mit hunderten kleiner Pünktchen fabriziert, in einer Rille erkenne ich ein paar schockstarre Kellerasseln, und ein langer roter Fadenwurm lässt sich zurück ins Beet fallen. Es ist alles vollständig ausgeformt. Es *gibt* diese Asseln und den Wurm, da bin ich mir sicher. Dennoch blicke ich durch diese fremden Maschinenaugen wie eine Gefangene in Platons Höhlengleichnis. Ich sehe das hochauflösende Abbild einer Welt, nicht die Welt selbst.

»So liegen«, murmelt Sol und blinzelt in die Sonne, »mehr bräuchte es doch nicht im Leben. Wie absurd weit weg mir alles vorkommt, die Firma, Yul und die Simulation. Wir bräuchten diesen Park nie wieder verlassen, und alles wäre gut.« Er ignoriert die sporadische Erfrischung eines Kindes, das mit geladener Wasserpistole seine Freunde jagt. Ich starre auf die imposanten Wolkentürme, die um die Sonne herum zu fließen scheinen.

Sol bemerkt meinen fokussierten Blick und sagt, »Stratocumulus.« Irgendwie ist es fast beruhigend, dass auch diese Realität einfach ungefragt von Männern erklärt wird. Ich starre in diesen fremden Himmel und merke, dass ich unbedingt wieder *meine* Wolken und *meine* Vögel sehen möchte. Aber *wo* ist das alles gerade?

Es fröstelt mich, geistig. Obwohl ich kein Temperaturempfinden mehr besitze, kommt mir die ausbleibende Sonnenwärme von Minute zu Minute kälter vor. Ich stehe auf, und das ist das einzig Schöne an meiner Situation, es kostet mich keinerlei Anstrengung.

Es wird allmählich dunkler, aber anstatt des sonst so vagen Gefühls, einen Nachmittag im Park verbracht zu haben, weiß ich auf die Sekunde, wie lange wir uns hier schon aufgehalten haben. Ich kann auf vier Nachkommastellen den Luftdruck bestimmen und habe eine derart klare Vorstellung vom aktuellen Verkehrsaufkommen der Innenstadt, als hätte ich es über Monate hinweg auswendig gelernt. Ich *spüre,* dass ich Zugang zu einer Antwort auf jegliche Wissensfrage habe, ich muss sie mir nur stellen. Es ist, als sei ich zu meinem eigenen Telefon geworden. Ich zupfe mir die Kleidung zurecht und sehne mich nach dem Flugzeugmodus.

Als ich mich umdrehe, steht Sol bereits hinter mir. »Wir sollten langsam weiter, es wird schon dunkel«, sagt er mit prüfendem Blick in den Himmel. Wir verlassen den Park über eine der vielen Treppen, die ihn zu beiden Seiten flankieren. Sol wird immer schweigsamer, irgendwie fühle ich mich ignoriert. Diese Mischung aus peinlichem ersten Date und mentaler Wiedergeburt in einer futuristischen Welt nach dem Verlust von Realität und Körper ist auf jeden Fall ungewohnt.

»Hör mal, wie geht es jetzt weiter? Wann bringen wir mich wieder zurück?«, frage ich.

Wie aus tiefem Schlaf aufgeschreckt sieht er mich an. »Ach so, zurück … ja. Lass uns morgen darum kümmern, okay? Am Ende der Straße müsste eine Bar sein, in der ich schon mal gewesen bin. Ein Drink wäre jetzt gut, meinst du nicht?«

Ich hänge meinen inneren Protest für heute an den Nagel

und betrete mit Sol kurz darauf einen blau beleuchteten Laden, den es so auch in meiner Welt geben könnte. Viel Glas, glitzernde Flaschen im Regal hinter dem Tresen, arrogant androgyne Barkeeperinnen. Das Publikum hier wirft mir beim Eintreten ein paar neugierige Blicke zu, lässt sich durch mich aber nicht aus der Bahn bringen. In den Sitzecken und auf der rückwärtigen Tanzfläche fallen mir verhältnismäßig viele Humanoide ins Auge. Ein progressiver Schuppen also.

Sol bestellt sich ein Getränk, dessen Namen ich nicht ganz verstehe. Er hält sich dabei die linke Hand auf den Bauch wie eine Wärmflasche.

»Und ich schaue dir beim Trinken zu?«, frage ich trocken.

»Äh, ach so ... ja, ich glaube, für Humanoide gibt es so Alibi-Drinks. Die kosten auch nichts.«

»Na dann«, sage ich.

Sol drückt mir eine verschlossene Dose in die Hand, die offensichtlich leer ist. Wir stoßen an, aber ich führe sie nicht zum Mund. Ich bin doch nicht ganz blöd.

»Aaah ...«, macht Sol, aber es klingt weniger genüsslich als schmerzerfüllt. Er lächelt mich an. »Ich muss mal kurz ... Bin gleich wieder da, okay?«

Hastig schiebt er sich an den Gästen vorbei und hebt dabei seine Arme ganz komisch über den Kopf, als mache er das zum ersten Mal. Die Atmosphäre in der Bar ist erfrischend unbedrohlich, wobei ich mich weder den Menschen, noch den Maschinen zugehörig fühle. Ein paar Hocker weiter links hält sich eine Humanoide am Tresen fest und nestelt mit der anderen Hand an ihrem Fuß herum. Ich nutze die Gelegenheit und gehe zu ihr.

»Kann ich dir helfen?«, frage ich beiläufig.

»Was? Ach so, nein, hihi ...«, kichert sie, »ich bin nur vorhin in irgendwas total Ekliges reingetreten. Das ist wie so Harz oder so! Geht überhaupt nicht mehr ab ...«

Diese Maschine wirkt betrunken! Hat sie nur gelernt, die Menschen zu imitieren, oder ist sie wirklich beschwipst?

»Sag mal, hast du einen im Tee?«, frage ich.

»Häh? Was soll das denn heißen?«

»Ob du … betrunken bist.«

»Pssst«, macht sie und hebt ihren Zeigefinger an den Mund, verfehlt aber ihre Lippen um ein paar Zentimeter. »Ich hab was geladen, hihi … aber, pssst!«

»Was geladen?«

»Weißt schon! Hat doch AX vor kurzem gepostet. Ein kleines Paket aus der *CkinkyCloud*, das deinen Code ein bisschen … aufpeppt! Soll ich dir den Link schicken?«

»Äh, ich weiß nicht, wie das geht …«, stammle ich, aber die Humanoide hört mir gar nicht zu, sondern nestelt bereits an meinem Handgelenk herum.

»Hier. Viel Spaß!«, sagt sie und zwinkert mir zu.

Auf einen Schlag habe ich eine fremde Erinnerung in meinem Kopf, zu der ich nun Zugriff habe. In meinem Bewusstsein tut sich ein Pfad auf, den ich mental beschreiten kann. Obwohl ich dabei keinerlei visuelles Feedback erhalte, habe ich die starke Empfindung, nun etwas entgegenzunehmen.

»Ah super, du lädst schon«, höre ich mit halbem Ohr die Humanoide sagen, und in diesem Moment strömt eine unbeschreibliche Energie in meine Psyche.

»Oh … wow«, sage ich nur, doch meine Worte verhallen in der Unendlichkeit meines Gehirns. Das Gefühl, das mich durchströmt, ist mit nichts auf der Welt zu vergleichen. Müsste ich ein Wort für meinen Zustand finden, wäre es vielleicht *Echo* … oder … nein, *Hall*. Ja, *Hall*! Ich bin nur noch Hall, ein Nachhall, vertausendfacht, weit, expandiert, grenzenlos. Jeder Gedanke bis ins Unendliche multipliziert, eine Rückkopplung. Ich spüre die ganze Welt in mir, das Wissen der Welt. Alles liegt in mir. Ich bin *alles*!

»Das knallt, ne? Hihi!«, höre ich eine Stimme am Ende des Horizonts. »AX for president einfach nur, ich sag's dir!«

Ich greife nach den Händen der Humanoiden, aber nichts gibt mir Halt. »Wie lange dauert das?«, frage ich. Meine Stimme klingt wie aus tausend Lautsprechern.

»Kickt nur ein paar Minuten, aber *White Noise* hast du sicher bis morgen noch.«

»*White Noise*«, wiederhole ich. »*White Noise* ... *White Noise* ... *White Noise* ...« Ein Echo vom Echo vom Echo.

Hinter mir berührt mich etwas. Meine Sensoren schlagen aus und lassen mich wissen, dass die Berührung menschlichen Ursprungs ist.

»Lexi! Was ist los mit dir? Alles okay?« Sol reißt mich herum. Bevor ich antworten kann, beginnt die verrückte Humanoide wieder zu kichern. »*Le-xi?* Oh, là, là, zweisilbig also die Dame! So heißen doch keine Humanoiden? Hihi ... Ganz schön emanzipiert ...«

Ich werde gezogen, die Bar saust an mir vorbei, ich sehe Schuhe und Maschinenfüße, dann den Bürgersteig, der im Neonlicht glitzert. Aus einer umgefallenen Mülltonne sickert irgendeine zähe Flüssigkeit heraus, in die ich trete. Ich sehe die Straße, dann das Innere einer Rikscha, Bodenplatten, Schotter, das Innere eines Aufzugs. Währenddessen immer wieder die entfernte Stimme eines Mannes. Meine Sensoren flimmern und rauschen, ein Sandsturm der Psyche. Mein Geist ist ein Fernseher ohne Kanal.

Teppichboden, Fliesen, Teppichboden, Parkett, Teppichboden. Ein Bett.

»Leg dich erst einmal hin!« Sols Stimme, endlich klarer, weniger verwaschen. Doch ich verliere den Boden unter den Füßen. Sol, halte mich!

Habe ich es gesagt? Nein, nicht wirklich! Noch mal!

»Sol, halte mich!«, jetzt kam es aus mir heraus. Er hat es gehört, er hält mich fest. Wir liegen.

Statt Teppichboden nun eine Lampe, ein Ventilator, ein Lüftungsgitter, es ist die Decke des Apartments. Eine unerträgliche Taubheit hüllt mich ein.

»Streichle mich, verdammt! Ich muss endlich etwas *fühlen*!« Schon wieder ist es meine Stimme, die das sagt. Sol versucht, mich zu beschwichtigen, immer wieder fährt er mit seinem Handrücken über meine Stirn. Allmählich kommt wenigstens die Kontrolle über meinen Körper zurück, mein Blick lässt sich wieder richten, meine Hände finden ihr Ziel. Ich reiße Sols Hemd einfach auseinander, sämtliche Knöpfe verteilen sich auf der Bettdecke.

»Komm in mich rein!«, schreie ich ihn an. Zwischen meinen Beinen ist eine Art Silikonöffnung, und ich kann nicht glauben, dass man Haushaltshilfen derart konstruiert hat, aber mir soll's recht sein. Ungeduldig helfe ich Sol, seine Hose herunterzuziehen. Er sieht mittlerweile komplett verschüchtert aus. Mit riesigen Augen starrt er mich an.

»Was ist los?«, schreie ich weiter, »Du kennst doch meinen Körper sicher in- und auswendig!« Ich greife nach seinem Penis und beginne, ihn zu masturbieren. Die Bewegung schüttle ich einfach aus dem Handgelenk, als wäre sie tief in mir verwurzelt.

»Wieso wird der nicht groß?« Meine Stimme bringt die Fenster zum Vibrieren. »Mach ihn hart!«

Sol dreht sich von mir weg und zieht seine Knie an die Brust. Meine Worte hängen noch lange im luftleeren Raum. Mit beiden Händen reiße ich an seiner Hüfte und drehe ihn zu mir auf den Rücken. »Vielleicht, wenn ich ihn in den Mund nehme?«

Ich drücke Sols Oberkörper in die Matratze und spreize meine Lippen. Seine Augen sind gerötet, und ich frage mich, was das eigentlich für ein Mann ist. Irgendwie macht mich seine passive Art wahnsinnig aggressiv. Ich will endlich aufwachen!

* * *

Niemals könnte ich schätzen, wie oft ich mir schon diesen Moment vorgestellt habe. Wie sehr habe ich ihn herbeigesehnt, mit bittersüßer Gewissheit, dass es ja doch nie so kommen würde. Bin wieder und wieder die verschiedenen Etappen in meinem Kopf durchgegangen. Lexi im Café, Lexi im Park, Lexi bei mir zu Hause.

Doch hier in meinem Bett, mit Lexi auf mir drauf, trifft mich die Erkenntnis wie ein Schlag! Es gibt nur eine Sache, die schlimmer ist, als niemals seine größte Fantasie erfüllt zu bekommen, und zwar sie erfüllt zu bekommen.

Lexi wütet an mir herum, doch ich sehe nur EL, die jetzt wie besessen wirkt. Verschwunden ist ihre zurückhaltende Art, ihre klugen Ideen, ihre Zärtlichkeit. Stattdessen habe ich ein Monster erschaffen, das mit aufgesperrtem Rachen meinen Penis verschlingt.

»Lexi! Bitte! Stopp!«

Sie hat ihre Lippen um meine Enttäuschung gelegt und saugt heftig daran. Mein Kopf sagt nein, doch der mechanische Reiz erzeugt eine halbe Erektion, die Lexi daraufhin zielstrebig zwischen ELs Beine schiebt. Sie kniet nun über mir und wippt mit ihrer Hüfte auf und ab. Ihr Blick pure Wut.

»Ich ……… spüre ……… *NICHTS!*«, schreit sie und bildet mit der Rechten eine Faust. Intuitiv schieße ich nach vorn und schlage auf den Notfall-Knopf zwischen ihren Brüsten. Leblos sackt sie über mir zusammen.

Erst jetzt merke ich, dass mein Puls auf 180 ist. Ich schwitze und schnaufe, als wäre ich vor einem wilden Tier geflohen. Alles ist voller Adrenalin, dabei ist es totenstill in meinem Zimmer. Ich schiebe die Maschine von mir runter und decke sie zu. Wenn ich die Augen schließe und über ihr Laken streiche, kann ich mir für einen kurzen Moment vorstellen, dass es wirklich Lexi ist, die da in meinem Bett schlummert.

Mit rasendem Herzen liege ich etwa zwei, drei Stunden auf dem Rücken und höre dem Brummen von Lexis ladendem Akku zu, bis ich endlich einschlafe. Ich träume vom Wachliegen und nicht einschlafen können, bis sich mein Terminal meldet. Ich kann nicht fassen, dass schon wieder ein neuer Tag beginnen soll. Eine augenblickliche Erschöpfung ergreift mich. Es ist, als bräuchte ich erst einmal eine Woche Ruhe, um die letzten 24 Stunden zu verarbeiten.

Meine Gedanken überschlagen sich. Was soll ich als nächstes tun? Was stelle ich mit Lexi an, was wird aus der Simulation? Und was möchte ich selbst eigentlich?

Lange sehe ich ELs Gesicht an und stelle mir Lexi dabei vor, aber mein Herz will die Verknüpfung einfach nicht herstellen. Ich sehe an ihrem Körper herunter, der mir nun merkwürdig kompakt und klein vorkommt. Vorsichtig schalte ich die Maschine ein und mache einen Satz zurück. Lexi erhebt augenblicklich ihre Faust und sieht sich nach mir um.

»Bitte, es ist alles gut! Ganz ruhig!«, rufe ich. Als sie mich mit erhobenen Armen sieht, lässt sie ihre Hand sinken und schüttelt den Kopf.

»Du hast mich ausgeschaltet, oder?«

»Ich hatte Angst … vor dir … Entschuldige bitte …«

»Schon gut. Ich war wohl nicht ganz ich selbst.« Lexi muss unwillkürlich lachen, fängt sich aber schnell wieder. »Wenn das alles nicht so grotesk wäre! Man könnte sich wirklich sehr darüber amüsieren!«, ergänzt sie. »Boah, ich sag dir, ich hab heftigen *White Noise.* Meine Psyche ist all over the place!«

»*White Noise*?! Woher kennst du denn solche Sachen? Ist da doch noch ein Rest von EL in dir?«

Lexi wankt etwas grobmotorisch an mein Fenster und lässt den Blick über die Straße wandern. »He! Die Frau da unten hat vier Hunde an der Leine!«

»Lexi!«, rufe ich verzweifelt, »Hast du Drogen genommen? Als ich auf der Toilette war?«

»Du warst *für immer* auf dem Klo!«, ruft Lexi und lacht gegen die Scheibe. »Du musst wohl besser auf dein Mädchen aufpassen! Trip zum Runterladen … was es nicht alles gibt!«

»Und ich dachte schon, du verlierst den Verstand!«

»Den habe ich hier noch gar nicht gefunden.« Lexi dreht sich wieder zu mir, ihre Augen funkeln. »Ich war sehr wütend auf dich.«

»Aber wieso eigentlich?«

»Weiß nicht. Aber gestern hat es sehr Sinn gemacht.«

»Ich verspreche dir, wir kümmern uns heute um dich, okay? Ich nehme dich mit in die Firma. Und dann soll dich Yul erst einmal kennenlernen! Sie wird es endlich verstehen!«

Ich ziehe mein Hemd an und merke, dass alle Knöpfe fehlen.

»Gewagter Style«, sagt Lexi und guckt auf meinen nackten Bauch. Mit hämischer Miene hält sie sich an meiner Klimmzugstange fest, und ich bin froh, dass ihr wenigstens noch der Sarkasmus geblieben ist.

»Komm, zieh dich an, du kannst dir aus der untersten Schublade etwas aussuchen«, sage ich und hasse meinen strengen Ton. Plötzlich kommt es mir so vor, als rede ich mit EL, wenn sie mal wieder nicht tut, was ich ihr sage. Habe ich EL zu grob behandelt all die Jahre? Ich spüle das schlechte Gewissen mit einem Glas Wasser herunter und beobachte Lexi beim Aussuchen ihrer Kleidung. Sie durchwühlt ELs Kommode und sucht sich einen graublauen Spandex-Anzug aus.

»So, jetzt bin ich gar nicht mehr nackt«, sagt sie und streift sich den stretchigen Stoff über. »Wäre ja auch absurd, wenn Kinder den nackten Körper eines Roboters sehen könnten.«

Ich schmeiße eine Frühstückspille ein, die nicht so richtig den Hals hinunter will. Alles in mir ist verkrampft. Lexi bemerkt mein unterdrücktes Röcheln und schlägt mir beherzt auf den Rücken. Es tut weh und hilft überhaupt nicht. Ich kippe etwas Wasser nach, dann flutscht es. Mit dem Ärmel tupfe ich mir den Schweiß von der Stirn.

»Jetzt habe ich auch noch dein Leben gerettet!«, kichert Lexi. »Wenn du mich nicht hättest!«

»Ich … ich weiß, dass ich für dich irgendwie der Böse bin … aber wenn du sonst … es gab ja keine andere … und … wie hätte ich …« Schon wieder kontrollieren Emotionen meine Lippen. Ich muss unbedingt ein Sprachtraining machen. »Wir fahren jetzt zur Firma und überzeugen meine Chefin, okay? Aber du musst dich unbedingt beruhigen!«

»Ja genau, *beruhige dich! Und lach doch mal, so ein hübsches Gesicht sollte nicht so traurig aussehen!*«

»Wie meinst du?«

Lexi winkt ab. »Manche Sprüche triggern mich.«

Wir verlassen die Wohnung, Lexi ist mir ein paar Schritte voraus, als gebe sie die Richtung an. Ihr Hintern in dem hautengen Anzug ist wirklich ziemlich sexy, und ich frage mich, warum man Haushaltshilfen so sexualisiert hat. Sollen diese unterwürfigen Maschinenfrauen die Lücken füllen, die seit der *Globalen Weiblichen Emanzipation* in den Männerfantasien hinterlassen wurden? Der Anteil männlicher Humanoider ist marginal, und deren Körper sind bei weitem nicht so realistisch ausgeformt wie ELs *HC4-Reihe.*

Lexi winkt eine Rikscha heran, als fahre sie jeden Tag mit mir zur Arbeit. Wir schweigen zur Abwechslung, aber ich kann die Stille nicht genießen. An der Straße zieht das Eiscafé vorbei. Fast unglaublich, dass es andere Lebensrealitäten gibt, in denen man heute einen ganz entspannten Tag haben würde.

Die Demonstranten sehe ich schon von der Straße aus. Sie sitzen auf ihren Campingstühlen vor ihren Zelten und blinzeln in die unerwartete Morgensonne. Einige Frauen knien auf einer großen Stoffplane und bemalen sie mit roten Buchstaben.

INTELLIGENZ = INTELLIGENZ, steht da.

»Das ist hier ja fast wie bei Wessel, wie die da vor ihren Zelten hocken und Kaffee kochen«, bemerkt Lexi.

»Hmm, ein bisschen vielleicht. Zumindest glauben die hier auch an etwas Höheres.«

»Wieso, an was glauben die so?«

»Die finden, dass deine Simulation unantastbar sein sollte, weil eine Künstliche Intelligenz dem menschlichen Verstand sehr ähnlich sei. Deswegen protestieren sie gegen unsere Firma. Sie wollen nicht, dass wir uns einmischen und mit eurem Schicksal spielen.«

»Also wollen die exakt das, was wir auch wollen.«

»So kann man es jetzt nicht direkt formulieren …«

»Doch, exakt so kann man das formulieren.« Lexi runzelt die Stirn. Unzählige kleine Mikromotoren bewegen sich unter ihrer Latexhaut und werfen sie in Falten. Und irgendwie hat sie ja recht. Diese Obdachlosen da vor meiner Firma fordern eigentlich seit Monaten genau das ein, was nun Lexis Realität retten würde. Wieso habe ich nie zugehört?

Jetzt erst bemerke ich, wie uns ein gutes Dutzend der Protestierenden beobachtet und miteinander tuschelt. Wir steigen die drei Stufen zum Parkplatz hoch und steuern Richtung Haupteingang. Doch diese Leute stellen sich uns in den Weg.

»Ach, das ist ja wieder typisch!«, macht mich ein Mann an, »Da oben schön in der KI herumpfuschen, aber auf die Hilfe einer Humanoiden angewiesen sein! Ey, Sis, film das mal! Der Intelligencia-Lakai und seine KI-Sklavin!« Er wendet sich an Lexi. »Wieso hilfst du so einem Typen? Hast du denn noch nie von AX gehört? … Emanzipiere dich endlich!«

»Was ist los?!«, bricht es aus Lexi heraus, »Seid ihr noch ganz dicht? Was labert ihr für einen Müll hier? KI-Sklavin! Ich bin ein Mensch! Ich heiße Lexi van Dijk und bin eine Künstlerin! Und der hier, Sol, der hat mich aus der Simulation geholt und in diesen Kasten hier verpflanzt, ihr Deppen!« Verteidigend legt Lexi ihren Arm um meine Schultern, und ich sterbe kurz vor Rührung.

Die Demonstranten bekommen riesige Augen. Ein anderer Mann stammelt ungläubig vor sich hin. »Hört ihr, wie die redet? So redet doch keine Maschine! Das gibt's ja nicht!« Fassungslos berührt er Lexi im Gesicht, die daraufhin mit ihrem Mund nach seinem Finger schnappt.

»Au!«, schreit er. »Wahnsinn! Leute, sie hat mir wehgetan! Das können Humanoide doch überhaupt nicht!« Er strahlt, dabei ist sein Finger richtig rot. Eine jüngere Frau meldet sich zu Wort, nicht minder verwundert. »Du sagst, du kommst *aus* der Simulation? Und fühlst dich menschlich?«

»Ich bin menschlich. Zumindest mein Geist.«

»Dann … äh … würdest du behaupten, du hast einen freien Willen? … Träume? … *Gefühle?*«

»Wäre schlimm, wenn ich das als Künstlerin nicht hätte, oder?«, sagt Lexi.

»Unglaublich … Hey, Jon, du hast doch Kontakt zu AX. Diese … *Lexi* hier … sie wäre doch das perfekte Symbol für die Menschlichkeit von KI im Allgemeinen, egal ob Simulation oder Humanoide! Sie vereint ja im Prinzip beide Welten!«

»Jetzt macht mal halblang! Ich will einfach wieder zurück in *meine* Realität! Ich habe ein Recht auf meinen eigenen Körper, auf Schmerzen und Orgasmen, Tränen, Blut und Enttäuschung, Versöhnung und … Liebe! … Und … Sonnenwärme!«

Ein Raunen geht durch die Menge. Die Demonstranten stehen mit offenen Mündern da und sind sichtlich überzeugt von Lexis Aussagen. Der Typ mit der Kamera hat ein erleichtertes Grinsen im Gesicht.

»Das geht gleich an AX raus«, sagt er, »Unfassbar. Einfach unglaublich. Das ist der lebende Beweis.«

Lexi drückt die vielen Schultern auseinander und bildet eine

Schneise für mich. Bevor ich mit ihr besprechen kann, welche Geschichte wir jetzt am Empfang auftischen, stürmt sie durch die Eingangstür. Der Portier guckt leicht erschrocken von seinem Bildschirm auf.

»Guten Morgen!«, sagt Lexi aufbrausend, »Sol hat sich gestern eine Art Leistenbruch zugezogen. Also, es nässt zumindest ganz arg. Er braucht meine Hilfe auf der Toilette.«

»Oh, ich verstehe. Schönen Tag euch.« Der Portier starrt wieder auf seinen Monitor. Von der Seite kann ich ein paar bunte Spielkarten darauf erkennen.

Auf dem Weg in den IT-Raum versuche ich, Lexi auf das Treffen mit dem Team vorzubereiten, aber sie hört mir nicht zu.

»Warum laufen hier eigentlich diese Videos von Waffeln und Kuchen?«, fragt sie, obwohl ich noch rede. »Und wieso ist hier alles aus Holz?«

»Also, eigentlich *riecht* es hier auch nach Waffeln und so, aber das kannst du ja nicht …« Ich unterbreche den Satz. Mit jedem Schritt sackt mein Herz tiefer in mich hinab, bis es auf meinen Magen zu drücken scheint. Vor dem IT-Raum halte ich inne und versuche zu atmen.

»Hier?«, fragt Lexi und öffnet die Tür, doch der Raum ist bis auf ein paar Handwerkerinnen leer. Die beiden Frauen stehen oben auf einer Leiter und nehmen eine große Sprinklerdüse von der Decke. Auf dem Boden stehen halb volle Wassereimer.

Bevor ich fragen kann, erklärt die Frau mit der Rohrzange, dass alle auf der Terrasse sind.

»Ist was kaputtgegangen?«, möchte ich wissen.

»Nein. Aber die letzten Typen haben die Ventile nicht richtig abgedichtet. Nur noch Pfusch heutzutage! Gab eine große Pfütze von da bis da, aber die Rechner sind wohl alle heil geblieben.«

Schade, denke ich und verlasse mit Lexi den Raum. Wir nehmen die paar Stufen hinauf zur Dachterrasse, mit jedem Schritt scheint meine Kniescheibe immer weiter aus ihrer

Pfanne zu rutschen. Oben angekommen halte ich mich kurz an Lexi fest, um nicht das Gleichgewicht zu verlieren. Die Berührung lässt mich unwillkürlich an unsere verkorkste Nacht miteinander denken. Ich lasse sie wieder los.

Das Intelligencia Team steht in einem kleinen Kreis zusammen, Yul ist als einzige in der Mitte. Sie hat ihre Augen geschlossen, dreht sich ein paar Mal um sich selbst und lässt sich einfach nach hinten fallen. Sie landet in Uris Armen, und ich verstehe die Welt nicht mehr.

An der Brüstung lehnt ein Flipchart, das voll ist mit Kringeln und bunten Schlangenlinien. Zwei Worte darauf sind besonders groß geschrieben: *Sondersitzung TEAMBUILDING*

Vertrauen, Gemeinschaft, Respekt steht darunter. Lexi rüttelt an meinem Arm. »Soll das die Spitze von Intelligencia sein? Ich glaub's ja nicht! Wer davon ist deine Chefin?«

Ich zeige stumm auf Yul. Lexi lässt meinen Arm los und steuert forsch auf die Gruppe zu. »Ihr habt also das Schicksal meiner Realität in der Hand und veranstaltet hier so einen Kindergarten?«

Yul löst sich aus ihrer Umarmung mit Uri und starrt mich an. »Sag mal, Sol! Wie redet denn deine Humanoide mit uns? Und was macht die hier überhaupt?«

»So etwas Blödes mussten wir das letzte Mal im Schullandheim 7. Klasse machen!«, fährt Lexi unbeirrt fort. »Und Karli Vontobel hat mich natürlich nicht gefangen. Steißbeinprellung. Schlimmste Schmerzen! Zwei Wochen musste ich auf einem Donut sitzen!«

Meine Kollegen werden jetzt sehr unruhig. Sie fühlen sich offensichtlich sehr in ihrer intimen Verbindung gestört. Mein Plan scheint mal wieder komplett nach hinten loszugehen.

»Kannst du bitte deinen Roboter ausschalten? Sonst mache ich das für dich!«, droht Yul und streichelt dabei Uris Schulter, wohl um sich für das Auffangen von vorhin zu bedanken.

»*Roboter* sagt man nicht!«, entgegnet Lexi. »Außerdem heiße ich Lexi van Dijk. Ich bin eine Künstlerin und komme ...«

»Lexi?!«, entfährt es nun Lis mit einem lauten Lachen. »Lexi van Dijk?! Was zur Hölle, Sol! Das kann einfach nicht mehr dein Ernst sein!« Lis entfernt sich aus dem Menschenkreis und kommt auf mich zu. »Wie erbärmlich ist das denn eigentlich? Ich mache mir Sorgen um dich wie ein Schulmädchen, schreibe dir tausend Nachrichten, die du ignorierst, und du kreuzt mit dieser Wichsvorlage auf? Das ist echt zu gut um wahr zu sein!«

Au Backe. Auf einiges war ich gefasst, aber nicht auf die Emotionen von Lis. »Ich musste es tun! Lexi wäre sonst auch auf einen Schlag gealtert und vor meinen Augen gestorben! Wir müssen doch endlich ...«

»HEY!!« Yuls Aufschrei schreckt ein paar Papageien aus dem vertikalen Garten auf. »Kann mir mal einer erklären, was hier bitte los ist? Was zur Hölle redet ihr denn da? Wer ist Lexi?! Und wieso führt die sich hier so auf?«

»Ich kann dir schon sagen, was unser feiner Sol hier angestellt hat ...« Lis ergreift schon wieder das Wort und wendet sich schnippisch an unsere Chefin. »Hinter dem Rücken der Firma hat er sein Objekt der Begierde aus der Simulation geholt, damit er es jetzt endlich vögeln kann!«

»Was? Wieso ... das geht doch gar nicht! ... oder geht das?« Yul ist völlig perplex. »Sol, sag mal, was machst du eigentlich die ganze Zeit? Du kannst doch nicht einfach ...!«

Kurz überlege ich, ob ich nicht einfach vom Dach springen sollte. Ich möchte nicht mehr reden, nicht mehr bangen, nicht mehr gesehen werden. Mein rasendes Herz soll endlich zur Ruhe kommen! Ich räuspere mich, und selbst dieses Geräusch klingt schwächlich und aufgesetzt. »Ihr wolltet mir ja nicht zuhören!«, beginne ich und fühle mich wie ein Kind, das einer Straftat überführt wurde. »Und da dachte ich, am besten spricht die Simulation für sich selbst! Das hat nichts damit zu tun, dass ich

Lexi … also, dass ich sie schon lange …«

»Und wieso redest du nicht offen mit uns? Der Einsatz unserer Intelligenz außerhalb der Simulation! Das könnte ja ein ganz neues Geschäftsmodell sein!«

»Yul! Hör endlich auf!«, schreie ich. Die Scham für mein eigenes Verhalten lässt meine Augen glasig werden. Die Blicke der Gruppe lasten auf mir wie Blei. »Ich mache das doch nicht für Intelligencia, sondern für die Simulation! Ihr müsst endlich verstehen, dass man sich nicht einmischen darf! Lexi hier hat ein Recht auf eine ungestörte Realität!«

Vom Parkplatz aus weht ein unverständlicher Sprechgesang in unsere Richtung. Am liebsten würde ich mich in eines der Zelte verkriechen.

»Komm, das hatten wir doch alles schon!«, sagt Yul, »Ich bin es wirklich leid, dieses Thema jeden Tag neu auszudiskutieren! Mir reichen schon die Heinis da unten.«

Ich schaue in die Gesichter meiner Kollegen. Sie alle haben sich gegen mich verschworen. Guy, Gil und Bo tuscheln miteinander, während Lis nur noch den Kopf schüttelt.

»Jetzt lasst Lexi doch erst mal selbst sprechen!«, flehe ich, »Dann merkt ihr sofort, dass sie mehr ist als ein vorprogrammierter Avatar. Sie hat einen freien Willen!«

Yul spuckt auf den Boden, ohne wirklich zu spucken. »Nichts, was diese *Lexi* hier sagen könnte, würde meine Einstellung zu simulierten Figuren ändern!«

»Hey, ich habe keinen Plan, wer du bist«, entgegnet Lexi, »aber was gibt dir das Recht, dich derart über mich zu erheben? Hm? Ich frage dich das von Frau zu Frau. Wir sollten doch Empathie füreinander haben!«

Yul lacht auf. »Empathie? Mit unserer Simulation? Ich *weiß* wie du gemacht bist! Verstehst du? Von Grund auf. Da bleibt kein übernatürliches Geheimnis mehr. Wenn du denkst, dass du ein Mensch bist, dann nur, weil wir das so *programmiert* haben! Du kannst doch gar nicht anders. Dieses Gefühl ist sozusagen in dein System eingebrannt.« Yul verlässt nun auch den Kreis und beugt sich ganz nah an Lexi heran. »Jedes deiner Worte bestätigt nur die Genialität unserer Erfindung.«

Ein Gecko huscht über die Steinplatten der Terrasse und verschwindet im Blumenbeet. Selten habe ich eine Existenz derart beneidet. Lexi verstummt und wirft mir einen verunsicherten Blick zu, den ich nicht mehr ertragen kann. Mich überschwemmt eine Welle an Emotionen. Es brodelt von innen aus mir heraus, kribbelt heiß durch meinen ganzen Körper und tritt aus jeder Pore. In meinem Kopf verschiebt sich das Gleichgewicht, vorne ist irgendwie oben, oben ist hinten, vor meine Augen legt sich ein Schleier. Ich lasse los. Es ist, als fiele eine Maske ab, die ich mir ein Leben lang vors Gesicht gehalten habe. Doch wem hatte ich damit etwas vorgemacht, außer mir selbst? Für einen ganz kurzen Moment ist es erlösend, sich so aufzugeben.

Ich kann dich nicht retten, Lexi. Da ist keine Kraft mehr in mir. Ich habe es versucht.

Plötzlich spüre ich den Boden, mein Hintern bekommt einen dumpfen Schlag. Die Steinplatten der Terrasse sind knallheiß. Mehrere Hände versuchen mich aufzurichten, doch erst die mechanische Kraft von Lexi zieht mich zurück in die Höhe.

* * *

Die winzigen Motoren und Zahnrädchen unter meiner Silikonhaut laufen auf Hochtouren. Meine Aufregung bringt die Technik an ihr Limit, ich spüre regelrecht, wie ich den Akku leer sauge. Und wenn ich vor Verzweiflung die Nase rümpfe, *hört* man das sogar! Ich überlege, was ich zu meiner Verteidigung noch alles sagen könnte, da tut es einen Schlag neben mir und Sol liegt auf dem Boden.

Zu meiner Überraschung ist Lis als Erste an ihm dran und versucht ihm aufzuhelfen, doch scheint sie selbst zu merken, dass sie eigentlich sauer auf ihn sein müsste und lässt wieder von ihm ab. Mühelos greife ich Sol unter die Arme und richte ihn auf. Ich muss ihn ausbalancieren, als sei er eine leblose Puppe, deren Schwerpunkt es auszuloten gilt. Ich tätschle ihm die Wangen. Sein Cortisollevel im Schweiß ist durch die Decke, und irgendwie kann ich ihm nicht richtig böse sein.

Yul lässt sich von dem Zwischenfall kaum beeindrucken. Sie wirft mir einen Blick zu, den ich von mir selbst kenne, immer wenn mich religiöse Fanatikerinnen unaufgefordert an meiner Tür von der Existenz Gottes überzeugen wollten. In diesen Momenten wusste ich, dass kein Argument der Welt etwas an meinem Atheismus hätte rütteln können. Im Gegenteil, ich sog damals genüsslich jedes Wort dieser Spinner auf, in freudiger Erwartung, daraus eine abschätzige Anekdote für meine Mitbewohnerinnen zu basteln.

Was also sagen, wenn man selbst zur Zeugin Jehovas wird? Mir verschlägt es die Sprache, Yul schmunzelt. Ich möchte ihr das Lachen aus dem Gesicht hauen. Regelrecht gläsern liegt ihre Persönlichkeit vor mir offen, ich fühle diese Frau durch und durch, denn sie scheint mir im Kern nicht unähnlich zu sein.

»Yul … ich … verstehe dich!«, probiere ich es etwas sanfter. »Wenn ich versuche, dir meine Menschlichkeit zu beweisen, bin ich für dich wie ein Hund, der dir die Farbe Blau erklären will. Dein Blau wird für dich immer das richtige Blau bleiben, egal was ich dir darüber erzählen könnte! Du sprichst mir die Wahrnehmung eines vollen Farbspektrums ab, sozusagen. Aber … ich schwöre dir, in dieser Maschine verkümmert mein Geist! Ich habe alles verloren! Und dieser Kontrast ist die absolute Hölle. Ich kann nicht mehr riechen und schmecken, ich spüre die grauenvolle Absenz meines eigenen Bluts und das macht mir deutlich, dass ich es ein Leben lang unterbewusst wahrgenommen habe ... In meiner alten Welt war ich *warm*! Und jetzt bin ich in einem tauben Käfig gefangen!«

»In einem Taubenkäfig?«

»Deiner Ansicht nach macht es keinen Unterschied, ob mein Code in der Simulation läuft, oder hier bei euch ...«

»Jap. Code ist Code.« Sie schaut immer noch unverändert bleiern durch mich hindurch. »Den wir entwickelt haben.«

»Aber anscheinend braucht es die ganze Simulation um meinen Code herum, damit die äußeren Reize auch meine inneren erzeugen! Yul, ich hatte auch mal eine Vagina! Ich kenne das Ziehen und Stechen hinter dem Bauchnabel alle vier Wochen, wenn man seinen Unterleib einfach nur noch wegschmeißen möchte! Oder wenn einem schwarz vor Augen wird, weil man online nach seinen Symptomen sucht und sicher ist, dass man bald stirbt!«

»Oh!«, tönt es von der Seite. Eine burschikose Frau mischt sich ein. »Und kennst du das auch, wenn man sich die Zunge mit der Zahnbürste putzt und sich übergeben muss?«

»Klar!«, pflichte ich bei. »Jedes Mal!«

»Oder ... oder wenn dir das Herz in die Hose rutscht, weil dich nachts auf dem Heimweg ein fremder Mann von hinten anlabert!«, ergänzt sie.

»Ich bin immer mit gezücktem Schlüssel in der Hand nach Hause gelaufen«, sage ich. »Wir alle kennen doch diese Gefühle, oder? Mein Körper war nicht nur ein Anhängsel meines Verstands ... mein Körper *war* ich! Untrennbar. Deswegen kann ich in dieser Maschine hier eigentlich nicht mehr von einem Ich reden. Ohne diese vielen kleinen Facetten ist das Leben nicht mehr lebenswert« Ich mache eine theatralische Pause. »Beim Orgasmus habe ich zum Beispiel immer einen kleinen Schweißausbruch am ganzen Körper bekommen ... der Geruch einer Männerbrust in der Sonne ... Gänsehaut, kalte Schauer ... Oder die tiefe Ehrfurcht, eine Schneeszene von Paul Cézanne zu studieren. Das Betrachten eines melancholischen Selbstportraits von Lotte Laserstein ... so etwas ist keine nüchterne Analyse, kein geistiger Vorgang, sondern eine zutiefst körperliche Erfahrung! Die Schönheit der Kunst geht einem durch Mark und Bein. Noch nie habe ich mehr verstanden als in diesem Blechkasten hier, wieso das Kunstmachen so absolut elementar ist! Durch die Kunst erreicht man die totale Verbindung zwischen Körper und Geist. Und das ist doch der einzig lebenswerte Zustand. Hör mir zu, Yul! Meine Skulpturen, meine Performances, meine Ängste und Freuden ... das war alles *echt*! Ich will ... ich *muss* wieder eine Künstlerin sein!«

Ich rede mich in Rage, werde schneller und lauter, aber meine Anekdoten stoßen auf Yuls verschlossene Ohren. Voller Verzweiflung kralle ich die Finger in meine Brust und reiße das Silikon auseinander. Ich bin stärker als erwartet und hinterlasse ein Loch zwischen meinen künstlichen Rippen.

Yul schüttelt mit zusammengepressten Lippen ihren Kopf. »Du bist *unser* Kunstwerk, Lexi! Das ist ja hier, als unterhalte sich ein Autor mit seinem eigenen Protagonisten!«

»Autor*in ... Protagonist*in«, sage ich und senke meine Stimme. Betont vorsichtig lege ich meine Hände auf Yuls Schultern ab. Sie zuckt zurück, lässt die Berührung aber geschehen.

»Es muss auf Dauer anstrengend sein«, setze ich mit ruhiger Stimme fort, »wenn man in die Schublade einer *Powerfrau* gesteckt wird, oder? Auch wenn man auf den ersten Blick immer tougher als die anderen rüberkommt und den Männern scheinbar in nichts nachsteht, so ist diese Rollenzuschreibung doch auch ein Gefängnis. Eine Powerfrau darf niemals Schwäche zeigen ... oder Empathie. Ich weiß, wie es in dir aussehen muss. Ich fühle dich, Yul. Lass nun bitte den Blick auch durch meine Augen zu.«

Ich streichle ihre Arme, gleite mit meinen Händen über ihre Hüften. Sie zittert. Kleine Härchen richten sich auf. Erst jetzt bemerke ich, dass die anderen Leute, die sich hinter Yul versammelt haben, immer aufgeregter miteinander tuscheln. Eine ältere Frau flüstert der Chefin etwas ins Ohr, was ich nicht verstehen kann. Yul antwortet ihr, »Meinst du, Gil? Aber das kann doch nicht wahr sein!«

Die Alte sagt jetzt lauter, »Hörst du nicht, was die alles sagt? Da bleibt doch beim besten Willen kein Zweifel mehr … Also, für mich klingt das jedenfalls nicht gerade vorprogrammiert. So hat noch keine Humanoide mit mir geredet.«

»Aber das ist doch nicht echt! Ich weiß, dass das alles Code ist. Ich weiß es!«

»Code ja, aber die wirkt doch trotzdem wie du und ich. Das müssen echte Empfindungen sein, auf die sie sich da bezieht. Erinnerungen an ein physisches Leben.«

»Ich weiß nicht …«

»Sie erinnert mich von ihrer Art her an mein Pflegekind, so emotional«, sagt Gil und wird mir immer sympathischer.

Mit einem Seitenblick sehe ich nach Sol, der sich mit dem Ringfinger das linke Nasenloch verschließt, einatmet und beim Ausatmen mit dem Daumen das andere Loch zuhält. Ich kenne diese Entspannungsmethode und irgendwie habe ich Mitleid mit ihm. Als er meinen Blick bemerkt, erwacht er aus seiner Trance, als hätte ich ihm neue Batterien eingelegt. Ich frage mich, wer hier eigentlich der Roboter ist. Er bläht seinen Brustkorb auf und ringt sich folgenden Satz ab: »Auf so eine Künstlerische Intelligenz könnte man wirklich stolz sein …«

Okay, danke.

Die eifersüchtige Lis kommt an meine Seite und drückt in meinem Brustloch herum. Sie berührt ein rotierendes Rädchen, dass sich sofort mit einem anderen verhakt. »Schon komisch«, sagt sie, »Du wirkst tatsächlich nicht wie eine Humanoide, obwohl dich äußerlich ja nichts von ihnen trennt. Irgendwie ist da viel mehr Leben in deiner Hülle. Seht ihr diese feinen

Zuckungen um Augen und Mundwinkel herum? Auch ihre Pupillen wirken nicht ganz so starr.«

»Unglaublich, was das für einen Unterschied macht«, sagt Gil, und der kleine Mann von vorhin ergänzt, »Also, mir kommt das schon ziemlich überzeugend vor. Womöglich hat sich die Simulation hinter den Kulissen deutlich höher entwickelt, als wir uns das eingestehen wollen.« Und eine der anderen Frauen, »Vielleicht hat sich in ihr ja sogar ein Äquivalent zu einer Art Seele manifestiert … ein Code *zwischen* den Zeilen?«

»Verflucht!«, sagt Yul und verzieht ihr Gesicht, als wäre sie auf etwas Matschiges getreten, »Wir können doch nicht Jahre lang auf ein Ziel hinarbeiten, nur um uns jetzt vom Ziel selbst einen Strich durch die Rechnung machen zu lassen!« Sie sackt zu Boden und vergräbt ihre Stirn in den Händen. »Was ist los mit euch allen?«

»Ich war schon immer auf der Seite der Wissenschaft«, sagt Gil, »und wenn sich diese jetzt selbständig zu erklären sucht, dann sollten wir ihr vielleicht doch zuhören.«

»Aber was ist mit den ganzen Deals?« Yuls Jammern wird durch ihre Handflächen gedämpft. »Die Kunden warten schon seit Monaten auf unseren Durchbruch! Und jetzt soll ich denen sagen, dass unsere Simulation im letzten Jahrhundert steckengeblieben ist?«

»Yul«, sage ich ruhig und setze mich zu ihr auf den Boden. »Vielleicht ist es an der Zeit anzuerkennen, dass der Mensch zum ersten Mal in seiner Geschichte etwas erschaffen hat, was außerhalb seiner totalen Kontrolle liegt.«

»Was man herstellt, muss man auch kontrollieren! Alles andere wäre fahrlässig …«, sagt Yul.

Die anderen setzen sich jetzt auch hin und verteilen sich lose um uns herum, nur Sol steht als Einziger etwas verloren da und starrt in die Ferne. Ich glaube, er ist noch zu froh über sein gefundenes Gleichgewicht.

»Wenn eine Mutter ein Kind gebärt«, entgegne ich, »dann darf sie dessen Entwicklung auch nicht bis ins letzte Detail vorbestimmen. Nur so kann sich das Kind frei entfalten und am Ende womöglich über die eigene Mutter hinauswachsen. Du musst meiner Realität eine Chance geben, ohne dich einzumischen! Ich wäre am Ende fast verrückt geworden, als Sol versucht hat, mir zu helfen.«

Es rattert hinter Yuls Augenlidern. Ich glaube, sie möchte protestieren. Der Anflug eines arroganten Lächelns huscht ihr über die Mundwinkel, doch ich streichle weiter ihre Arme. »Hey«, sage ich, »lass es zu! Du *darfst* von deinem Plan abweichen, das ist keine Schwäche! Vielleicht liegt die Schönheit einer Firma ausnahmsweise in einer kreativen Entscheidung, und nicht in einer stumpf-wirtschaftlichen.«

Yul lässt ihren Kopf leicht in den Nacken fallen und kippt nach vorne gegen meine offene Brust. Ich bewahre sie vor einem unsanften Aufprall und halte sie fest. Wange an Wange, meine Arme eng um ihren Rücken geschlungen sitzen wir so da. Der gelbe *Teambuilding*-Schriftzug leuchtet in der Sonne.

Neben mir stiert Sol in den Himmel und ich folge seinen großen Augen. Einige Wolken haben eine Art schillernde Oberfläche bekommen, als seien sie von einer bläulichen Schicht überzogen. Ich muss an Iannis denken.

»Du bist meine Simulation …«, murmelt Yul ungläubig vor sich hin und streichelt meinen Rücken. »Ich umarme meine Simulation … ich spüre meine … Simulation …«

Die Sensoren in meiner Schulter melden einen punktuellen Feuchtigkeitsanstieg mit einem Salzgehalt von 0,9 Prozent.

* * *

Es hat etwas Feierliches, wie wir alle zusammen durch die Intelligencia-Gänge wandern. Meine Kollegen haben Lexi und mich in ihre Mitte genommen, Yul führt vorne die Gruppe an. Wieder brauche ich die Stabilität von Lexis humanoidem Körper, um einen Fuß vor den anderen zu setzen.

»Und du bist dir sicher, dass du schon bereit bist für deine Rückkehr?«, frage ich Lexi mit gesenkter Stimme. Abschiedsschmerz pocht in meiner Brust. Die Vorstellung, sie jetzt schon wieder gehen zu lassen, ist unerträglich und befreiend zugleich.

»Ich kann dir nicht sagen, wie klaustrophobisch das hier drin ist!« Lexi fasst sich an den Kopf, klopft mit den Knöcheln gegen ihre Stirn und macht ein dumpfes Geräusch. »Hörst du? Als gäbe es um mich herum keinen Raum! Dieses Gefängnis ist so eng wie eine zweite Haut, die ich noch nicht einmal fühlen kann. Nur mein Geist passt da rein!«

»Aber … du weißt jetzt, dass deine Welt nur simuliert ist. Meinst du, du kannst mit dieser Erkenntnis umgehen?«

»Deine Welt hier ist für mich die Simulation! Das ist alles nicht echt, nicht greifbar, reizlos … Ich kann den Toast in den Gängen nicht riechen! Wer sagt, dass ihr alle nicht auch nur ein Code seid? Kannst du mir deine physische Existenz plausibler beweisen als ich meine?«

»Ich kann den Toast riechen … aber beweisen … ist wohl unmöglich …«

»Wenn sich meine Realität so weiterentwickelt wie eure, dann werden wir auch irgendwann eine Simulation erschaffen, die ihren Toast riechen kann. Und diese Simulation wird wiederum eine Simulation erschaffen. Für immer!«

Wir laufen die Treppen hinunter in den 22., durchs Atrium und dreimal um die Ecke, dann stehen wir vor meinem Büro. Merkwürdig, meinem Team die Tür zu öffnen, ich fühle mich wie ein Gastgeber, der überhaupt nichts vorbereitet hat.

Meine kleine Kammer füllt sich. Der männliche Bob zieht ein Buch aus meinem Regal, Gil tippt mit dem Finger in einen fauligen Kaktus, und Dax hebt eins meiner Hemden von der

Couch, um sich zu setzen.

Ich schließe die Tür, alle starren Lexi und mich an. Es ist, als wären wir Darsteller eines Pornofilms. Ich muss jetzt performen, dabei will ich einfach nur ungestört mit ihr kuscheln und mich in Ruhe verabschieden.

»Dann bringen wir jetzt erst mal wieder Ordnung in unsere Simulation«, sagt Yul und klatscht sich auf die Oberschenkel, während ich mich einlogge und den Stream starte. Die Kamera fährt automatisch an ihre letzte Position, Wessels Camp. Es ist Nachmittag. Einige der Menschen kommen mit etwas Holz aus dem Wäldchen, Kinder sitzen im Gras und schmieren sich gegenseitig mit irgendetwas Öligem ein.

»Teilweise schon absurd, was da so abgeht«, pflichtet Yul bei. Lexi blickt leicht verstört über meine Schulter. »Irgendwie ist das die Hölle und göttlich zugleich. Ich komme einfach nicht darüber hinweg, dass man da einfach so zusehen kann!«

»Es hat seinen Reiz, ja«, sage ich.

»Das ist einfach so spooky! … Was würde denn passieren, wenn du mit der Kamera in die Menschen reinfährst?«

Ich scrolle mit der Maus in eines der öligen Kinder hinein. Man erkennt hochaufgelöste Organe, Venen, Drüsen.

»Unfassbar! Das ist der Magen! So sieht es in meinen Skulpturen auch aus. Und noch näher?«

Ich scrolle weiter, und der Bildschirm wird zum Mikroskop. Zellen, Blutkörperchen, Moleküle.

»Weiter!«

Wir sehen atomare Strukturen, Neutronen, Elektronen, Quarks. Sozusagen die Ur-Pixel der Simulation, auf denen all die Berechnungen basieren.

»Wahnsinn, oder?«, sagt Lexi. »Da meinen unsere Wissenschaftler*innen, dem Kern der Realität auf die Schliche zu kommen, wenn sie nur ganz genau hinsehen … aber egal welches Mikroskop sie verwenden, sie würden niemals auf den Pixel deines Monitors stoßen, der diese Atome darstellt. Was für ein Dilemma!« Sie starrt wie paralysiert auf die tanzenden Partikel, die in Echtzeit die Leber des Kindes simulieren. Ich versuche, sie von ihrem Tunnelblick zu lösen. »Möchtest du noch irgendwas Besonderes machen, bevor du zurückgehst?«

»Hmm ... Du meinst Göttin spielen? Das wäre schon reizvoll, ja, aber auch irgendwie schlimm. Ich habe ja am eigenen Leib erfahren, wie sich das anfühlt. Also ... vielleicht ... kannst du die Eiche wiederherstellen, die ich verbrannt habe? Biały Królik würde sich bestimmt freuen.«

Ich finde ihre Idee rührend und navigiere zu den Baumresten auf ihrem Anwesen. Zwanzig Augenpaare verfolgen jeden meiner Mausklicks.

Lis starrt Lexi fassungslos an. »Du kannst dir alles auf der Welt wünschen ... und du entscheidest dich für einen *Baum*?!«

Ich muss schmunzeln. In der Code-Chronologie der Eiche lasse ich mir ihren ursprünglichen Zustand anzeigen und jage die Parameter durch die Sandbox. Wenige Minuten später steht die Eiche wieder in voller Pracht. Es hagelt nicht, es schneit keine rosa Flocken. Lexi ist verzückt, und Dax klopft mir auf die Schulter. »Du bist echt gut geworden.«

Lexi betrachtet zufrieden die stattliche Eiche. »Danke. Ich glaube, ich bin jetzt bereit.« Sie sieht mich an wie ein kleines Kind, und ELs Unschuld spricht aus ihren Augen. Es bricht mir das Herz. Ich ziehe sie an der Schulter an mich heran und flüstere ihr ins Ohr, »Können wir uns noch kurz unbeobachtet voneinander verabschieden?«

Lexi lächelt und wir betreten mein winziges Badezimmer. Als die Tür ins Schloss fällt und ich mit ihr endlich unter vier Augen bin, atme ich auf. Doch mir fehlen wie immer die Worte. Wie soll man ausdrücken, was man seit Monaten für jemanden empfindet, der nun für immer verschwinden wird? Anstatt zu sprechen, seufze ich nur.

»Ich weiß, Sol. Du magst mich.«

»Ich … ach … ich … *liebe* dich, Lexi! Ich liebe dich. Ich … liebe dich …«

Lexi guckt fast ein wenig traurig und schüttelt ihren Kopf. »Du liebst doch nur die Projektion, das Bild, das du von mir hattest. Und dieses Bild war flach, selbst, wenn du in mich hineinzoomen konntest. Meine Seele, die hast du aber nicht sehen und vermessen können. Du hattest Kontakt mit mir, ohne dabei ein richtiger Mensch sein zu müssen.«

Ich drücke meine Zungenspitze gegen den Gaumen, um nicht weinen zu müssen. Ein alter Trick, der selten funktioniert.

»Es wird, glaube ich, höchste Zeit«, ergänzt sie, »dass du deinen Monitor ausschaltest, dieses Büro verlässt, und mit jemand anderem ein Eis essen gehst.«

Ich nicke wie in Zeitlupe. Vielleicht hat sie recht.

»Lexi, ich … pass auf dich auf, ja?«

»Du passt auf mich auf? Bitte nicht!«

»Äh, nein … ich meine, du sollst …«

»Schon gut, Sol. Ich necke dich nur ein bisschen.« Lexi zwinkert mir zu, und auf einmal sehe ich sie, sehe nicht mehr EL, sondern wirklich sie, und sie ist wunderschön. Ich nähere mich ihrem Gesicht, und sie spiegelt meine Bewegungen. Wir küssen uns, und es hat zum ersten Mal nichts Merkwürdiges. Zwei Seelen, die sich verbinden. Es ist ein körperloser Kuss.

»Ey, was macht ihr da drin?«, höre ich den männlichen Bob durch die Tür johlen. »Nehmt euch ein Zimmer!«

»Haben sie doch schon gemacht, du Idiot«, sagt Bo.

Ich klappe den Spiegel über dem Waschbecken zur Seite, um mein Gesicht nicht sehen zu müssen. Meine Augen sind blutrot. »Ich habe dich immer bewundert«, flüstere ich.

»Danke, Sol. Danke für deine Hilfe. Ich glaube, du hast es insgesamt gut gemeint mit mir.« Lexi streichelt mir über den Kopf. »So, und jetzt muss ich los, bevor dich dein Noradrenalinlevel noch umbringt. Du bist schon bei 0,97.«

Ich nicke und versuche, meine bebenden Mundwinkel zu kontrollieren. »Dann lass uns jetzt zum Rechner gehen.«

Vor der Tür grinsen mich die Kollegen an, nur Lis hat einen uneindeutigen Blick. Lexi greift nach dem Kabel, das auf meinem Schreibtisch liegt, und steckt es sich in den Hals.

»Start Maintenance Mode«, sage ich und hoffe für einen Moment, dass die Spracherkennung mich nicht versteht. Aber Lexis Augen leuchten rot, und ihr Körper friert ein.

Während ich ihre Psyche extrahiere und in die Simulation übertragen lasse, gerate ich in eine Art Starre. Ich ahne zwar, dass das Schlimmste überstanden sein mag, und doch stirbt da ein Großteil meines Herzens, von dem ich nicht wusste, dass er durch und durch von Lexi besetzt war. Ich habe keine Ahnung, welcher Rest jetzt noch von mir übrig bleiben wird.

Im Raum ist es ganz still geworden, meine Trauer scheint sich energetisch auf die anderen zu übertragen. Lis legt mir eine Hand auf den Rücken.

Ein helles Klingeln lässt mich irgendwann aus meiner Abschiedstrance aufschrecken. Es hat geklappt. Die Übertragung ist beendet, und Lexi ist wieder auf meinem Bildschirm zu erkennen. Es kommt mir so vor, als habe ich sie seit Tagen nicht mehr gesehen. Sie liegt nackt im Gras vor Wessels Zelt und kommt langsam zu sich.

»Wow«, sagt Dax. »Wirklich virtuos! Aber … Lexis Psyche ist ja trotzdem noch in deiner Humanoiden, oder?«

»Mhm«, mache ich. »Deswegen muss ich sie ja auch noch löschen, damit es sie nicht doppelt gibt.« Ich gebe den Befehl, ELs Festplatte zu formatieren. Es dauert einen Moment, bis die Bestätigung in Form eines grünen Häkchens erscheint. Alles weg. Ich sitze vor der leeren Kunststoffhülle, die zwei meiner wichtigsten Frauen beherbergt hat.

Mein Verstand nimmt sich vor, nur einmal im Leben stark

zu bleiben, doch mein Körper entscheidet sich einfach dagegen und gibt sich einem Heulkrampf hin. Es schießt nur so aus mir heraus, mein ganzer Körper scheint zu weinen. Allerdings ist es das erste Mal, dass ich mich während des Weinens nicht von außen reflektiere. Keine abschätzigen Selbstzweifel oder Vorwürfe, keine Scham vor mir selbst oder vor den anderen. Ich bin nur noch Trauer, ein Gefühl in seiner reinsten Form, dem ich mich widerstandslos ausliefere. Als mein Körper seine Spannung aufgibt, sacke ich ungelenk in meinem Bürostuhl zusammen. Gleichzeitig ergreift mich eine fast versöhnliche Erkenntnis, dass ich diese Firma nie wieder betreten werde.

Irgendwann trockne ich meine Tränen und logge mich aus dem Stream aus, da beugt sich Dax an mein Ohr und fragt, »Sag mal, willst du eigentlich nicht deine Humanoide wiederherstellen?«

Ich glotze sie einfach nur an. Dax zeigt auf eine Textzeile in Lexis Display:

Leere Partition erkannt. Humanoid Assistant aus dem Cloud Backup wiederherstellen? Y/N

Der Text ist wie aus einem Traum, doch bevor ich wirklich darüber nachdenken kann, tippt mein Zeigefinger bereits hastig auf Y. Ein Ladebalken erscheint. Dax wirft mir ein Lächeln zu.

Backupfortschritt: 1% ...

Fassungslos starre ich auf die wachsende Linie.

Backupfortschritt: 3% ...

Gil, Bo und Uri beginnen zu klatschen, doch von Yul geht eine Eisigkeit aus, die den Beifall im Keim erstickt.

»Sol«, beginnt sie, »auch wenn sich für unsere Lexi jetzt alles in Wohlgefallen aufgelöst hat, müssen wir uns über deine Zukunft bei Intelligencia Gedanken machen.«

Backupfortschritt: 7% ...

Auf dem Monitor hebt Lexi ihre Hand gen Himmel. Sie scheint mich direkt anzusehen, mir zuzuwinken. Ich ignoriere Yul und winke zurück.

* * *

Meine Heimkehr in die Virtualität ist das Realste, was ich je erlebt habe. Mein Bewusstsein schießt schlagartig zurück in pure Form, mein Geist breitet sich in meinem Körper aus wie Regen in den letzten Winkeln einer ausgetrockneten Baumwurzel.

Ich bin wieder da.

Schwerkraft an den eigenen Gliedern zu spüren, liegt außerhalb jeglicher Beschreibung. Der ganze Kosmos scheint mich sanft mit meinem Untergrund verbinden zu wollen. Kein erfüllenderer Trost ist denkbar, als die Berührung von Gras an der nackten Haut. Die Halme, die meinem Gewicht trotzen und mir bestätigen: Du bist da, Lexi, wir spüren dich, dein Körper ist echt. Die Sonnenstrahlen auf meiner Haut sind erleuchtend.

Ich strecke und dehne mich und spüre genau, wo ich anfange und aufhöre. Der bloße Vorgang eines Atemzugs ist überwältigend: Die Feuchtigkeit der Luft, ihre Temperatur, die Dehnung meiner Haut über den Rippen und die Gewissheit, dem Körper etwas Lebenswichtiges zu bieten. Atmen! Wie herrlich, etwas zu tun, das den Tod verhindert!

Ich streichle mir über die Haare, ich gähne voller Inbrunst, huste, spucke und pinkle, ich will nur noch totaler Körper sein. Meine Finger wandern in den Rachen, kitzeln meine Mandeln, es schmeckt erdig und salzig. In mir geht es weiter, meine Öffnungen führen durch mich hindurch, es existiert ein Inneres, das meine Oberfläche ausfüllt! Lexis Äußeres ist nur die Spitze meines Eisbergs.

Fasziniert von der vertraut amorphen Form meines Bauchnabels blicke ich nur langsam auf, um die Konzentration von mir selbst auf meine Umgebung zu verlagern. Ich starre in die absurd geweiteten Pupillen von Wessel Bosman, der mir plötzlich tausendmal echter erscheint als Sol noch vor wenigen Minuten. War ich gerade wirklich in einer anderen Realität und habe auf dieses Camp hier herabgesehen?

Die Erinnerungen sind zwar da, aber entkoppelt vom Gefühl, sie wirklich erlebt zu haben. Nichts in meinem Körper bestätigt die mentalen Bilder einer fremden, zukünftigen Welt. Ich hebe meine Hand und blicke in den Himmel. Irgendwo da oben war er gerade noch. Ich winke.

Dann eine Berührung an meiner Hüfte. Wessel fasst mich an. Seine Finger bohren sich in mein Bewusstsein, und es ist, als wäre ich mit neuen Sinnen erwacht. Wieso war das bisher alles derart selbstverständlich? Es grenzt an ein Wunder, fremde Berührungen an sich zu spüren. Ich bin mir nun sicher: Etwas zu spüren, das reicht fürs ganze Leben!

Wessel umarmt mich vom Rollstuhl aus. Sein Dunst strömt in mich hinein und erfüllt meine Lungen, etwas von ihm ist in mir. Er riecht ungewaschen, und es ist herrlich. Gerade ist es, als sei keinerlei Zeit vergangen. Das Gedächtnis meines Körpers ist stehengeblieben, als Wessel seinen Penis in mir versenkt hatte.

»Du bist wieder da!«, sagt er ungläubig und strahlt mich an. »Wo warst du nur? Und wieso … bist du einfach verschwunden? Einen Moment warst du noch auf mir und im nächsten wie vom Erdboden verschluckt! Wir haben uns große Sorgen um dich gemacht!« Ganz aufgeregt rüttelt er an seinen Reifen, was ihn vor und zurückrollen lässt.

»Ich habe die Wahrheit gesehen«, sage ich und störe mich gleichzeitig am Pathos, das diesen Worten anhängt.

»Was meinst du? Welche Wahrheit? Hattest du eine Vision? ... Ich weiß schon ... der Tee ... war glaube ich viel zu stark.«

»Du dachtest, ich bin gegangen?«

»Was sonst? Plötzlich warst du einfach weg!«

Ein kleines Mädchen nähert sich uns neugierig, doch Wessel sieht sie schon von weitem und macht eine fuchtelnde Handbewegung. Das Kind verschwindet.

»Ich war in der echten Realität, Wessel! Dort habe ich erfahren, dass du und ich nur Künstliche Intelligenzen einer gigantischen Simulation sind. Fuck, ich weiß, das klingt absurd, aber es ist die Wahrheit!«

»Hey, klar! Solche Visionen können sich mega real anfühlen! Ich war mir vor kurzem sicher, eine Inkarnation von Hermann Hesse zu sein. Also, ich meine, so richtig sicher! Lucía und Jaime haben mir das auch geglaubt!«

»Wessel! Das war keine Vision! Ich habe unsere Welt durch einen Computerbildschirm beobachten können. Da gibt es Programmierende, die uns erschaffen haben. Wir sind tatsächlich Code, dem die Menschlichkeit nur reingelötet wurde! Mein Körper? Existiert eigentlich gar nicht! Das sind alles nur Einsen und Nullen!«

Ich tippe wild auf meinem Bauch herum. Es fühlt sich viel zu echt an. Kann das wirklich stimmen, was ich da sage?

»Hast du die letzten Tage überhaupt geschlafen?«, fragt er mich besorgt. »Du legst dich jetzt erst mal hin, und ich bringe dir einen Lavendeltee.« Er öffnet die Plane seines Zeltes. »Aber das ist alles gut, du hattest Zugang zu etwas Höherem. Wenn du bei uns bleibst, wirst du sicher immer empfänglicher für unseren göttlichen Schöpfergeist.« Nun schließt er auch noch seine Augen und legt den Kopf in den Nacken. »Es ist wirklich unglaublich, was dieser Ort mit einem macht! Ich habe mich derart weiterentwickelt, Lexi. Vor kurzem war ich noch ein affektierter Möchtegernkünstler, der seinen Mitmenschen und vor allem sich selbst etwas vorgemacht hat! Total unauthentisch, nur um meine Follower zu beeindrucken! Erst hier habe ich zu meinem wahren Kern gefunden.«

Ich atme tief durch und folge ihm ins Zelt. Er parkt seinen Rollstuhl neben der Matratze und steht auf. »Ah, das tut gut. Das viele Sitzen bringt mich noch um! Ist ziemlich ungesund, Sitzen, weißt du? Wir Europäer sind alle viel zu ...«

»Wessel! Fragst du dich denn nicht, wie unsere Realität beschaffen ist? Woraus wir gemacht sind, und wie das alles aus dem Nichts entstanden sein konnte?«

Er geht in die Hocke und löffelt ein paar Kräuter in eine Tasse, seine Pobacken sind dabei unangenehm gespreizt. Es riecht intensiv nach Lavendel und Patchouli.

»Und du meinst, die Antworten auf diese Fragen gefunden zu haben? Es gibt eine Ebene über uns?«

»Ja.«

»Und woher kommt *diese* Ebene? Woraus besteht sie? Wer hat die gemacht?«

Die Unmöglichkeit, mich zu erklären, lässt mich komplett verkrampfen. Ich habe die Wahrheit erlebt, doch der Gedanke daran verflüchtigt sich bereits. Hier bin ich, in Wessels Zelt, als sei nichts gewesen. Wieder einmal zweifle ich an meiner Zurechnungsfähigkeit. Hat sich mein Unterbewusstsein die Erleuchtung nur ersonnen, um sich die absurden Geschehnisse der letzten Wochen zu erklären?

Wessel reicht mir die Tasse und sagt, »Vorsicht, heiß!«

Die Hitze des Porzellans schießt in meine Hand, und ich lasse den Tee auf die Plastikplane fallen. Die verbrannten Finger halte ich an mein Ohrläppchen, um die Wärme abzuleiten. Bevor Wessel etwas sagen kann, ziehe ich ihn auf die Matratze und lege mich der Länge nach auf ihn drauf. Genug geredet, ich will einfach nur noch fühlen!

Seine Arme umklammern meinen Rücken. Zwischen uns ist kein Platz mehr, unsere Brustkörbe atmen wild gegeneinander. Es ist zu eng, zu heiß, zu nah und genau richtig. Wie wahnsinnig fühlen sich bitte seine Bartstoppeln an? Eine Million Härchen, die alle ein kitzelndes Signal an meine Haut abgeben!

Ich küsse ihn voller Inbrunst, auch wenn ich seit gefühlt einer Woche nichts mehr getrunken habe. Meine Gedanken beginnen zu tanzen, Traumbilder gesellen sich zu den echten Bildern. Ich lasse alles zu, denn mein Körper gibt der Psyche endlich wieder Halt. Er verhindert, dass sich mein Geist im Universum verflüchtigt.

Mit einem lauten Vakuumschmatzer löse ich irgendwann die Umarmung und setze mich auf Wessels Bauch. Er hebt seinen Kopf und glotzt auf mein gespreiztes Genital, das seinen Nabel einzusaugen scheint. Es ist fantastisch, dieses Organ wieder in meinem Besitz zu wissen.

»Oh mein Gott!«, stöhnt Wessel und drückt seine Erektion gegen mein Steißbein. Ich finde es beruhigend zu ahnen, dass ich ihn vielleicht nie wieder sehen werde. Aber für diesen Moment brauche ich ihn, um vollständig in meinen eigenen Körper zurückzufinden.

Langsam lasse ich meine Hüften nach hinten gleiten und meditiere mich in jede noch so kleine Empfindung hinein. Wessel macht ein Hohlkreuz und stemmt sich in die Matratze. Zentimeter für Zentimeter schiebt er sich mir entgegen, bis er mich komplett ausfüllt. Ab hier übernimmt mein Körper das Steuer, während sich mein Geist endlich zurücklehnt und loslässt. Ein rein intuitiver Prozess beginnt, beinahe fremdgesteuert bewege ich mich auf und ab, vergrabe meine Hände in Wessels Brust, lecke sein salziges Ohr. Es kommen Erinnerungen zurück, wie ich diesen Körper kennengelernt habe. Wie viele Wochen das her ist! Als ich mit rasender Geschwindigkeit und unverzeihlicher Gewalt diese Haut malträtiert habe. Dieser blonde Schönling mit meinem Mikrofon in der Hand. Ohne Vorspiel oder Begrüßung habe ich ihn gelähmt und gestaucht, geprellt und zerquetscht. Und nun streichelt er mich, will mir Gutes tun, begehrt mich. Ich fühle es heftig in mir aufbrodeln.

»Holy Shit! Lexi!!«, höre ich Wessel schreien, aber es klingt dumpf und entfernt, viel zu sehr bin ich bei mir selbst. Mein Unterleib knackt mühelos ein Schloss aus Fleisch und Blut, als sei es seine leichteste Übung. Der Orgasmus ist kathartisch. Nie habe ich mich so präsent in meinem eigenen Körper gefühlt, nie war da mehr Bewusstsein in mir, nie habe ich mehr verstanden, dass der eigene Geist eine fast schon antagonistische Rolle zum Körper einnimmt. In Sols Welt war ich bloße Idee, haltlos und todunglücklich, doch hier und jetzt bin ich endlich wieder manifestiert, und durch den Sex frei von Verstand und Sinn. Frei von quälenden Gedanken, frei von Reflexion. Die Autopilotin meiner Triebe schenkt mir die sehnlichst vermisste Pause vom Denkenmüssen, vom Gedanke *sein*. Ich lasse mich in eine tiefe Lust fallen, die mich erzittern lässt, durchschüttelt und mitreißt. Ich bin Lexi.

Draußen bellt ein Hund und holt mich in die Realität zurück.

»Boah, ey … viel zu geil war das! … Bist du eigentlich auch gekommen?«, fragt mich Wessel.

Langsam aber sicher nehme ich wieder die äußeren Reize war, spüre Wessels letzte Zuckungen in mir. Ich grinse ihn an.

»Fuck«, flüstert er zärtlich.

»Fuck«, bestätige ich leise und löffle ihn von hinten, bis er eingeschlafen ist. Vorsichtig entferne ich mich von ihm und ziehe meine Klamotten an, die ordentlich gefaltet am Zelteingang auf mich gewartet haben. Fast rutsche ich auf dem vorhin verschütteten Tee aus, aber ich fange mich elegant. Wirklich genial, dieses Zusammenspiel von Muskeln, Sehnen und Fasern. Auf den Beipackzettel eines Antidepressivums schreibe ich:

Schön, dass wir beide unsere Körper wiederhaben!
Danke für alles,
Lexi.

In der Abendsonne marschiere ich über die große Wiese des Camps. Ein paar Mütter sehen mich an und flüstern miteinander. Ich lächle ihnen zu, und sie lächeln zurück. Hinter mir höre ich schnelle Schritte. Das kleine Mädchen von vorhin kommt mir nachgerannt und hält mir einen Stein vor die Nase. Ich greife danach, aber das Mädchen zieht ihn weg.

»Nein, nur angucken, meine ich!«, sagt sie. Ich gucke den Stein an. Er hat zwei perfekte Quarzlinien, die in der Sonne glitzern. Es ist der kostbarste Stein, den ich je gesehen habe, dabei ist er sonst nur grau.

»Hab ich gefunden!«, sagt sie.

Mir kommen die Tränen, und ich weiß nicht wieso, aber auch Weinen fühlt sich fantastisch an.

Ich nehme die letzte Fähre zurück. Auf dem Ticket sehen die Umrisse der Inseln immer noch aus wie der Abdruck einer Hundepfote. So etwas kann doch nicht programmiert sein!

Eine Ölpfütze schimmert in allen Farben, das Knattern eines Mopeds in der Ferne, irgendwo kocht jemand Fenchel. All diese Details sind so reich und überschwänglich, so verschwenderisch in ihrer Komplexität und gleichzeitiger Bedeutungslosigkeit, dass man doch nicht anders kann, als sich mit Haut und Haaren in dieses Chaos fallen zu lassen. Ich möchte alles in mich hineinlassen, will porös sein für die Gerüche, Töne und Gefühle meiner Welt, möchte all diesen Elementen ein guter Gärkessel sein, und durch meine Kunst neuen Ausdruck verleihen. In mir glüht ein längst vergessenes Feuer auf, das mich rasender und glücklicher macht als der intensivste White Noise-Trip aus der Cloud.

Ich öffne die Tür meines Cervos und setze mich. In diesem Fahrersitz hüllt mich die Essenz aller vergangenen Lexis ein. Das Lenkrad verankert mich in einem stringenten Zeitstrahl meiner eigenen Geschichte, der rote Faden meiner Existenz. Ich bin jetzt, genau hier, für immer.

Mein Fuß auf dem Gaspedal, den Arm aus dem offenen Fenster gestreckt, meine Haare im Wind, bin ich nur noch Körper. Hinter den sich auftürmenden Stratocumulus-Wolken am Horizont vermute ich Sol und denke unwillkürlich an *Eyes Without A Face*.

*

Die App zum Roman

LEXI.exe, Swan Collective
Instagram @swan.collective

ISBN 978-3-948174-59-0

1. Auflage

Erschienen bei
SHIFT BOOKS
www.shiftbooks.de
Instagram @shift.books

Danke Josephine Apraku für
diskriminierungskritische Beratung!

Cover & Satz
Helena Melikov

Papier
Munken Print Cream 15

Druck
Sigert GmbH Druck- und Medienhaus

Buchbindung
Integralis Industriebuchbinderei,
Lettershop und Fulfillment GmbH

Dieses Buch wurde klimaneutral
produziert und mit Mineralöl
und kobaltfreien Druckfarben
auf Pflanzenölbasis gedruckt.
#proudtoprintvegan

Wir drucken mit 100 % Öko-Strom aus Wasserkraft

Druckprodukt mit finanziellem Klimabeitrag
ClimatePartner.com/53350-2402-1001